Le Mystère
de l'arche sacrée

Michael Byrnes

Le Mystère de l'arche sacrée

Traduit de l'américain
par Arnaud d'Apremont

ÉDITIONS
FRANCE
LOISIRS

Titre original : *The Sacred Blood*
Publié par William Morrow, An Imprint of HarperCollins Publishers, New York

Ce livre est une œuvre de fiction. Les personnages, les événements et lels dialogues sont le fruit de l'imagination de l'auteur ou utilisés fictivement. Toute ressemblance avec des événements réels ou des personnes vivantes ou mortes, relève de la simple coïncidence.

Une édition du Club France Loisirs,
avec l'autorisation des Éditions Belfond

Édition du Club France Loisirs,
123 boulevard de Grenelle, Paris
www.franceloisirs.com

ISBN : 978-2-298-03272-7

Pour Caroline, Vivian et Camille

Car Yahvé ton Dieu les a choisis, lui et ses fils,
entre toutes les tribus pour se tenir devant Lui
et servir en Son nom pour toujours.

Deutéronome 18, 5

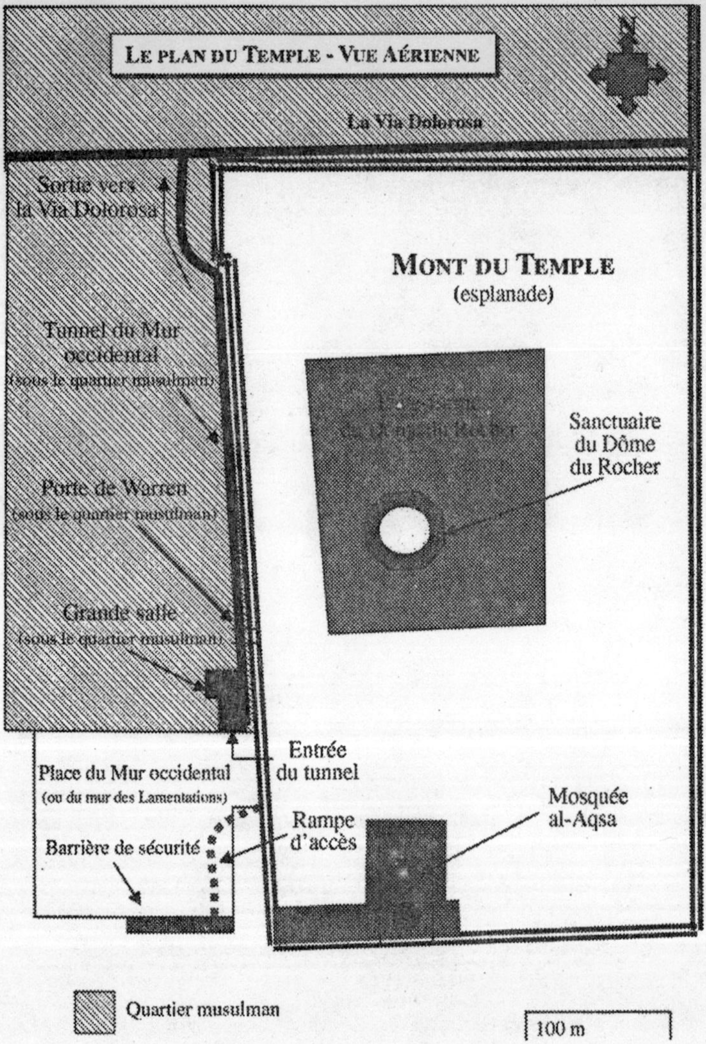

LE PLAN DU TEMPLE - VUE AÉRIENNE
N
La Via Dolorosa
Sortie vers la Via Dolorosa
MONT DU TEMPLE
(esplanade)
Tunnel du Mur occidental
(sous le quartier musulman)
Sanctuaire du Dôme du Rocher
Porte de Warren
(sous le quartier musulman)
Grande salle
(sous le quartier musulman)
Entrée du tunnel
Place du Mur occidental
(ou du mur des Lamentations)
Mosquée al-Aqsa
Rampe d'accès
Barrière de sécurité
Quartier musulman
100 m

Brooklyn, 1967

— Aujourd'hui, tu viens avec moi, Aaron, murmura Mordecai Cohen.

Il fit signe à son fils de se lever et lui indiqua l'entrée voûtée du passage menant derrière l'autel.

Les membres dégingandés du jeune garçon se figèrent. À peine âgé de treize ans, Aaron tourna un regard inquiet derrière lui et vit la dernière femme descendre du balcon et se hâter de sortir par la grande porte de la synagogue. Il sentit une main lui prendre le bras.

— Allez, viens, répéta son père. Tu n'as rien à craindre, je t'assure.

— Je n'ai pas peur, mentit Aaron.

Mordecai pressa sa main entre les omoplates de son fils et le poussa dans l'allée principale du sanctuaire.

— C'est un jour très spécial pour toi, Aaron.

— Tu m'emmènes à l'intérieur ?

— Exactement. Grand-Père a demandé à te parler.

Aaron glissa ses mains tremblantes dans les poches de son pantalon noir.

D'aussi loin qu'il se souvînt, le rituel avait toujours été le même après l'office du shabbat. Son père renvoyait son épouse et ses quatre filles à la maison pour préparer les poissons et les viandes du dernier des *shalosh seoudot*, les trois repas traditionnels de shabbat, puis il disparaissait dans une pièce fermée à clé derrière l'autel principal. Pendant ce temps, Aaron devait attendre dans le sanctuaire. Alors il montait les marches conduisant au balcon et s'approchait audacieusement de l'*Aron Ha-Kodesh*, la magnifique petite armoire en noyer qui abritait les rouleaux de la Torah. Le garçon passait ses doigts sur les entrelacs de rosettes ciselées et caressait la *parokhet*, ce rideau soyeux qui recouvrait les portes du meuble. Une heure plus tard, son père ressortait et, sur le chemin du retour, ils discutaient des lectures de la Torah.

Mais aujourd'hui, Aaron était invité à passer derrière la *bimah*, la haute chaire de l'autel, et à pénétrer dans le long couloir enténébré qui lui était jusque-là interdit. Dans l'obscurité, une formidable porte en chêne nantie d'un lourd verrou de cuivre protégeait le lieu le plus secret de la synagogue.

Son père n'avait jamais parlé de ce qui se trouvait derrière cette porte.

Et Aaron ne le lui avait jamais demandé.

Mordecai posa sa main sur la poignée ronde. Il hésita et se tourna vers son fils.

— Prêt ?

Aaron leva les yeux vers lui. En cet instant, son père lui parut beaucoup plus jeune : l'obscurité noircissait sa barbe et ses *peoths*[1] grisonnantes et estompait les rides sévères autour de ses yeux bleu-vert. Quant à son expression, Aaron ne l'oublierait jamais : à la fierté et à l'empathie se

1. En français, « papillotes ». Longues mèches généralement bouclées tombant devant les oreilles des juifs orthodoxes. (*N.d.T.*)

mêlait un peu de nervosité. Ils étaient deux hommes sur le point d'entamer un long périple.

— Prêt, répondit Aaron d'une voix timide.

Son cœur battait la chamade.

Mordecai frappa deux fois, puis tourna le bouton de la porte. Une fois celle-ci ouverte, il tendit la main.

— Entrons, fils.

Une suave odeur d'encens chatouilla les narines d'Aaron dès qu'il franchit le seuil. Ce qu'il découvrit au-delà de la porte le déconcerta plus encore que tout ce qu'il avait imaginé.

La pièce, cubique et de taille modeste, comportait en haut sur le mur du fond une unique fenêtre cintrée. Un rayon de soleil perçait la nébulosité ambiante. Sous la fenêtre, le grand-père d'Aaron était agenouillé au pied d'un second *Aron Ha-Kodesh,* plus magnifique encore que celui de la synagogue. Un filet de fumée bleuâtre s'échappait d'un encensoir en or posé devant celui-ci et s'envolait vers le plafond.

Agenouillé, tout le corps du grand-père plongé dans son oraison oscillait. Ses épaules voûtées étaient recouvertes du *talit katane*, son châle de prière blanc dont les *tzitzits*, les franges, se balançaient au rythme de ses incantations.

Silencieusement, Aaron observa avec curiosité l'ensemble de la pièce. Il s'attarda sur une impressionnante collection de peintures à l'huile encadrées qui couvrait le mur à sa gauche. Chacune représentait une scène de la Torah. On aurait presque dit une bande dessinée racontant l'histoire de Moïse et des Israélites en passant par le Tabernacle et le Temple perdu. Contre le mur de droite, de grandes bibliothèques ployaient sous le poids des volumes reliés aux titres gravés en hébreu. Cet endroit était-il une *guenizah*, la pièce d'une synagogue où l'on entreposait les textes et les récipients sacrés ? Aaron essaya d'imaginer ce que son père pouvait bien faire ici chaque samedi. Prier ? Étudier ?

Le vieil homme se releva, puis consacra quelques instants à plier soigneusement son châle de prière avant de le ranger dans l'un des tiroirs de l'armoire aux rouleaux manuscrits. Quand, enfin, il se retourna vers ses visiteurs, Aaron se redressa instinctivement et fixa les fascinants yeux aigue-marine de son grand-père qui adoucissaient un visage au demeurant inquiétant. Les ressemblances familiales étaient si indiscutables qu'Aaron avait l'impression de se voir dans quelques décennies. Sous sa *kippa*, les étroites papillotes de Grand-Père spiralaient autour de ses oreilles jusqu'à son ample barbe grise.

— *Shabbat shalom*, les salua Grand-Père.

— *Shabbat shalom*, répondit son petit-fils.

— Sors les mains de tes poches, mon garçon, ordonna-t-il à l'enfant.

Rougissant, Aaron laissa retomber ses mains le long de ses cuisses.

— C'est mieux, approuva Grand-Père.

Le vieillard s'approcha et posa ses mains sur la *kippa* d'Aaron.

— Nous couvrons le sommet de nos têtes pour montrer notre humilité devant Dieu qui nous contemple du ciel, expliqua-t-il. En revanche, nous Le prions avec nos mains. Donc veille à ce qu'Il puisse toujours les voir.

Le doigt pointé vers le ciel, Grand-Père fit un clin d'œil au garçon – un petit signe qui permit à Aaron de se détendre un peu.

— Mordecai, dit le vieil homme au père de l'enfant sans quitter ce dernier des yeux, pourrions-nous, M. Aaron Cohen et moi-même, rester quelques instants seuls ?

— Bien sûr, répondit Mordecai.

Aaron regarda son père quitter la pièce et la porte se refermer doucement derrière lui. Cette inversion des rôles lui donnait un sentiment d'importance et, quand il se retourna vers Grand-Père, il devina que c'était exactement l'intention du vieil homme. Le silence tendu fut troublé par le hurlement d'un camion de pompiers descendant Coney Island Avenue. Aaron leva les yeux vers la fenêtre, tandis que le son de la sirène déclinait rapidement.

— À nous, maintenant, Aaron, commença l'aïeul.

Instantanément, l'enfant détourna son attention des bruits de la rue.

— Quand j'étais un jeune garçon et que j'avais exactement ton âge, mon père m'a emmené voir mon grand-père, pour qu'il me parle de l'héritage de ma famille. D'abord, comprends-tu ce que j'entends ici par « héritage » ?

Alors qu'ils se tenaient toujours face à face, Aaron se rendit compte qu'il n'y avait pas le moindre siège dans la pièce. Il acquiesça, bien qu'il ne fût pas certain de ce que voulait réellement dire son grand-père.

— Si tu préfères, c'est au travers de nos enfants que nous laissons ou transmettons notre histoire familiale – et, plus précisément, sa généalogie. Dans les années qui viennent, tu en apprendras davantage à ce sujet. Et au travers de chacun d'entre nous, Dieu transfère Son don de génération en génération.

— Vous voulez parler… des bébés ?

Aaron craignait que tout ceci ne soit qu'un prélude à une discussion sur la puberté. Après tout, il n'avait lu la

Torah pour sa *Bar Mitzvah*[1] qu'une semaine plus tôt. Et même si la loi juive le considérait maintenant en homme, il lui restait encore à se sentir comme tel.

La question fit rire Grand-Père.

— Pas exactement, répondit-il. Bien que ce don de Dieu se manifeste assurément à travers notre progéniture.

Rougissant, l'enfant réprima une irrésistible envie de replonger les mains dans ses poches. Mais l'expression du vieil homme devint soudain grave.

— Tu sais, Aaron, nos ancêtres ont quelque chose de tout à fait unique. Quelque chose qui nous différencie de la plupart des familles. En vérité, on peut la faire remonter à un homme qui vivait il y a des milliers d'années et qui portait le même prénom que toi. Tu le vois ici en robe blanche.

De l'index, le grand-père dirigeait le regard curieux de son petit-fils vers l'un des tableaux au mur.

La peinture représentait une scène de l'Exode : elle montrait un homme barbu en robe blanche, la tête surmontée d'une coiffe cérémonielle, sacrifiant un jeune agneau sur un splendide autel doré. Aaron demeura un instant subjugué par le sang qui jaillissait de la gorge tranchée de l'animal.

— Ton grand ancêtre Aaron était un très saint homme. Tu le connais par la Torah, n'est-ce pas ?

Se remémorant ses fructueuses discussions du samedi avec son père, le jeune garçon déclama fièrement :

---

1. Cérémonie (signifiant littéralement « Fils du Commandement ») correspondant à la communion solennelle dans le christianisme. Elle intervient théoriquement à treize ans pour les garçons et à douze ans pour les filles. En cette occasion, le garçon lit un passage de la Torah approprié. (*N.d.T.*)

— Aaron fut le premier grand prêtre des Hébreux, le *kohen gadol…* issu de la tribu de Lévi.

Les mains dans le dos, Grand-Père s'avança pour mieux admirer la peinture.

— C'est exact. Et Aaron avait un frère très particulier que ses parents avaient choisi d'abandonner pour le protéger.

— *Moshe*, répondit Aaron avec assurance. Moïse.

Une lueur de fierté dans les yeux, le vieil homme acquiesça et encouragea son petit-fils à développer.

— En Égypte, poursuivit Aaron d'une voix légèrement tremblante, Pharaon avait ordonné le meurtre de tous les nouveau-nés israélites mâles. Alors la mère de Moïse le mit dans un panier qu'elle déposa sur le Nil. Découvert par la fille de Pharaon qui se baignait dans le fleuve, Moïse fut adopté par celle-ci.

— Et élevé à la cour de Pharaon, enchaîna Grand-Père. C'est très bien, mon enfant. Comme tu le sais, Moïse et Aaron se retrouvèrent plus tard. Il y a près de trois mille trois cents ans, Dieu a envoyé Moïse libérer son frère, sa famille et son peuple du servage.

Le vieil homme désigna une nouvelle peinture qui montrait Moïse pointant son bâton sacré vers les eaux afin qu'elles se referment sur les soldats et les chars de Pharaon.

— Les Israélites échappèrent ainsi à l'armée égyptienne et ils combattirent pendant quarante ans pour conquérir la terre que Dieu leur avait promise. Moïse fut le premier vrai messie, le fondateur de notre nouvelle nation. Pour lui, l'héritage à transmettre comptait plus que tout.

— Et nous sommes sa famille ?

— Trente-trois siècles plus tard, le sang lévite coule dans mes veines, celles de ton père…

— … et les miennes ?

— Exactement.

Aaron demeura sans voix.

— Ton héritage, Aaron, est un legs sacerdotal que nous avons absolument besoin de préserver.

Il leva son poing gauche et l'agita pour souligner l'importance de ses propos.

— Mais notre lignée n'est pas restée pure, comme Dieu le voulait. Les siècles nous ont corrompus.

— À cause de la Diaspora[1] ?

Grand-Père hocha la tête.

— Oui. Et d'autres choses aussi, ajouta-t-il à voix basse avant de marquer une pause. Certains de nos ancêtres n'ont pas respecté le plan de Dieu. Mais un jour, très prochainement, je suis certain que nous restaurerons la pureté de notre lignée. Et quand cela arrivera, Dieu contractera une nouvelle Alliance avec notre peuple. Après nombre de tragédies… (sa voix chevrota au souvenir des plus de un million de frères qui, à Auschwitz, avaient souffert à côté de lui – et qui, pour la plupart avaient péri), Israël lutte pour être de nouveau une nation, pour récupérer ses terres perdues. Les tribus sont encore dispersées. Nous ne sommes pas encore sortis de la tourmente… et Dieu seul connaît l'avenir qui reste trouble.

Quelques jours plus tôt, Aaron avait appris de son père que l'aviation israélienne avait bombardé des bases égyptiennes pour riposter à une attaque. Maintenant, les armées égyptienne, jordanienne et syrienne se massaient aux frontières d'Israël. Son père n'avait pas cessé de prier depuis le début de toute cette affaire.

1. Dispersion d'une communauté ou d'un peuple à travers le monde. (*N.d.T.*)

— Mais cette nation, je le crains, ne respecte toujours pas l'Alliance de Dieu, déplora le vieil homme, le regard fixé vers le sol. L'Alliance ne pourra être restaurée que lorsque la lignée le sera. Alors Israël se relèvera tel le phénix.

— Mais comment le sera-t-elle ?

Grand-Père ne put s'empêcher de sourire encore une fois.

— Tu n'es pas encore prêt pour ça, mon impatient petit-fils. Mais bientôt, quand le temps sera venu, tu apprendras les secrets qui ont été confiés à mon père, à moi, à mon fils… (Il pressa doucement deux doigts contre le cœur battant du garçon.)… et à toi. En attendant, tu as encore beaucoup à apprendre.

Il désigna les bibliothèques surchargées d'ouvrages.

— Tu viendras ici avec ton père chaque samedi après l'office. À partir de maintenant, nous serons trois.

Un large sourire illumina les traits d'Aaron.

— Trois générations, ajouta son aïeul.

Il tapotait la joue de l'enfant, lorsqu'un détail lui revint à l'esprit.

— Ah oui ! fit-il, l'index levé. Je dois, par conséquent, te donner quelque chose.

Aaron regarda son grand-père se diriger vers l'armoire aux rouleaux et fouiller le contenu de son plus petit tiroir. Ayant trouvé ce qu'il cherchait, il referma le tiroir et revint vers Aaron sans montrer ce qu'il tenait dans sa main.

Les yeux rivés sur le poing fermé de son aïeul, le visage du garçon trahissait son impatience.

— Depuis de nombreux, de très nombreux siècles, notre famille a utilisé un symbole pour représenter nos ancêtres. Regarde…

Grand-Père retourna sa main et ouvrit son poing pour révéler un objet rond ressemblant à un dollar argenté. Dès qu'Aaron s'approcha pour le détailler, il comprit que ce n'était pas du tout une pièce.

— Dis-moi ce que tu vois sur ce talisman ?

C'était le plus étrange des symboles. Et il n'avait assurément pas l'air judaïque. Pour dire vrai, les mystérieux motifs paraissaient même aller à l'encontre des enseignements juifs sur l'iconographie.

— Un poisson… enroulé autour… (Il fronça les sourcils.)… d'une fourche.

— Oui. Mais pas un poisson, un dauphin. Et ce n'est pas exactement une fourche, mais un trident.

Lisant la confusion dans les yeux de l'enfant, il s'empressa d'ajouter d'un air grave :

— Tu ne dois jamais parler de ce que tu apprends dans cette pièce, sauf à une personne qui possède ce même talisman. Et tu dois promettre de ne montrer celui-ci à personne. Pas même à ton meilleur ami de la *yeshiva*[1]. Tu comprends ?

— Je comprends, Grand-Père.

— *Yasher koach*[2].

Assurément, le garçon allait devoir faire preuve d'une grande volonté, pensa le vieil homme. Le monde changeait rapidement. Il saisit la main de son petit-fils, déposa le talisman dans sa paume et referma les doigts de l'enfant autour de l'objet.

1. École du judaïsme orthodoxe où l'on étudie particulièrement le Talmud et la Torah. (*N.d.T.*)

2. Littéralement : « Puisses-tu avoir la force » ou, plus ambigu mais plus seyant : « Que la force soit avec toi. » Il s'agit en réalité d'une expression standard pour, simultanément, féliciter et remercier quelqu'un. (*N.d.T.*)

— Protège-le..., lui souffla-t-il.

Le poing d'Aaron était emprisonné entre les deux mains de son aïeul. Il sentait le petit disque de métal pressé fortement contre sa paume moite et un frisson parcourut son bras.

— Parce qu'à partir de cet instant, le prévint Grand-Père, tu vas consacrer ta vie à préserver tout ce que représente ce symbole.

1

Cité du Vatican, Rome

Aujourd'hui

Telle une dague gigantesque, l'obélisque de Caligula se détachait sur le ciel gris acier en plein centre de la *Piazza San Pietro*. Normalement, en cette mi-septembre, son ombre aurait dû indiquer que dix-sept heures venaient de sonner. Mais pour le troisième jour consécutif, le soleil demeurait tapi derrière un voile de nuages immobiles. Une volée de pigeons s'envola devant le père James Martin qui contournait la colonne à grandes enjambées. Regardant vers l'entrée de la basilique Saint-Pierre, il observa la longue file d'attente des fidèles pour la dernière visite de la journée. *Ils n'auraient pas hésité à affronter un ouragan pour pouvoir être là*, songea-t-il.

Le prêtre resserra son imperméable pour se protéger du froid humide. Il devait hâter le pas s'il voulait éviter l'averse imminente.

À proximité de l'entrée de la *Via della Conciliazione*, il entendit une voix le héler par-dessus le vacarme de la circulation ambiante.

— *Padre* Martin ?

L'interpellé se retourna. Pataugeant au milieu de petites flaques, un inconnu lui faisait signe. De taille et de corpulence moyennes, rasé de près, avec des cheveux sombres et des yeux noirs insondables, il avait une apparence parfaitement ordinaire.

— *Si ?* répondit le religieux.

L'homme se planta devant lui.

— Désolé de vous importuner alors que vous rentrez chez vous.

Juste en dessous d'un col ecclésiastique blanc, il portait bien en évidence au revers de son imper un badge d'identification plastifié du Vatican. Son visage n'avait rien de particulier. Italien ? Libanais ? *Il peut aussi bien être trentenaire qu'avoir une petite cinquantaine*, se dit Martin.

— On s'est déjà rencontrés ?

L'homme secoua la tête.

— Pas encore.

— Que puis-je pour vous, père... ?

— Fabrizio Orlando.

Celui-ci tendit sa main droite.

Italien, donc. Quand Martin la lui serra, il constata que la peau du prêtre était rêche. Inhabituel pour un religieux. L'homme avait peut-être été missionnaire un certain temps ? *L'appel du Seigneur ne nous amène pas tous à rester derrière un bureau*, se raisonna Martin.

— Je viens d'être nommé au bureau de la Secrétairerie[1].

Pourquoi n'en avait-il pas été averti ?

— Je vois. Bienvenue au Vatican.

— *Grazie.* Ça ne vous embête pas que je fasse quelques pas avec vous ?

La suspicion dut se lire dans les yeux de Martin.

— Pas du tout.

1. Organisme central de l'administration du Vatican, sous l'autorité du cardinal secrétaire d'État, numéro deux de la hiérarchie vaticane. (*N.d.T.*)

Les deux hommes descendirent la Via bordée de cafés et de boutiques de souvenirs.

— On m'a dit que vous étiez le secrétaire du cardinal Antonio Santelli ?

— C'est exact.

Martin allongea le pas et l'autre s'adapta pour rester à sa hauteur.

— Quel malheur, la mort de Son Éminence, continua l'homme. C'est une grande perte pour le Saint-Siège.

Il serra les lèvres en signe d'affliction avant d'ajouter :

— C'était un visionnaire.

À l'approche de la *Piazza Pia*, il dut élever le ton pour couvrir le brouhaha des bus et des scooters.

— Beaucoup pensaient qu'il serait le successeur du Saint-Père.

— Oui...

Martin voulut se faire l'écho des propos aimables du prêtre, mais, quand il comprit que ses propres souvenirs ne pourraient être aussi élogieux, il s'en abstint. C'était un fait : derrière l'image publique immaculée du défunt cardinal, celle du dernier grand défenseur du dogme catholique, se cachait le Santelli impitoyable vis-à-vis de ses subordonnés. Un vrai bouledogue ! C'est pourquoi le père Martin préféra se taire et baisser pieusement la tête.

— Que Dieu veille sur son âme, dit Orlando à haute voix tandis qu'une Vespa pétaradante les dépassait.

Arrivés au carrefour animé, ils gardèrent le silence, le temps de traverser le passage pour piétons.

Martin reprit la conversation dès qu'ils s'engagèrent sur le trottoir pavé longeant le rempart extérieur du château Saint-Ange.

— Puis-je faire quelque chose pour vous, mon père ?

Le prêtre italien releva le menton.

— Oui, à propos d'une affaire dont je m'occupe.

Contempler les eaux tumultueuses du Tibre l'aida à rassembler ses idées.

— La Secrétairerie m'a demandé d'apporter mon concours à l'enquête sur la mort du Dr Giovanni Bersei.

Martin se raidit.

— Je vois.

Les deux hommes empruntèrent le *Ponte Sant'Angelo* – le pont Saint-Ange.

Orlando exposa les résultats de ses investigations. En juin dernier, l'anthropologue italien Giovanni Bersei avait été mandaté par le cardinal Santelli pour participer à une mission top secret au sein même du Vatican. À peine quelques jours plus tard, le corps de ce même Bersei avait été retrouvé dans les catacombes sous la villa Torlonia. On avait également découvert le cadavre d'un vieux guide et une autopsie de routine avait révélé qu'il était mort d'une crise cardiaque, suite à l'injection d'une toxine. Les autorités romaines avaient enquêté sur ces décès suspects. Santelli aussi, rappela Orlando d'un ton équivoque, avait succombé à un infarctus le lendemain de ces drames[1]. Mais le Saint-Siège s'était opposé à son autopsie.

Lorsque l'Italien eut achevé son compte rendu, ils étaient parvenus à moins d'un pâté de maisons de l'immeuble de Martin.

Orlando était sans doute bien informé, mais Martin n'avait aucune envie de revivre les interrogatoires épuisants qu'il avait endurés durant des semaines.

---

1. Pour tous ces épisodes, voir, du même auteur, *Le Secret du dixième tombeau*, Belfond, 2008.

— Je pense que l'on vous a informé que les *carabinieri* ont achevé leur enquête ?

L'autre pinça les lèvres avant de rappeler :

— La mienne est une enquête interne.

À l'entrée de la petite allée qui servait de raccourci vers son immeuble, Martin s'immobilisa.

— Sans vouloir vous blesser, je pense que nous ferions mieux de parler de tout ça pendant les heures de travail. Après que j'en aurai obtenu l'autorisation du bureau de la Secrétairerie…

L'Italien affecta un sourire bienveillant.

— Je comprends.

— J'ai été ravi de faire votre connaissance, père Orlando.

Martin hocha la tête pour prendre congé.

— Moi de même.

Le prêtre irlandais plongea les mains dans ses poches et s'engagea dans l'allée. Un livreur râblé déchargeait des cartons de denrées alimentaires d'une camionnette dont le moteur tournait au ralenti. Il allait le dépasser quand il entendit le père Orlando le rappeler et des pas rapides retentir sur le pavé.

— Mon père !

Dépité, James Martin s'arrêta. Avant même qu'il ait eu le temps de se retourner pour répondre à Orlando, l'Italien pressant se retrouva devant lui.

— Si vous m'accordez encore un moment…

— Qu'y a-t-il ?

Plus tard, Martin ne se souviendrait d'aucune réponse, seulement des yeux du prêtre : des yeux devenus subitement froids et un regard qui se déporta vers la rue, puis vers les fenêtres surplombant l'allée avant de revenir sur le livreur dans le dos de Martin.

Sans sommation, deux mains puissantes saisirent le manteau de Martin et le tirèrent brutalement, le projetant vers la portière ouverte de la camionnette.

Qu'est-ce qui... ?!

Un grand coup dans les genoux l'obligea à s'étendre sur le plancher métallique froid.

—*Aiuto*[1] *!* hurla-t-il dans l'espoir que quelqu'un l'entende. *Aiu...*

1. «À l'aide ! » en italien. (*N.d.T.*)

2

Le « livreur » réagit au quart de tour. Il s'engouffra dans la camionnette et plaqua son énorme main sur la bouche et le nez de Martin. Orlando grimpa juste derrière lui et referma la porte latérale. Martin eut juste le temps d'entrevoir le crâne chauve et le profil anguleux d'un troisième complice tapi jusque-là sur le siège conducteur.

L'homme passa une vitesse. La camionnette s'élança dans un soubresaut sur les pavés.

Les yeux affolés de Martin croisèrent le regard calme et inquiétant du livreur. Alors qu'il déployait tous ses efforts pour respirer, l'odeur de poireau et de basilic lui envahit les narines. Le livreur s'assit sur lui à califourchon et l'immobilisa d'une poigne puissante qui ne laissait pas d'autre alternative qu'une totale soumission.

— Je relâche, on discute. Vous luttez ou criez, il vous abat.

De sa main libre, il montrait Orlando accroupi près des portes arrière aveugles, un pistolet noir braqué sur la tête du prisonnier.

Martin hocha la tête. Ses yeux trahissaient son immense désespoir.

Le livreur desserra son étreinte et s'assit face à lui, ses bras épais croisés sur un genou relevé.

Lorsque enfin il put recommencer à respirer normalement, le prêtre faillit vomir.

— Asseyez-vous, mon père, lui ordonna Orlando avec un mouvement de son arme.

Après quelques respirations régulières, Martin se redressa afin de s'adosser à la paroi de métal du véhicule. Il plaqua brusquement ses mains sur le plancher métallique pour se cramponner alors que la camionnette freinait avant de tourner à droite. Les pavés laissèrent place à un revêtement lisse.

— Que voulez-vous ?

— Nous avons des questions à vous poser. Des détails à propos de la mort de Bersei.

— Je vous l'ai dit… J'ai répondu à toutes les questions des carabiniers. J'ai…

— Quelques heures seulement avant sa petite virée dans les catacombes, le coupa l'Italien, Bersei a justement appelé les carabiniers…

L'accent de l'imposteur avait totalement changé et laissait entendre qu'il n'était probablement pas italien de souche. Et à sa manière détachée de parler des autorités de la Péninsule, se dit Martin, on pouvait légitimement penser qu'il n'en faisait pas partie.

— Il a laissé un message à l'intention d'un certain inspecteur Perardi. Il prétendait détenir des informations sur une piste romaine liée au vol d'un objet à Jérusalem. Or, quelques jours plus tard, cet objet fut miraculeusement restitué à Israël dans une caisse expédiée… de Rome.

— Le…

Martin plissa le front.

— Le coffre de pierre ? C'est à ça que vous faites allusion ?

Il se rappelait en avoir entendu parler sur CNN International.

— L'ossuaire, corrigea l'imposteur. L'urne funéraire.

L'urne funéraire ? La camionnette tourna encore. Martin bascula lorsqu'elle accéléra de nouveau brutalement, mais le véhicule retrouva rapidement un rythme de croisière. Où l'emmenaient-ils ? Désorienté et agacé, Martin secoua la tête.

— Mais qu'est-ce que ça a à voir avec moi ? demanda-t-il.

— Un peu de patience, mon père. Le Dr Bersei a été *assassiné* dans ces catacombes. Or de multiples témoins ont vu un type suspect quitter la villa Torlonia peu après.

— Alors pourquoi ne le cherchez-vous pas ?

Le livreur se pencha vers lui et brandit un poing massif qui fit tressaillir Martin. D'un geste, Orlando ordonna à l'homme de rester en retrait. Les muscles des mâchoires crispés, celui-ci recula et se rassit.

— Nous l'avons trouvé, père Martin... dans la campagne italienne... avec une balle dans la tête.

Le prêtre irlandais tressaillit.

Son interrogateur plongea la main dans sa poche de poitrine, en tira une photo couleurs et la tendit à l'ecclésiastique.

— Vous le reconnaissez ?

Le visage d'un blanc sépulcral percé de deux yeux vitreux et morts se détachait sur l'acier inoxydable d'un chariot-brancard hospitalier. Au-dessus de l'oreille droite, le crâne éclaté n'était plus qu'une bouillie de chair pourpre et d'os. Pour autant, il était impossible de ne pas reconnaître le défunt. Et la réaction de Martin indiqua clairement qu'il ne lui était pas inconnu. Quand il releva les yeux, il comprit que ce qu'il venait de confirmer satisfaisait pleinement l'homme au pistolet.

Celui-ci récupéra la photo et y jeta un bref regard.

— Les autorités israéliennes pensent aussi que cet homme a été impliqué dans un casse sur le mont du Temple de Jérusalem, en juin dernier.

Martin ne se rappelait pas l'avoir entendu aux infos ni lu dans les journaux.

L'homme remit la photo dans sa poche.

— De nombreux innocents sont morts à cause de ce type. Des soldats, des policiers. Alors, s'il vous plaît, je veux que vous y réfléchissiez en y mettant tout votre cœur et que vous me donniez son nom. S'il vous plaît.

À la différence de l'imposteur à l'apparence anodine qui lui agitait son arme sous le nez, la première impression que lui avait faite le mercenaire restait gravée dans sa mémoire. Martin n'avait aucunement l'intention de le couvrir. Après tout, le seul lien de cet homme avec le Vatican était feu le cardinal Santelli.

— Salvatore Conte, lâcha-t-il.

Le livreur sortit un bloc-notes et un stylo de sa poche, se fit confirmer l'orthographe et griffonna le nom.

Salvatore Conte. Orlando reprit la photo pour associer l'identité fournie au visage.

— Maintenant, si vous me le permettez, mon père, je vais relier les différents points à votre intention. Salvatore Conte a volé cet ossuaire sur le mont du Temple et il l'a rapporté à Rome. Il est impliqué dans la mort de Giovanni Bersei qui, à cette époque, avait été missionné pour un travail à l'intérieur même de la cité du Vatican : l'étude d'un objet encore indéterminé, comme par hasard. Et qui plus est, une étude que le Vatican prétend ne pas avoir commanditée.

Martin baissa les yeux. Comment Orlando pouvait-il savoir tout ça ? Dès la mort de Santelli, le bureau de la Secrétairerie avait récupéré l'ordinateur, les dossiers et les effets personnels du cardinal. Logiquement, toutes les informations sensibles avaient été soit détruites soit scellées au fin fond des Archives secrètes. Au regard des autorités italiennes, le Vatican n'avait jamais vu ni entendu parler de Salvatore Conte, et le Dr Bersei n'avait été consulté qu'à propos de travaux de restauration prévus dans le musée Pio-Chrétien des musées du Vatican.

— Regardez-moi, mon père, insista Orlando.

Le prêtre obéit.

— Le corps totalement brisé de Bersei a été découvert au fond d'un puits et le cadavre de Salvatore Conte a été retrouvé dans un vignoble. Et tout ça en l'espace de quelques jours après le casse de Conte à Jérusalem. Ce qui laisse à penser que le Vatican est le dénominateur commun. Mais comme de nombreuses fois par le passé, grâce à sa… comment dirais-je ?… ses moyens infaillibles, le Vatican a convaincu les carabiniers de clore rapidement ces dossiers. Mais nous, cependant, on ne nous achète pas.

— Qui êtes-vous ? redemanda Martin.

L'homme au pistolet se contenta de lui retourner un sourire arrogant avant de reprendre son interrogatoire.

— Une grande partie de ces affaires ne nous intéresse pas. Il en est une, cependant, qui nous pose un sérieux problème. Je n'ai donc qu'une simple requête, mon père.

Ce dernier déglutit avec peine.

— Laquelle ?

Orlando se pencha plus près pour lui souffler à voix basse :

— L'ossuaire a été rendu vide. J'ai besoin que vous me disiez ce qu'il est advenu de son contenu.

— Son contenu ?

Le faux prêtre italien secoua la tête, arma la détente du Glock et pressa le canon contre le front de Martin.

Par réflexe, l'Irlandais tourna la tête en fermant les yeux. Il sentit l'acier froid lui mordre la chair.

— Je ne… Je ne sais pas de quoi vous parlez !

— Les *os*, père Martin. Cet ossuaire contenait un squelette. Où sont les os ?

Il pressa le canon de l'arme plus fort encore sur la tempe du religieux.

Martin était abasourdi. Des *os* ? L'idée que ces hommes aient pu l'enlever pour une chose pareille lui paraissait totalement absurde. Avec le canon de son arme, Orlando envoya violemment la tête du prêtre percuter la paroi de la camionnette. Une douleur cinglante lui foudroya le crâne.

— Père Martin ! cracha l'homme. Je crois que vous ne m'entendez pas bien ! Le Dr Bersei était un anthropologue médico-légal. Or ce type d'anthropologues n'étudient pas les peintures ou les sculptures. Ils étudient les os.

— Je ne suis au courant de rien ! Je le jure !

Sans baisser son arme, le ravisseur fouilla de nouveau dans sa poche pour en sortir une seconde photo qu'il tendit au prêtre.

— Je veux que vous regardiez celle-ci très attentivement.

Tremblant de tout son être, le religieux écarquilla les yeux dès qu'il reconnut la famille sur la photo : un beau petit couple, un jeune garçon et sa sœur légèrement plus âgée.

— S'il faut faire couler le sang des êtres chers pour arracher la vérité... Votre sœur est très belle. Sa fille lui ressemble beaucoup, mais le fils tient de son père.

— Que Dieu ait pitié de vous ! cracha Martin avec mépris.

— Ce n'est qu'une assurance, mon père, indiqua l'autre. Aidez-nous et je vous assure que leurs vies seront épargnées. Je vous le demande une nouvelle fois : où sont les os ?

Un goût amer envahit la bouche du prêtre dont les membres tremblaient convulsivement.

— Je vous dis la vérité. Je ne sais rien de tout ça !

Il y eut un silence. L'homme au pistolet observait les yeux du religieux et son langage corporel.

— Alors, dites-moi qui sait quelque chose.

Le cerveau en ébullition, Martin se remémora les événements de juin dernier. En vérité, c'était lui-même qui, sur l'ordre du cardinal Santelli, avait organisé la venue du Dr Bersei au musée du Vatican avec pour mission d'examiner et d'authentifier une « importante acquisition ». Des clauses de confidentialité avaient été signées. Mais Santelli n'avait jamais révélé à Martin ce qu'était cette « chose ». Cet ossuaire, peut-être ? Des os ? Un autre scientifique avait été également convoqué. *Une* scientifique, pour être exact. Une généticienne américaine... Mais son nom lui échappait.

Néanmoins, il était certain qu'une personne avait les réponses aux questions que ces hommes posaient. Et avec un regard terrifié rivé à la photo des siens, Martin leur livra son nom.

3

Qumrân, Israël

Amit Mizrachi sortit de sous le dais de toile bleue plissée qui abritait les provisions de l'équipe. Son regard renfrogné se posa à mi-paroi de la falaise de grès sur un escogriffe israélien de vingt ans harnaché à une corde de rappel. Juste à côté de l'étudiant pendouillait une sorte de gros boîtier sur roues qui évoquait une tondeuse à gazon high-tech.

— Tu trouves quelque chose ? hurla Amit.

L'écho de sa profonde voix de baryton se répercuta dans la faille.

Le jeune homme cala ses pieds sur un affleurement rocheux et s'inclina vers l'appareil radar à pénétration de sol[1]. Approchant son visage de l'écran LCD, il marqua une pause le temps de compter jusqu'à trois avant d'examiner le radargramme. Aucune ondulation.

— Toujours rien.

S'il commençait à s'habituer à cette réponse, Amit ne put s'empêcher de maugréer entre ses dents. D'un revers de la main, il tenta vainement de repousser les minuscules mouches du désert qui s'agglutinaient autour de son visage.

---

1. En abréviation française RPS ou, plus couramment en conservant la nomenclature anglaise, GPR (pour *Ground Penetrating Radar*). Appareil servant à étudier la composition et la structure du sol. (*N.d.T.*)

— Je continue de descendre jusqu'en bas ? lui cria l'étudiant.

Descendre jusqu'en bas. C'était exactement ce qui allait arriver à la carrière d'Amit s'il ne découvrait pas rapidement quelque chose de significatif. Cela ferait bientôt deux ans qu'il avait entamé ce chantier de fouilles à Qumrân et, jusque-là, les quelques découvertes de son équipe n'avaient rien eu de remarquable : des tessons d'argile de lampes à huile et d'amphores hasmonéennes, des pièces de monnaie romaines et hérodiennes communes, une sépulture du Ier siècle de notre ère avec les restes du squelette d'un homme qui ressemblait en tout point à ceux exhumés antérieurement dans le secteur.

— Oui, va jusqu'en bas, lui ordonna-t-il. Puis fais une pause avant de passer au couloir suivant. Et surtout pense à t'hydrater. Tu n'arrangerais pas mes affaires si tu te prenais un coup de chaleur.

Le garçon sortit une bouteille d'eau de sa ceinture universelle porte-outils et la leva en un semblant de toast.

— *Mazel tov*[1], grommela-t-il. Maintenant va falloir se secouer.

Amit ôta ses lunettes d'aviateur et essuya la sueur de son front avec un mouchoir. Même en septembre, la chaleur sèche du désert judéen était implacable et pouvait aisément rendre fou. Mais le robuste Israélien barbichu ne comptait pas se laisser vaincre par Qumrân. Après tout, patience et détermination étaient deux qualités primor-

1. Littéralement : « Bonne constellation » en hébreu. Ce qui peut se traduire par « Bonne chance » ou, en l'espèce, « (Bonne) santé ». (*N.d.T.*)

diales pour tout archéologue digne de son burin et de sa brosse.

En revanche, la pendule des mécènes de ce chantier n'était pas réglée de la même façon. Sans résultats d'ici un mois, les cordons de leur bourse se resserreraient.

Alors qu'il regardait l'étudiant remettre la bouteille dans sa ceinture, puis descendre l'unité RPS de deux mètres pour le scan suivant, l'universitaire éprouva soudain une furieuse envie d'échanger sa place avec lui. Peut-être que le jeune homme interprétait mal les radargrammes et passait à côté de quelque chose. Seulement, du haut de ses quarante-deux printemps, la surcharge pondérale d'Amit s'accordait mal avec l'escalade, et particulièrement avec le port d'un harnais qui écrasait ses attributs mâles d'une manière indescriptible. Il ne faisait aucun doute qu'un individu de poids léger était plus adapté à l'archéologie de terrain. Par conséquent, l'universitaire israélien abordait les choses de manière pragmatique : déléguer, déléguer et encore déléguer.

Les yeux rivés à la falaise – cette maîtresse roublarde qui avait supprimé tout désir ou besoin de quoi que ce soit d'autre –, il se mit à grommeler :

— Allez. Ouvre-toi. *Livre quelque chose.*

À lui tout seul, ce programme de recherches avait fait une très récente victime conjugale : Sarah, la seconde épouse d'Amit. Au moins, cette fois, il n'y avait pas d'enfants ballottés entre eux deux comme des pions.

Une seconde plus tard, il entendit quelqu'un l'interpeller.

— Professeur ! Professeur !

Il se tourna et aperçut une silhouette leste se déplacer dans le ravin avec une agilité athlétique : Ariel, la plus récente recrue de son équipe. Arrivée à sa hauteur, elle se planta devant lui.

— Tout va bien ? lui demanda-t-il.

De l'index, la jeune fille remonta ses lunettes qui avaient glissé sur son nez en sueur. D'une voix entrecoupée par ses halètements, elle expliqua :

— Dans le tunnel… nous… le radar a accroché quelque chose… derrière un mur…

— OK, calme-toi, dit-il d'un ton apaisant.

Les nouveaux stagiaires étaient prompts à réagir de façon excessive au moindre spot de leurs radars et aucun n'était plus naïf et inexpérimenté que la jeune Ariel âgée d'à peine dix-neuf ans.

— Qu'as-tu vu exactement ?

Amit s'efforçait de ne pas manifester d'agacement dans son ton.

— Les courbes hyperboliques… elles sont *prononcées*.

Lire un radargramme relevait presque davantage de l'art que de la science. L'interprétation réclamait beaucoup de circonspection.

— Prononcées à quel point ?

— Très prononcées.

Amit redressa les épaules. Son T-shirt mouillé gonfla sous l'effet des muscles de son torse massif. Tandis qu'il ruminait cette information, les rides de ses joues tannées parurent se creuser. *Ne t'excite pas trop*, se dit-il intérieurement. *Ce n'est probablement rien.* Si le radar sondait assez efficacement le grès sec, l'humidité excessive qui régnait ici perturbait les ondes radio UHF/VHF, rendant les scans souterrains capricieux. Une courbe – comme disait Ariel, mais, pour être plus précis, une déflexion – prononcée suggérait une cavité importante dans la terre.

La jeune stagiaire inspira profondément avant de poursuivre :

— Et ce mur… Ce n'est pas de la pierre… Enfin pas exactement. On a commencé à dégager l'argile…

— Vous avez fait *quoi* ?

— Je sais, je sais.

Elle avait levé les paumes comme pour faire reculer un lion.

— Nous voulions venir vous chercher, mais il fallait d'abord qu'on soit sûrs… En tout cas, on est tombés sur quelque chose. Des *briques.*

Un frisson remonta l'épine dorsale de l'archéologue.

— Montre-moi ça. Tout de suite.

Ces derniers temps, dès qu'Amit soumettait son corps à une allure dépassant le simple trottinement, il se sentait dans la peau d'un rhinocéros sur un tapis roulant de fitness. Pourtant, alors qu'il courait sur les talons d'Ariel, il y avait une fluidité dans sa démarche qu'il n'avait pas connue depuis plus de vingt ans, quand il essuyait des tirs ennemis à Gaza. En sa qualité de *seren* – autrement dit de capitaine, de commandant de compagnie –, il aurait facilement pu poursuivre une carrière militaire au sein des Forces de défense d'Israël[1]. Mais il en avait eu assez de la politique de son pays concernant les territoires palestiniens occupés. Aussi s'était-il orienté dans une direction toute différente à l'université de Tel-Aviv et il avait troqué ses épaulettes à trois branches d'olivier contre un doctorat en archéologie biblique.

1. L'armée israélienne, plus communément connue sous le nom de *Tsahal*, acronyme de *Tsva Haganah Le-Israel*, littéralement : « Armée de défense d'Israël ». (*N.d.T.*)

À une centaine de mètres de la tente, Ariel le précéda dans un ravin délicieusement ombragé. Devant eux, la crevasse se rétrécissait pour plonger par-dessus la falaise, là où les subites crues hivernales chutaient vers les eaux bleu saphir de la mer Morte. Juste à l'aplomb de la corniche, elle s'arrêta au pied d'une grande échelle appuyée de biais contre la paroi verticale.

Tout en reprenant sa respiration, Amit leva les yeux vers l'entrée de la grotte située à quatre bons mètres au-dessus d'eux.

Son esprit retourna quatre semaines en arrière, quand le RPS avait enregistré une « anomalie » derrière près de deux mètres de gravats, d'argile et de limon. Il leur avait fallu dix jours pour la dégager : chaque once de terre était méticuleusement tamisée pour ne pas rater le moindre objet susceptible de s'y dissimuler. Mais ils n'avaient rien trouvé. Ce n'était pas véritablement une grotte qu'ils avaient découverte derrière l'amoncellement, mais un tunnel qui grimpait à pic dans le ventre de la falaise.

Ariel monta la première à l'échelle. Après une ascension qui ne lui demanda aucun effort, elle se glissa dans l'ouverture sombre.

Amit inspira profondément et serra les montants de l'échelle de ses doigts charnus. Son rythme cardiaque accéléra. Les yeux concentrés sur l'entrée de la grotte, il entama prudemment sa montée. Les barreaux d'aluminium gémirent sous son poids. Envahi d'une soudaine sensation de vulnérabilité – ce qui survenait chaque fois que ses pieds quittaient le sol –, il combattit une irrésistible envie de regarder vers le bas. *Allez, avance. Concentre-toi sur le but.*

Au sommet, il agrippa la lèvre verticale de la brèche et se hissa à l'intérieur.

— Montre-moi.

— C'est plus loin… Tout au fond, en fait, précisa Ariel en lui faisant signe de la suivre.

Après avoir allumé une lampe électrique récupérée à terre, elle s'engagea à pas mesurés dans l'étroit boyau ascendant.

Amit la suivait de près. Il devait se courber légèrement pour éviter de se cogner contre le plafond bas tout en tournant légèrement le torse afin de ne pas coincer ses larges épaules entre les parois resserrées. En quelques secondes, le peu de lumière solaire qui filtrait dans le tunnel disparut. L'air souterrain refroidit son cou humide et la fragrance des minéraux assaillit ses narines : c'était l'odeur qu'il se plaisait à appeler le « parfum de la Bible ».

Quelques mètres plus loin dans la pente, la lueur des lampes de chantier troua l'obscurité. Amit pouvait entendre des voix en écho et le bruit sec du gravier pelleté dans des seaux. Il détecta un bruissement – *swish swish swish* –, celui d'une brosse qui époussetait la pierre.

— Arrêtez tout ce que vous faites !

Son cri se répercuta dans le tunnel.

Surprise par cet éclat soudain, Ariel sursauta et se cogna la tête contre la voûte. Elle s'arrêta, posa sa main sur l'endroit douloureux, puis examina sa paume à la lumière. Pas de sang.

— Tu en seras quitte pour une bosse, lui dit Amit, rassuré.

Ariel secoua la tête et reprit son ascension. Les bruits d'activité avaient cessé pour laisser place à des marmonnements entrecoupés de petits ricanements.

Parvenu au sommet de la pente, là où le tunnel s'ouvrait pour déboucher sur une large cavité, Amit put enfin se redresser – ce qui ne laissait guère qu'une cinquantaine de centimètres entre sa tête et la paroi supérieure. Immédiatement, il repéra le mètre carré de gravats dégagé dans le fond de l'espace, crûment éclairé par deux lampes sur pied. Les trois étudiants un peu trop empressés se tenaient juste à côté avec seaux et outils à leurs pieds ; on aurait dit des gamins convoqués dans le bureau du directeur.

Très contrarié, Amit s'avança et commença à pester :

— Je ne peux quand même pas vous répéter à quel point il est *inacceptable* de…

Mais à la vue du spectacle qui s'offrit à ses yeux, la fin de sa phrase demeura en suspens. Il s'approcha encore, tomba à genoux et colla son visage tout près d'un appareil de briques anguleuses de belle facture que les étudiants avaient soigneusement mis au jour. Son cœur tressauta. Jusque-là, Amit attribuait à mère nature la conception de cette chambre souterraine, dès lors que ses parois intérieures ne présentaient aucune marque ou cicatrice révélatrice de l'emploi d'outils. Mais maintenant, cette hypothèse se retrouvait totalement remise en cause.

— Incroyable, murmura-t-il, bouche bée.

4

Un radargramme n'avait rien d'un cliché Polaroïd. Pourtant, dès qu'il observa les ondulations fréquentielles désordonnées du RPS, Amit ne put que tomber d'accord avec la jeune Ariel. Ces déflexions étaient incontestablement *prononcées*. Il écarta le scanner des briques et se caressa rapidement les lèvres de l'index.

— Qu'en pensez-vous, professeur ? hasarda enfin l'étudiante.

L'esprit en ébullition, Amit regarda fixement quelques secondes la maçonnerie de brique.

— Ce mur n'est pas très dense, considéra-t-il. Il fait probablement moins de cinquante centimètres.

En guise d'échelle de référence, il appuya une règle et un burin contre les briques, puis prit plusieurs clichés à l'aide de son fidèle Nikon numérique. Après avoir repassé deux fois les vues sur l'écran de l'appareil, s'estimant satisfait, il se tourna vers Ariel :

— J'ai besoin d'un schéma détaillé de tout ce périmètre et de l'ensemble des mesures laser.

— Je peux le faire, répondit-elle avec assurance.

— Je sais.

La jeune fille n'était pas seulement douée pour les études : elle était aussi une excellente artiste, qualité extrêmement précieuse sur le terrain. Et c'était précisément pour cette raison qu'il l'avait recrutée dans son équipe.

— Fais aussi des vidéos avec le maximum de lumière.

Radieuse, Ariel hocha la tête avec vivacité.

— Et vous autres, lança Amit aux trois garçons, commencez à marquer les briques. Ensuite, on verra ce qu'*ils* cherchaient à cacher.

Les étudiants comprirent instantanément que ce « ils » désignait les esséniens, cette secte juive recluse qui avait habité ces collines pendant près de deux cents ans du IIe siècle avant J.-C. jusqu'à leur massacre par les Romains en 68. Leur centre principal était établi près des rives de la mer Morte. Ce n'était qu'un groupe de maisons de brique d'argile rudimentaires comprenant notamment des dortoirs, un réfectoire et des bassins d'ablutions rituelles appelés *mikvaot*. Jadis, le bâtiment le plus important du site était le *scriptorium*, une longue salle meublée de tables où de multiples exemplaires du *Tanakh*, la Bible hébraïque, mais aussi pléthore de textes apocryphes, avaient été méticuleusement retranscrits. Les esséniens avaient été les scribes, les archivistes et les gardiens des manuscrits de la mer Morte.

— Vous pensez qu'on va trouver des rouleaux, professeur ?

Quelque peu superstitieux, Amit avait horreur de ce genre de question porte-poisse. Irrité, il se tourna vers Eli, un Galiléen de dix-neuf ans, qui n'était que nez et oreilles sous une épaisse toison de boucles noires couronnée d'une *kippa* joliment brodée. Un tremblement agita la paupière inférieure gauche de l'universitaire.

— Tout est possible, répondit-il énervé.

Une heure plus tard, quand Amit dégagea la brique étiquetée « C027 », il vit s'ouvrir un espace noir derrière cette dernière épaisseur de mur. Un grand sourire aux lèvres, il passa soigneusement le bloc à Eli. Le jeune Galiléen s'en servit pour entamer une nouvelle colonne dans l'assemblage de briques soigneusement disposé sur le sol de la chambre.

Amit tendit son mètre dans la largeur de l'ouverture. Le radargramme avait tapé dans le mille.

— Cinquante centimètres !

— C'est superexcitant, s'exclama Eli qui se frottait les mains après s'être accroupi pour regarder à travers l'orifice.

— Tu notes bien tout ça ? s'inquiéta l'archéologue.

— Chaque brique, assura l'autre en récupérant son bloc-notes et en écrivant « C027 » sur la feuille d'inventaire.

Attrapant une lampe torche, Amit en dirigea le faisceau lumineux dans le trou noir et le déplaça de haut en bas puis de droite à gauche. La lumière éclaira deux mètres de murs et de plafond avant d'aller se perdre dans un espace sombre apparemment plus vaste. Un nouveau boyau débouchant sur une seconde chambre ? L'universitaire fit craquer ses genoux en se relevant.

— Finissons de dégager tout ça, ordonna-t-il aux stagiaires.

5

Il fallut encore deux bonnes heures sous l'étroite supervision d'Amit pour démanteler totalement le mur séculaire.

L'archéologue reprit sa position accroupie à l'entrée du passage.

— Voyons ça.

Tout en se gardant au maximum d'inhaler l'air stagnant qui s'échappait de la brèche, Amit pointa sa torche dans le boyau rocheux. Il examina attentivement les premiers centimètres de parois anguleuses et passa les doigts sur ses encoches ciselées. La galerie avait incontestablement été creusée par l'homme. Une petite tape sur son épaule le fit se retourner. C'était Ariel qui lui tendait un Zippo argenté.

— Pour contrôler l'oxygène, expliqua-t-elle.

— Bien vu, approuva Amit en lui prenant le briquet.

La jeune fille avait manifestement remarqué qu'il avait laissé dans la tente son capteur d'oxygène numérique sophistiqué. Alors il devrait se contenter de la méthode rudimentaire. Le clapet du Zippo s'ouvrit avec un petit *ting* métallique. Dès que l'archéologue l'alluma, l'odeur du butane lui emplit les narines. Il tendit le briquet dans le goulet. La flamme vigoureuse demeura bien droite. Aucun problème.

— On peut y aller.

Amit s'engagea en rampant dans le court passage, la torche électrique dans la main gauche et le Zippo dans la droite. Il atteignit rapidement l'extrémité du sas et, là, il hésita. Un grand vide s'ouvrait devant lui.

Tendant le cou, il balaya les ténèbres en faisant de grands arcs de cercle avec sa lampe. La lumière se perdait au fin fond de la cavité, en réalité une chambre quadrangulaire de bonne taille creusée dans les entrailles de la montagne.

La curiosité laissa vite place à la perplexité. L'endroit semblait vide. Mais le « parfum de la Bible » y était très présent.

Amit se faufila à l'intérieur et se dénoua le cou dès qu'il se fut relevé. La flamme tremblotante du Zippo trahissait une qualité d'air douteuse, mais il n'envisagea pas une seconde de quitter la salle : cela faisait des années qu'il ne s'était pas senti aussi excité. Adoptant une respiration superficielle, il s'avança sur le sol nivelé, le regard fixé sur les murs symétriques et le plafond. Chaque surface était absolument nue. Il estima à dix mètres cubes le volume de la chambre. Mais pourquoi les esséniens auraient-ils muré un caveau vide ?

— Parle-moi, murmura-t-il.

Et précisément, ses Doc Martens frôlèrent une subtile dénivellation au centre de la pièce, une variation si infime qu'il aurait facilement pu la rater. Mais le sol parut légèrement vaciller sous son poids. Il dirigea le faisceau de la torche vers le bas et se laissa tomber à genoux. Amit referma le Zippo qu'il glissa dans la poche de sa chemise, puis il enfonça ses doigts dans la couche de poussière recouvrant le sol et décela une strie. En soufflant délicatement sur le dépôt poudreux, il fit apparaître une fine veine coudée. L'archéologue répéta l'opération et un rectangle taillé dans la roche se forma sous ses yeux.

Une dalle ?

Amit s'employa vainement à glisser ses doigts charnus dans la fissure. Sans résultat. Alors il se releva et retourna s'accroupir à l'entrée du passage.

— Apporte les outils, cria-t-il à Ariel. Une barre à mine aussi. Et de la lumière. Vite !

— Tout de suite, lui répondit-elle.

Dès que les stagiaires se furent glissés dans le passage avec les outils, Amit leur fit disposer les projecteurs de chantier sur batterie autour du centre de la chambre. Un instant, il contempla, songeur, la nervosité débridée qui se reflétait sur les visages éclairés par les lampes sur pied. Des souvenirs agréables de ses premières fouilles d'étudiant à Massada lui revinrent en mémoire.

Tout en introduisant son levier dans la fissure, il ordonna à Eli de faire exactement la même chose du côté opposé de la dalle.

— À trois.

Eli hocha la tête.

— Un… Deux…

Le premier essai fut un peu mou, mais eut quand même pour effet de déplacer légèrement la plaque de pierre. Au deuxième, Amit se blessa en voulant glisser ses doigts trop tôt sous la dalle : le frottement fut assez cuisant pour lui arracher un peu de peau et ce qu'il considéra comme un glapissement quelque peu féminin. Le troisième essai en tandem permit de soulever suffisamment la pierre pour qu'Ariel puisse glisser une barre dans l'interstice. Amit put se saisir à pleines mains de la dalle et la dégager sur le côté.

Retenant son souffle, l'archéologue s'agenouilla au bord du trou : des degrés taillés dans la roche plongeaient dans la cavité qu'ils venaient de révéler.

— On aboutit enfin à quelque chose.

Ariel lui tendit sa torche. Puis elle attrapa la caméra vidéo et commença à fredonner le thème de la saga des Indiana Jones.

— *Da da da-dah, da da dah…*

Ses camarades éclatèrent de rire. Même Amit s'autorisa un gloussement en allumant la lampe. Il la dirigea vers le bas de l'escalier et compta douze marches cascadant jusqu'à un sol de pierre.

— Bon. Je vais descendre voir ce qu'on a déniché.

C'étaient ces instants qui donnaient du sens à toute quête. Il se redressa, posa son pied gauche sur la première marche et entama une descente régulière.

Encore une fois, l'Israélien à la forte carrure dut se courber et se déplacer de biais entre les parois. Sur la roche ciselée balayée par le faisceau de lumière, de petites ombres se lançaient dans de fugitives farandoles.

Quand les légions romaines avaient fondu sur Qumrân, elles avaient incendié le village et massacré ses habitants. Bien qu'il y ait eu peu de signes avant-coureurs, les esséniens étaient parvenus à cacher leurs manuscrits les plus déterminants dans ces collines désolées, devenues le reliquaire qui allait préserver leur héritage. Mais aucune des grottes découvertes autour de Qumrân ne contenait de pièce excavée semblable à celle-ci. Et pourquoi avait-elle été scellée de la sorte ? *Qu'avaient bien pu faire les esséniens ?* se demanda Amit.

Une poussée d'adrénaline le parcourut lorsqu'il négocia les trois dernières marches et posa le pied sur le sol. Délibérément, Amit ferma les yeux pour compter jusqu'à trois tandis qu'il baissait la lumière à la hauteur de sa taille. Il les rouvrit.

Et ce qu'il vit lui coupa le souffle.

6

BELFAST, IRLANDE

Plus de trois mois s'étaient écoulés depuis que le père Patrick Donovan avait pris son congé sabbatique et quitté le Vatican pour retrouver le quartier de son enfance à Belfast. Pourtant, pas une journée ne passait sans qu'il repense aux événements qui l'avaient obligé à partir précipitamment.

Et cela n'avait rien d'étonnant.

En juin, il avait présenté au secrétaire d'État du Vatican, le cardinal Antonio Santelli, un authentique codex du Ier siècle proposant un témoignage oculaire du ministère du Christ, de sa crucifixion et de son inhumation secrète sous le mont du Temple de Jérusalem. Pour anticiper la découverte éventuelle des restes du Christ par les ouvriers et les ingénieurs israéliens qui devaient étudier l'intégrité structurelle du mont, le cardinal avait fait appel à un as du casse, un certain Salvatore Conte, pour récupérer clandestinement la relique. Conte et son équipe de mercenaires avaient réussi, mais seulement au prix d'une fusillade insensée qui avait laissé treize soldats et policiers israéliens sur le carreau.

L'« acquisition » était arrivée sans autre dommage au Vatican et, dans le plus grand secret, Donovan avait fait appel à deux scientifiques éminents pour l'authentifier : le Dr Giovanni Bersei, un anthropologue médico-légal italien, et le Dr Charlotte Hennessey, une généticienne américaine.

Les découvertes des deux scientifiques s'étaient révélées stupéfiantes.

À peine le travail d'authentification achevé, le cardinal Santelli avait ordonné à Conte d'éliminer toute trace de la relique *et* de ceux qui l'avaient étudiée. Le mercenaire avait discrètement assassiné le Dr Bersei dans des catacombes romaines, mais le Dr Hennessey était parvenue à fuir le Vatican avant qu'il ait pu s'occuper d'elle. Quand Donovan avait accompagné l'assassin dans la campagne italienne pour faire disparaître l'ossuaire, les os et les reliques, Conte l'avait assuré que, même réfugiée aux États-Unis, Charlotte n'échapperait pas à la mort. Alors le prêtre irlandais s'était résolu à liquider le meurtrier et, au terme d'un farouche combat aux poings et aux pistolets, il y était parvenu.

Oui, après tout ce qui était arrivé, il était content d'être de retour au bercail.

Il trouvait un certain réconfort dans la familière fraîcheur humide de l'air, dans les nuages gris ouateux qui voilaient les pics luxuriants de Cavehill, dans les ondulations gris acier de la rivière Lagan...

Mais son retour à la maison avait été doux-amer.

On avait expliqué à Donovan que, dans la foulée du désarmement volontaire de l'Armée républicaine irlandaise, l'IRA, en 2005, les derniers de ses anciens camarades d'école étaient partis avec leurs familles chercher de meilleures opportunités dans des villes comme Dublin, Londres et New York. Il avait aussi appris qu'en 2001, Sean, son meilleur ami, avait été emprisonné à Maghaberry, la prison de haute sécurité de Lisburn, pour avoir frappé à mort un homme d'affaires protestant de premier plan au cours des « troubles » – un destin auquel Donovan lui-même avait échappé de peu dans sa jeunesse.

Le prêtre s'était installé chez son vieux père souffrant, James, âgé de quatre-vingt-un ans. Il occupait l'une des deux chambres de la petite maison en brique rouge d'Ardoyne[1], reconstruite sur l'emplacement même de celle de son enfance, détruite en 1969 par un incendie allumé par des émeutiers unionistes.

Il consacrait la plupart de ses journées à tenir le bien nommé Donovan's, le café-snack familial, sur Donegall Street. Enfant, Donovan avait passé des heures et des heures à rendre la monnaie au comptoir, à servir du café, à beurrer des sandwichs, à ranger les journaux ou à réapprovisionner les frigos. Se replonger dans cette activité lui sembla aussi délicieusement réconfortant que familier.

Pourtant, il n'oubliait pas que c'était aussi ici qu'un client bonimenteur, Michael, avait exploité la naïveté du jeune Donovan, à peine âgé de quinze ans, et l'avait recruté comme coursier pour l'IRA. Avant l'entrée de Patrick au séminaire à dix-huit ans, son père envisageait de rebaptiser l'établissement Donovan & Son. Mais, à l'instar d'Abraham lui-même, rien n'aurait pu le réjouir davantage que d'offrir son fils au service de Dieu... surtout quand il avait appris comment le Michael en question avait si dangereusement manipulé son unique enfant.

Un bon mois avait été nécessaire à Donovan pour retrouver le rythme : traiter une carte de crédit avec la machine, utiliser les nouveaux percolateurs à café et s'occuper de la dernière génération de distributeurs automatiques. Les deux premières semaines, son père était resté assis derrière son comptoir pour l'encadrer et

1. Quartier de Belfast à majorité nationaliste, célèbre pour les troubles dont il était le théâtre au plus fort des affrontements entre protestants et catholiques. (*N.d.T.*)

le conseiller. Sous les tubes de caoutchouc qui reliaient ses narines à un réservoir d'oxygène portatif, il arborait un sourire permanent. Mais son état empira brusquement au point de le contraindre à ne plus quitter sa maison. Donovan dut gérer le bar le jour et passer ses nuits avec son père à siroter du whisky et à jouer aux cartes, à parler un peu de politique et à raconter sa journée…

Jamais ils n'avaient évoqué les événements survenus au Vatican. Donovan s'était contenté d'expliquer qu'il avait besoin d'un peu de temps pour régler certaines choses.

À la mi-août, le vieil homme perdit sa bataille entamée dix ans plus tôt contre l'emphysème. L'office funèbre à l'église de la Sainte-Croix attira quelques voisins, de vieilles connaissances et des dizaines de clients du snack. Ce jour-là, Donovan inhuma son père au cimetière de Milltown dans l'emplacement réservé à côté de Claire, sa femme adorée qui l'y attendait depuis une décennie.

Patrick Donovan avait eu l'impression d'enterrer simultanément son passé le plus récent.

Jusqu'à ce jour.

Le café était vide quand les deux hommes entrèrent juste avant midi. Ils s'installèrent sur un tabouret à l'extrémité du comptoir, tout près de la porte.

Donovan replia l'*Eire Post* et se dirigea vers eux pour les accueillir. Il comprit immédiatement qu'ils n'étaient pas du coin. Des touristes, très probablement. L'un était de taille et de carrure moyennes alors que l'autre était grand et massif.

— *Dia duit* ! leur lança-t-il en gaélique, avant d'enchaîner par un : B'jour à vous !

Si douze années de Vatican avaient effacé son accent irlandais, Belfast lui avait fait relâcher sa diction.

— Café, messieurs ?

— Ce serait super, répondit le plus petit des deux.

— Ça roule.

Donovan attrapa deux mugs et les posa sur le comptoir. Tandis qu'il récupérait la cafetière sur le feu, les deux hommes ôtèrent leurs manteaux trempés dans un même mouvement. En se retournant vers eux, l'Irlandais remarqua tout de suite leurs chemises noires et le carré blanc couvrant le bouton de leurs cols. Des prêtres !

Tout en remplissant leurs mugs, Donovan essaya de resituer le visage quelconque du plus petit, mais il ne lui rappelait absolument rien. L'accent aussi n'était certainement pas local.

— Du lait ? Du sucre ?

— Non, merci, Patrick.

Le plus grand se contenta de secouer négativement la tête.

— *Sláinte*[1] ! dit Donovan avec un hochement de tête amical et un nouveau coup d'œil au col ecclésiastique de l'homme. Pardonnez-moi, mais… (Il recula de quelques pas pour reposer la cafetière sur la cuisinière.)… nous sommes-nous déjà rencontrés ?

— Non, répondit le plus petit.

L'homme porta sa tasse à ses lèvres. Une fine vapeur flottait autour de ses yeux sombres.

— Mais nous venons de la part du Saint-Siège, ajouta-t-il.

Orlando se présenta et désigna son collègue sous le nom de « père Piotr Kwiatkowski ».

— Je vois, ponctua Donovan.

— Ça n'a pas été facile de vous trouver, dit l'Italien.

---

1. « Santé ! » (*N.d.T.*)

Mais il exagérait. Le suivi électronique de son passeport avait indiqué que Donovan avait atterri en Irlande du Nord le 7 juillet. Et s'il n'avait utilisé aucune carte de crédit, ils avaient aisément trouvé en fouillant les documents officiels le récent avis de décès de son père ainsi que la déclaration de succession du défunt – transférant la propriété d'une maison de famille sur Ardoyne Road et du bar.

Donovan le fixa de toute l'intensité de son regard.

— On dirait, continua l'autre, que vous êtes parti assez précipitamment après ce que nous pourrions appeler la disparition soudaine du cardinal Santelli.

— Les raisons de mon départ ne regardent personne, répliqua sèchement l'Irlandais.

Il attrapa un torchon et se mit à frotter le comptoir.

— Vous feriez mieux de vous occuper de *vos* affaires, mon père, ajouta-t-il.

— Alors nous n'allons pas perdre de temps.

L'homme avala une autre gorgée de café avant de poursuivre :

— On nous a parlé de *vos* « affaires » à vous avec le Dr Giovanni Bersei… et de l'ossuaire qu'il a étudié dans les sous-sols du musée du Vatican.

Il marqua une pause pour jauger la réaction de l'Irlandais. Mais l'homme n'eut aucune réaction et ne le regarda même pas.

— Je suis certain que vous serez réconforté d'apprendre que les carabiniers ont conclu à une mort *accidentelle* du Dr Bersei.

Mal à l'aise, Donovan regarda l'homme fouiller dans sa poche et en extraire une photo.

— Je suis également certain que vous allez reconnaître cet homme… bien qu'il soit un peu pâle sur ce cliché.

Il aplatit sur le comptoir la photo de Salvatore Conte prise à la morgue. Tandis que Donovan s'approchait pour la regarder, Orlando put enfin observer une réaction chez son interlocuteur : une subtile crispation de la mâchoire alors qu'une certaine appréhension lui plissait les paupières. Avec une grande assurance, Orlando se chargea d'établir à l'intention de Donovan des liens entre différentes choses : l'ossuaire, la mort de Bersei dans les catacombes, le trépas inopiné de Santelli, le meurtre de Conte.

— Et tout cela en l'espace de quelques jours après un vol retentissant à Jérusalem.

— Je crains que le seul homme qui ait eu les réponses à vos questions, rétorqua Donovan, ce fût le cardinal Santelli. Malheureusement, comme vous l'avez dit, il les a emportées avec lui dans la tombe.

Retournant à son percolateur, il passa rapidement son torchon autour de l'acier inoxydable pour le polir.

— Son Éminence apprécie votre dévouement. Nous n'avons nulle intention de porter des accusations contre vous.

— Alors quelle est votre intention ? demanda Donovan avec un air de défi.

Le visage d'Orlando se tendit.

— D'abord, il nous faut déterminer pourquoi l'ossuaire a été apporté entre les murs du Vatican. Ensuite, nous voulons retrouver les reliques qui se trouvaient théoriquement à l'intérieur de cette urne.

— Et c'est le cardinal Lungero qui réclame ces informations ?

Sans détourner son regard déterminé, Orlando n'hésita qu'une fraction de seconde avant de répondre :

— C'est exact.

Donovan reposa calmement son torchon. Lungero était le nom de quelqu'un au Vatican, mais certainement pas celui d'un cardinal. Si ces hommes n'étaient pas des émissaires du Vatican, qui pouvait bien les avoir envoyés ? Peut-être qu'ils avaient participé à l'opération de Conte à Jérusalem et qu'ils n'avaient pas reçu leur rémunération avant son décès.

— Mais de quelles reliques peut-il bien parler? demanda l'Irlandais avec son fort accent de Belfast retrouvé.

— Vous savez mieux que quiconque qu'un ossuaire est, comme son nom l'indique, un coffre renfermant des os. De ce fait, on peut raisonnablement penser que des os se trouvaient à l'intérieur. Ainsi que d'autres reliques.

Des mercenaires pouvaient-ils s'intéresser à des os? se demanda Donovan.

— Je ne suis pas sûr de pouvoir vous aider, dit-il. Et puis, il y a autre chose...

— Oui ?

Il secoua la tête d'un air dédaigneux.

— On m'a demandé de signer un accord de confidentialité avant mon départ du Vatican. Je ne suis pas censé...

— Ces clauses concernent des personnes étrangères au Saint-Siège.

Seconde erreur. Donovan n'avait jamais signé un tel engagement avant son départ. Un fait demeurait certain : le Saint-Siège ne savait toujours pas ce qui s'était réellement passé et jugeait préférable de ne pas creuser la question. Il n'y aurait pas de troisième erreur.

À cet instant, la porte d'entrée s'ouvrit et un homme portant une combinaison de travail jaune couverte de boue s'avança tranquillement.

— Salut, Patrick ! lança-t-il gaiement.

Donovan se redressa pour lui adresser un sourire.

— *Conas tá tú*[1], Kevin ?

— Eh, se contenta de répondre l'homme avec un haussement d'épaules las.

Il regarda les prêtres en passant derrière eux d'un pas lourd.

— B'jour, mes pères.

Son sourire révéla une rangée de dents gâtées et tachées par le tabac.

— Bonjour, répliqua laconiquement l'Italien.

Il regarda l'ouvrier se traîner jusqu'au tabouret le plus éloigné à l'autre extrémité du comptoir.

— Un moment, s'il vous plaît, s'excusa Donovan avant d'aller s'occuper de son client.

Orlando observa l'échange qui s'ensuivit. L'homme en tenue de chantier parlait vivement avec les mains, très probablement de son travail quotidien et de la tranchée qu'il avait creusée quelque part ce matin. Puis il passa enfin une commande à Donovan. Bien que la conversation se soit déroulée à très haute voix, elle était restée quelque peu inintelligible : les deux hommes avaient discuté en gaélique.

— Que dit-il ? demanda discrètement Kwiatkowski à son compère.

— Aucune idée.

Ce dernier pesta entre ses dents. Si Donovan avait cherché refuge dans n'importe quel pays de l'Union européenne ou du Moyen-Orient, il aurait pu facilement déchiffrer le dialecte local et même lire sur les lèvres si le volume n'avait pas été suffisant.

1. « Comment vas-tu ? » (*N.d.T.*)

Le prêtre irlandais s'éclipsa par une porte. Sans doute allait-il chercher quelque chose pour son client.

Immédiatement, Kwiatkowski réagit et voulut se lever de son tabouret.

Orlando lui attrapa le bras.

— Attends une minute !

Mais les minutes s'accumulèrent. Et pas de Donovan.

— Pour l'amour du ciel ! Qu'avez-vous commandé, mon fils ? s'enquit l'Italien avec une ironie taquine.

— Du café, mon père, exactement comme vous, répondit l'homme crasseux qui gratifia le prêtre d'un nouveau sourire épanoui. Si c'est bon pour vos âmes, ça ne peut qu'aider à stimuler le feu en *moi*.

Instantanément, les deux « religieux » repoussèrent leurs tabourets.

L'ouvrier écarquilla les yeux en les voyant fondre sur lui, particulièrement le plus grand, un véritable géant, et il se recroquevilla sur son siège.

— J... J'vais boire du thé si vous préférez ! s'exclama-t-il en tremblant.

Mais les deux autres ne lui prêtèrent aucune attention. Ils passèrent à côté de lui à toute allure, contournèrent le comptoir et disparurent par la même porte que Donovan.

7

Orlando comprit immédiatement que la petite pièce attenante servait au stockage : elle était remplie de produits secs ou déshydratés, de boîtes rangées soigneusement sur les rayonnages et de réserves de verres. Sur un côté, il y avait aussi une petite chambre froide dont la porte était grande ouverte.

— Va l'inspecter, ordonna-t-il.

Kwiatkowski l'atteignit en quelques enjambées et passa la tête à l'intérieur. Des caisses de lait et d'œufs, des paquets de sodas et de bières, des casiers de fromages, de viandes emballées et de beurre s'alignaient sur le sol et les étagères. Mais pas de Donovan.

— Il n'est pas ici.

À cet instant précis, ils entendirent le bruit étouffé d'un moteur, juste de l'autre côté d'une robuste porte métallique à l'arrière du local.

Donovan avait envisagé de bloquer la porte avec quelque chose, mais dans l'étroite ruelle, il n'y avait qu'une grosse benne à ordures impossible à déplacer. Renonçant au casque rangé dans le coffre arrière, il enfourcha sa moto et mit le contact. La porte s'ouvrit violemment dans son dos au moment même où il démarrait.

Les deux cylindres en V froids toussotèrent avant de propulser la Kawasaki Vulcan dans un crissement de gomme. Donovan s'accorda un regard en arrière et vit les deux comparses déguisés en prêtres se précipiter dans la ruelle, pistolet au poing.

Donovan se concentra sur la sortie de la rue étroite, droit devant lui : encore cinquante bons mètres avec rien d'autre que des murs de brique de chaque côté.

Une cible facile pour un tir direct.

Pressant sa poitrine contre le réservoir d'essence, il ouvrit les gaz à fond et zigzagua du mieux qu'il put en s'efforçant de ne pas déraper sur les pavés rendus glissants par la pluie. Le premier tir ricocha au bas du mur juste devant lui. Un deuxième transperça le pot d'échappement : le deux-roues se mit à produire un grondement assourdissant. Les deux hommes étaient de bons tireurs. Pourtant ils ne semblaient pas le viser directement. Essayaient-ils seulement de crever un pneu ?

En catastrophe, Donovan donna un coup de guidon pour contourner un nid-de-poule qui accrocha néanmoins sa roue arrière. La Kawasaki fit une embardée brutale qui projeta dangereusement l'Irlandais tout près du mur. Une troisième balle lui érafla presque le mollet et tinta sur le bloc-moteur chromé. Encore cinq mètres ! Le motard serra les freins au moment de jaillir dans la rue. Il se pencha vers la droite pour prendre un large virage. Dans le mouvement, il effleura le pare-chocs d'un camion qui arrivait vers lui et qui klaxonnait comme un fou.

La moto se déporta violemment vers le trottoir opposé, obligeant Donovan à tendre sa jambe pour ne pas percuter une vieille femme qui promenait son caniche. La pétarade gutturale du pot perforé couvrit les insultes que la femme vociférait tandis qu'il remettait sa moto dans l'axe et filait à fond de train.

8

JÉRUSALEM, ISRAËL

Descendant les marches escarpées du quartier juif de la vieille ville, le rabbin Aaron Cohen leva les yeux vers le complexe fortifié du mont du Temple. Avec ses quatorze hectares de superficie et les énormes volumes quadrangulaires de ses murs de soutènement, de ses parapets et autres remblais, il ressemblait à une mesa artificielle couvrant le sommet du mont Moriah. Une seconde plate-forme de moindre envergure se dressait au centre du mont du Temple pour soutenir le sanctuaire qui dominait le site depuis la fin du VIIe siècle : un édifice raffiné dont la massive coupole en or reposait sur une base octogonale de marbre et de mosaïques arabes colorées.

C'était le Dôme du Rocher, le troisième lieu saint de l'islam.

Cohen posa un regard méfiant sur celui-ci et un violent sentiment d'écœurement l'envahit. Il murmura une prière pour réprimer les émotions profondément ancrées qui sourdaient chaque fois qu'il pensait au grand temple juif coiffant jadis la plus sacrée des éminences. La vision du Dôme faisait naître à parts égales des sentiments de perte et d'offense.

Parvenu au pied des marches, il se dirigea vers le poste de contrôle de la place du Mur occidental – le « mur des Lamentations ». Comme d'habitude, il déclencha la sonnerie du détecteur de métaux. Nonchalamment, il fit un pas de côté et leva les bras. Revêtu de son uniforme vert olive et coiffé de son béret, le jeune soldat de Tsahal secoua la tête en se levant de son tabouret, un Uzi suspendu à l'épaule gauche. Il sortit un détecteur portatif noir de son sac.

— *Shalom*, rabbi.

— *Shalom*, Jacob.

Le militaire passa sans conviction le détecteur de métaux sur les membres et le torse du *hassid*[1]. Et, comme à l'ordinaire, il émit un petit couinement perçant en survolant la cuisse et la hanche gauches. Avec un long soupir, le garde tapota l'endroit pour la forme afin de vérifier qu'il n'y avait rien.

— Pas moyen de se débarrasser de ce truc, rabbi ? demanda-t-il avec un sourire poli en regagnant son tabouret.

— Pas si je veux continuer de marcher.

Cohen secoua tristement la tête.

— Il vaut mieux s'y habituer.

Le « truc », des éclats métalliques profondément incrustés, était le cuisant souvenir d'un attentat suicide sur le marché Mahané-Yéhuda de Jérusalem qui avait fait six morts et des dizaines de blessés, dont Cohen qui se trouvait à quelques mètres à peine de l'explosion du *shahid*[2]. Après quatre opérations et cinq mois passés au centre hospitalier Hadassah, les chirurgiens s'étaient résolus à laisser en place les clous et les billes de métal dont l'extraction se serait soldée par une paralysie certaine.

---

1. Orthodoxe juif se réclamant du hassidisme. (*N.d.T.*)
2. Ou *chahid*. Terme signifiant littéralement « témoin », mais généralement traduit par « martyr ». Il s'agit d'un combattant islamique qui offre sa vie ou meurt au combat. (*N.d.T.*)

Normalement, Cohen devait présenter un badge médical avant de se soumettre à l'examen d'un détecteur de métaux. Mais ici, il n'en avait pas besoin. Tout le monde connaissait le rabbin Aaron Cohen et le connaissait même très bien. Au cours des deux dernières décennies, le *haredi*[1] de cinquante-trois ans natif de Brooklyn était devenu l'une des voix religieuses et politiques les plus influentes d'Israël : partisan convaincu du judaïsme ultra-orthodoxe, du retour de Sion et de l'adoption officielle par l'État de la *Halakha* – les lois judaïques issues de la Torah – pour régir la vie publique. Par le passé, le temps de deux mandatures, il avait siégé à la Knesset dans les rangs du Parti national religieux, un parti dont le credo était : « La terre d'Israël pour le peuple d'Israël, selon la Torah d'Israël. » Et ses enseignements dans les plus prestigieuses *yeshivot* du pays lui avaient valu bien des éloges. Les Israéliens juifs et séculiers le voyaient comme le prochain candidat au poste de grand rabbin.

— Bonne journée ! lui lança le soldat.

Cohen toucha du bout du doigt son *zayen*[2] à large bord, puis il s'éloigna avec une légère claudication. Les glands blancs de l'écharpe de prière qu'il portait sous sa veste noire dodelinaient au rythme de sa démarche rapide, tandis qu'une douce brise faisait danser les mèches de sa longue barbe noire et ses *peoths* étroitement tortillées.

La grande esplanade menait au *Kotel*, une partie exposée du mur de soutènement occidental du mont du Temple, large de cinquante-sept mètres sur dix-neuf de haut. En temps normal, l'endroit était bondé de juifs

1. Littéralement : le « craignant-Dieu ». Terme désignant des juifs ultra-orthodoxes. (*N.d.T.*)
2. Chapeau.

psalmodiant des prières, déchirant leurs vêtements et pleurant la perte du Temple, autant de manifestations qui justifiaient le surnom le plus célèbre de ce lieu sacré entre tous : le mur des Lamentations. En guise d'offrande propitiatoire, les touristes glissaient entre les énormes blocs de pierre hérodiens, dans des interstices du mur à peine plus larges qu'une lame de rasoir, de petits billets sur lesquels étaient griffonnées des prières.

Mais au cours du dernier mois, le décor avait bien changé.

Des serpentins de barricades avaient envahi la place. Les tractopelles déversaient des gravats dans des bennes devant la porte du Fumier, là où les bus de touristes faisaient ordinairement la queue. Désormais, le site le plus saint du judaïsme ressemblait à un chantier.

Cohen se dirigea vers la haute entrée voûtée à l'extrémité nord de l'esplanade, qui donnait accès au tunnel du Mur occidental : un réseau souterrain d'anciennes galeries, de citernes et de conduites d'eau courant sous les édifices du quartier musulman le long des fondations occidentales du mont du Temple. Avant sa récente fermeture, les touristes pouvaient parcourir le tunnel de la place du *Kotel* jusqu'à un escalier remontant vers la Via Dolorosa à l'angle nord-ouest du mont du Temple. C'était une merveille archéologique… *Mais surtout*, songea Cohen, *un lien direct avec la Jérusalem du Ier siècle.*

Il salua un groupe d'une demi-douzaine de soldats de Tsahal en train de discuter. Le rabbin s'était montré pointilleux sur le renforcement de la sécurité avant d'accepter d'apporter son aide à la supervision des travaux, aussi sensibles qu'éminemment secrets, qui avaient été entrepris ici. Il avait déjà reçu des menaces de mort émanant de fanatiques islamiques. Et beaucoup d'autres suivraient, il en était certain.

À l'intérieur, l'air frais le revigora. Vestige d'un grand pont du Ier siècle reliant la ville haute aux cours du mont du Temple, l'arche de Wilson formait une haute voûte au-dessus de sa tête. Une série de salles souterraines reliées entre elles formait un hall spacieux servant ordinairement de synagogue. Près de l'endroit où se trouvait encore l'arche de la Torah quatre semaines plus tôt, Cohen contourna des tas de briques et de granulats de ciment. Puis il descendit un escalier métallique qui permettait d'accéder au niveau suivant du tunnel.

On était vite assailli d'émotions dans ce lieu empreint de mysticisme, véritable porte ouvrant sur le monde ancien dont lui avait tant parlé son grand-père dans la petite pièce secrète de Brooklyn.

Substituant un casque jaune vif à son *zayen*, il pénétra dans une immense chambre souterraine – le Grand Hall. En temps normal, c'était là que les touristes s'assemblaient pour écouter un commentaire sur la construction du mont du Temple au Ier siècle avant J.-C. par les architectes romains et égyptiens réunis par le roi bâtisseur visionnaire Hérode le Grand.

Cohen longeait les massifs blocs hérodiens biseautés qui formaient la base du mont : l'un d'eux était la plus grosse pierre d'Israël et pesait plus de six cents tonnes.

Des lampes de chantier projetaient une lumière blanche sur les dizaines d'hommes perchés au sommet de grands échafaudages. Ils s'employaient à réparer les importantes fractures affectant les quatre voûtes imposantes du Grand Hall. En maints endroits, on apercevait d'énormes brèches là où des pans entiers des arches du XIIIe siècle avant J.-C. avaient été détruits.

Le tremblement de terre responsable de ces dommages était survenu près de six semaines plus tôt. Il faisait partie du plan de Yahvé, Cohen en était certain. Ce n'était qu'un signe de plus indiquant que la prophétie était en train de s'accomplir.

Son regard se posa sur les sièges disposés en gradins à l'arrière de la grande salle devant une maquette du mont et du complexe du Temple vers 70... désormais écrasée sous trois blocs massifs. Miraculeusement, aucun des touristes présents au moment du séisme n'avait été blessé, ou pire.

— Bonjour, rabbi ! le salua un ouvrier par-dessus le bruit retentissant des marteaux-piqueurs.

Cohen lui adressa un petit signe de la main.

Après avoir eu pour épicentre la vallée du Grand Rift en Afrique, la secousse avait traversé la mer Morte avant de continuer vers l'Orient. Avec ses 5,3 de magnitude, elle faisait pâle figure en comparaison du tremblement de terre de force 6,3 responsable de plus de deux cents victimes en 1927, à Jéricho, vingt-cinq kilomètres plus au nord. Seulement, la vieille ville de Jérusalem, construite principalement en pierre calcaire non renforcée, était assise sur les couches de débris accumulées au long des siècles de destruction et de reconstruction. Par conséquent, les ondes sismiques avaient fait plus de dégâts.

Et il en allait de même de ses contrecoups politiques.

Déjà, pendant plus d'une décennie, les fouilles en cours dans le tunnel avaient été un point d'achoppement explosif dans la controverse opposant juifs et musulmans pour le contrôle du mont du Temple, le périmètre religieux le plus convoité au monde. Et les réparations unilatérales qu'il avait fallu entreprendre d'urgence ici même avaient suscité une tempête de protestations de la part de tous les groupes et organismes musulmans et palestiniens : le Waqf[1], le Hamas, l'OLP…

Cohen leva tristement les yeux vers les voûtes. Juste au-dessus se trouvait le quartier résidentiel musulman, ce qui alimentait largement la polémique.

Les musulmans avaient construit ces arches de pierre pour y bâtir leurs habitations afin de les élever jusqu'au niveau de l'esplanade du mont du Temple et permettre un accès aisé aux mosquées. Au cours des siècles, les galeries s'étaient remplies de boue et de débris, ce qui avait contribué à stabiliser les infrastructures. Par conséquent, les musulmans prétendaient que les récentes fouilles israéliennes menaçaient l'intégrité des structures qui se trouvaient au-dessus. Voilà pourquoi il était si important qu'aucun musulman ou Palestinien ne découvre la véritable ampleur des dommages, parce que, s'ils l'apprenaient, les émeutes qui avaient marqué l'ouverture du tunnel en 1996 ne seraient rien comparées aux manifestations de violence qui pourraient en découler. Et pour cette raison, le gouvernement israélien finançait les travaux… tout en en dissimulant le véritable objectif.

Cohen s'approcha d'une porte provisoire sur laquelle était peint en lettres rouges : ACCÈS RÉSERVÉ AUX PERSONNES AUTORISÉES. Il tapa un code sur le clavier et le verrou s'ouvrit. Il poussa la porte et la referma derrière lui.

Parallèlement au mur de fondation du mont du Temple, on avait dressé des plaques de ciment pour former un étroit couloir. Des poutrelles d'acier stabilisatrices s'entrecroi-

---

1. Conseil musulman chargé de la gestion et de l'administration des biens religieux. (*N.d.T.*)

saient au-dessus des têtes et, sous les pieds, le sol montait régulièrement.

Le rabbin parcourut rapidement le passage et gravit quelques marches menant au point central approximatif du Mur occidental. À cet endroit, le plafond s'élevait très haut et les pierres de fondation laissaient place à une monumentale porte cintrée murée qui culminait à six mètres au-dessus du sol : la porte dite de Warren, du nom de l'archéologue britannique Charles Warren qui l'avait découverte en 1867.

Si cette ouverture donnait théoriquement accès aux structures inférieures de la plate-forme du mont du Temple, elle avait été condamnée peu après la reconquête de Jérusalem par Saladin au XIIe siècle. Mais on avait récemment aménagé une large brèche en son centre par laquelle la lumière filtrait.

Cohen se baissa pour regarder à l'intérieur : une seconde équipe déblayait des débris, mais si ces hommes portaient le même uniforme que l'équipe du hall principal, ils n'étaient pas sous l'autorité des Israéliens. Ils appartenaient à l'une des nombreuses équipes du rabbin.

Celui-ci ne put s'empêcher de sourire quand il mesura à quel point ils avaient pénétré sous le mont.

Cependant, le bruit assourdissant des marteaux-piqueurs ne manquait pas de l'inquiéter : même s'ils se trouvaient à une bonne profondeur sous l'esplanade du mont du Temple, ne pouvait-on les entendre d'en haut ? Heureusement, se rassurait-il, ces fouilles secrètes avaient l'avantage d'être proches du Grand Hall, si bien que leur vacarme pouvait aisément se confondre avec le bruit des restaurations qui s'y déroulaient.

Une vibration contre sa poitrine le fit sursauter. Il plongea la main dans sa poche, en sortit son téléphone portable et vérifia l'identité du correspondant sur l'écran : une ligne interne du musée Rockefeller. Opportunément, les équipes israéliennes avaient installé des relais amplificateurs de signal dans tout le tunnel pour faciliter les communications avec l'extérieur. Ouvrant le clapet, il annonça d'une voix forte :

— Ne quittez pas.

Rapidement, il s'écarta de la porte voûtée et s'éloigna dans le tunnel.

— Oui, qu'y a-t-il ? demanda-t-il enfin.

À travers les parasites, il put entendre son correspondant l'informer qu'on avait fait une découverte extraordinaire à Qumrân.

— Est-ce… authentique ? s'enquit finalement Cohen avec un léger frémissement dans les doigts.

La réponse de son interlocuteur était affirmative.

— Et qui a fait cette découverte ?

L'homme le lui révéla et la main de Cohen se mit à trembler davantage.

— À qui Mizrachi a-t-il confié la transcription ?

Cohen n'aima pas non plus cette nouvelle réponse.

— Je serai là dans une heure.

9

VALLÉE DE JEZRÉEL[1], ISRAËL

Parvenu au sommet du tertre massif coiffé de ruines fortifiées, Amit gara sa Land Rover et sortit sur le chemin poussiéreux. Il s'accorda un instant pour admirer la luxuriante vallée de Jezréel qui se déployait sur des kilomètres autour du tell jusqu'aux montagnes distantes contre lesquelles elle se brisait comme une vague. Cette modeste plaine avait été le théâtre d'innombrables batailles au cours de l'Antiquité quand des empires s'affrontaient pour le contrôle de ce carrefour entre l'Orient et la Méditerranée par lequel transitaient les marchandises et circulaient les informations.

Pendant des siècles, la colline avait servi de place forte stratégique. Son nom sinistre dérivait de l'hébreu *Har Megedon*, c'est-à-dire « colline de Megiddo ».

L'Armageddon.

Le livre néo-testamentaire de l'Apocalypse en faisait le point de départ d'une confrontation apocalyptique entre les forces du Bien et du Mal.

Au nombre de ceux qui avaient jadis occupé l'Armageddon, on relevait de nombreux rois de l'Ancien Testament, parmi lesquels Salomon et Josias. Tous avaient laissé une empreinte quelque part sur le sommet de Meggido ; les actuelles fondations visibles du tell n'étaient qu'une

1. Également dite de Yizreel ou d'Esdraelon, située en Galilée, au nord d'Israël. (*N.d.T.*)

carapace recouvrant plus de vingt bâtisses successives ensevelies en dessous.

Après avoir suivi le lacis de ruines séculaires, Amit s'arrêta sous un bouquet de palmiers odoriférants et regarda la belle tranchée profonde bordée de drapeaux jaunes. Au fond, armée de truelles et de brosses, une petite équipe d'archéologues continuait de creuser activement, couche microfine par couche microfine.

Il repéra l'égyptologue mondialement renommée Julie Le Roux, à son chapeau rose à large bord. C'était le sceau des pharaons égyptiens qui l'avait attirée ici. Celui de Thoutmosis III pour être précis. Récemment, des fouilles avaient exhumé un véritable trésor abandonné là après l'occupation de ce site par le souverain à la fin du XVe siècle avant J.-C. Julie avait débarqué du Caire le lendemain. Et près de quatre mois s'étaient écoulés depuis.

— Alors, Julie, pas encore en Chine ?

L'égyptologue était en train de dépoussiérer un objet globulaire encore partiellement enfoncé dans la terre. Sans se détourner de son ouvrage, elle cria avec un bel accent français :

— *Mister* Amit ? Est-ce toi ?

— Le seul et l'unique.

— *Zut alors** [1] !

Posant sa brosse, elle se redressa et leva vers lui ses yeux bleu argent plissés à l'extrême dans la lumière ardente du soleil.

Il y avait quelque chose chez Julie qui avait toujours charmé Amit. Quarante-trois ans et trois enfants avaient

1. Ici et dans la suite du texte, les passages en italique suivis d'un astérisque sont en français dans le texte original. (*N.d.T.*)

peu affecté son éclatante forme athlétique. Avec ses grands yeux et son air effronté et insolemment juvénile, son visage n'était sans doute pas son plus bel atout, mais il en émanait un rayonnement contagieux. L'archéologue israélien trouvait curieux qu'elle puisse paraître si heureuse, si gaie, alors que son bilan conjugal ressemblait étonnamment au sien – à cette différence près qu'elle n'était parvenue qu'une seule fois à substituer un conjoint à l'attrait des mystères archéologiques.

— Tu n'as pas ta pelle ? demanda-t-elle.

Seul un archéologue pouvait relever la pique. Julie considérait la pelle comme un sacrilège : un outil dévolu aux impatients et aux irrévérencieux. Il haussa les épaules avec un petit sourire de gamin mutin.

— J'ai dû l'oublier.

— Dommage. Pourquoi ne descends-tu pas ici afin que je t'apprenne une chose ou deux ?

Elle lui montrait du doigt une grande échelle en aluminium appuyée contre le bord du trou.

— Alors, qu'est-ce qui t'amène à Armageddon ? demanda Julie.

Maintenant qu'il l'aidait à dépoussiérer l'objet, Amit pouvait identifier la nature du globe : un pichet d'argile couvert de hiéroglyphes. La coïncidence l'amusa.

— L'Égypte, en fait.

Ces mots réjouirent sa collègue.

— Pas possible, répliqua-t-elle d'un air enjôleur.

Amit jeta un coup d'œil rapide vers les assistants de la Française. Aucun ne paraissait s'intéresser à leur conversation.

— Un hiéroglyphe, pour être plus précis, souffla-t-il.

— Ahhh ! On dirait que les dieux ont devancé ta visite à l'oracle, plaisanta Julie en le regardant brosser la cruche sphérique. Oh, là ! il vaut mieux être doux avec celle-là, ajouta-t-elle. Elle s'écaille.

Un sourire aux lèvres, Amit traita plus tendrement l'antiquité.

— Un glyphe, dis-tu. Je suppose que tu me l'as apporté ?

Julie s'agenouilla tandis qu'Amit acquiesçait.

— Alors jetons-y un coup d'œil, l'invita-t-elle.

L'Israélien posa sa brosse et fouilla dans la poche de sa veste. Il en sortit une photo qu'il lui tendit.

— J'ai trouvé cette gravure, tu vois, et…

Se rendant compte que le cliché parlait de lui-même, il se contenta de pointer l'index dessus.

Julie se mordit la lèvre. La tête inclinée de côté, elle n'examina l'image qu'un instant.

— C'est assez clair.

Elle la lui rendit avec un petit sourire espiègle.

— Eh bien ?

Il glissa la photo dans sa poche.

— Pourquoi ne m'avoues-tu pas que tu es allé en Égypte ?

— Ce n'est pas le cas.

— Ah ! fit-elle, troublée. Cela me semblait le seul endroit où tu aurais pu prendre une telle photo.

— Qu'est-ce que ça signifie ?

— Le glyphe représente un nome.

Dans l'Égypte antique, un nome était l'équivalent d'une province.

— Est-ce que je vais devoir t'implorer pour que tu me donnes son nom ? demanda Amit.

— Et si je te faisais plutôt travailler un peu pour le trouver ? Voyons les éléments dont nous disposons.

La taquinerie, qui était la marque de Julie Le Roux, fit lever la tête de l'une de ses étudiantes. La jeune fille séduisante croisa le regard d'Amit. Elle lui sourit et secoua la tête en signe d'empathie.

Julie plissa les yeux, formant comme de minuscules serres d'aigle aux commissures.

— OK, c'est probablement le plus fameux des quarante-deux nomes de l'ancienne Égypte et, aujourd'hui, il n'existe plus que de nom, tout en sachant que la région à laquelle celui-ci s'applique n'est pas sa région d'origine.

Elle regarda fixement l'archéologue, attendant qu'il poursuive l'exposé, mais, au bout de dix secondes, elle supposa, à juste titre, qu'il avait besoin d'un peu d'aide.

— Allez, je te file quelques indices : le Livre des morts, Atoum, Horus, Râ…

— Héliopolis ?

— *Parfait** *!* s'exclama-t-elle, en lui appliquant une petite tape sur le genou. Oui, la légendaire « Cité du soleil ».

Il échangea un regard victorieux avec l'étudiante, qui leva le pouce pour exprimer sa solidarité. Alors, glissant brièvement dans une sorte de transe, Amit essaya de comprendre ce que faisait ce glyphe au milieu des découvertes apparemment sans lien qu'il avait exhumées à Qumrân.

— Quelque chose ne va pas ? demanda Julie.

Sortant de sa rêverie, il écarta la question d'un geste de la main.

— Non… Ce n'est rien. Enfin, je savais que je pouvais compter sur toi pour éclaircir cette question. Sans toi, j'aurais dû éplucher des tonnes de bouquins pendant des heures.

— C'est toujours un plaisir, sourit-elle. Mais ça t'embête de me dire de quoi il s'agit ?

— J'aimerais bien, Julie, répondit-il d'une voix douce, mais je ne peux pas vraiment en discuter ici.

D'un mouvement des yeux, il désigna l'équipe des étudiants toute proche.

— Ooooh… monsieur fait le mystérieux.

L'égyptologue cilla et planta son index dans le ventre rebondi d'Amit, ce qui le fit rire bruyamment.

— Bon, tu sais que tu peux me demander de l'aide si tu en as besoin, continua-t-elle. Si tu as trouvé ce glyphe ici en Israël, personne n'est plus indiqué que moi pour déchiffrer son contexte. Alors pourquoi ne me montres-tu pas ce que tu as découvert ? le défia-t-elle.

Jusqu'où l'impétuosité de cette femme pouvait-elle aller ? Il grimaça en secouant la tête.

— Je ne suis pas sûr d'être prêt à…

— Jezza ! le coupa Julie pour interpeller l'étudiante.

— Oui ? répondit la jeune femme.

— Je pense que tu peux gérer les choses si je m'absente pour le reste de la journée ?

— Bien sûr.

— Super.

La Française se retourna vers Amit.

— Et voilà, on peut y aller.

Elle se redressa, attrapa une serviette et s'essuya les mains.

Amit geignit en se relevant.

Julie lui jeta sa serviette avant de se diriger vers l'échelle.

— On s'arrache.

10

Phoenix, Arizona

États-Unis

Absorbée par l'examen du dossier Genscan, Charlotte Hennessey laissa un nouvel appel basculer vers la messagerie vocale. Parvenant enfin à s'extraire des données génético-informatiques, elle fit pivoter son fauteuil en cuir et jeta un regard par les baies vitrées de son luxueux bureau à l'angle du seizième étage de l'immeuble. BioMedical Solutions avait dépensé sans compter pour son siège social : un labo de génétique de pointe, des bureaux remis à neuf et une immense salle de conférences toute lambrissée d'acajou. Les affaires marchaient bien. BMS croissait comme un feu de forêt en plein été. Et elle était le numéro deux de la société : sa vice-présidente en charge de la recherche génétique.

Après avoir récemment vaincu son cancer des os, à tous points de vue, les choses ne pouvaient se présenter sous un meilleur jour.

À travers les baies vitrées, la ville immense se déployait au pied des pics dentelés des montagnes. Le bleu immaculé du ciel du désert dispensait un sentiment de sérénité. Même maintenant, elle avait encore besoin de se rappeler de prendre la mesure de la beauté la plus élémentaire de la vie. Le titre professionnel ronflant et les stock-options n'étaient que de petits plaisirs aussi futiles que fugaces qu'elle comparait à l'odeur d'une voiture neuve. Ça n'avait rien à voir avec la seconde chance qui lui avait été offerte par la vie. Ça, c'était un événement qui vous métamorphosait en profondeur, quelque chose qui vous donnait une leçon d'humilité durable. Et elle était impatiente de partager cette expérience avec le monde.

Après s'être frotté les yeux, elle se concentra de nouveau sur son écran d'ordinateur où s'affichaient deux images côte à côte.

— Ça n'a aucun sens, murmura-t-elle.

L'image de gauche était un caryotype spectral présentant vingt-quatre paires de chromosomes fluorescents sous forme de tableau. L'image de droite était quasiment identique, à cette nuance près que la dernière paire était légendée XX au lieu de XY. Rien d'anormal jusque-là.

L'échantillon XX avait été extrait du noyau de sa propre cellule sanguine. XX signifiait féminin.

L'échantillon XY provenait quant à lui d'un squelette vieux de deux mille ans trouvé à l'intérieur de l'ossuaire qu'elle avait discrètement étudié en juin dans les sous-sols du musée du Vatican. XY, donc masculin. Son identité ?... L'hypothèse avancée continuait de lui procurer des frissons tout le long de la colonne vertébrale.

Mais la véritable anomalie – l'aberration – apparaissait clairement dans les deux images. C'était la paire chromosomique numérotée « 23 ». Ses brins avaient bien une forme normale de ver, mais il manquait les bandes colorées ordinairement visibles et qui leur donnaient une allure d'hélice comprimée. Une étude plus précise avait révélé pourquoi : les gènes de la paire 23 n'étaient pas organisés en brins enroulés étroitement. À travers les lentilles du microscope, sa structure ressemblait... à un *sucre d'orge*. Mais en plus de cette aberration génétique, les bases nucléiques[1] – guanine, cytosine, adénine et thymine – présentes dans tous les autres chromosomes ne se retrouvaient pas dans le vingt-troisième. De tout cela avait donc découlé une découverte absolument phénoménale : une nucléobase de codage jusque-là non répertoriée qu'elle et son patron, Evan Aldrich, avaient, pour le moment, simplement baptisée « chromosome 23 » ou juste « 23 ».

Et 23 fonctionnait comme une supernanomachine organique, reconstruisant et recodant les cellules endommagées dans le reste du dispositif chromosomique – un phénomène qu'elle ne pouvait toujours pas comprendre. Et quand ce chromosome était introduit dans un organisme – comme celui d'une généticienne de trente ans et quelques avec un cancer des os –, il se répandait dans le sang comme un virus pour réparer le codage endommagé dans tout le système.

Elle n'arrivait pas encore à se faire à l'idée qu'Evan avait pu prendre le risque de le lui injecter. Car d'après ce que lui-même en savait, il aurait pu la tuer. Mais il n'était pas homme à laisser le hasard décider. Dès qu'il avait repéré l'anomalie grâce à un scan du génome de l'échantillon osseux qu'elle lui avait envoyé, il avait tout de suite compris ce à quoi il avait affaire. Seulement, il ne pouvait pas expliquer exactement ce que c'était.

Et quand ils étaient revenus de Rome, il lui avait délégué ce travail d'explication.

Jusque-là, ses recherches n'avaient fait qu'engendrer de nouvelles questions. D'où venait 23 ? Pourquoi n'avait-

---

1. Ou encore nucléobases ou bases azotées : molécules faisant partie des nucléotides de l'ADN et impliquées dans l'association par paires des brins d'ADN. (*N.d.T.*)

on pu le trouver que sur un homme vieux de deux mille ans ? Comment ce chromosome pouvait-il, *de manière sélective*, inverser d'innombrables siècles de mutation génétique ? C'était une énigme épigénétique d'une ampleur sans précédent.

Charlotte s'enfonça dans son fauteuil et soupira.

Elle ne pouvait s'empêcher d'envisager une hypothèse que les chercheurs « sérieux » considéraient comme taboue : la reconnaissance d'une variable « origine : inconnue » qui suggérait l'existence de quelque chose qui dépassait la raison scientifique. Cette fameuse « complexité irréductible[1] » ? *N'y pense même pas*, se dit-elle en elle-même. Seulement, elle ne pouvait s'en empêcher. Le non moins fameux « dessein intelligent[2] » ? Si son analyse ne faisait même qu'effleurer allusivement le créationnisme, elle pouvait dire adieu à sa carrière.

— Allez, s'exhorta-t-elle. Tu peux trouver la réponse. Tu peux y arriver.

Mais même si elle y parvenait, qu'en serait-il des aspects commerciaux de sa recherche ? Cette « chose » n'était-elle pas la boîte de Pandore de la médecine ? Parvenir à éradiquer toutes les maladies ne manquerait pas d'avoir des

1. Thèse selon laquelle certains systèmes biologiques sont trop complexes pour être le fruit de l'évolution d'antécédents plus élémentaires, du fait de mutations aléatoires ou de la sélection naturelle. Pour plus d'informations, *cf.* notamment l'entrée *Complexité irréductible*, sur l'encyclopédie interactive Wikipédia. (*N.d.T.*)

2. Concept considéré comme pseudo-scientifique et lié à l'idée précédente de « complexité irréductible » (voir note ci-dessus) postulant que certaines observations de l'univers seraient mieux expliquées par un processus intelligent transcendant que par des processus aléatoires. *Cf.* entrée *Dessein intelligent* sur l'encyclopédie interactive Wikipédia. (*N.d.T.*)

conséquences phénoménales – à commencer par l'effondrement total du complexe pharmaco-industriel.

— Respire, se murmura-t-elle.

— Je veux bien que tu le fasses pour moi aussi, lui lança une voix depuis la porte.

Elle se retourna. C'était Evan. Il ressemblait à une publicité avec son costume croisé bleu marine Armani et sa cravate pervenche chic à rayures blanches qui faisait ressortir ses yeux bleus. Ça lui donnait une image professionnelle plus sérieuse, qu'il avait adoptée non de son propre gré, mais sur l'insistance du conseil d'administration. De son côté, elle demeurait fidèle à la blouse de labo blanche standard de la société enfilée sur son tailleur-pantalon Ann Taylor Loft acquis en solde avec 40 % de réduction.

— Ça va ?

Il restait appuyé contre l'encadrement de la porte.

— Bah ! tu le sais bien. J'essaie de comprendre comment on est parvenus à enfermer le jardin d'Éden dans une éprouvette, répondit-elle d'un ton quelque peu acerbe.

— Tu dis ça comme si c'était une mauvaise chose.

Elle haussa les épaules.

Evan désigna l'écran d'un petit mouvement du menton.

— Ton échantillon est toujours stable ?

— Oui.

Les niveaux d'enzymes étaient normaux, le taux de cellules sanguines impeccable, pas de trace de cellules cancéreuses. La rémission, en somme.

— Rien ne cloche de ce côté-là.

— Je ne suis pas en train de me plaindre, sourit-elle. Tu continues de penser que nous devons garder ça sous clé ?

Il hocha la tête lentement et fermement.

— Une chose à la fois. Ce petit miracle a déjà aidé BMS à reconcevoir ses séquenceurs de gènes. Et maintenant, ces petits bijoux peuvent repérer pratiquement toutes les maladies connues.

C'était peu dire, pensa-t-elle. Les meilleurs chercheurs en génétique du pays avaient effectué les tests bêta du Génocodifieur XMT, ce qui avait donné lieu à des recensions euphoriques impartiales dans les publications les plus prestigieuses du secteur et mis en effervescence tout le marché des soins médicaux – des firmes pharmaceutiques ou biotechnologiques aux cliniques de fertilité. Les commandes affluaient de tous les coins du globe, confrontant Evan au dilemme le plus agréable pour un directeur général : comment parvenir à concilier rythme de production et croissance. Il était en rendez-vous non-stop avec des investisseurs afin d'organiser le financement de l'expansion de BMS. Wall Street parlait déjà à mots couverts du « prochain Microsoft ». D'où le costume chic ! Quels changements avaient produits ces quelques mois ! pensa Charlotte.

— Il est un peu prématuré d'exploiter cette panacée potentielle, dit-il, surtout quand ma meilleure chercheuse ne peut même pas expliquer ce que c'est.

Il croisa les bras dans l'attente d'une réplique.

— Est-ce la vraie raison ? demanda-t-elle, feignant d'avoir été offensée par la pique d'Evan.

Celui-ci haussa les épaules.

— Il pourrait toujours y avoir des effets secondaires, lui rappela-t-il.

— Comme quoi ? Qu'il me pousse une barbe ? railla-t-elle.

Aldrich éclata de rire.

— Il faut seulement que nous soyons patients, c'est tout.

Le sourire disparut des lèvres de Charlotte. Evan avait récemment appliqué ces mêmes mots à leur relation. Vu les circonstances, ses nobles résolutions étaient justifiées : ses énormes responsabilités professionnelles occupaient maintenant tout son temps et captaient toute son énergie. Le problème était justement que ces circonstances n'allaient pas faciliter les choses pour aller plus loin.

Devinant ce qu'elle pensait, il changea de sujet :

— J'allais descendre chez Starbucks prendre un café. Tu veux que je te remonte un de ces cafés maison moka-lait de soja frappés que tu apprécies tant ?

Elle gloussa.

— J'ai déjà dépassé mon quota de caféine pour la journée, mais pourquoi pas. Et c'est un *venti*[1] que je veux, pas un medium.

— OK.

Alors qu'il s'apprêtait à partir, il s'arrêta pour l'encourager :

— Rappelle-toi, Charlotte : nous savons que le monde n'est pas plat et que le soleil est au centre de notre système solaire. La réponse est là, ajouta-t-il en tendant l'index vers l'écran de l'ordinateur. Tu vas la trouver.

Après un dernier clin d'œil, il s'éloigna dans le couloir.

---

1. La plus grande taille de café proposée par Starbucks (environ un demi-litre). (*N.d.T.*)

À travers la cloison de verre, elle le regarda entrer dans l'ascenseur.

— Mais je ne suis pas Copernic, marmonna-t-elle tandis que les portes se refermaient sur lui.

Alors qu'elle retournait son fauteuil vers l'ordinateur, le téléphone sonna. Elle appuya sur le bouton mains libres.

— BMS. Département des études génétiques.

— Doc, c'est Lou.

Charlotte reconnut immédiatement l'accent de Brooklyn caractéristique du vigile. Sa grosse voix s'accordait avec l'imposante carrure de l'homme.

— Salut, Lou ! Que se passe-t-il ?

— Une seconde...

À travers le combiné, elle entendit un bruit de pas lourds, puis une porte qui se refermait pour occulter le brouhaha des voix en arrière-fond sonore. Le couinement d'une garniture en cuir, accompagné d'un fort ahanement, indiqua que Lou s'installait dans un fauteuil.

— Désolé. Mais il fallait que j'm'isole dans l'bureau pour vous parler. Enfin, on a un gars ici – à la réception. I' vous a demandé. J'lui ai dit qu'vous travaillez plus ici. Sept foutues fois que j'lui ai dit.

Charlotte se raidit sur son siège.

Lorsqu'elle avait raconté à Evan ce qui s'était passé au Vatican – comment ce sinistre type, Salvatore Conte, l'avait littéralement poursuivie jusqu'à la sortie –, ils avaient décidé d'un commun accord de supprimer son nom du répertoire de la société. Et pour limiter encore davantage son exposition, Aldrich avait récupéré aussi les relations médias. Elle avait même changé ses numéros de portable et de fixe.

Lou continua.

— Mais cette foutue tête de mule – euh ! pardonnez-moi l'expression –, i' refuse de quitter les lieux avant qu'on lui ait dit où vous êtes. Je vais appeler la police, mais…

— Vous avez un nom ?

— Bien sûr. Ent' parenthèses, j'trouve qu'i' parle comme un *leprechaun*[1].

— Mes ancêtres étaient aussi irlandais, Lou. Vous vous rappelez que j'ai les cheveux roux bouclés et les yeux verts ?

— Ooh ! mille pardons. Mais vous, vous avez cette super peau bronzée…

— Son *nom*, Lou ?

À l'accueil, elle avait plusieurs fois surpris l'ex-videur de boîte de nuit en train de reluquer les employées. Mieux valait l'interrompre avant qu'il ne se mette à vanter la superbe « carrosserie » de Charlotte.

— Oui. Une seconde.

Il y eut une pause, puis elle entendit un craquement de fauteuil, un froissement de papier…

— Son nom est Donovan. Patrick Donovan.

Le père Donovan ? Ici ?

— Je m'disais qu'i' fallait que j'vous prévienne avant d'appeler les flics.

— Attendez, Lou, s'exclama-t-elle, encore sous le coup de l'émotion. Est-il chauve, environ un mètre quatre-vingts… dans les quarante-cinq ans, peut-être un peu plus ?

---

1. Une sorte de farfadet irlandais. (*N.d.T.*)

— Chauve comme les joues lisses d'un bébé. Et c'est sûr que ni sa taille ni son âge lui permettraient d'êt' choisi au repêchage de la NBA[1].

— Donnez-lui un badge et faites-le monter.

— Vous êtes sûre ? demanda-t-il déçu.

— Absolument. Je m'en porte garante.

— Si vous l'dites. Appelez-moi simplement s'i' se permet trop de libertés.

Elle coupa la communication et se rassit dans son fauteuil. Quel motif pouvait bien amener Donovan à faire le voyage depuis le Vatican ?

1. National Basket Association. (*N.d.T.*)

11

Chaque fois que les portes de l'ascenseur s'ouvraient, Charlotte sursautait comme une petite fille attendant que son papa rentre à la maison. Elle se surprit même à se ronger les ongles.

Au cours de son bref séjour au Vatican – que Patrick Donovan avait organisé avec BMS –, le prêtre s'était montré un hôte parfait, ne cessant de se préoccuper de son bien-être. Elle avait écarté toute idée qu'il ait pu lâcher Conte sur elle quand elle avait voulu inopinément quitter le Vatican. Elle avait vu le regard de Donovan quand le mercenaire avait poussé la caisse contenant l'ossuaire dans le labo du Vatican. Conte n'était certainement pas sous ses ordres.

Quand les portes s'écartèrent doucement pour la troisième fois, un homme en sortit, l'air perdu. Il était revêtu d'un jean et d'une chemise écossaise à manches courtes, avec un badge blanc de visiteur plaqué contre sa poche. Mais même sans son costume noir et son col ecclésiastique blanc, Charlotte le reconnut immédiatement. En souriant, elle se leva de son fauteuil et lui fit signe de la main à travers la glace avant de se diriger vers la porte.

—Ai-je le droit d'étreindre un prêtre ? demanda-t-elle.

— Si vous ne serrez pas trop fort et que vous avouiez tout en confession, répondit-il avec un grand sourire.

— Je suis vraiment heureuse de vous revoir, dit-elle en se penchant légèrement pour une rapide étreinte. Mais c'est une surprise.

— Oui. Je suis vraiment désolé, Charlotte. Je sais que ça ne se fait pas de débarquer sans prévenir.

Sa voix apaisante la ravissait.

— Ne soyez pas ridicule.

Elle sentait que quelque chose perturbait le prêtre.

— Je devine que vous ne me faites pas une simple visite de courtoisie.

— J'ai des choses à vous dire, répondit-il avec un petit sourire crispé. C'est assez urgent, je le crains.

Charlotte sentit son estomac se nouer.

— Dans mon bureau, ça vous convient ?

Il regarda par-dessus l'épaule de la généticienne. Toutes les cloisons étaient en verre. Dans un box adjacent, il pouvait voir une jeune femme, l'assistante de Charlotte. Mais il dut considérer que l'endroit était assez discret puisqu'il répondit :

— Parfaitement.

Charlotte verrouilla la porte pour éviter toute interruption, puis elle indiqua au père Donovan la petite table de conférence ovale près de la fenêtre. Elle regarda le prêtre s'asseoir, les mains jointes sur la table, dans une posture aussi timide que vulnérable.

— Splendide vue, ne put-il s'empêcher de remarquer.

— Elle arrive en tête dans les enquêtes de satisfaction de nos employés, confirma le numéro deux de BMS.

Il souriait vraiment pour la première fois : c'était le sourire dont elle se rappelait, celui qu'il arborait lors de leurs promenades dans les jardins pontificaux.

— À propos, comme vont les choses au Vatican ?

Donovan resta un moment à contempler ses mains.

— Oh, vous savez… tant qu'il y aura des pécheurs, les affaires iront bien, j'imagine.

— Et le cardinal Santelli ?

Leurs regards s'entrecroisèrent quelques secondes, puis Donovan baissa les yeux de nouveau vers ses mains jointes.

— Vous n'êtes pas au courant ?

Il lui apprit la mort du cardinal, qu'il jugea préférable, pour le moment, de lui présenter comme une simple crise cardiaque inopinée. Seuls lui et Dieu connaissaient la vraie cause du décès de Santelli.

Charlotte ne trouva rien d'autre à dire en la circonstance que :

— Je suis désolée.

— Bah ! je suis certain qu'il est entre de bonnes mains, désormais.

Mais étaient-ce celles de Dieu ou celles de Satan ? Donovan l'ignorait. En attendant, il savait qu'il lui fallait aussi évoquer un autre sujet.

— Et le Dr Bersei…

— J'ai lu ce qui lui est arrivé, le coupa-t-elle d'une voix soudain étranglée. Je n'arrive toujours pas à croire…

Les yeux humides, elle dut s'interrompre un instant.

— Était-ce réellement un accident ? parvint-elle finalement à demander à voix basse.

Instantanément, Donovan sentit le vide dans sa poitrine grandir encore un peu plus. Le Vatican avait le pouvoir de tout travestir.

— À ce propos…, commença-t-il avant de se raviser. Non, plus tard. Ce n'est pas le moment. Vous savez, j'ai quitté le Vatican… après tout ce qui est arrivé. Je suis reparti en Irlande. Chez moi.

— Un congé temporaire ?

— Peut-être permanent. En tout cas, c'est tombé à point nommé… Il m'a permis de passer un peu de temps avec mon père avant qu'il disparaisse. Que Dieu ait son âme.

Elle manifesta sa compassion par un petit bruit de langue et posa sa main sur les siennes.

— Je suis vraiment désolée.

— Il a eu une vie bien remplie. C'était un homme bien. Dieu va l'accueillir à bras ouverts.

Pas comme moi, pensa Donovan. Il inspira avant de se pencher en avant et de plonger son regard dans celui de la jeune femme.

— Quelque chose de très pénible m'est arrivé hier. Comme je n'ai pas pu vous joindre au téléphone, je n'avais pas d'autre choix que de venir vous trouver immédiatement.

Par chance, il avait toujours son passeport italien (celui qui était attribué *de facto* aux citoyens du Vatican) à côté de son portefeuille et un petit sac de voyage était toujours prêt dans le coffre de sa moto. Après l'incident du bar, il avait filé droit sur l'aéroport Belfast International et trouvé un siège à la dernière minute sur un vol Aer Lingus à destination de New York. Après un transfert sur un appareil de la Continental Airlines, il avait atterri à Phoenix en fin de matinée.

— Deux types sont venus me trouver, expliqua-t-il. Ils m'ont posé des questions sur l'ossuaire que nous avons étudié.

La peur que ce récit fit naître dans les yeux de Charlotte rendit le père Donovan malheureux. Et un sentiment de culpabilité l'envahit rapidement.

Quelque peu désorientée, la généticienne plissa le front.

— J'ai vu l'ossuaire aux infos. C'était difficile de rater la gravure du dauphin et du trident. Ils disaient qu'il avait été volé, ajouta-t-elle sans essayer d'y mettre une nuance accusatrice. Puis il a été anonymement renvoyé à Jérusalem. Et juste après, le Dr Bersei a été retrouvé mort.

Entendre cette histoire sortir de sa bouche avec ses propres mots lui fit reconsidérer les faits. Toutes ces intrigues se mirent instantanément à tourner dans sa tête.

— Était-ce lui ?

Donovan secoua négativement la tête.

— Non, pas Bersei.

Elle observa l'expression contrite du prêtre.

— Vous ?

Il se résolut à acquiescer silencieusement.

— Pour organiser les choses, s'empressa-t-il d'ajouter pour se défendre. C'est une longue histoire que je n'ai pas le temps de vous expliquer pour le moment. Mais le plus gros problème, c'est qu'il était vide. Et apparemment, ces deux hommes cherchent à récupérer le squelette.

— Les os ?

— Oui. Ils se sont montrés très insistants. Et quand j'ai décidé de mettre fin à la conversation… (il leva les yeux et des rides profondes lui barrèrent le front), ils m'ont poursuivi, arme au poing.

Le visage de Charlotte blêmit. Curieusement, c'est d'abord à de l'espionnage industriel qu'elle pensa. Ces hommes auraient-ils pu en avoir après le miraculeux code génétique ? Mais seuls Evan et elle étaient au courant.

— Waouh ! fut tout ce qu'elle put exprimer.

— En dehors de moi, je crains que vous ne soyez la seule personne encore en vie de toutes celles qui ont travaillé sur ce dossier. Et...

Donovan ne put achever sa phrase. Il tendit les mains pour combler le silence. Jamais il n'aurait imaginé tout ça quand il avait fait l'acquisition du vieux manuscrit qui parlait de l'existence de l'ossuaire sous le mont du Temple de Jérusalem.

— Vous ne pensez pas..., commença-t-elle, le regard rivé sur le prêtre. Vous... Vous pensez qu'ils pourraient *me* chercher ?

Baissant une nouvelle fois les yeux, il acquiesça.

— Je devais vous avertir.

À cet instant précis, son attention se déporta vers le couloir, alors que deux techniciens sortaient précisément de l'ascenseur. Ils étaient vêtus comme Charlotte, avec des blouses de labo blanches immaculées sur leurs vêtements de ville décontractés. Mais celle du plus grand n'était pas boutonnée parce que ses larges épaules tiraient trop dessus.

Les yeux de Donovan s'écarquillèrent dès qu'ils se posèrent sur l'autre type : un homme au physique ordinaire, sans rien de mémorable. Celui-ci ne mit aussi qu'une fraction de seconde à faire la connexion.

— Que Jésus nous protège ! hurla Donovan en bondissant de son fauteuil.

Le plus petit des deux comparses se précipita vers la porte dans un rugissement hargneux et commença à s'énerver sur la poignée verrouillée.

Une seconde plus tard, les portes de l'ascenseur s'écartèrent de nouveau et Evan en émergea avec un gobelet dans chaque main.

— Oh non ! cria Charlotte. Evan !

Mais son cri fut étouffé par la vitre de séparation. Horrifiée, elle vit Evan s'immobiliser et regarder sans comprendre les deux techniciens de labo, puis Donovan qui agitait frénétiquement les bras en lui criant de s'en aller. Le patron de BMS ne saisissait pas la gravité de la situation.

Au lieu de se retirer, Evan s'avança vers le plus grand des deux « laborantins » et examina la minuscule photo du badge de sécurité qui pendait sur sa poitrine. Quand il comprit que les deux techniciens étaient des intrus, sa colère explosa. En voulant écarter le petit trapu de la porte de Charlotte, Evan chercha à contourner le géant. Mais celui-ci lui bloqua le passage si bien que le visage d'Aldrich cogna contre sa poitrine. Quelques échanges verbaux s'ensuivirent, tous inaudibles de l'autre côté de la vitre.

Donovan implora Charlotte :

— Nous allons devoir le laisser se débrouiller. Il faut qu'on parte immédiatement.

Mais la jeune femme était tétanisée.

— Allons-y ! insista le prêtre.

— On ne peut pas…

— Filons !

Accablée, Charlotte ne pouvait détacher ses yeux de la scène. Le colosse venait de plaquer une main énorme sur la poitrine d'Evan, puis son bras se détendit comme un piston, projetant Aldrich en arrière. Le temps que celui-ci retrouve son équilibre, le géant avait fouillé dans sa blouse et sorti un pistolet qu'il braqua sur le visage de son adversaire. Terrifié par le tour dramatique que prenaient les événements, Evan projeta ses deux gobelets sur l'homme et essaya de courir vers la sortie de secours. L'homme armé réagit à peine quand le café brûlant s'écrasa sur sa poitrine et l'éclaboussa jusqu'au menton. Des volutes de vapeur s'enroulèrent autour de son visage.

D'une main ferme, le tueur pressa la détente. La balle fora un cercle rouge à l'arrière de la tête d'Evan et pulvérisa la chair et les os du visage en ressortant dans un jet de sang. Le corps fut catapulté en avant sur le carrelage.

Ce ne fut pas le claquement du coup de feu qui éveilla l'attention de l'assistante, mais le cri à vous figer le sang que poussa Charlotte. Quand la jeune femme vit à travers la cloison vitrée les deux inconnus près de l'ascenseur et le corps d'Evan couché dans une mare de sang, elle fut prise de panique et se précipita vers la porte de sécurité métallique conduisant aux labos. Les mains tremblantes, elle chercha le badge magnétique clipsé à sa veste et le glissa dans le lecteur.

Tirant Charlotte Hennessey par le bras, Donovan ouvrit violemment une seconde porte vitrée donnant sur le box de l'assistante.

— Attendez ! protesta Charlotte. Evan ! hurla-t-elle.

— Baissez-vous !

Une fraction de seconde plus tard, dans un claquement sonore, un réseau de fissures arachnéennes déforma le verre Securit de la porte menant à l'ascenseur. La balle avait frappé la vitre juste derrière la tête de Charlotte, ce qui la décida enfin à bouger.

Au même instant, l'assistante passait la porte métallique. Donovan poussa Charlotte dans sa direction. Le prêtre hasarda un coup d'œil vers le tireur, qui donnait un grand coup d'épaule dans la vitre fissurée. La troisième tentative pulvérisa la porte et le colosse emporté par son élan bascula dans la pièce.

— Venez ! cria Donovan.

Il s'engouffra dans l'ouverture, Charlotte sur ses talons. L'Irlandais refermait d'un coup sec la porte de sécurité derrière lui quand une nouvelle balle s'écrasa près de la poignée.

— Comment peut-on sortir d'ici ? haleta-t-il.

La généticienne tendit le doigt vers son assistante qui avait déjà franchi une bonne moitié du couloir.

— Suivons-la, répondit-elle d'une voix épouvantée.

L'adrénaline l'aidait à se persuader qu'elle ne venait pas d'assister au meurtre d'Evan.

12

Orlando détacha le badge magnétique de Charlotte Hennessey qu'il avait repéré sur le bureau et l'agita en l'air.

— Hé ! Prends ça, cria-t-il à son complice.

De l'autre côté de la cloison vitrée, ce dernier s'acharnait sans succès à déverrouiller la porte par laquelle les trois fugitifs s'étaient échappés et s'apprêtait à tirer une balle dans la serrure. Le badge « emprunté » au technicien trop petit qu'il avait abandonné sans connaissance dans un réduit du parking ne lui donnait pas accès à cet étage hautement sécurisé.

Kwiatkowski retourna au pas de course dans le bureau pour récupérer la clé magnétique.

— Je m'occupe de ça, lui dit Orlando, les yeux pointés vers l'écran de l'ordinateur, avant de lui désigner la porte métallique. Toi, tu les suis. Et cache-moi ça, ordonna-t-il en désignant le Glock de son complice.

Rangeant l'arme dans un holster attaché sous son bras, Kwiatkowski se précipita vers la porte close qui s'ouvrit dès qu'il passa le badge sur le lecteur. Il disparut à l'intérieur.

Orlando sourit en découvrant qu'un ordinateur portable était connecté au terminal passif du poste de travail. Peu après avoir lâché le nom de Donovan, le prêtre du Vatican, le père Martin les avait rappelés pour leur révéler l'implication d'une généticienne américaine dans l'étude de l'ossuaire. L'ecclésiastique ne pouvait plus se rappeler son nom, mais il se souvenait de factures réglées à son employeur, BioMedical Solutions, une boîte de Phoenix.

Après la fuite de Donovan, Orlando et Kwiatkowski avaient écumé Belfast à la recherche de sa moto. Sans résultat. Mais, alors qu'ils mettaient sa maison à sac, un appel était arrivé sur le téléphone portable d'Orlando : le résultat du pistage électronique du passeport et des cartes de crédit du prêtre. À ce moment-là, l'avion d'Aer Lingus à destination de JFK qu'il avait pris avait déjà décollé de la piste de l'aéroport de Belfast.

Malgré tout, si le prêtre avait une longueur d'avance, ils n'étaient pas loin derrière.

Le Learjet privé de leur employeur leur avait permis de combler rapidement ce retard. Tandis qu'ils étaient dans le ciel, un nouveau suivi des cartes de crédit leur avait appris que Donovan avait réservé une place sur un vol Continental Airlines. Une consultation des manifestes de vol avait indiqué qu'il était en route vers Phoenix… le siège de BioMedical Solutions. Le Learjet arriva une heure avant le vol régulier de Donovan, ce qui laissait assez de temps à Orlando pour procéder à une visite préliminaire du siège de BMS en centre-ville. Tandis qu'à l'accueil le vigile lui indiquait la direction des toilettes hommes les plus proches, l'Italien avait discrètement collé un microphone gros comme une pièce de dix cents sous le comptoir de granit. Et quand Donovan avait fini par se présenter, Orlando avait pu suivre tout l'échange virulent entre le prêtre et le vigile transmis sur son téléphone portable.

Orlando s'intéressa ensuite au poste de travail de la généticienne.

Par chance, ce sur quoi elle travaillait ne se trouvait pas sur le serveur principal de la société. Ne pas avoir à décrypter des mots de passe sophistiqués ou à contourner des pare-feu tout aussi complexes leur ferait gagner beaucoup de temps et leur épargnerait bien des risques de mauvaise manipulation. Il débrancha le portable et le cala sous son bras.

Cette femme était-elle la complice de Donovan ? Que la réponse soit positive ou non, il était très embêtant qu'elle soit généticienne. Parce que si elle avait examiné les os…

Ses yeux firent un rapide inventaire des photos encadrées sur le bureau. Il s'agissait pour la plupart de clichés d'un homme plus âgé ; probablement son père au regard de sa ressemblance avec la jeune femme. Il arracha la photo sur laquelle on voyait le mieux le visage de la scientifique.

Ensuite, il s'intéressa au meuble lui-même. Dans le tiroir du haut, il trouva des cartes de visite parmi des trombones, des Post-it et des stylos.

« Docteur Charlotte Hennessey. Vice-présidente en charge de la recherche génétique », lut-il, impressionné. Il en glissa une dans sa poche.

Orlando sortit du tiroir inférieur le sac à main Coach qui y avait été abandonné. Il ouvrit sa fermeture Éclair et inspecta le portefeuille. Mauvaise nouvelle, il contenait des cartes de crédit mais aucune clé. La piste serait donc d'autant plus difficile à suivre. En revanche, il tomba sur le permis de conduire de Charlotte, ce qui lui permettrait d'accéder à toutes sortes de renseignements sur la jeune femme. Il fit disparaître le portefeuille dans sa poche.

N'ayant plus rien à faire de ce côté, il traversa le tapis de verre pulvérisé et retourna dans le corridor de l'ascenseur.

Heureusement, aucun employé n'avait pointé son nez pendant tout ce remue-ménage : moins de tués, moins de complications. Sur sa droite, une autre porte robuste était fermée à clé. La plaque apposée dessus annonçait : LABO II – AUTORISATION D'ACCÈS DE NIVEAU 4 SEULEMENT. À sa gauche, étendu de tout son long devant l'ascenseur, le cadavre du patron de BMS nageait dans une mare de sang, de café et de cervelle.

— Joli costume, dit Orlando.

Contournant tout ce désordre, il prit calmement la direction que lui indiquait un panneau « sortie de secours », une porte au fond du hall.

13

À l'intérieur du labo de génétique, Kwiatkowski s'efforçait de se faire le plus discret possible tout en essayant de découvrir de quel côté étaient partis la généticienne et le prêtre. Il devina qu'il se trouvait sur la bonne voie quand une technicienne prit peur en le voyant. La fille attrapa un téléphone pour appeler la sécurité.

Aussitôt il se précipita vers elle et tordit la main fine qui tenait le combiné, tandis que de son majeur libre il pressait le bouton « déconnexion » sur la base.

— Très mauvaise initiative, grommela-t-il.

— Ne me faites pas mal ! implora la jeune femme entre des lèvres tremblantes.

— Par où sont-ils partis ?

Sans hésitation, elle indiqua la direction d'une sortie de secours derrière les postes de travail immaculés. Le tueur balaya la pièce des yeux, puis, après avoir constaté que personne ne lui prêtait attention, il décocha un direct du droit en pleine face de la technicienne qui s'effondra sur le sol, puis il se glissa au pas de course entre les îlots d'acier inoxydable couverts de microscopes et d'appareils avant de claquer la porte derrière lui. Sur le palier de l'escalier, il marqua une pause pour tendre l'oreille. Des pas rapides résonnaient. Ils paraissaient proches du rez-de-chaussée.

Après avoir lâché un juron, il s'élança, dévalant les marches quatre à quatre.

Alors qu'il passait devant le panneau du cinquième étage, une porte claqua loin en dessous. Il pesta de nouveau et accéléra encore.

Lorsqu'il parvint enfin au rez-de-chaussée, il entendit des pneus crisser. Sortant son Glock, il ouvrit violemment la porte. Arrivant en trombe, le véhicule fit un écart pour le percuter. Kwiatkowski tomba à la renverse et se tordit la cheville. La douleur lui vrilla le mollet.

Jurant entre ses dents, il se redressa, s'écarta de la porte et s'accroupit pour tirer. Mais la voiture tournait déjà et filait à l'abri de ses balles.

Pestant encore une fois, il se tâta la cheville. Rien de cassé. Peut-être n'était-ce qu'une entorse. C'est alors qu'il aperçut Orlando qui courait vers lui.

— Je n'ai pas eu le temps de lire les plaques, maugréa Kwiatkowski, secouant frénétiquement la tête. Mais c'était une Volvo argentée. Une décapotable avec des plaques de l'Arizona.

— Peu importe. J'ai récupéré plein de choses, indiqua son complice qui tapotait l'ordinateur portable.

14

Jérusalem

Jozsef Dayan s'y connaissait en papyrus et parchemins anciens. À soixante-douze ans, il avait consacré cinq décennies de sa vie à déchiffrer les secrets séculaires enfouis dans le sol de sa patrie. Ses transcriptions et ses interprétations des trésors historiques découverts dans les collines surplombant la mer Morte lui avaient acquis une notoriété internationale, mais également de nombreux éloges de la part du gouvernement israélien. Son plus récent ouvrage sur le sujet, *Les Esséniens et Qumrân : la clé d'un mystère séculaire*, était déjà considéré comme une lecture obligatoire pour tout archéologue biblique digne de ce nom. Parlant couramment toutes les langues de la Bible – y compris les dialectes hébreux, araméens et grecs –, il avait joué un rôle décisif dans la redécouverte d'un monde perdu depuis des siècles.

La première série de manuscrits de Qumrân avait été trouvée accidentellement par un berger bédouin. Alors qu'il cherchait un mouton égaré, il était tombé sur une grotte remplie de vieilles jarres d'argile. Peu après, quand les Nations unies avaient aidé Israël à hisser son propre drapeau en 1948, les textes avaient commencé à faire surface sur le marché parallèle des antiquités à une époque où les nationalistes israéliens étaient prêts à payer fort cher des objets ou témoignages corroborant leur héritage juif.

Depuis lors, les découvertes n'avaient cessé. À ce jour, l'Autorité pour les antiquités israéliennes[1] avait répertorié plus de neuf cents manuscrits.

Mais rien ne pouvait être comparé à ce que son collègue Amit Mizrachi venait de lui apporter la veille.

L'attention de Dayan avait d'abord été attirée par la jarre d'argile couleur sable contenant les parchemins. Ses vingt-trois centimètres, sa forme bulbeuse avec son col et sa base légèrement resserrés étaient parfaitement conformes à ce que l'on était en droit d'attendre d'un objet authentique. En revanche, un symbole très particulier avait été tracé sur son flanc avant la cuisson de l'argile et son couvercle bombé avait été scellé avec de la cire. Ça, c'était très inhabituel. Ainsi, il avait immédiatement su que ce qui se trouvait à l'intérieur avait une grande importance et avait été très certainement excellemment bien conservé.

Il avait posé le couvercle à côté de la jarre vide et d'une coupelle de verre contenant les fragments du sceau de cire, sur une table lumineuse à sa gauche.

La pâle lueur d'une seconde table lumineuse faisait ressortir le texte grec des trois parchemins placés sous la vitre protectrice.

Ceux-ci avaient été méticuleusement préservés. Pour tout dire, il n'en avait jamais vu d'aussi bien conservés. Ils étaient un peu fragiles sur les bords, mais ils ne présentaient ni déformations, ni taches, ni décoloration. Il était manifeste que le sceau de la jarre n'avait laissé passer aucune moisissure.

Et le texte était d'une parfaite lisibilité : soigneusement encré à la plume en suivant les lignes horizontales tracées

1. L'AAI est l'organisme officiel coiffant toutes les recherches et découvertes archéologiques en Israël. (*N.d.T.*)

superficiellement dans le vélin en peau de mouton et toujours de la même main régulière et patiente. La forme spécifique des caractères était indubitablement du Ier siècle de notre ère. Étonnamment, une analyse scrupuleuse à l'aide d'une baguette à rayons ultraviolets ne détecta aucune des altérations ou superpositions d'écriture que l'on rencontrait aux endroits où les scribes étaient amenés à corriger leurs erreurs. C'étaient assurément des spécimens extraordinaires.

Dayan tapa les lignes finales de la transcription sur son ordinateur. Il ne cessait de revenir en arrière pour corriger ses fautes de frappe, conséquences du tremblement incoercible de ses doigts. Le Hongrois ne pouvait réprimer la terreur croissante qui avait rapidement succédé à son euphorie initiale.

Le message antique était une bombe, un document d'une telle portée que Dayan savait que ces parchemins risquaient fort de ne jamais rejoindre le caveau des manuscrits sous le Sanctuaire du Livre au musée d'Israël.

Il parvint à taper la dernière ligne de la transcription, puis enregistra le document. Ensuite, il ouvrit sa messagerie Internet, fit défiler sa longue liste de contacts et sélectionna l'adresse d'Amit Mizrachi. Après avoir joint le document au courrier électronique, il saisit le texte de son e-mail :

Cher Amit

Au cours de toute ma carrière, je n'ai jamais rien vu de ce genre. Tant de personnes ont essayé d'extrapoler des significations des textes de Qumrân, en cherchant des liens avec les Évangiles - des contradictions peut-être. Mais comme tu le sais, il n'existe que des interprétations ambiguës. Si ces rouleaux datent vraiment du Ier siècle de notre ère

- et je n'ai aucun doute sur ce point -, ce que tu as découvert va remettre en question tout ce que nous savons. Je crains qu'un message aussi polémique ne risque…

— Yosi ?

La grosse voix fit sursauter le septuagénaire qui interrompit sa frappe. Il tourna la tête vers une silhouette toute de noir vêtue debout dans l'encadrement de la porte ouverte.

— Oh ! s'exclama l'universitaire d'une voix sèche.

Il toussota avant de parvenir à ajouter :

— Vous avez failli me faire mourir de peur, rabbi.

— Tout va bien ?

Aaron Cohen s'avança précautionneusement dans le labo.

— Bien sûr.

Le ton de la réponse exprimait ostensiblement le contraire. Dayan cliqua rapidement sur le bouton « envoi » de la fenêtre du message avant que le *hassid* ait pu le lire.

— Ai-je interrompu quelque chose ?

— Non, répondit-il. Pas du tout.

Les mains jointes derrière son dos, Cohen s'approcha des tables lumineuses et examina la jarre d'argile.

— J'ai entendu dire qu'Amit Mizrachi avait fait une découverte tout à fait exceptionnelle, commença-t-il d'un ton presque accusateur.

— C'est vrai, répondit Yosi sans conviction.

— S'il vous plaît, insista le rabbin avec un petit signe de tête vers la jarre, racontez-moi.

— Eh bien, il est encore trop tôt, se défendit Yosi.

Le vieil homme se leva de sa chaise et rejoignit le religieux près de la table.

— Nous devons effectuer une étude de luminescence, continua-t-il, pour authentifier la poterie… Et naturellement une étude du vélin au radiocarbone.

Il passa sa main au-dessus des trois parchemins.

— Je comprends. Mais rien ne peut fournir de meilleure validation que votre propre intuition, Yosi, le flatta le rabbin. Vous êtes le meilleur des meilleurs. Donc pourquoi ne pas me dire ce que vous savez déjà et que les tests ne feront que confirmer.

Peu désireux de révéler quoi que ce soit, l'archéologue devait gagner du temps. Il estimait qu'il était de son devoir de s'entretenir d'abord avec Amit avant de rendre publique l'exceptionnelle transcription.

— Ce serait prématuré, je le crains. Il y a quelques incohérences ici et…

Il ne parvint même pas à aller au bout de son mensonge. La sueur perlait à la racine de ses cheveux blancs épars implantés haut sur son front.

— Vraiment ? s'étonna Cohen, les yeux fixés sur les écritures irréprochables. Cela me semble clair pourtant. C'est du grec, n'est-ce pas ?

— Exact.

Le religieux plissa les yeux pour se pencher sur les textes.

— C'est du grec koinè, si je ne me trompe ?

La conversation prenait une direction qui ne plaisait pas à Yosi. Mais s'il ne faisait pas mine de mordre à l'hameçon…

— Encore exact. Vous avez un œil perçant.

Cohen évalua du regard les trois parchemins couverts d'écriture :

— Il n'y a que trois feuilles. Vous avez donc certainement déjà achevé les transcriptions.

— C'est le cas, se résolut-il à confesser.

— Vous pourriez peut-être offrir la primeur de votre travail au plus gros bienfaiteur du musée ?

Le regard dépité de Yosi se posa sur les rouleaux aplatis. Le rabbin n'avait nul besoin de lui rappeler ses largesses : grâce à des fonds qui paraissaient illimités, son organisation avait notoirement financé les musées d'Israël et les programmes de recherche de l'AAI. En ce qui concernait cette dernière, rabbi Cohen et le président de l'organisme devaient être traités sur un pied d'égalité. Mais Yosi savait également que l'étroite collaboration du rabbin avec le ministère des Affaires religieuses avait suscité bien des controverses : particulièrement son implication dans la préservation des sites funéraires accidentellement exhumés lors de chantiers de construction dans et autour de Jérusalem. Il avait de ses yeux vu Cohen s'allonger devant un tractopelle pour stopper la profanation d'une tombe du Ier siècle apparue sur le chantier d'une tour à Talpiot, tout cela au nom des strictes lois juives – la *Halakha* – au nombre desquelles figurait le respect des morts.

Cette découverte allait sûrement vivement alerter le rabbin. Yosi avait cruellement conscience de marcher sur le fil d'un rasoir.

— Pardonnez-moi, mais je ne pense pas que ce serait sage… pour le moment.

Frustré, le rabbin inclina la tête de côté et plissa les lèvres avant de tendre un doigt vers la jarre.

— Alors peut-être que ça ne vous gênera pas que je jette au moins un coup d'œil ?

— Naturellement. Mais si vous pouviez, s'il vous plaît…

Yosi prit une boîte de gants en latex sur l'étagère. Il en tendit une paire à Cohen, que celui-ci enfila immédiatement sur ses longs doigts de pianiste. Puis le prêtre se concentra de nouveau sur la jarre.

Elle avait l'air assez ordinaire. Cohen posa ses paumes de chaque côté de l'objet et la souleva doucement. Une sacrée pièce ! Elle était plus lourde qu'il ne l'aurait imaginé. Il commença par regarder à l'intérieur pour vérifier qu'elle était vide. Puis il examina son aspect externe. Dès qu'il se mit à la tourner, il remarqua le symbole soigneusement gravé sur son flanc. Instantanément, il devint blême, les yeux écarquillés, à deux doigts de manquer d'air.

— Très inhabituel, n'est-ce pas ? fit remarquer Yosi. On dirait le même dessin que celui qui se trouvait sur le flanc de l'ossuaire que nous avons récupéré en juin.

— C'est vrai, répondit Cohen qui faisait de son mieux pour dissimuler son malaise.

Comme s'il voulait s'assurer de la réalité physique de l'objet, le rabbin passa son doigt dessus – sur... la marque d'un héritage. Les paroles de Grand-Père résonnaient dans sa tête : *Oui, mais pas un poisson, un dauphin. Et pas exactement une fourche, mais un trident.*

— Ça vient de Qumrân ?

Yosi hésita encore une fois. Mais ce n'était un secret pour personne que Mizrachi y dirigeait des fouilles. Le vieux professeur acquiesça.

— Juste au moment où on pensait que la source s'était tarie, ajouta-t-il.

Cohen reposa soigneusement la jarre sur la table lumineuse. Tout en retirant ses gants, il glissa un œil vers l'ordinateur de l'archéologue. L'écran avait viré au bleu et, en son centre, une fenêtre pop-up affichait deux champs vierges intitulés NOM D'UTILISATEUR et MOT DE PASSE.

— Eh bien, ponctua Cohen, je vais assurément attendre avec beaucoup d'intérêt ce que vous allez pouvoir découvrir.

— Comme moi, rétorqua Yosi en retirant sa blouse de laboratoire. Je dois fermer maintenant. J'ai un rendez-vous que je ne peux remettre à plus tard.

Et ce n'était pas un mensonge.

— Un symposium au musée d'Israël, précisa-t-il pour faire bonne mesure.

Il suspendit sa blouse à une patère derrière la porte.

— Ah ! oui. Quelque chose sur les Babyloniens, si je me rappelle bien ?

Le rabbin savait parfaitement quel était le thème de ce colloque.

— Des reliques datant de l'exil à Babylone, pour être exact, précisa Yosi.

— Ce doit être fascinant.

— On verra.

Un sourire forcé aux lèvres, l'archéologue fit un mouvement vers la porte.

— Maintenant, je dois partir si je veux y être à temps.

Après avoir jeté un dernier coup d'œil vers la jarre et les manuscrits, Cohen sortit dans le couloir et attendit que Yosi ferme la porte et la verrouille à clé.

— J'ai été content de vous voir, rabbi. *Shalom.*

— *Shalom* !

Cohen croisa les bras sur la poitrine et regarda le vieil homme disparaître. Puis il examina la serrure de la porte.

15

Phoenix

— Je ne sais que dire..., commença Donovan effondré sur le siège passager en cuir de la Volvo. Je suis tellement désolé, Charlotte. Si j'avais su qu'ils...

Il se tourna vers la généticienne. Mais à observer la douleur qui lui tordait le visage, les larmes qui coulaient le long de ses joues, ses mains tremblantes qui serraient le volant, il comprit qu'il ne pourrait lui apporter aucune consolation.

Silencieuse, les yeux vides rivés sur la route, Charlotte était incapable de prononcer le moindre mot. À l'instant où, parvenue sans encombre en périphérie de la ville, elle avait laissé les hautes tours du centre dans son rétroviseur, une douloureuse et irrépressible sensation de choc se substitua à l'instinct de survie effréné qui avait occupé ses pensées depuis que leur fuite avait commencé. Ce n'était pas simplement l'homme qu'elle pensait avoir aimé qui avait été assassiné sous ses yeux, mais aussi un génie visionnaire, un homme qui avait révolutionné la génétique. Un nombre incalculable de personnes seraient affectées par cette perte considérable.

Sur Squaw Peak Parkway, elle prit la direction du nord, sans avoir encore réfléchi à un plan ou à une destination précise. Elle n'avait eu que la fuite en tête. Mais, tandis que le rideau de ses larmes commençait de voiler sa vision, elle relâcha lentement l'accélérateur.

— Ils vont nous suivre, n'est-ce pas ? finit-elle par demander.

Elle ouvrit un panneau du tableau de bord central pour prendre un mouchoir.

L'entendre parler était réconfortant.

— J'en ai peur, fit Donovan.

— Qui sont ces gens ?

Il secoua tristement la tête.

— Je ne sais pas vraiment. Mais une chose est sûre : ce sont des professionnels. Sinon, comment auraient-ils pu me retrouver aussi rapidement ?

Le prêtre leva les mains en soupirant :

— Il leur a fallu avoir accès à différentes sources d'informations.

— Est-ce Conte qui les a envoyés ? Tout ça, c'est à cause de lui ?

Depuis que ce salopard l'avait poursuivie dans le Vatican et qu'elle lui avait décoché un bon coup de pied dans l'entrejambe, elle avait craint des représailles.

Avant de répondre, Donovan regarda par la vitre l'alignement des panneaux publicitaires pour Paradise Valley qui bordaient l'autoroute.

— Conte est mort, Charlotte, dit-il d'une voix ferme. Ce ne peut être lui.

Cette nouvelle prit totalement Charlotte par surprise.

— Quoi ? Comment ?

Un ange passa.

— Je l'ai tué.

L'accent de Belfast marquait plus que jamais son phrasé.

— J'ai dû le tuer, rectifia-t-il. Il n'y avait pas d'alternative.

— Mon Dieu ! hoqueta-t-elle avec un sentiment de répulsion. Comment avez-vous pu faire une telle chose ? Vous, un prêtre ?

Soudain, une peur irrésistible l'envahit : et si Donovan était en train de se servir d'elle, de la leurrer ?

Le regard meurtri de l'Irlandais errait sur les collines désertiques plantées de cactus.

— Il m'a dit qu'il allait me tuer et qu'il s'occuperait de vous ensuite, Charlotte.

Il pouvait encore entendre très clairement les paroles du mercenaire résonner dans son cerveau : *Le cardinal vous a-t-il dit qu'elle avait filé avec son ordinateur... rempli de toutes les données ?... Je vais devoir régler ça aussi et vous aurez son sang sur les mains... Si un accident bizarre devait frapper la belle généticienne... les autorités n'y verraient que du feu... Naturellement, je m'assurerai de lui donner du bon temps avant de la faire disparaître.*

— Après le Dr Bersei... les Israéliens..., l'idée d'un nouvel assassinat m'était insupportable.

Muette de stupeur, Charlotte ne pouvait en croire ses oreilles.

— J'avais un pistolet, continua-t-il. Il y a eu une lutte...

Pendant quelques instants, Donovan revit mentalement le petit bois brumeux au sommet du Monte Scuncole, contempla l'ossuaire que lui et Conte avaient jeté dans le trou qu'ils avaient creusé. Il se rappelait avoir fixé du regard la fracture qui scindait le couvercle de pierre en deux morceaux : une échancrure assez large pour laisser voir les os sacrés en dessous. Conte avait l'intention de jeter le corps de Donovan dans la fosse avec la relique et d'achever le travail à l'aide d'un pain de plastic C4.

— Je suis parvenu à lui échapper… et à regagner la route. Il était juste derrière moi quand une voiture est arrivée.

Les images tournoyaient dans sa tête. Son pouls battait à toute vitesse. Il eut besoin de reprendre sa respiration avant de poursuivre.

— Par la grâce de Dieu, elle a fait une embardée et l'a fauché – comme l'ange de la mort… Mais même après ça, il respirait encore.

Donovan secoua la tête. Malgré le recul, il n'en revenait toujours pas.

— Seul le Diable aurait pu le garder en vie. Et Conte *respirait.* S'il avait d'une manière ou d'une autre survécu, inutile de dire ce qu'il…

Des doigts tremblants se posèrent sur ses lèvres pour réprimer le flux de ses émotions.

— Alors j'ai pris le pistolet et je l'ai achevé, lâcha-t-il rapidement.

Sur ce, il se signa. *Mon Dieu, s'il Te plaît, prends pitié de moi et pardonne-moi.*

Quelles qu'en soient les conséquences, s'être ainsi confessé à la jeune femme lui avait semblé nécessaire. Avouer purifiait. Garder tout en soi, *à l'irlandaise*, n'était pas bon pour l'âme. Cependant, Donovan n'était pas encore prêt à raconter qu'en dépouillant le cadavre de Conte de ses effets personnels, il avait trouvé une seringue pleine d'un sérum clair et qu'il l'avait introduite en douce au Vatican, à l'insu des détecteurs de métaux, pour éliminer ce qu'il pensait être la menace ultime : le secrétaire d'État du Vatican. Car sans cela, rien n'aurait pu empêcher Santelli de mener à bien son projet : éliminer toute trace de l'implication du Vatican dans la plus grande opération de dissimulation de l'Église.

Il s'autorisa quelques secondes de pause afin de laisser l'air se stabiliser dans ses poumons.

— Ainsi, c'est Conte qui a *tué* Bersei ?

Elle le soupçonnait depuis le départ.

Donovan hocha positivement la tête.

— Pas uniquement lui, ajouta-t-il.

Même s'il sentait qu'il en avait déjà trop dit, Charlotte aurait besoin de connaître toute l'histoire.

— Et ce n'est pas tout, continua-t-il. Je suppose qu'il n'y a plus rien à perdre maintenant à tout vous dire, soupira-t-il.

Donovan lui raconta alors comment, quelques semaines avant qu'elle soit invitée à venir au Vatican, un contact anonyme lui avait remis un livre. (« L'ouvrage que je vous ai montré au cours de notre rendez-vous avec le cardinal Santelli. ») Il lui expliqua que cet ouvrage contenait un plan indiquant où précisément sous le mont du Temple de Jérusalem se trouvait le caveau funéraire dans lequel était enfermé l'ossuaire. Immédiatement, il avait perçu les conséquences d'une éventuelle découverte de cet ossuaire par les Israéliens et il s'était empressé de convaincre Santelli de passer à l'action. Naturellement, il avait prôné une solution pacifique, mais le pragmatique prélat avait choisi de faire appel à Salvatore Conte. Dès qu'il s'était vu confier le job, le mercenaire avait utilisé des fonds secrets du Vatican pour engager une équipe de types prêts à tout afin de récupérer l'ossuaire : le plan sophistiqué impliquait l'emploi d'armes, d'explosifs et même d'un hélicoptère volé. De nombreux Israéliens avaient été tués au cours de la fusillade qui avait éclaté sur le mont du Temple, expliqua Donovan.

Elle se rappelait avoir entendu parler de tout ça aux nouvelles. Même en connaissant de première main la brutalité dont Conte pouvait se rendre capable, son implication dans un casse aussi phénoménal la sidéra. Perdue dans ses pensées, Charlotte se retrouva trop près d'un semi-remorque qui montait au ralenti la côte raide. Elle jeta un regard dans ses rétroviseurs, mit son clignotant et manœuvra pour le dépasser.

— Puis il a rapporté l'ossuaire au Vatican, poursuivit Donovan. Et... vous savez tout le reste.

La généticienne prit le temps de digérer cette invraisemblable histoire.

— J'ai l'impression qu'il faut que je vous remercie, parvint-elle finalement à dire au terme d'une bonne minute de silence.

Il leva une main pour repousser cette proposition. Ce qu'il avait fait n'avait rien de glorieux. D'autant qu'il ne savait toujours pas si le meurtre de Conte avait quelque chose à voir avec les événements auxquels ils étaient présentement confrontés.

— J'ai d'abord pensé que ces hommes savaient que Conte travaillait pour le Vatican, expliqua Donovan. Peut-être qu'il ne les avait pas payés pour leur participation à l'opération de Jérusalem. Mais ils ont parlé de Conte comme s'il leur était étranger. Et ils n'ont jamais fait mention d'argent... ni même de l'ossuaire, des clous ou du livre. Seulement des os, fit-il observer avec un rictus lugubre. Les *os*, répéta-t-il incrédule. Je n'arrive pas à comprendre pourquoi. Et même si j'avais pu leur remettre le squelette, comment auraient-ils su que c'était celui de l'ossuaire ? s'exclama-t-il.

Mais Charlotte savait que ce n'était pas le cas. Ces os recelaient une caractéristique unique. Et si ces hommes avaient connaissance de cette spécificité... Un frisson glacé remonta la colonne vertébrale de la jeune femme.

Toutefois, il y avait une réponse plus directe qu'elle brûlait d'entendre. Elle se décida donc à poser carrément la question.

— Ce squelette que j'ai étudié… c'était celui de Jésus, n'est-ce pas ?

Elle avait pensé que cette hypothèse était inconcevable. Mais le Dr Bersei avait été le premier à l'envisager avant d'en être totalement convaincu, après avoir déchiffré l'étrange relief gravé sur le flanc de l'ossuaire : un dauphin lové autour d'un trident.

Charlotte serrait plus fort encore le volant tandis qu'elle attendait la réponse de Donovan qui tardait.

Celui-ci cherchait à formuler au mieux sa réponse, une main tremblante vagabondant devant sa bouche.

— Vous avez vu les os et les reliques de vos propres yeux. Si c'étaient des archéologues qui les avaient trouvés en premier, ces éléments auraient laissé peu de place au doute…

— Était-ce… *lui* ? insista-t-elle fermement.

Harassé, Donovan déglutit avec peine.

— Oui.

16

— Et vous n'avez aucun doute à ce propos ? renchérit Charlotte.

Après avoir vu les incroyables gènes qu'avait révélés l'examen des os, leur pouvoir de guérison… pouvait-elle encore douter, de son côté, d'avoir bien étudié les restes de Jésus dans les entrailles du Vatican ?

— Il y a toujours une marge d'erreur, mais…

Donovan secoua la tête.

— Vous… Un prêtre…, dit-elle circonspecte. Si je comprends bien, vous êtes en train de me dire qu'il n'y a eu ni Résurrection, ni Ascension.

— Pas au sens physique.

— Alors que faites-vous des Évangiles ? rétorqua amèrement Charlotte. Est-ce que tout est purement et simplement inventé ?

— La Bible nous fait un récit éminemment suspect – pour ne pas dire falsifié – des événements qui ont immédiatement suivi l'inhumation du Christ.

— Comment ça ?

La démonstration n'était pas aisée, mais il commença par le point le plus facile. Il expliqua que le plus ancien Évangile – celui de Marc – s'achevait originellement avec la tombe vide et que les versets 16, 9 à 16, 20 – où

Jésus fait son apparition devant Marie et les disciples, puis monte au ciel – étaient des ajouts, rédigés par une tout autre main. Les plus vieux manuscrits conservés au Vatican – datant du IVe siècle –, le *Codex vaticanus* et le *Codex sinaiticus*, n'incluaient pas cette longue fin. Mais dès le Ve siècle, Marc possédait déjà *quatre* fins différentes qui parlaient de la Résurrection et de l'Ascension.

Charlotte se rendait compte que, si Donovan racontait tout cela avec flegme, il donnait clairement l'impression de se sentir quelque peu floué. Pour autant, la jeune femme estimait impossible qu'on ait pu garder si longtemps sous le boisseau une manipulation d'une telle ampleur.

— Et personne n'a jamais découvert la vérité ? demanda-t-elle sceptique.

— Oh, si ! cela n'a rien d'un secret, affirma Donovan. Toute bonne édition de la Bible signale ce détail dans ses notes de bas de page. Au demeurant, quand vous lisez littéralement les versets ajoutés, vous constatez que toutes les apparitions post-inhumation de Jésus sont rapportées en termes *métaphysiques.*

Charlotte se rappelait que Giovanni Bersei lui avait dit la même chose. Mais le point de vue du prêtre l'intéressait. Aussi réclama-t-elle des exemples.

Donovan s'empressa donc de lui fournir un aperçu des quatre Évangiles, sans oublier de souligner que chacun d'eux pouvait s'interpréter comme une bonne partie des textes apocryphes rejetés comme hérétiques par l'Église catholique. Par exemple, il lui fit remarquer que juste après les récits de la Résurrection dans Jean 20 et Marc 16, Jésus apparaît à Marie Madeleine sans être reconnu par elle : elle l'a pris par erreur pour un jardinier. Et dans Luc 24, deux des disciples vont non seulement douter de Son identité quand il se manifeste devant eux, mais le Christ va littéralement disparaître sous leurs yeux : il *s'évanouit* !

Selon Donovan, cependant, c'était dans Jean 20 que l'on trouvait le témoignage le plus révélateur d'une résurrection métaphysique.

— Jean explique, continua-t-il, que les disciples se cachaient dans une pièce close et que Jésus apparut soudain au milieu d'eux… venu de nulle part. Ainsi, voyez-vous, les quatre Évangiles contiennent des éléments spécifiques suggérant que le Jésus qui se manifeste après la Résurrection n'est pas le même que celui qu'ils ont inhumé dans le tombeau. Aussi je pose la question suivante à la scientifique que vous êtes, Charlotte : est-ce que cela ressemble, selon vous, à un corps physique ?

— Non.

Il y avait trop de choses qui allaient dans ce sens, pensa-t-elle. Disparaître subitement ? Apparaître de nulle part dans une pièce close ? Comment pouvait-on expliquer cela ? Une nouvelle vague d'émotions contrastées l'envahit quand il lui revint à l'esprit que l'ADN qui se trouvait maintenant dans son corps pouvait être celui du Christ.

Elle laissa échapper un long soupir.

— J'imagine que j'aimerais autant être une apparition dans la prochaine vie aussi, dit-elle.

Pour une scientifique, cette hypothèse avait en tout cas plus de sens, pensa-t-elle. Après tout, « l'esprit » du corps était en réalité une charge électrique circulant dans le système nerveux. Et, comme l'énonce le principe de base d'Einstein, dans un système clos, l'énergie ne peut être ni perdue, ni acquise, mais simplement transférée. Ainsi, si l'on voit un cadavre comme une batterie déchargée, cela signifie, en toute logique, que l'énergie de ce corps a été restituée au système. Mais, à *quel* système ? Dieu seul le savait.

— Cette connaissance peut-elle avoir un impact sur la foi de quelqu'un ou discréditer les enseignements du Christ… Sa mission ? ajouta Donovan. Voilà la seule vraie question. La simple existence d'un corps physique n'annule pas les enseignements qui se trouvent dans les Évangiles. Pas plus qu'elle ne remet en cause le fait que le royaume de Dieu promet une paix éternelle aux justes. Mais au cours de tous ces siècles, le Vatican n'a voulu mettre l'accent que sur une interprétation archaïque de la mort physique du Christ. Donc vous pouvez imaginer la menace que fait peser la découverte de son corps physique.

Il fit de son mieux pour expliquer comment le Vatican avait spéculé pendant des siècles sur l'existence d'un corps physique et craint qu'on n'en trouve un. De temps en temps, des escrocs avaient tenté de faire chanter le Vatican avec des reliques anonymes dont il n'était jamais possible d'établir la provenance. Mais avec les méthodes scientifiques d'aujourd'hui, indiqua l'Irlandais, si une relique authentique était exhumée des souterrains du mont du Temple, la menace serait vraiment très, *très* réelle. Il demeura silencieux quelques secondes avant d'ajouter :

— Maintenant il nous faut juste découvrir pourquoi ces deux hommes veulent ces os avec tant d'acharnement.

Mal à l'aise, Charlotte se tortilla sur son siège. Une pensée ne la quittait pas : grâce à ces os, Evan Aldrich lui avait sauvé la vie ; aujourd'hui, à cause de ces mêmes os, il était mort. Et si, de son côté, Donovan envisageait une explication sur le terrain théologique, il n'y avait en réalité qu'une seule façon d'expliquer leur terrible détermination.

— Je crois pouvoir vous révéler ce que cherchent ces hommes.

17

La Volvo ralentit en atteignant un point de vue pittoresque au pied du mont Camelback. Les deux occupants de la voiture venaient d'intervertir leurs rôles : maintenant, c'était Donovan qui allait entendre la confession de Charlotte. Et ce qu'elle avait à dire – ce dont elle voulait se soulager – était encore plus stupéfiant que tout ce qui pesait sur la conscience du prêtre.

En dessous d'eux se déployait la vallée. De l'autre côté de celle-ci, on apercevait les grandes taches vertes artificielles du parcours de golf disséminées dans les faubourgs de la ville. Et encore au-delà, dans le lointain, les yeux vides de Donovan étaient fixés sur l'édifice scintillant de BMS. Il se dressait au-dessus des autres buildings, telle une tour de Babel profane de verre et d'acier à l'intérieur de laquelle les humains défiaient Dieu comme jamais auparavant.

— Il y a autre chose que vous devez savoir à propos de ce que nous avons découvert, dit-elle. J'ai été très malade en juin…

— J'ai cru le comprendre, avoua doucement Donovan. On m'a dit que vous aviez laissé des choses derrière vous dans votre chambre. C'étaient des médicaments contre le cancer, n'est-ce pas ?

Elle hocha la tête.

— Un myélome multiple, précisa-t-elle.

Ce n'était pas la première fois qu'il entendait parler de cette forme très agressive de cancer et il ne put retenir une expression lugubre. Et, comble de l'ironie, songea-t-il, cette maladie s'attaquait précisément aux *os*.

Devant l'air affligé du prêtre, elle s'empressa d'enchaîner :

— Mais je n'ai pas le cancer… Je ne l'ai plus.

Stupéfait, il leva les yeux vers elle.

— Grâce à Dieu, s'exclama-t-il rayonnant. Mais c'est incroyable ! Un vrai miracle !

— Oui… et non. Vous savez, ce gène dont je viens de vous parler…

La voix de Charlotte s'étrangla.

— Continuez, l'encouragea-t-il.

Il avait utilisé ce même mot d'innombrables fois dans le confessionnal.

Tournant les yeux vers lui, elle s'aperçut qu'il ne comprenait pas vraiment.

— L'ADN… L'ADN de Jésus. Il a des vertus particulières.

D'un point de vue génétique, le raisonnement n'avait rien d'évident. À dire vrai, c'était même une chose qu'elle ne parvenait toujours pas à appréhender totalement. Aussi s'agissait-il de s'en tenir à des termes simples.

— C'est un peu comme un virus, mais un bon virus. Or, quand on l'introduit dans un sujet malade…

Elle s'efforça de visualiser le 23 en train de se répliquer « intelligemment » dans tout le système à une vitesse extraordinaire pour détruire les cellules cancéreuses malignes.

Donovan s'affaissa sur son siège.

— *Son* ADN est en moi, souffla-t-elle d'une voix basse et révérencieuse. Il m'a guéri. Sans doute quelques minutes seulement après qu'on l'a introduit dans mon sang.

Maintenant, Donovan était pratiquement en état d'hyperventilation. Il eut une envie soudaine de se signer.

— Nous avons donc apparemment tous les deux de lourds secrets, dit l'Irlandais.

Il paraissait à deux doigts d'une attaque cardiaque. Aussi tendit-elle vers lui une main réconfortante qu'elle posa sur l'avant-bras du prêtre.

Celui-ci plaqua une nouvelle fois les doigts de sa main droite sur ses lèvres tremblotantes. Les implications de ce qu'ils avaient découvert à Jérusalem ne cessaient de lui apparaître.

— Qu'avons-nous fait ?

— N'est-ce pas le plan de Dieu ? dit-elle presque sur la défensive, essentiellement pour soulager son propre sentiment de culpabilité.

Oui, Donovan avait peut-être cru cela à un moment donné. Il serait réconfortant de penser que Dieu jouait au marionnettiste, que c'était Lui qui tirait les fils quand Donovan avait tué Conte, puis Santelli. Et cela serait aussi un grand soulagement de savoir que la profanation de l'ossuaire du Christ avait reçu l'approbation divine. Mais Dieu pouvait-Il avoir voulu les conséquences qui en avaient découlé ?

— Je ne sais pas, Charlotte. Je ne sais vraiment pas.

Il contempla l'horizon au loin.

— Ce que je sais en revanche, continua-t-il d'un air sinistre, c'est que nous sommes plongés dedans tous les deux.

— Mais que se passera-t-il si ces hommes découvrent le dossier génétique sur lequel je travaillais ?

Au regard du secret dont ils avaient entouré cette recherche, elle et Evan, et des protocoles de sécurité qu'ils avaient mis en place, cela paraissait quasiment impossible. Charlotte lâcha l'avant-bras de l'ecclésiastique.

— Peut-être que c'est pour ça qu'ils se sont mis à notre recherche ? avança-t-elle.

Donovan se redressa sur son siège et considéra cette hypothèse. De prime abord, elle était parfaitement plausible. Mais il secoua finalement la tête.

— Vous avez vu avec quelle facilité ils se sont introduits dans votre immeuble. Alors pourquoi auraient-ils perdu du temps à essayer de me trouver en premier ?

Il marquait un point.

— Peut-être parce que je n'ai pas les os en ma possession ? suggéra la jeune femme.

— Mais vous venez de me dire que vous n'en avez pas besoin. Votre petit échantillon peut être aisément répliqué, je me trompe ?

— Je vois ce que vous voulez dire, admit-elle.

C'était évidemment une faille majeure dans son hypothèse.

— Donc, vous ne pensez pas qu'ils sont au courant pour l'ADN ?

En se fondant sur l'échange qu'il avait eu avec les deux tueurs à Belfast, il répondit :

— Effectivement, je pense que ce n'est pas ça qu'ils cherchent... Pas directement. Mais il est incontestable qu'ils veulent que l'un de nous leur montre où sont cachés les os.

— Où les *avez-vous* cachés ?

— Il vaut mieux que je ne vous le dise pas. Pour votre propre sécurité, argumenta-t-il.

Il lut la déception dans les yeux de la généticienne.

— Mais je vous promets, l'assura-t-il, que si nous nous tirons d'affaire, je vous montrerai où ils sont.

— Le marché me semble correct, dit-elle. Bon, où allons-nous maintenant ?

Donovan soupira.

— On ne peut pas rester ici, c'est certain. Apparemment, ils peuvent suivre notre trace partout où nous allons.

— Pourquoi ne pas simplement aller à la police ? Ils ont quand même assassiné…

Elle sentit sa gorge se nouer et ses yeux lui piquer.

Mais Donovan secoua la tête.

— Ces hommes sont des professionnels. Nous n'avons ni leurs noms, ni leur mobile. Rien. On ne les retrouvera pas. Il y aurait une véritable enquête à mener… Qui plus est, j'imagine que vous pensez comme moi que les policiers ne nous croiront pas. Ils ne s'intéresseront même pas à cette histoire. Pire : on deviendra des cibles faciles, résuma-t-il sobrement.

Les yeux humides de Charlotte lui firent silencieusement comprendre qu'elle était d'accord avec lui.

— Jusqu'à ce qu'on ait élucidé tout ça, il faut qu'on s'installe quelque part où, même s'ils nous retrouvent, ils ne pourront pas nous atteindre. Un endroit bénéficiant d'une sécurité vraiment, vraiment exceptionnelle.

— Il faut qu'on engage des gardes du corps. Beaucoup de gardes du corps.

— Pas besoin, objecta-t-il avec un sourire. On a déjà tout ce qu'il nous faut.

Il avait manifestement une idée en tête.

— Expliquez-moi, s'il vous plaît.

Il répondit simplement :

— Mon congé sabbatique a suffisamment duré.

18

Le mont du Temple, Jérusalem

Le cheik Ghalib Hamzah ibn Mu'adh al-Namaïr s'installa dans le grand fauteuil de cuir au bout de la table de conférence en tek. Dans son dos, la fenêtre cintrée ouverte laissait une douce brise rafraîchir la salle de réunion exiguë, mais surtout elle permettait aux membres du Waqf de contempler le Dôme du Rocher superbement inondé de soleil, de l'autre côté de l'esplanade ; en somme, un rappel visuel flamboyant de leur devoir de protéger la sainteté du Haram esh-Sharif[1].

Et pour souligner encore davantage ce devoir, le cheik avait placé la réunion de début de soirée immédiatement après l'Asr – la quatrième des cinq prières quotidiennes, celle qui précédait le coucher du soleil. En outre, Ghalib avait insisté pour que tous récitent la prière silencieuse à l'intérieur même du Dôme du Rocher. Il sentait que tout cela participait d'une opportune mise en condition.

Ghalib s'assit bien droit, ses avant-bras parfaitement alignés sur les reposoirs de son fauteuil. Des mains fines et nerveuses s'échappaient des manches de sa tunique blanche éclatante. Sous sa calotte de prière tout aussi blanche – ou *kufi* –, des mèches noir de jais encadraient son large visage osseux et se fondaient dans une barbe et une moustache qu'il avait patiemment laissées pousser et

1. Littéralement : le « Noble Sanctuaire ». Nom que les musulmans donnent au mont du Temple. (*N.d.T.*)

qu'il entretenait méticuleusement. Un petit sourire dédaigneux lui tordait en permanence les lèvres du côté droit. Il n'avait que trente-huit ans, un âge remarquablement jeune pour une telle fonction, mais qui témoignait en tout cas du fait que la jeunesse permettait d'entretenir la flamme du combat chez les frères plus âgés.

— *As-salaam aleikum*, dit-il pour saluer la douzaine d'anciens et de religieux musulmans éminents réunis autour de lui.

Il courba la tête, ferma les yeux et ajouta :

— Loué soit Allah, le Miséricordieux et le Bienfaisant. Puisse-t-Il nous guider et veiller sur nous.

Puis il releva le visage et rouvrit les yeux. La pièce mal ventilée n'était pas la seule à manquer d'air.

— Je suis bien conscient que certains d'entre vous ont exprimé des inquiétudes quant à ma nomination.

Ses iris caramel flottaient sur des globes d'un blanc pur plantés derrière des paupières contractées. Ils passaient sur les innocents sans un regard et se concentraient de manière accusatrice sur les opposants identifiés.

Il s'attendait précisément à de l'opposition. En tant qu'élève surdoué de la branche wahhabite[1] conservatrice de l'islam, Ghalib était un fondamentaliste qui savait se faire entendre haut et fort. Il enseignait régulièrement dans les universités du monde arabe et entretenait des liens étroits avec les groupes militants islamistes. En

---

1. Le wahhabisme a été fondé au XVIIIe siècle par Muhammad ibn Abd al-Wahhab qui prêchait un retour à l'interprétation littérale de l'islam (et s'inscrit de ce fait dans la mouvance salafite se référant aux compagnons de Mahomet et à leurs successeurs immédiats). Les wahhabites cherchèrent à fonder un État régi selon leurs vœux en Arabie, qui devint l'Arabie saoudite au XXe siècle. (*N.d.T.*)

outre, il était salué comme la nouvelle grande voix de la libération palestinienne.

— Alors parlons, commença-t-il. Exprimons nos préoccupations. Discutons de notre mission de préservation de l'islam et de ses lieux saints.

Il inclina la tête vers la droite tandis que son regard accusateur se fixait sur son principal contradicteur.

— Pourquoi ne pas commencer par toi, Muhammad ?

Mal à l'aise, l'homme enturbanné de soixante-deux ans s'agita sur sa chaise et se racla la gorge.

— Les Israéliens continuent de creuser sous le Haram pendant que le Waqf reste nonchalamment assis... à regarder, à attendre, gronda Ghalib d'une voix coupante. À attendre quoi à votre avis ? Croyez-vous que vos prières vont arrêter les bulldozers ?

— Bien sûr que non, répondit Muhammad sur la défensive. Tu sais que ce n'est pas le cas.

Ghalib étendit les mains.

— Alors défends ton... cas.

L'homme émit un nouveau toussotement sec.

— Depuis le vol de juin... Depuis que ton prédécesseur a été arrêté pour complicité, rappela-t-il à Ghalib, notre pouvoir a considérablement diminué.

Les lèvres tordues de Ghalib s'étirèrent plus haut encore. Son prédécesseur, Farouq bin Alim Abd al-Rahmaan al-Jamir, se trouvait encore en détention préventive dans les geôles israéliennes. Il devait effectivement faire face à de très sérieuses accusations de complicité dans l'affaire du vol qui avait coûté la vie à treize soldats et policiers israéliens. Si, en Israël, la seule exécution officielle avait été la pendaison en mai 1962 de l'ancien chef SS nazi Adolf Eichmann (qui avait été capturé par une équipe du Mossad en Argentine où il se cachait), de nombreux Israéliens de haut rang au Parlement réclamaient avec force la condamnation à mort de Farouq.

Ghalib secoua la tête et ses lèvres s'abaissèrent jusqu'à retrouver leur position habituelle.

— Votre pouvoir n'a en rien changé. Mais votre *volonté*, elle, s'est sûrement affaiblie.

Il savait ce qui rendait l'homme faible et complaisant. Bien que Palestinien de sang, Muhammad était israélien par le passeport. Il était évident que ce n'était pas seulement la couverture de ses papiers d'immigration qui était passée du vert au bleu. Et à la différence de ses frères en peine, comme en avait connaissance Ghalib, le vertueux Muhammad vivait du côté prospère du mur de séparation d'Israël qui isolait les territoires palestiniens de Cisjordanie et de Gaza derrière des centaines de kilomètres de béton, d'acier et de barbelés.

L'angoissante tension ne cessait de croître. Muhammad espérait que quelqu'un autour de la table allait le soutenir. Mais personne ne prenait la parole.

— Il y a *eu* un tremblement de terre, souligna-t-il. Léger, certes. Mais quand il est survenu, on nous a accordé le droit de voir les effets qu'il avait produits. Je suis personnellement descendu dans le tunnel... toi aussi, Safwan, dit-il, le doigt tendu vers l'Arabe décharné portant un keffieh assis en face de lui. Tu l'as vu de tes yeux. Alors dis-leur.

Safwan garda le silence et ses yeux anthracite regardèrent ses mains.

Muhammad persista.

— Des dommages considérables ont *été* infligés...

Ghalib le coupa.

— Ai-je besoin de te rappeler que les vrais dommages ont été infligés il y a bien plus longtemps, quand tu es resté là assis paresseusement au cours de la décennie passée et que tu as laissé les juifs fouiller les tunnels sous le quartier musulman ?

— C'était un compromis, se défendit-il. Ils ont pu creuser leur tunnel et nous avons obtenu l'autorisation de restaurer la mosquée Marwani.

Il faisait osciller ses mains écartées comme les plateaux d'une balance.

— Et tu vois où ça t'a amené ? Tu as dégagé la voie pour des voleurs qui n'ont pas hésité à faire un trou dedans à l'explosif.

Les crapules étaient passées par la mosquée souterraine Marwani pour accéder aux salles sous le mont... et à une chambre secrète dans laquelle ils avaient pénétré en se servant de plastic C4.

Le visage de Muhammad devint écarlate. Son sort était entre les mains de Ghalib. Et le cheik prévoyait certainement de se servir de lui pour faire un exemple. Une chose était maintenant claire : la désignation de Ghalib ici était la traduction d'un programme politique subversif émanant de bien plus haut. Vu la situation actuelle, il n'imaginait pas que les Israéliens aient pu accorder à Ghalib l'entrée du territoire. Il avait très probablement profité de ses contacts à l'intérieur du Hezbollah libanais pour s'infiltrer en douce. Certes, Ghalib n'avait toujours pas mis le pied hors du Haram, refusait toutes les apparitions médias et correspondait sous le pseudonyme de Talal bin Omar. Cependant, les Israéliens n'étaient pas stupides, ce qui faisait dire à Muhammad qu'ils devaient préférer avoir Ghalib à portée de main.

— L'option idoine que nous avons toujours prônée, c'est la *paix*. La coopération. La coexistence. Exactement comme le Prophète nous l'a enseigné.

Ghalib ricana.

— La paix ? La coexistence ?

Il esquissa un signe moqueur de la main vers l'homme, puis balaya l'assemblée du regard.

— Il n'y a aucune *paix* possible avec les Israéliens, continua-t-il. La paix est un idéal qui ne séduit que les faibles. Il n'y *aura* jamais de paix dans un endroit où les juifs fouissent comme la vermine sous la mosquée sacrée du Prophète. Et la coexistence n'est qu'une excuse à ta peur de leurs pistolets-mitrailleurs et de leurs armes nucléaires. Seule la victoire apportera la paix. Et, au nom d'Allah, nous vaincrons.

L'enseignant toujours prêt à fournir un *tafsir*[1] coranique promouvant le djihad perçait sous l'administrateur du Waqf.

— N'es-tu pas d'accord ?

Des regards menaçants se tournèrent vers Muhammad. La question du Gardien était comme un fusil chargé pointé sur lui. Le vieil homme fit une pause pour considérer une réfutation appropriée.

— Je n'excuse pas ce qui se produit actuellement, mais…

— Mes oreilles ont entendu ces fouilles ! explosa un autre ancien. Pendant que j'étais en train de prier dans la mosquée… sous mes pieds…, j'ai entendu des sortes de bruits de débitage.

Il posa une main en coupe sur son oreille et essaya de les reproduire :

---

1. Littéralement : « interprétation ». Le *tafsir* désigne principalement une exégèse du Coran. (*N.d.T.*)

— *Chh-chh-chh. Chh-chh-chh.* C'est ce que j'ai entendu. C'est vrai. Les juifs cherchent à détruire le Haram !

Des rugissements de colère secouèrent la pièce.

Un sourire aux lèvres, Ghalib prit le temps de savourer l'instant. Puis il leva les mains pour imposer le silence.

— Une infestation. Comme des termites. Voilà ce à quoi nous avons affaire. C'est un fléau que nous devons éliminer. Nous devons libérer notre maison de cette souillure. Ce n'est pas un choix. C'est notre devoir, celui que nous avons fait serment d'accomplir.

Les membres du conseil manifestèrent bruyamment leur soutien.

— Nous devons éviter une action radicale, plaida calmement Muhammad avec délicatesse tout en se levant et en posant sa main à plat sur la table. L'agressivité ne fera que détruire des vies innocentes.

Sa main tapotait le plateau du meuble.

— Est-ce que cela ne s'est pas vérifié quantité de fois ? insista-t-il.

Des vitupérations sonores couvrirent sa voix. Ghalib intervint de nouveau pour les calmer. Puis il pointa un doigt grêle vers Muhammad et lui ordonna :

— Assieds-toi !

L'expression jusque-là résolue de Muhammad était devenue hésitante. Il leva ses mains en signe d'abdication.

— Je ne peux soutenir cette…

Il voulait quitter cette pièce.

Mais la main droite de Ghalib fendit l'air comme la lame d'une hache.

— Je n'ai pas fini ! rugit-il, les narines dilatées.

Muhammad se figea et se tourna vers lui.

— Les juifs n'ont aucune place ici ! tempêta le Gardien, le poing serré. C'est une vérité qui ne peut être remise en question ! Sois assuré que notre réponse aux récents événements sera rapide et brutale. Et nous devons parler d'une seule voix. Il est évident que tes propos honteux ne sont partagés par personne ici et qu'ils ne doivent plus empoisonner nos oreilles. Par conséquent, ce conseil n'a plus besoin de tes services. Alors, sors et ne reviens jamais.

D'un mouvement ample de la main, il désigna la porte.

— Et je te préviens que tout ce que tu pourrais révéler de ce qui se passe à l'intérieur de ces murs aurait de très graves conséquences.

Le visage de Ghalib se déforma.

— Vraiment très graves ! insista-t-il.

Des yeux furieux foudroyèrent Muhammad comme des épingles s'enfonçant dans une pelote tandis que celui-ci s'éclipsait.

Dès qu'il fut sorti, tous les membres du conseil manifestèrent bruyamment leur approbation au Gardien après cette démonstration de patriotisme fervent.

19

Qumrân

Amit quitta la grande route 90 Kaliah-Sedom pour engager sa Land Rover dans l'allée menant au parking vide. Le soleil se couchait derrière les collines du Jourdain, embrasant la mer Morte d'ambre et de saphir. Il alla se garer au plus près de la palmeraie jouxtant la minuscule oasis aménagée qui constituait l'accueil des visiteurs de Qumrân.

— N'est-ce pas romantique ? s'exclama Julie. Nous avons tout cet endroit magique rien que pour nous.

— Dommage que je n'aie pas pris de vin.

— Toujours un train de retard, le taquina-t-elle.

Amit esquissa un petit sourire, persuadé qu'elle ne tiendrait plus le même discours une fois qu'il lui aurait montré ce qu'il avait trouvé dans les collines.

Ils sortirent du véhicule.

L'archéologue fit le tour de la Land Rover par l'arrière et souleva le hayon pour récupérer des affaires.

Julie en profita pour admirer quelques secondes le panorama somptueux de la mer Morte avec son rivage couvert de minéraux blancs et les collines couleur terre de Sienne brûlée se fondant dans l'améthyste du ciel.

La Land Rover se ferma avec un clignotement rapide des phares et un infime couinement. Amit remit ses clés dans sa poche et s'approcha de Julie, une lampe torche et un sac à dos noir en main.

— Mon Dieu, c'est magnifique ! s'extasia la jeune femme.

— C'est sûr. Et tu sens ça ?

Il inspira longuement et régulièrement : il humait l'arôme particulier de l'argile, de la potasse et du brome.

Le nez fin de Julie se dilata : elle le sentait elle aussi.

— C'est l'histoire… la Bible. C'est ce qui me fait sans cesse revenir, expliqua-t-il.

— Ça ressemble un peu à l'odeur d'une piscine, répondit-elle avec un accent français hautain, mais du moment que ça te fait plaisir de faire flotter… ton *arche* dedans.

— Tu es sans pitié.

Il lui tendit une lampe et l'entraîna vers l'escalier pavé. Ils dépassèrent le bâtiment trapu de la boutique de souvenirs et de la billetterie et se retrouvèrent sur le sentier de gravier conduisant aux falaises escarpées qui formaient un mur nord-sud ininterrompu. Sur leur gauche, ils laissèrent les ruines – principalement des fondations – du village que les esséniens avaient habité jusqu'au Iᵉʳ siècle de notre ère. Non loin derrière se nichait une gorge profonde qui remontait depuis la mer jusqu'à une grande crevasse couverte de minéraux creusée dans la falaise par les eaux de ruissellement des crues hivernales. Amit et Julie se dirigèrent vers un petit sentier en zigzag qui gravissait cette ravine.

— On a beaucoup à grimper ? demanda-t-elle, les yeux fixés sur les hautes falaises.

— Assez, répondit-il sèchement.

— Fabuleux, ronchonna-t-elle.

Éparpillées autour d'un petit croissant de lune, des étoiles clignotantes commençaient à percer dans un ciel de plus en plus sombre, alors qu'Amit et Julie s'approchaient de l'échelle dressée sous l'entrée de la grotte.

En sueur et ne cessant de se plaindre des mouches bourdonnant autour d'elle, Julie exaspérait l'archéologue à force de lui demander comment ils allaient s'y prendre pour redescendre dans le noir. Elle avait bien vu qu'il leur avait fallu passer par-dessus des rochers en plusieurs endroits, ce qui ne manquait pas de l'inquiéter.

— La descente est beaucoup plus facile, répondit-il.

Ce qui n'était pas l'exacte vérité.

En dépit de ses récriminations, Amit savait que les efforts de la jeune femme seraient récompensés au final. Il alluma sa torche et la pointa vers l'ouverture qui se profilait quelques mètres plus haut.

Julie tendit le cou en arrière pour regarder elle aussi, sans vraiment se rendre compte que sa propre torche mettait en relief les courbes de sa poitrine moulée sur son T-shirt blanc trempé. Pour gagner l'entrée de la grotte, elle allait encore devoir grimper, mais cela n'avait rien de comparable à la montée de la gorge. Quand le regard de Julie revint se poser sur l'archéologue, elle le surprit à détourner promptement des yeux pudiques de ses mamelons durcis.

— Je n'aimerais vraiment pas que tu m'aies fait monter jusqu'ici simplement pour me reluquer les nichons.

Croisant les bras devant sa poitrine, elle remonta du même coup ses deux seins l'un contre l'autre… ce qui ne fit qu'aggraver la confusion de l'Israélien.

Son visage devint rubicond.

— J'étais juste… juste…

Mais il estima qu'il n'avait nul besoin de s'excuser d'avoir été troublé.

— C'est difficile de ne pas regarder, c'est tout. Prends ça comme un compliment.

Ce fut au tour de Julie de rougir.

— Bon, maintenant, pouvons-nous continuer ? demanda-t-elle.

Elle lui fit signe de monter.

L'épisode avait au moins eu l'avantage de dissiper l'angoisse qu'Amit avait de l'escalade, car, en moins de deux, il fut en haut et se redressa à l'entrée de la grotte sans même y avoir pensé. Lorsqu'il lui attrapa la main pour l'aider à se hisser jusqu'à lui, l'archéologue glissa furtivement vers la poitrine de Julie un nouveau regard défendu.

— Nous allons jusqu'au fond, l'informa-t-il d'une voix très professionnelle cette fois. Regarde où tu mets les pieds. C'est un peu délicat par endroits.

— Passe devant que je puisse reluquer tes fesses, railla-t-elle.

— Profite bien du spectacle.

Amit entama sa montée dans l'étroit passage.

— Double spectacle, s'exclama-t-elle en éclairant lc postérieur de son compagnon.

Mais les pièges du tunnel obligèrent Julie à se concentrer sur sa progression. Quand Amit se glissa dans une grande chambre taillée dans la roche, elle ne ressentit encore aucune magie.

— Tout va bien ? lui demanda-t-il avant de se diriger vers une lampe sur pied.

— *Oui**.

La torche de Julie balaya fugitivement un tas de briques empilées soigneusement sur le sol. Mais quand la lampe de chantier éclaira cette zone, elle remarqua l'ouverture dans le mur du fond et s'en approcha.

— Celle-là, on doit la franchir à quatre pattes. Mais elle ne fait que quelques mètres.

Amit devinait qu'une certaine agitation croissait dans le regard sceptique de la femme.

Il passa de nouveau devant pour se couler presque en rampant dans la chambre suivante. Dès qu'il se redressa, il entreprit d'allumer une seconde lampe de chantier tout près de l'ouverture. Julie déboucha dans la pièce au moment où la lumière inonda la salle. Elle se remit sur ses pieds.

Pendant quelques secondes, la jeune femme arpenta silencieusement l'espace de la cavité carrée, contournant l'angle où s'entassaient des équipements et des outils divers, s'arrêtant par endroits pour passer ses doigts sur les longues hachures gravées dans les parois.

— Qui a *fait* ça ? demanda-t-elle finalement.

— Je suis presque certain que ce sont les esséniens.

— Ah ! répondit-elle incrédule, encore nos bons vieux amis scribouillards de manuscrits. Des gens bien occupés, semble-t-il.

Et il ne lui avait même pas encore montré à quel point ils avaient été occupés.

— Tu as vu ces briques sur le sol dans l'autre chambre ?

Il tendait le doigt vers le boyau d'accès.

— Non seulement elles scellaient l'entrée du passage, mais elles étaient recouvertes de terre et d'argile, si bien que personne n'aurait dû trouver cet endroit.

— OK. Admettons qu'ils ont taillé cette salle.

Minimisant l'intérêt de cette découverte, elle haussa les épaules.

— Alors ? Dis-moi pourquoi. Et note que je ne vois toujours pas le glyphe.

Au large sourire béat qui s'affichait sur le visage de l'Israélien, l'égyptologue devinait que son camarade ne lui avait pas encore tout dit.

— Le meilleur est à venir, annonça l'archéologue.

Il se dirigea vers les boîtes à outils disposées autour du trou dans le sol pour avertir les gens du danger de chute. Tandis que Julie regardait par-dessus son épaule, Amit glissa une partie des affaires sur le côté pour dégager l'accès aux marches.

— Pourquoi ne passes-tu pas la première ? lui proposa-t-il.

Julie hésita un instant. Puis elle fit un pas en avant et orienta sa torche vers le fond.

— OK.

Amit souriait tant que sa barbiche en était étirée vers les oreilles. Maintenant, la Française avait du mal à contenir son excitation.

À mesure qu'elle descendait, Julie pressait sa main droite contre le mur. Ses doigts effleuraient d'innombrables hachures. Les semelles de ses chaussures de marche crissaient. Au pied des marches, elle s'écarta pour qu'Amit puisse la rejoindre.

Alors qu'elle restait immobile, bouche bée, l'Israélien tendit la main pour allumer une autre lampe de chantier qui repoussa les ténèbres d'un caveau spacieux et cubique. Comme hypnotisée, Julie avait le regard rivé sur l'impressionnante fresque en face de l'escalier. C'était une œuvre splendide avec des motifs colorés sur un fond blanc. Elle donnait l'impression d'avoir été peinte la veille. Julie se dirigea à grands pas vers elle.

— Je n'ai pas besoin de te rappeler de ne pas la toucher, la taquina-t-il.

— Ha, ha ha! fit-elle sans détourner ses yeux de l'image. C'est stupéfiant.

Au centre de la fresque, il y avait une petite niche voûtée creusée dans le grès. Autour de cette cavité, des cercles concentriques formaient un soleil flamboyant, disposé au centre d'une grande croix équilatérale, entourée de vrilles de vignes. Les extrémités de la croix s'évasaient en forme de pique. Sur chaque pointe étaient dessinés des symboles judaïques : deux *shofars*, les cornes cérémonielles servant à sonner le nouvel an juif, sur les axes nord et sud, et deux *etrogs* en forme de citron – des fruits utilisés à l'occasion de *Soukkot*, la fête des Tabernacles – à l'est et à l'ouest.

Mais le détail le plus fascinant de l'ensemble, c'étaient les quatre quarts de cercle, intercalés entre les bras de la croix, qui renfermaient un symbole très inhabituel : un dauphin se lovant autour d'un trident.

Julie approcha son visage de la niche vide.

— Je me demande ce qui pouvait bien se trouver ici, dit-elle.

— Une jarre d'argile scellée, répondit-il en connaissance de cause. Avec trois rouleaux manuscrits glissés à l'intérieur.

Le regard interloqué de sa collègue récompensa enfin Amit.

— Tu te moques de moi ! Où sont-ils ?

— Il n'aurait certainement pas été sage de les laisser ici, lui fit-il remarquer. Je les ai apportés au musée Rockefeller pour les faire traduire.

— Jésus ! s'exclama-t-elle d'une voix étranglée. C'est incroyable.

Mains sur les hanches, elle étudia de nouveau la peinture. Sans cesse, ses yeux revenaient vers l'étrange symbole binaire dauphin-trident.

— Ce motif… Que fait-il ici ?

Il se rapprocha d'elle et observa une nouvelle fois l'ornement.

— Incroyable, non ? Ça semble presque païen.

— Exactement.

Elle médita quelques instants, puis secoua la tête comme pour signifier qu'elle jetait l'éponge.

— Nous avons aussi un autel sacrificiel, ajouta Amit.

Il se déplaça vers une énorme pierre levée occupant le centre de la pièce. Elle avait été taillée en forme de cube et son sommet évidé formait comme un évier antique.

— Sinistre, dit-elle sans lui accorder plus qu'un coup d'œil.

— Et il y a même une *mikva.*

L'archéologue tendait le doigt vers l'angle de la chambre le plus éloigné, où d'autres marches plongeaient dans une large cavité rectangulaire taillée dans le sol. Jadis remplie d'eau et utilisée pour la purification et les bains rituels, elle était en tout point conforme aux autres *mikvaot* trouvées dans le village près de la mer Morte et rappelait les pratiques hygiéniques strictes des esséniens.

— Tu aurais presque pu croire que l'endroit leur servait de temple, dit-elle d'un ton quelque peu sarcastique.

Mais c'était précisément ce qu'Amit avait lui aussi pensé de prime abord.

— L'affaire se corse, se contenta-t-il de répondre.

— Et le glyphe ?

— Ah oui ! Il est juste ici, sur le mur, là.

Il tendait le doigt vers l'angle le plus proche de l'escalier où se trouvait une gravure murale indiscernable, à moins de se trouver tout près d'elle.

Julie pointa le faisceau de sa torche droit dessus pour supprimer les ombres des lignes.

— Je parie que tu penses que ce sont tes esséniens qui ont fait ça ?

— Ça me paraît l'hypothèse la plus sensée. La pièce était scellée. Il y avait une jarre quand nous avons ouvert cette chambre. Si n'importe qui d'autre était entré ici, tu ne crois pas qu'il l'aurait au moins emportée ?

Les pilleurs prenaient ce qu'il y avait à piller.

— Je vois ce que tu veux dire.

Elle passa un doigt le long des lignes.

— Mais le message est clair, continua-t-elle. Très clair. Même son positionnement près des marches… C'était la dernière chose qu'on devait voir en quittant la chambre.

— Je veux bien. Mais pourquoi laisser un glyphe symbolisant Héliopolis ?

Elle réfléchit à cette question.

— Pour indiquer l'endroit où ils sont allés, je suppose.

Il n'avait pas pensé à ça.

— Que veux-tu dire ?

— Eh bien, il a dû se trouver une chose particulière ici, peut-être en haut dans l'autre chambre, et cette chose a pu être emportée en Égypte.

Amit blêmit.

— Mon Dieu ! Julie. Oui, c'est parfaitement cohérent, murmura-t-il.

La jeune femme tapota l'épaule massive de l'homme.

— Tu as bien fait de me faire venir ici. Mais il reste une question : qu'y avait-il dans la chambre en haut ?

— Peut-être que les manuscrits ont quelque chose à dire à ce propos, conjectura-t-il en se frottant la barbiche.

À cet instant, il crut percevoir des sons faibles, lointains, provenant du niveau supérieur du boyau.

— Mais si ces symboles…

— Chhhhhut ! la coupa-t-il en lui saisissant le poignet. Tu entends ? murmura-t-il.

— Quoi ?

— Chhhhhut !

Alors Julie discerna aussi les subtils bruits de frottements. Des pieds traînant sur la pierre ?

— Tu attends quelqu'un ? murmura-t-elle.

Il secoua négativement la tête. Un programme de son ordinateur interne s'activa à l'arrière de son cerveau : le protocole bien ancré en lui depuis l'époque de Tsahal qui s'activait automatiquement lors des infiltrations silencieuses dans les planques des islamistes radicaux à Gaza.

— Remontons, suggéra Amit.

Puis, comme sous le coup d'une inspiration subite, il ouvrit rapidement la fermeture à glissière de son sac à dos et sortit de celui-ci un minuscule appareil.

— Que fais-tu ?

— Monte. Je te suis.

20

Dans l'angle de la chambre supérieure le plus proche de la sortie, des boîtes à outils en polyéthylène vides et des caisses de stockage étaient empilées sur trois niveaux. L'unité RPS était posée à côté d'un petit générateur. Derrière cet entassement, on avait laissé un espace suffisant pour s'assurer qu'il n'y aurait aucun contact avec les parois de la salle. Mais là, le contact avait été établi : non pas par le matériel, mais par Julie et Amit qui se tenaient blottis l'un contre l'autre pour se cacher. Comme la pile faisait à peine un mètre de haut, la jeune femme était quasiment à plat ventre contre le sol de pierre froide. Quant à son compagnon, il tenait à peine de biais, allongé sur le flanc gauche.

La tête de l'archéologue sortait juste assez pour surveiller les ombres qui balayaient le sol devant l'entrée du passage. Jusqu'à présent, il n'avait apparemment entendu les pas que d'une seule personne. Un pilleur, pensait-il. Ses doigts serrèrent davantage le manche d'une lourde pioche qu'il avait récupérée dans un râtelier à outils. Ce n'était qu'une question de temps avant…

Les frottements s'amplifièrent. L'ombre d'une silhouette grandit devant l'entrée du passage.

L'intrus approchait.

Amit ramena son cou vers Julie et lui fit signe de rester le plus à plat possible. Prenant garde maintenant à ne plus montrer sa tête, il concentra son ouïe sur les pas pour suivre le mouvement de l'inconnu.

Chhsssst, chhsssst.

Une pause.

Chhssst, chhssst... chhssst, chhssst.

L'intrus était maintenant dans la chambre. Amit espérait que son leurre permettrait d'éviter une fouille derrière les boîtes.

Il entendit des pas discrets descendre l'escalier. De la chambre inférieure montait une voix forte s'exprimant en jargon universitaire.

Amit compta encore sept pas, puis il se redressa sur les hanches et rampa vers l'escalier. Il veillait soigneusement à ne pas érafler la pierre du bout de la pioche. Le pilleur ne tarderait pas à s'apercevoir que la chambre du bas était vide et qu'un petit Dictaphone numérique restituait un compte rendu de l'archéologue à volume maxi depuis le fond de la fosse d'ablutions.

L'intrus découvrit le pot aux roses plus vite que prévu. Amit entendit une voix bourrue jurer en hébreu, puis des pas se ruer vers l'escalier. Il brandit la pioche et se précipita vers la dalle de pierre posée juste à côté du trou qu'il tira de toutes ses forces par-dessus l'ouverture.

Une sorte de claquement étouffé troubla Amit et, presque au même instant, quelque chose ricocha sur le flanc de la dalle et arracha un fragment de pierre. Il ne lui fallut qu'une fraction de seconde pour comprendre : l'homme lui tirait dessus ! L'arme était équipée d'un silencieux – ce n'était pas franchement l'outillage d'un pilleur de tombe ordinaire, se dit-il.

— Julie ! Sors d'ici ! Il a un pistolet ! hurla-t-il.

L'individu gravissait l'escalier à toute allure. Pas le temps de réfléchir. Amit imprima une forte poussée sur la plaque et celle-ci retrouva sa place séculaire.

Une nouvelle obscénité monta d'en dessous.

L'archéologue balaya des yeux l'espace autour de lui en quête de quelque chose à poser sur la dalle. Mais il n'y avait rien d'assez lourd pour empêcher l'homme suffisamment longtemps de soulever la pierre.

La plaque se fractura soudain au milieu. Une fois. Deux fois. Chaque fois avec un bruit mat.

Le type tirait dedans pour la détruire. Amit abandonna la pioche, mais récupéra sa torche et éteignit toutes les lampes de la salle.

Julie se trouvait déjà dans la première chambre quand Amit s'engagea prestement à quatre pattes dans le passage.

— N'attends pas ! Continue ! lui cria-t-il.

Lampe torche en main, Julie s'élança dans le tunnel.

Amit éteignit aussi les lumières dans la première salle, puis il ralluma sa torche électrique. De l'autre côté du boyau, il pouvait entendre les gros morceaux de la dalle de pierre dégringoler. Il courut à son tour dans la galerie descendante.

À quelque distance devant lui, Amit repéra Julie. Elle récupérait après une mauvaise chute. Du sang coulait de son genou droit.

— Ne t'arrête pas !

Elle commençait à descendre l'échelle quand il la rejoignit. Une peur panique se lisait dans ses yeux.

— Je veux que tu repartes aussi vite que possible par le chemin qu'on a pris pour venir, lui ordonna-t-il à voix basse. Zigzague. Ne cours pas en ligne droite. Et dès que tu auras parcouru environ cinquante mètres, éteins ta lampe.

Julie acquiesça rapidement. Il y avait une chose qu'il appréciait chez elle : elle savait quand ce n'était plus l'heure de plaisanter.

Amit était au tiers de sa descente quand la jeune femme toucha le sol et décampa à toute allure. Après quelques mètres, elle regarda en arrière et, voyant qu'il ne la suivait pas, elle s'arrêta.

— File !

Par bonheur, elle ne discuta pas.

Juste en dessous de l'entrée de la grotte, un affleurement de la roche faisait saillie et la paroi de la falaise formait une légère courbure concave. Amit éteignit sa torche et se plaqua derrière l'échelle, dos à la pierre. Il espérait que l'intrus ne devinerait pas qu'il l'attendait là.

Tandis que l'égyptologue française courait ventre à terre dans la ravine, il distinguait le faisceau de sa lampe qui oscillait en tous sens : de droite à gauche, de haut en bas.

Allez, Julie. Allez. Elle semblait plus rapide encore que sa stagiaire Ariel.

Soudain, le pistolet cracha presque sans bruit au-dessus de sa tête.

La terreur envahit Amit quand il vit la jeune femme trébucher… Non, pas trébucher. En réalité, la balle avait dû ricocher sur quelque chose devant elle, ce qui l'avait obligée à se baisser et à se faufiler entre les rochers. La lumière de sa lampe torche disparut. Et Julie aussi… engloutie par la gorge enténébrée.

Un autre juron retentit en haut de l'échelle.

Puis il y eut une longue pause. Trop longue. Le tireur était-il en train d'éventer la ruse de l'archéologue israélien ?

Mais moins de deux minutes plus tard, l'homme commença à descendre.

Amit passa à l'action. Il bondit en avant, projetant ses mains contre les montants de l'échelle. Il lui fallut toute sa puissance pour écarter l'échelle de la paroi mais il y parvint et le tueur bascula en arrière.

Il atterrit à plat dos sur des pierres acérées et laissa échapper un gémissement. L'échelle lui retomba dessus, emprisonnant la main armée entre ses barreaux.

Encore étourdi, l'assassin – tout revêtu de noir, visage compris – se débattait sous l'échelle, tout en essayant de braquer son pistolet sur la cible géante que représentait l'Israélien massif. C'est alors que le C4 que l'inconnu avait placé dans toutes les chambres, le tunnel et l'entrée de la grotte explosa.

Dans un déferlement furieux de flammes orange, une pluie de roches et de débris jaillit de l'ouverture de la caverne. Le bruit de l'explosion se répercuta comme un coup de tonnerre dans la gorge. Amit fut soulevé de terre par la puissante onde de choc. Il tomba sur l'échelle, brisant net sous son poids l'avant-bras du tueur coincé entre les barreaux. L'homme hurla de douleur. Son membre brisé pendouillait horriblement, tandis qu'une pointe d'os sanguinolente saillait de la manche noire.

Amit se couvrit la tête de ses mains. Les roches pleuvaient tout autour de lui et sur son dos. Quand le déluge s'acheva enfin, il releva rapidement les yeux pour constater que le tireur bataillait pour récupérer à tâtons le pistolet de son bras valide.

L'archéologue s'empara de l'arme. Et alors, une rage folle l'envahit.

— Reste où tu es ! cria-t-il en hébreu, le pistolet pointé sur le visage de l'homme.

Sans même la regarder, l'arme lui parut très familière. La lampe torche qu'avait lâchée l'homme gisait à côté d'eux et éclairait le blessé. Dans son faisceau, Amit voyait du sang dégoutter d'une déchirure de la cagoule, là où l'homme avait heurté une pierre. L'archéologue tendit la main pour lui arracher son masque. Alors qu'il remontait la cagoule du tueur, celui-ci en profita pour baisser sa main valide vers sa hanche et saisir un couteau.

La lame scintilla fugitivement dans la lumière et la réaction d'Amit fut immédiate : de sa main libre, il empoigna le poignet de son adversaire. L'instinct et l'adrénaline lui soufflaient d'abattre purement et simplement l'assassin. Mais il choisit de lever le pistolet à bout de bras et de le rabattre violemment sur la tête de l'homme, à l'endroit où la pierre avait commencé le travail. Le blessé perdit connaissance.

Amit put enfin découvrir le visage de son agresseur. Le type était jeune, dans les vingt-cinq ans peut-être. Apparemment, il était israélien, mais une fouille rapide de ses vêtements ne fournit aucun moyen d'identification. Il n'y trouva rien d'autre que deux chargeurs pleins de munitions, qu'il s'empressa de faire disparaître dans sa propre poche.

L'archéologue ne comptait pas le traîner dans la ravine. Et pas la peine de songer à appeler les autorités. Qumrân était situé en Cisjordanie, sous contrôle de l'Autorité palestinienne. Rien que pour obtenir la permission de faire ces fouilles, il avait dû se plier à maintes courbettes politiques humiliantes. La dernière chose dont il avait besoin, c'était d'être relié à une explosion et à un tueur à gages israélien.

Il sortit son téléphone portable, échangea le pistolet contre la torche électrique pour éclairer le visage de l'homme et prit une photo médiocre de celui-ci.

Puis il remit le téléphone dans sa poche et récupéra l'arme. Mais lorsqu'il leva le faisceau de sa lampe vers l'épais nuage de poussière qui continuait de voiler la falaise, la consternation s'empara de lui. L'explosion avait totalement détruit la grotte. Au prix de grands efforts, il parvint à se rappeler que les manuscrits étaient à l'abri – et que lui et Julie étaient en vie.

Mais savoir que l'invention d'une vie venait d'être pulvérisée l'anéantissait.

Et il était bien déterminé à découvrir pourquoi.

21

JÉRUSALEM

En dépit de la connexion haut débit avec une adresse IP localisée dans un cybercafé de Phoenix, dans l'Arizona, le transfert complet des données avait pris plus de trois heures. L'intégralité des informations stockées sur l'ordinateur portable de la généticienne américaine avait été envoyée vers un disque dur situé dans le quartier juif de la vieille ville de Jérusalem – précisément dans un bureau au sous-sol du modeste musée de la Société du Temple.

Le délai de transmission avait été allongé par le cryptage sophistiqué et les différents niveaux de protection par mots de passe qui avaient plusieurs fois bloqué le disque dur. Heureusement, les algorithmes capables de briser les codes les plus secrets faisaient partie des accessoires standard que l'on trouvait aujourd'hui sur les téléphones portables des agents de terrain.

L'analyse du contenu de l'ordinateur avait alors été confiée à la maigrelette Ziv, la super pro des ordis à peine âgée de vingt et un ans.

— Y avait un nombre dingue de choses à regarder là-dedans. Donc j'ai commencé par trier les dossiers, en dégageant tout ce qui appartenait à des programmes. En général, je regarde d'abord les marqueurs source ; ça me dit d'où viennent les données, expliqua-t-elle à Cohen.

Le rabbin revêche se tenait debout, bras croisés, près du poste de travail de la jeune fille qui, avec ses multiples écrans plasma, son armada de sveltes tours d'unités centrales et ses lumières clignotantes, ressemblait au centre de commande d'une mission spatiale.

Cohen laissait ce timide cyber-génie débiter ses explications techniques. Ça semblait la mettre en confiance. Et il avait besoin qu'elle reste motivée.

Les doigts fins de la fille tapotèrent les touches du clavier à grande vitesse et une liste apparut sur le moniteur central.

— Ces dossiers, ici, ont attiré mon attention. Ils semblaient tous provenir d'un même serveur – un intranet pour être plus précis.

Les yeux de Ziv montraient des signes de fatigue, conséquence de toutes les heures passées à fixer les cristaux de plasma luminescents, sans parler de l'ostensible agacement occasionné par cette demande du rabbin Cohen qui l'obligeait à rester travailler bien après la fin de sa journée. Il était déjà neuf heures du soir et il ne paraissait pas avoir l'intention de s'en aller. Mais le rabbin avait lui aussi un peu l'air tendu.

Continue, pensa Cohen.

— Le truc, c'était qu'ils avaient tous le même code de pays : point V-A.

Elle leva des yeux pleins d'excitation vers le religieux, mais elle comprit immédiatement qu'il n'avait pas saisi l'intérêt de la chose.

— C'est le serveur de la cité du Vatican. Vous vous rappelez que vous m'avez demandé de chercher tout ce qui pouvait sembler sortir de l'ordinaire ?

Décroisant les bras, le rabbin demeura un instant bouche bée.

— Tu es sûre de toi ?

— Oh ! oui. Ça ne peut pas venir d'ailleurs.

— Et c'est quel genre de fichiers ?

— Essentiellement des images. Des documents texte aussi.

Il se pencha pour mieux examiner les noms des dossiers. À la lecture des détails affichés à côté de chaque nom, il ressentit un certain vertige. Non seulement ces documents étaient effectivement attribués au serveur hôte de la cité du Vatican, mais tous ces fichiers étaient datés de juin – plus précisément entre la date du vol de l'ossuaire à Jérusalem et celle qui était tamponnée sur la caisse d'expédition de ce même ossuaire, renvoyé anonymement à Jérusalem depuis un comptoir DHL de Rome.

— Ouvre celui-là, demanda-t-il en tapotant sur un nom de la liste à l'écran.

Ziv déplaça sa souris et fit apparaître l'image. Elle ne put s'empêcher de grimacer lorsque celle-ci s'afficha en haute résolution.

— Mince ! Ça fout la chair de poule.

Le rabbin sentit ses genoux faiblir. Il avait sous les yeux la photo nette d'un squelette complet étalé sur une natte de caoutchouc noire. Il pouvait deviner les bords lisses d'une table en acier inoxydable. Exactement ce qu'il avait soupçonné. L'ossuaire n'était manifestement pas vide. *Les anciens textes des prêtres ne mentent jamais*, pensa-t-il.

— Je veux tous les voir, dit-il d'une voix tremblante.

— Vous vous sentez bien ?

Déjà pâle d'ordinaire, le rabbin donnait l'impression d'avoir aperçu un fantôme.

Il hocha la tête sans détacher ses yeux de l'écran.

— Prenez une chaise, lui recommanda Ziv. En fait, il y a un fichier PowerPoint qui contient la plupart des photos sous la forme d'un diaporama.

22

Ziv regarda plusieurs fois l'animation PowerPoint extrêmement détaillée avec le rabbin. Ça commençait vraiment à l'indisposer. Au demeurant, dire que les images étaient perturbantes relevait très largement de l'euphémisme.

Les photos avaient été marquées à l'aide d'un stylo virtuel jaune pour souligner ou cercler certains points notables. Cohen avait examiné chaque détail : les côtes striées du squelette ; les os écrasés au niveau des jointures des poignets et des pieds, et les traces de rouille que l'on voyait là ; les genoux fracturés. Il s'était peu attardé sur la photo de trois grosses pointes noires dentelées, et encore moins longtemps sur les deux pièces de monnaie posées côte à côte.

L'ossuaire avait été photographié sous tous les angles. Sur chaque cliché, on avait « marqué » en jaune les gravures représentant le dauphin et le trident qui décoraient les flancs du coffre de pierre. Le rabbin Cohen pouvait pratiquement entendre son grand-père hurler au blasphème depuis sa tombe.

Les motifs beaucoup moins intéressants en forme de rosette et de hachure gravés sur la façade frontale et le couvercle bombé n'avaient fait l'objet que de soulignements accessoires. Cohen n'avait pas manqué de remarquer que le couvercle n'était pas brisé sur ces photos. Peut-être s'était-il cassé au cours du voyage de retour depuis Rome ?

Certaines pages intermédiaires de l'animation récapitulaient sous forme de listes à puces les découvertes de l'étude, qui étaient détaillées dans les fichiers texte restaurés par Ziv. La synthèse était parfaitement claire : cet individu du Ier siècle de notre ère, qui semblait l'image même d'un sujet en parfaite santé, était mort crucifié. Et les tests de patine réalisés sur l'ossuaire semblaient confirmer – avec le pourcentage de réserve habituel – qu'il avait été enterré en Israël.

Sous le mont du Temple. Là où les Lévites avaient à dessein caché son ossuaire pour que s'accomplissent les prophéties. Des prophéties maintenant compromises : un plan vieux de deux millénaires avait été perfidement interrompu. Et par le Vatican, qui plus est.

À côté de la puce relative à l'origine ethnique, on lisait un mot révélateur : « INCONNUE ». Les pires craintes du rabbin se voyaient confirmées. Ils avaient analysé l'ADN.

Cohen ne se rendait même pas compte qu'il grinçait bruyamment des dents.

Ziv s'octroya une pause de deux minutes pour s'étirer, se rendre aux toilettes et se remplir une tasse de café. Quand elle revint, le rabbin n'avait pas bougé. Son regard était de plus en plus tourmenté.

À cet instant, le prêtre regardait avec attention une reconstitution numérique très impressionnante : des mesures méticuleuses des images laser du squelette avaient permis de recréer ce à quoi l'homme de trente ans et quelques avait dû ressembler avant sa mort brutale.

Captivé par les yeux aigue-marine qui reflétaient les siens, le rabbin avait zoomé sur le visage de l'homme.

— Vous êtes sûr que vous allez bien ?

Cohen tourna la tête pour éloigner de l'écran ses yeux injectés de sang.

— Tout va bien se passer pour nous.

Nous ? pensa-t-elle. *De qui parle-t-il ?*

Le rabbin se rassit avec un soupir et croisa les mains derrière sa tête. Puis, avec un mouvement de menton vers l'écran, il dit à Ziv :

— Je voudrais savoir comment ils ont obtenu cette image.

Pour avoir passé beaucoup de temps dans les laboratoires de génétique, il avait la certitude que l'équipement nécessaire était beaucoup trop sophistiqué pour qu'on ait pu l'apporter au Vatican. On avait dû travailler sur un échantillon. Et si Dieu le voulait, l'ordinateur de la généticienne en aurait conservé une trace.

— Je veux que tu fouilles chaque fichier afin de me trouver tout ce qui peut concerner des recherches génétiques.

La jeune fille parut terrassée par la requête.

— Je ne suis pas franchement une scientifique.

— Tu n'as pas besoin d'être une *généticienne*, corrigea-t-il.

Tu n'as pas besoin d'être le Dr Charlotte Hennessey, songea-t-il amèrement. C'était le nom que son homme de main avait trouvé sur la carte de visite professionnelle et le permis de conduire de cette femme. Un traçage électronique de son passeport montrerait certainement qu'elle se trouvait à Rome en juin dernier. Bien que cela semblât superflu, il demanderait à son contact au contrôle de l'immigration de faire une recherche.

Cohen se rendit compte que c'était lui qui avait le plus de chances de mener cette tâche à bien.

— Fournis-moi seulement une liste de tous les fichiers. Je sélectionnerai ceux que tu devras étudier.

— D'accord.

Les doigts rapides de la jeune fille s'animèrent sur le clavier. Elle écarta les informations inutiles, filtra, affina.

Aaron Cohen cherchait à faire la preuve de la pureté de sa lignée familiale sacrée. Dans ce cadre, il était devenu très compétent en matière d'études du génome humain – spécifiquement dans le domaine des recherches génétiques initiées par le professeur israélien Karl Skorecki, en 1997, qui retrouva la trace des marqueurs génétiques uniques dans les chromosomes Y patrilinéaires des juifs ashkénazes (européens) et séfarades (espagnols, nord-africains et moyen-orientaux) prétendant être des *Kohanim* – autrement dit des descendants directs d'une lignée sacerdotale que l'on pouvait faire remonter jusqu'à Aaron et Moïse. Les Cohen. Des sept millions de juifs mâles dans le monde, moins de cinq pour cent portaient les marqueurs génétiques spécifiques transmis par Aaron, le frère de Moïse. Et dès lors que les mutations étaient préservées exclusivement dans le chromosome Y mâle, les mariages mixtes résultant de la Diaspora n'avaient quasiment aucun effet de ce point de vue.

Sans surprise, l'immense base de données issue de cette étude avait démontré que le propre « haplotype modal Cohen[1] » d'Aaron Cohen était le plus pur à ce jour, comme son défunt grand-père l'assurait – ce qui était maintenant prouvé par l'analyse du génome. Le seul problème avec son propre ADN, c'était que d'innombrables mutations ou polymorphismes avaient tout de même corrompu la perfection originelle créée par Dieu. Les distorsions génétiques s'étaient transmises de génération en génération. Et sans le moindre doute, cela témoignait d'un mépris à l'encontre de Dieu.

L'établissement de la liste réduite prit près de quinze minutes.

— Ce n'est pas trop mal, dit-elle. Finalement, il n'y en avait pas tant que ça – des dossiers importants, j'entends.

L'informaticienne sélectionna une commande sur l'écran et cliqua dessus. L'imprimante s'anima et produisit sept pages d'une liste de fichiers triés alphabétiquement et regroupés par types. Ziv récupéra les feuilles et les tendit au rabbin.

— Dites-moi quels fichiers vous voulez voir.

---

1. À partir des années 1990, l'université de Haïfa, en Israël, a commencé à étudier le patrimoine génétique des Cohen et a identifié la récurrence significative d'un même chromosome Y qui pourrait laisser entendre qu'ils descendraient bien d'un ancêtre commun (d'où le nom donné à ce chromosome Y « Aaron »). Cet ensemble de marqueurs génétiques spécifiques a été baptisé « haplotype modal Cohen ». Un haplotype (contraction de *haploid genotype*) est l'ensemble des gènes présents et génétiquement liés sur un chromosome. (*N.d.T.*)

23

Dans le fauteuil passager de la Land Rover totalement incliné, Julie dormait à poings fermés. Elle ronflait, les mains croisées sur la poitrine.

Le soleil se levait sur Jérusalem lorsque Amit remit le 4×4 automatique en position «route» d'une main engourdie. Les yeux encore bouffis, il se sentait épuisé jusqu'à la moelle. Lorsque la pluie de roches et de pierres lui avait martelé le dos, la douleur physique éprouvée lui avait étrangement rappelé l'impact des balles d'armes automatiques sur sa veste en Kevlar à l'époque de Gaza : rien de cassé, mais assurément de sérieuses contusions. Même s'il avait essayé, il n'aurait pas pu dormir – pas sans prendre quelque chose pour atténuer la douleur… et sa paranoïa grandissante.

Pour le moment, il sentait qu'ils avaient besoin d'aller de l'avant. Appelez ça l'instinct. Et pour faire bonne mesure, le Jericho 941F noir mat de l'assassin reposait sur ses genoux et ses deux chargeurs pesaient au fond de la grande poche de son pantalon de treillis.

La Land Rover fit un bond en avant. Julie remua et son genou bandé toucha le tableau de bord, ce qui la fit tressaillir. Amit baissa les yeux pour vérifier que l'hémorragie avait cessé. Il avait fait du bon travail : pour nettoyer la blessure, il avait utilisé la teinture d'iode qu'il avait trouvée dans la trousse de premiers secours du véhicule. Les coupures sous la seconde bande de gaze serrée étaient profondes, mais pas de nature à nécessiter des points de suture. Toutes choses considérées, la nuit dernière aurait pu s'achever bien plus mal.

Il vérifia dans ses rétroviseurs qu'aucun véhicule suspect ne les suivait.

Quelques heures plus tôt, quand elle l'avait aperçu depuis sa cachette dans les ruines du scriptorium des esséniens près de l'accueil des visiteurs de Qumrân, elle avait couru vers lui et l'avait pris dans ses bras. « Bon sang, qu'est-ce qui s'est passé là-bas ? » avait-elle crié. Elle serrait trop fort ses côtes meurtries, mais il avait néanmoins aimé ça. Cela faisait bien longtemps qu'Amit ne s'était pas senti en quelque sorte dans la peau d'un héros.

Il cherchait toujours la réponse à la question de Julie.

Pourquoi un assassin professionnel avait-il essayé de les tuer ? Ce qu'il avait découvert à Qumrân justifiait-il sa complète destruction ? Cela n'avait aucun sens. Assurément, la fresque sortait de l'ordinaire et les chambres souterraines ouvraient la porte à quantité d'hypothèses. Quant au glyphe ? Bah ! la présence d'un symbole représentant Héliopolis pouvait signifier n'importe quoi.

À côté de ça, il y avait la question du mode opératoire. L'assassin était descendu dans la dernière salle pour les tuer, lui et Julie. Amit se demandait combien de temps l'homme avait attendu avant d'agir, parce qu'il n'y avait aucun autre véhicule sur le parking la nuit dernière. Quel était son plan ?

La jarre. Au moins, celle-ci était enfermée en sûreté au musée Rockefeller. La jarre… et ses rouleaux manuscrits.

Et les rouleaux ?

Les neurones s'activaient dans l'esprit enfiévré d'Amit. Son cher ami Jozsef Dayan avait peut-être trouvé des réponses à ses questions. Il avait sans aucun doute déjà achevé les traductions. Cet homme était une machine. L'AAI ne le laisserait jamais partir à la retraite. Et pourquoi le ferait-elle ? Avec les années, la confiance qu'ils mettaient l'un dans l'autre, lui et Yosi, n'avait fait que se renforcer.

— Bonjour.

C'était Julie. Il n'avait même pas remarqué qu'elle s'était réveillée. Elle s'étirait, cambrée, les mains croisées derrière la tête.

— Hé !

Du coin de l'œil, Amit n'avait pu s'empêcher de remarquer l'adorable petit ventre plat que sa chemise avait exposé en remontant. Et son petit nombril plissé. Joli !

— Bien dormi ?

— Pas trop mal. Ça fait un moment que je ne m'étais pas couchée sur le siège passager d'un homme.

Elle bâilla.

— Alors, quel est le programme ? demanda-t-elle.

Il haussa les épaules.

— Difficile à dire. Je vais devoir passer quelques coups de fil. J'ai un ami qui peut probablement nous aider.

— Un *ami* ? Et la police ?

Amit secoua la tête.

— Quoi ? Tu m'as dit que ce *dément** était encore en vie. Pourquoi ne pas aller à la police ?

— À cause de ça !

Amit lui montrait le pistolet.

— C'est un modèle standard utilisé par Tsahal et par les agents de terrain des services de renseignements israéliens.

— Et alors ?

Julie redressa le dossier de son siège.

— Tu penses qu'il en fait partie ?

— C'est trop tôt pour le dire. Mais, tiens, regarde.

Il sortit son téléphone portable de sa poche de poitrine et ouvrit la galerie « photos ».

— C'est lui !

Julie examina attentivement le cliché grené. Amit appréciait le fait qu'elle ne cède pas à la panique. La plupart des gens s'effondreraient en regardant le visage de l'homme qui avait essayé de les tuer.

— Comme je te le disais, j'ai un ami, un contact au sein des services de renseignements israéliens. Je vais lui faire parvenir cette photo pour voir s'il peut découvrir l'identité de ce type et, peut-être, pour qui il travaille. On ne sait jamais.

La Land Rover gravit Hanoch Albeck pour pénétrer dans le centre de Jérusalem. La ville se réveillait à peine et les trottoirs étaient vides.

Amit se rangea le long du trottoir et Julie descendit du 4×4 pour aller acheter des boissons chaudes et des pâtisseries. Amit lui rappela de payer impérativement en espèces.

Il laissa le moteur tourner. Méfiant, il était à l'affût de toute personne dont l'allure lui aurait paru suspecte.

Dix minutes s'étaient écoulées quand il vit Julie revenir un plateau à emporter avec deux gobelets en polystyrène dans la main gauche et un sac de papier blanc dans la main droite avec l'expression théâtrale de quelqu'un qui vient de franchir en vainqueur la ligne d'arrivée d'un marathon. Gloussant, Amit tendit le bras vers la portière passager et l'ouvrit. Julie lui confia le plateau, puis monta à l'intérieur du véhicule.

Tout en sirotant une gorgée du café légèrement amer, Amit consulta sa montre. Il était presque sept heures du matin.

— D'ici peu, je vais pouvoir passer mes appels. Il faut aussi que je trouve de l'essence, constata-t-il après un coup d'œil à la jauge. Ne t'inquiète pas, on va obtenir des réponses.

— Inquiète ? ricana-t-elle, les yeux fixés sur le Jericho. Avec toi et ton pistolet posé sur tes cuisses, une fille ne pourrait se sentir plus en sûreté.

24

Après avoir fait le plein, Amit roula jusqu'à la cabine téléphonique de la station-service et laissa le moteur tourner au ralenti. Il sortit du véhicule pour appeler son contact qui décrocha au bout de deux sonneries.

— *Boker tov*[1] *!* s'exclama gaiement Amit.

— Bonjour, capitaine, répondit Énoch Blum dans le combiné. Que me vaut le plaisir… à neuf heures du mat' ? Vous cherchez de la main-d'œuvre pour vos fouilles ?

L'archéologue rit, mais s'empressa d'ajouter :

— Hélas ! je ne t'appelle pas simplement pour prendre de tes nouvelles cette fois.

À l'autre bout du fil, il entendit une portière de voiture claquer et une alarme piauler.

— Ce doit être très important.

— Ça l'est.

Amit perçut le tintement du porte-clés d'Énoch, puis le battement de ses semelles rigides sur le ciment.

— Tu n'es pas encore dans le *Tank*, n'est-ce pas ?

Deux fois, Amit était rentré à l'intérieur du quartier général des services de renseignements israéliens à Tel-Aviv pour discuter d'extractions d'otages de Gaza. Et c'était l'impression que le bunker Bauhaus tout de ciment

1. « Bonjour », en hébreu. (*N.d.T.*)

et d'acier faisait : celle de se trouver dans le ventre d'un char Merkava.

— J'y entre, dit-il à travers le sifflement d'une brise s'engouffrant dans le parking.

— Peut-être que tu peux remettre ça à plus tard.

Le bruit des pas s'interrompit.

— Ton portable n'est pas sur écoute ? demanda l'archéologue.

— Non, répondit l'autre avec quelque hésitation. Ils me laissent encore un peu de liberté.

« Ils », c'était le *Mossad Merkazi le-modiin U-letafkidim Meyuhadim*, soit l'Institut central pour le renseignement et les opérations spéciales – le Mossad, tout simplement. Ils avaient aidé l'unité FDI d'Amit sur de nombreuses opérations. Les deux extractions d'otages en particulier lui avaient fait une très forte impression et demeuraient des souvenirs impérissables : il s'était agi, les deux fois, de récupérer des gardes-frontière de Tsahal enlevés par la Brigade des martyrs d'al-Aqsa et détenus dans des planques de la ville de Gaza. Les gars de l'« Institut » étaient des gens bien entraînés.

Tandis que le directeur du Mossad rendait directement compte au bureau du Premier ministre israélien, ses mille cinq cents employés – selon les estimations « officielles » – étaient des civils et, parmi eux, on rencontrait des techniciens de la communication, des spécialistes des armes, des profilers, des agents de terrain et des agents spéciaux internationaux, et aussi… des tueurs à gages. De la base au sommet, son organigramme était une pyramide de dénis et de réfutations. Mais quand vos activités « professionnelles » incluaient extractions d'otages, infiltrations de cellules terroristes, opérations de sabotage et assassinats, les choses fonctionnaient beaucoup mieux ainsi, estimait Amit.

À l'instar d'Énoch Blum, de nombreux membres du Mossad avaient servi au sein de Tsahal. Énoch avait accompli ses trois années de service militaire sous les ordres d'Amit. À l'époque, il n'était encore qu'un petit gars imberbe qui pesait à peine plus que son Galil, son fusil d'assaut.

— Vous allez bien ? demanda Blum sincèrement inquiet.

— Eeeh. J'ai été mieux. Tu as quelques secondes à m'accorder ?

— J'ai une réunion dans dix minutes, mais allez-y.

Amit s'efforça de résumer en moins de deux minutes les péripéties de la nuit précédente. Il mentionna le mode opératoire du gars, le pistolet israélien équipé d'un silencieux, sa connaissance des explosifs. Il estima plus prudent de laisser pour l'instant Julie en dehors de l'histoire.

— C'est le genre de choses dont on avait l'habitude à Gaza, si tu vois ce que je veux dire, dit l'archéologue à son ancien subordonné.

Pendant un bref laps de temps, seul le vent se fit entendre dans le récepteur. Puis Énoch se manifesta enfin :

— Je ne sais que dire. De prime abord, ça donne l'impression d'avoir quelque chose à voir avec vos fouilles.

— Assurément. Tout le site a été soufflé.

Il y eut une nouvelle pause tendue.

La réticence de Blum était perceptible. Amit ne pouvait l'en blâmer : Énoch avait charge de famille et il était bien meilleur que lui dans ce rôle. Il s'agissait d'une affaire dangereuse qui pouvait avoir de sérieuses répercussions pour lui aussi. La question qu'Amit espérait entendre fut pourtant prononcée :

— Comment puis-je vous aider ?

— Je sais que c'est beaucoup te demander et que ça peut te mettre dans une position très délicate, mais si quelqu'un chez toi veut ma mort, j'ai besoin de le savoir.

— S'ils veulent votre mort, ça ne changera pas grand-chose que vous le sachiez ou non.

Il disait vrai. Une fois que vous étiez dans sa ligne de mire, le Mossad ne vous lâchait pas avant d'avoir pu apposer un tampon encré de rouge sur votre dossier. *J'aurais dû le tuer*, ne cessait de murmurer une petite voix dans la tête de l'archéologue. *Le tuer et cacher le corps.*

— J'ai juste besoin d'un petit coup de pouce. S'il y a une directive, peut-être que tu peux trouver quelque chose dessus. Voir si je suis « marqué ». Et si c'est le cas, pourquoi ?

Du vent s'engouffra encore dans le combiné. Beaucoup de vent.

Énoch grommela.

— J'ai été muté à la division information, répondit-il finalement. Mon travail consiste à surveiller les virements bancaires et les signaux électromagnétiques. Donc je n'ai plus les accréditations nécessaires pour accéder à ce type de renseignements, indiqua-t-il, mal à l'aise. Mais je connais encore du monde à la Metsada. Laissez-moi juste un peu de temps.

Amit sourit et leva le pouce à l'intention de Julie.

— Génial, Énoch. Vraiment génial.

La Metsada était l'unité des opérations spéciales du Mossad – celle qui coordonnait les assassinats et les opérations clandestines ou paramilitaires. Son immense base de données renfermait les informations les plus protégées de l'agence.

— À propos, ajouta Amit, j'ai pris une photo du type. Je ne suis pas photographe et j'ai utilisé mon téléphone. Quoi qu'il en soit, ça suffira peut-être pour l'identifier. Ça t'embête si je te l'envoie par MMS ?

— Allez-y. Ça peut nous être utile. Il faut que j'y aille. Je vous rappelle dès que j'ai quelque chose.

Amit envoya l'image pixélisée sur le portable d'Énoch. Puis il éteignit son téléphone pour éviter d'être localisé par le procédé de triangulation.

— Tu penses qu'il va nous aider ? demanda Julie quand il fut de retour dans la Land Rover.

— Oui, je crois. Énoch est un type bien.

— Qu'est-ce qu'on fait en attendant ?

Il se frotta la barbiche.

— Je pense qu'on devrait faire un tour au musée Rockefeller. Il faut que je parle à mon ami Jozsef Dayan.

25

Rome

— Vous êtes certain que ça va marcher ? demanda Charlotte alors que le taxi se rangeait le long du trottoir du Borgo Pio.

— Je ne vois pas pourquoi il en serait autrement, répondit Donovan. On est arrivés jusqu'ici...

Il leva les mains et sourit. Après avoir payé les quarante euros de la course au chauffeur, il sortit du taxi avec Charlotte, leurs petits sacs de voyage à la main.

— Tout va bien se passer.

Pour quelque obscure raison, elle le croyait. Exactement comme elle lui avait fait confiance quand il avait parlé de filer à l'aéroport de Phoenix juste après avoir récupéré son passeport et quelques affaires essentielles. Dans un premier temps, Donovan avait été réticent à l'idée de passer chez elle, parce qu'il craignait que les tueurs ne s'y soient rendus directement après avoir découvert l'adresse de Charlotte sur son permis de conduire. Mais elle lui avait expliqué qu'après tout ce qui s'était passé au Vatican, elle avait transféré son adresse à un bureau local de Mail Boxes Etc.[1] dès son retour aux États-Unis. Cette domiciliation apparaissait désormais non seulement sur son permis de conduire, mais sur toutes les correspondances postales et autres documents officiels. Au

1. Réseau mondial de services aux entreprises, proposant notamment des domiciliations. (*N.d.T.*)

demeurant, ce n'était pas seulement à cause de Conte qu'elle avait fait ce transfert : il y avait dans la nature quantité de fanatiques qui plaçaient la recherche génétique sur le même plan que l'avortement. Un certain degré d'anonymat relevait d'une simple question de prudence.

Bien que l'avion n'ait pas décollé avant six heures du matin, ni Charlotte ni Donovan n'avait dormi au cours du vol de quatre heures et demie jusqu'à Newark ni pendant l'escale d'une heure et demie. Et ce furent finalement les huit heures de traversée de l'Atlantique puis de l'Europe occidentale qui eurent raison d'eux. Ils se réveillèrent presque simultanément quand l'avion aborda la phase ultime de sa descente sur Fiumicino, l'aéroport romain, vers onze heures du matin, heure locale.

Charlotte suivit Donovan de l'autre côté de la rue.

— Je vais avoir besoin de votre passeport, dit-il.

Dès qu'il l'eut en main, il leva les yeux vers le ciel.

— Que le bon Dieu des Irlandais soit avec moi. Attendez-moi ici, s'il vous plaît.

Charlotte se rapprocha de la gigantesque porte de fer ouvragée, couronnée par les armes pontificales et flanquée de colonnes romaines. Le prêtre discutait avec un garde suisse portant son uniforme de service bleu, une arme de poing au côté et un béret noir sur le crâne. Du fait de l'agitation ambiante – notamment provoquée par la circulation automobile et les visiteurs qui faisaient la queue sur deux lignes distinctes –, elle ne pouvait quasiment rien entendre de leur échange. Cela n'avait après tout pas grande importance, dans la mesure où Donovan semblait discuter avec l'homme en italien. Il présenta leurs passeports et le garde tourna les yeux vers Charlotte. Ensuite, le religieux montra une petite carte plastifiée qui était sans nul doute son badge d'identification périmé. Satisfait, le garde passa derrière la porte et lui fit signe de le suivre. Souriant, Donovan adressa à Charlotte un regard confiant et leva son pouce. Le langage universel pour dire : *Jusqu'ici tout va bien. Ce ne sera pas long.*

Quand les cinq premières minutes se furent écoulées, de folles pensées assaillirent Charlotte : des supputations incongrues quant aux raisons qui avaient poussé Donovan à venir ici de préférence à tout autre endroit. Était-ce un piège, un plan sophistiqué pour la ramener au Vatican ? Peut-être qu'en réalité Conte était encore en vie et qu'il l'attendait derrière la porte de Donovan.

Mais l'ordinateur était plus important qu'elle. C'était là que se trouvaient les informations sensibles, les éléments compromettants. L'ordinateur... Une pensée terrible la frappa soudain : *Mon ordinateur ! Mon Dieu, que se passera-t-il si ces hommes mettent la main sur les dossiers ?* Elle se réconforta quelque peu à l'idée que les données étaient cryptées. Cependant...

Qu'elle n'ait jamais entendu parler de la mort de Conte aux infos n'avait rien de franchement étonnant. Après tout, Donovan lui avait dit que Conte était un pseudonyme. Et ce n'était qu'un meurtre irrésolu parmi d'autres en Italie. Pas vraiment de quoi intéresser CNN. En revanche, la mort de Santelli, c'était autre chose. Même aux États-Unis, les journaux télévisés n'auraient-ils pas dû l'évoquer ? Il n'était peut-être pas aussi important que le Saint-Père lui-même, mais il était l'équivalent du vice-président pour le Saint-Siège. Elle regrettait maintenant de ne pas avoir eu l'occasion de vérifier l'histoire de Donovan.

— Je ne peux pas croire que je suis en train de faire ça, marmonna-t-elle.

Un prêtre à l'allure aimable sortait juste à cet instant du Vatican et passa devant Charlotte. Voyant l'expression préoccupée et les yeux bouffis de la jeune femme, il lui sourit poliment, regarda furtivement son sac de voyage et la gratifia d'un « hello ! » chaleureux à l'américaine. *Coup de bol*, pensa-t-elle.

— *Hello*. répondit-elle avec un large sourire.

Puis elle se rappela que sur son sac à dos – un cadeau que la YMCA[1] locale faisait à ses bénévoles –, il y avait justement l'adresse du centre de Phoenix. Sa chance ne s'était pas totalement envolée.

— Excusez-moi, mon père ?

L'homme s'arrêta et se tourna vers elle.

Charlotte fit les deux pas qui la séparaient de lui.

— Je sais que la question peut paraître étrange…

Elle leva les yeux au ciel.

— Je suis prêtre. J'entends souvent des questions étranges, ma chère.

Le visage avenant de cet homme lui rappelait celui de son père.

— Est-ce que le cardinal Antonio Santelli est encore au bureau de la Secrétairerie du Vatican ?

L'homme plissa les lèvres et secoua sombrement la tête.

— Hélas ! non, Son Éminence est décédée il y a quelques mois déjà.

— Oh !

Elle feignit l'affliction.

— C'est affreux. Qu'est-il arrivé ?

---

1. Young Men's Christian Association. Association d'entraide et de partage de valeurs communes à l'origine réservée aux jeunes gens protestants, mais depuis ouverte à tous sans distinction de sexe, d'âge ou de religion. Elle dispose de centres dans de très nombreux pays et villes. (*N.d.T.*)

— Son cœur a lâché, j'en ai peur. Que Dieu ait son âme.

Charlotte remercia le prêtre et, quand elle se retourna vers la grande porte, Donovan se tenait juste devant et lui faisait signe. Elle prit conscience à cet instant seulement que la journée était magnifique : un ciel clair et doux flottait au-dessus de Rome. Et, tout autour d'elle, l'architecture Renaissance contribuait à apaiser son esprit. L'amélioration était certaine par rapport à sa dernière visite. Elle se dirigea vers lui.

— De quoi parliez-vous ? demanda Donovan curieux.

— Oh ! de rien. On bavardait entre compatriotes.

— Vous allez avoir besoin de ça, dit-il.

Il lui tendit un badge plastifié encodé avec des chiffres, son nom et un scan à haute résolution de la photo de son passeport sous l'hologramme tremblotant des armoiries pontificales.

— Ils vont garder votre passeport jusqu'à ce que nous repartions. J'ai l'impression qu'ils ont encore resserré la sécurité.

Elle haussa les épaules et accrocha le badge au revers de son blazer froissé.

— Tant qu'ils ont des douches à l'intérieur, je ne vais pas me plaindre.

Ils franchirent la porte et Donovan l'entraîna à travers le mini-quartier commercial du Vatican. Alors qu'ils remontaient la Via dei Pellegrini, elle tourna la tête vers la gauche et leva les yeux sur la façade arrière du Palais apostolique. Lorsqu'elle les rebaissa, elle s'aperçut qu'ils approchaient du lieu de sa confrontation finale avec Conte. Les derniers mots du tueur résonnaient dans son crâne : *Souvenez-vous de votre accord de confidentialité, docteur Hennessey. Ou alors je me verrai obligé d'aller vous trouver là où vous serez.*

Et ce fut quasiment à l'emplacement exact de cet ultime affrontement que Charlotte constata qu'un prêtre à l'allure familière les attendait.

— Patrick ! Je suis si heureux de vous revoir !

Donovan étreignit l'homme.

— Ça fait un moment, dit l'exilé volontaire.

— Trop longtemps, répondit l'autre.

Patrick Donovan se tourna vers Charlotte.

— Quel malotru je fais ! Charlotte, vous vous souvenez du père James Martin ? Il était l'assistant du cardinal Santelli.

Le pauvre homme enchaîné à sa table devant le bureau du cardinal. Ce qu'elle se rappelait le plus, c'étaient ses cernes sombres sous les yeux et son teint pâle. Ils paraissaient plus marqués encore à la lumière du jour. Le prêtre ressemblait vraiment à une créature de la nuit.

— Naturellement. Je suis heureuse aussi de vous revoir, mon père, dit-elle en lui tendant sa main.

— Charlotte, dit-il.

Il penchait la tête de côté comme s'il essayait de se remémorer le visage de la jeune femme. Mais en réalité, il ne risquait pas de l'avoir oublié. Il se revoyait très clairement – *Que Dieu me pardonne mes pensées impures*, priait-il en son for intérieur – en train de la contempler tandis qu'elle signait l'accord de confidentialité pour le projet secret de Santelli. Celui-là même qui mettait aujourd'hui sa sœur et sa belle petite famille en péril.

— Oui. Docteur Charlotte… Henry, c'est bien ça ?

Il se trompa à dessein sur son patronyme pour dissiper tout soupçon éventuel. Il s'était souvenu de son nom la veille et avait immédiatement appelé le numéro de portable que ses ravisseurs lui avaient laissé. Et à peine quelques minutes plus tôt, il avait téléphoné une nouvelle fois à Orlando pour le prévenir de l'arrivée inopinée du duo.

Son nom était imprimé en caractères gras, corps 20, police Times New roman, sur son badge, se dit Charlotte. Mais peut-être qu'il ne voulait pas paraître grossier en baissant les yeux alors que le petit rectangle de plastique reposait… sur son sein gauche ?

— Presque. Hennessey.

— Oh ! Désolé. Les noms et moi, c'est une catastrophe, s'excusa-t-il.

Une vague nuance rosacée marbra soudain ses joues pâles.

Finalement, il relâcha la main de la jeune femme, laissant dans la paume de l'Américaine une sensation de moiteur froide.

— C'est un tel plaisir de vous voir séjourner de nouveau parmi nous. Si vous avez besoin de quoi que ce soit au cours de votre visite, surtout faites-le moi savoir.

— Merci beaucoup pour votre hospitalité.

— Vous êtes les bienvenus. Je vais vous conduire jusqu'à vos chambres. Vous pourrez vous rafraîchir et vous reposer un peu.

Ils empruntèrent un passage couvert longeant le Palais apostolique.

— Êtes-vous libres à déjeuner ? demanda-t-il à Donovan. Vous avez peut-être besoin de temps pour récupérer ? Naturellement, vous êtes invitée, vous aussi, Charlotte.

— Si c'est d'accord pour vous, Charlotte, répondit Donovan.

— Ça me paraît super.

26

Tel-Aviv, Israël

— Alors, que pensez-vous de tout ça ? demanda Cohen.

Le Pr David Friedman, généticien de renom et spécialiste de la population israélienne, se rejeta en arrière dans son fauteuil. Les verres épais à double foyer grossissaient ses yeux saillants sans éclat. Malgré ses trente ans et quelques, l'homme décharné n'avait ni cheveux ni sourcils, résultat d'une maladie extrêmement rare appelée *alopecia universalis*, et en langage vernaculaire la pelade dite décalvante ou universelle. La perte totale de sa pilosité corporelle, couplée à ses yeux protubérants gris acier, pouvait inciter ceux qui le croisaient à se demander s'il n'avait pas été projeté sur terre par une soucoupe volante. Son intelligence époustouflante était elle aussi surnaturelle. Au demeurant, on ne pouvait nier que l'homme était socialement peu commode et irritable. Et sa récusation résolue tant de Dieu que du judaïsme pesait lourdement sur la patience d'Aaron Cohen.

— Vous m'avez apporté une montagne d'informations, rabbi, dit-il d'un air exaspéré. Mais je ne dispose que de données et d'images, pas d'un spécimen. Je ne peux rien faire d'autre que spéculer, avertit-il. Et tant qu'il ne m'est pas possible d'observer ce matériel de mes propres yeux à travers un puissant microscope…

Le professeur haussa les épaules et laissa ses yeux errer vers la fenêtre de son bureau qui donnait sur la cour plantée de palmiers de l'université de Tel-Aviv où flânaient de nombreux étudiants.

— S'il vous plaît, l'implora Cohen, mains ouvertes, avec une délicatesse inhabituelle. Spéculez.

Friedman maugréa, mais ramena son regard vers l'écran où s'affichait une grille de quarante-huit paires de chromosomes. Il secoua la tête.

— D'accord, dit-il. D'abord, je vous rappelle que j'étudie le génome *humain*. Et ça, c'est trop réduit pour provenir d'un être humain.

— Comment ça ?

Cela avait pris jusqu'à minuit à Cohen pour isoler neuf dossiers aux intitulés parlants de l'ordinateur portable de Charlotte Hennessey. Ziv les avait copiés sur la clé USB qui saillait maintenant d'un port du Macintosh de Friedman. Les neuf fichiers étaient affichés en mosaïque sur l'écran plasma surdimensionné de l'universitaire.

Friedman cliqua sur un onglet de la barre d'outils inférieure et un fichier de données s'agrandit pour remplir l'écran.

— Regardez ici, commença Friedman.

Il pointait du doigt les différentes combinaisons et séquences d'A, C, G et T – à chaque lettre étant assignée une couleur différente. Et au-dessus de chacune d'elles figurait une série continue de lignes verticales d'épaisseur variable qui ressemblaient à un code-barres se déployant à l'infini.

— Vous savez combien de paires de base nous sommes censés trouver dans un génome humain ?

La question était de pure forme. Aaron Cohen connaissait parfaitement le sujet et il aurait aisément pu entamer une seconde carrière dans le laboratoire de Friedman.

— Trois milliards, répondit-il.

— Et que voyez-vous ici ?

Sur l'écran, près d'un champ dénommé PAIRES DE BASE, il y avait un chiffre : 298 825 111.

— Il paraît effectivement trop faible, admit-il. Mais s'il *vient* bien d'un sujet humain… ?

— C'est impossible, rabbi. Je vous l'assure. Regardez ça…

Il afficha en plein écran l'une des fenêtres actives. Ses épaules osseuses se contractaient sous l'effet d'un agacement croissant. Il se sentait quelque peu dans la peau d'un médecin dont le patient refusait d'accepter un diagnostic clair et simple.

— Ici, utilisez vos bons yeux, rabbi – vos yeux de scientifique. Et laissez votre mysticisme à la porte.

Friedman tendait l'index vers la vidéo sur laquelle on voyait des chromosomes fluorescents qu'on extrayait d'un noyau cellulaire à l'aide d'une aiguille.

— Si c'*était* réel…, continua-t-il.

Mais il secoua de nouveau la tête.

— Pour moi, tout ça, c'est de la science-fiction. Vous allez voir ce qui se produit.

Il attendit un instant.

— Ah ! Là, vous voyez ? Cette paire de chromosomes ici ?

Le rabbin se rapprocha.

— Oui.

— Ces deux chromosomes remplacent instantanément le matériel génétique extrait. Ils reconstituent le génome.

— Et ce n'est pas possible ?

— Sur terre ? Non, c'est impossible.

— Alors comment expliquez-vous ça ?

Le professeur tourna ses mains vers le ciel.

— Par une simulation assistée par ordinateur. Des effets spéciaux hollywoodiens. Qui sait ? Je suis désolé de le dire, mais je pense que vous avez été trompé.

En dépit de l'incrédulité farouche du généticien, le rabbin n'était pas découragé. En fait, il paraissait même assez content. Peut-être que c'était le professeur lui-même qui se trompait.

— Est-ce que cela a quelque chose à voir avec cette histoire de recherche sur le gène Cohen ? demanda Friedman. Est-ce que quelqu'un vous a fait de fausses promesses ? Ou êtes-vous juste en train de me tester ?

— Oh ! je ne pourrais rien faire d'autre que spéculer, répondit le rabbin pince-sans-rire.

La réponse facétieuse du rabbin arracha un petit rire au savant acariâtre.

— Donc, insista le religieux, il n'y a pas moyen de dire si c'est réel ?

— Trouvez-moi un échantillon. Alors je vous dirai si c'est réel… Et de quelle planète ça vient.

Cohen esquissa un petit sourire narquois.

— Voulez-vous afficher l'autre image, persista-t-il. Celle avec les deux grilles de chromosomes côte à côte.

Par chance, le système de dénomination de fichiers de Charlotte Hennessey était explicite. Celui-là était intitulé « caryotype.sujetA-HennesseyB ». Et, d'après ses propriétés, Ziv avait identifié ce fichier comme le dernier à avoir été ouvert sur l'ordinateur de la généticienne avant que ses hommes l'aient récupéré à Phoenix.

Friedman permuta les fenêtres.

— Si je devais vous apporter un de ces échantillons… hollywoodiens, dit le rabbin qui se souciait peu d'aggraver ou non les soupçons du chercheur, duquel auriez-vous besoin ? De celui de gauche ou de celui de droite ?

Il était bien évident que jamais il n'aurait envisagé de partager une telle chose avec qui que ce soit.

Sans grand enthousiasme, le professeur accepta de se prêter au jeu.

— Celui appelé « sujet » provient hypothétiquement d'un mâle, dit-il. Et celui appelé « Hennessey » – quelle que soit la signification de ce nom – est manifestement féminin. Ils semblent identiques, abstraction faite des chromosomes sexuels bien sûr. Dans ce contexte science-fictionnesque, c'est ce groupe de chromosomes ici qui importe vraiment. Histoire de s'amuser, appelons ces deux-là les « bâtisseurs ». Ils sont faciles à repérer parce qu'ils ne ressemblent même pas à un chromosome humain.

Il tapota deux fois sur l'écran : d'abord sur la paire chromosomique isolée du « sujet », puis sur la paire identique d'« Hennessey ».

— Donc, dès lors que les « bâtisseurs » peuvent fabriquer tous les autres chromosomes du génome, je dirais que c'est là que réside votre magie. Votre « starlette » d'Hollywood, ironisa-t-il. Et, hypothétiquement parlant, dès lors que les chromosomes « bâtisseurs » sont présents tant chez le sujet mâle que chez le sujet femelle, l'un ou l'autre spécimen me conviendrait.

Friedman haussa les épaules.

L'un ou l'autre spécimen. Le sourire de Cohen s'élargit encore.

À l'extérieur du bâtiment des études génétiques, le chauffeur de Cohen avait laissé tourner la berline Buick Lucerne. Le rabbin se glissa sur le siège arrière.

— L'avion est-il revenu de Rome ?

— Il y a vingt minutes, répondit le chauffeur. Ils refont le plein. J'ai informé votre pilote que vous comptiez repartir immédiatement pour Inshas.

— Excellent. Conduis-moi directement à l'aéroport.

— Oui, monsieur.

Cohen s'enfonça confortablement dans son siège et descendit sa vitre pour laisser rentrer le doux air méditerranéen qui soufflait sur la ville. Cette sensation raviva dans sa mémoire sa première visite en Israël quand il avait quinze ans – deux ans après son entrée dans le cercle secret de son grand-père, qui avait correspondu au véritable commencement de sa vie. Les enseignements étaient si détaillés, déjà imprimés de façon si indélébile dans son subconscient, que même alors il avait ressenti une authentique connexion avec cette terre, une complicité innée. Et cet après-midi, il avait rendez-vous avec une tout autre brise, un vent qui soufflait sur les sables antiques du delta du Nil, le pays frère de ses ancêtres, la terre qui avait donné naissance au don de Yahvé, l'« héritage familial ».

27

Le musée Rockefeller était situé juste de l'autre côté du mur nord de la vieille ville de Jérusalem. À l'intérieur, Amit et Julie attendaient patiemment dans un couloir blanc bordé de bureaux administratifs. L'archéologue frappa une seconde fois sur la porte du bureau de Jozsef Dayan. Toujours pas de réponse. Il tendit la main vers la poignée de la porte. Elle était résolument close.

— Étrange. C'est la première fois que je vois cette porte fermée. Il vit quasiment ici.

Le vieil homme n'avait pas d'enfants et son épouse avait perdu un dur combat contre le cancer quatre ans plus tôt. Il avait depuis lors utilisé cette pièce minuscule pour combler le vide de sa vie.

— Où sont les manuscrits ? demanda Julie.

— Je les lui ai laissés. À l'intérieur.

— Tu n'as pas la clé ?

Il secoua négativement la tête.

— Peut-être que ton ami les a emportés avec lui ?

— Aucun risque, dit-il sans hésitation. Il faut absolument qu'on entre là-dedans.

L'archéologue s'accroupit contre l'encadrement de la porte pour examiner la serrure, puis il sortit son propre trousseau de clés d'une poche de son pantalon.

— Je croyais que tu n'avais pas la clé.

— Pas exactement.

Amit ouvrit l'anneau du porte-clés et en détacha deux petits outils noir mat qui semblaient provenir d'un plateau chirurgical de dentiste.

— Préviens-moi si quelqu'un vient, lui demanda-t-il.

Si la sécurité était étroite aux entrées du musée et particulièrement dans les galeries d'exposition, le laboratoire de Jozsef, comme sa personnalité affable, ne faisait pas l'objet d'une surveillance particulière. Quand Amit servait au sein de Tsahal, les obstacles principaux empêchant l'accès à une planque à Gaza étaient de pauvres gamins cagoulés, armés d'Uzi, qui s'étaient trop abreuvés à la source frelatée du fondamentalisme islamique. Mais une fois qu'ils avaient été neutralisés, les serrures des portes se révélaient beaucoup moins sophistiquées que celle-là. Mais il s'y attaqua. Après avoir inséré l'entraîneur de tension plat dans le bloc-serrure en aluminium, Amit le tourna dans le sens des aiguilles d'une montre.

Julie essayait de tenir correctement son rôle de guetteuse, mais elle se préoccupait surtout de ce que faisait son camarade. Elle jeta un nouveau coup d'œil alors qu'il introduisait son second outil à côté du premier dans le trou de la serrure : un truc en forme de crochet qui aurait semblé parfaitement à sa place dans le panier à tricot de feu sa grand-mère.

L'archéologue tourna lentement le crochet le long des entrailles dentelées du barillet. Il cherchait les paires de goupilles lisses de la gorge et les soulevait séquentiellement. *Clic, clic, clic...* Cinq secondes plus tard, il mit la main sur la poignée et la tourna doucement. *Clunk.* Amit fit un signe à Julie, qui lui répondit par un haussement de sourcils.

— Où as-tu appris à faire ça ? demanda-t-elle.

— Formation standard de Tsahal. Au moins quand vous êtes stationné dans des coins hostiles comme Gaza et que vous devez débusquer des terroristes islamistes. Disons que, dans ce cas, sonner à la porte ne faisait pas partie des options.

Il se redressa, remit le trousseau de clés dans sa poche et ouvrit la porte.

Le couple se glissa à l'intérieur du bureau éteint. Amit referma doucement la porte derrière eux.

— Si tu voulais m'attirer toute seule dans une pièce sombre, dit Julie, tu aurais pu simplement me le demander.

— Je garde ça dans un coin de ma tête, répondit-il.

Il tâtonna le long du mur en quête de l'interrupteur.

Après un petit clic, la lumière crue des lampes halogènes les inonda.

Immédiatement, Amit se dirigea vers les tables lumineuses. La veille, il avait regardé Jozsef couper précautionneusement les sceaux de cire de la jarre et ôter le couvercle pour en sortir les trois rouleaux manuscrits. Avant de les dérouler, Yosi avait essayé de tempérer l'excitation d'Amit en lui expliquant que la plupart des vieux vélins – même quand ils n'étaient pas trop roulés comme c'était présentement le cas – étaient trop fragiles pour être ouverts. C'était un problème relatif au collagène de la peau des moutons exposée à l'humidité, puis à un dessèchement.

— Il est possible qu'il faille les envoyer à un laboratoire pour une analyse aux rayons X, avait prévenu Yosi. J'ai lu quelque chose à propos d'un nouveau laboratoire dans l'Oxfordshire… Il serait en mesure de développer une source lumineuse dix milliards de fois plus forte que celle du soleil, capable de déchiffrer les écrits sur des manuscrits trop fragiles pour être ouverts. Tu imagines ça ? C'est incroyable !

Mais quand Yosi les avait posés sur la table lumineuse et qu'il avait délicatement évalué leur souplesse du bout de son index ganté, il s'était montré ravi. Après quelques estimations digitales supplémentaires et un « coup d'œil rapide » sous un microscope à fort grossissement, il s'était senti assez confiant pour tenter de les ouvrir lui-même. Le premier s'était déroulé sans beaucoup d'effort, comme le deuxième… puis le troisième. À la grande surprise de Yosi, l'état du *klaf*[1] était presque aussi bon qu'à l'époque où il avait été collé et étiré sur cadre.

— Je n'ai jamais rien vu de tel, s'était-il exclamé.

Puis il avait placé les parchemins sous la glace protectrice de sa table lumineuse.

Mais tout cela n'avait plus aucun sens maintenant, parce que Amit était en train de regarder la surface vide de la table lumineuse. À côté, il n'y avait rien non plus. La jarre avait disparu. Et même la cire que Yosi avait délicatement déposée dans un plat en verre n'était plus là. C'était comme si Amit avait reçu un coup sur la pomme d'Adam.

— Bon sang !

— Tu es toujours si sûr qu'il n'a pas filé ?

Cette fois, Amit garda le silence. Après l'explosion de la grotte, il pleurait déjà la perte de la plus grande découverte de sa vie et, maintenant, la lame émoussée venait d'être poussée un peu plus profondément encore dans sa chair. Sans parler du fait qu'il avait perdu la meilleure preuve impliquant le type dont il avait le visage sur une

1. Parchemin d'une qualité particulière – jugée *casher* – utilisé pour écrire les textes les plus sacrés du judaïsme. (*N.d.T.*)

photo pixelisée de son téléphone portable. Donc, ce n'était pas le moment opportun pour envisager l'idée que son vieil ami puisse être un Judas camouflé.

Soudain, la porte s'ouvrit.

Effrayés tous les deux, Julie et Amit se tournèrent vers elle. L'embrasure demeura vide un instant. Puis ils perçurent un bruit de caoutchouc couinant sur le carrelage.

Tendue, Julie vit un jeune homme franchir la porte dans un fauteuil roulant : âgé de vingt ans peut-être et d'apparence frêle, il était aussi blanc que neige. Sous sa *kippa*, il avait des cheveux noirs coupés court avec des papillotes brunes spiralant le long de ses oreilles proéminentes.

— Oh ! professeur Mizrachi, dit le jeune homme d'une voix timide. Je suis désolé de vous déranger.

Les muscles du cou d'Amit se détendirent.

— Joshua, s'exclama-t-il.

Joshua était le guide de la galerie principale, mais surtout le fils du plus éminent bienfaiteur du musée : le rabbin controversé Aaron Cohen. Amit se rappelait clairement de l'adolescent traversant encore sur ses deux jambes ces mêmes galeries deux années plus tôt. Mais depuis, une maladie neurodégénérative s'était déclarée et l'avait paralysé en quelques mois seulement. C'était une chose terrible pour un garçon aussi jeune.

— C'est juste que… la porte était fermée tout à l'heure… (Il se mordillait nerveusement le bout des doigts.)… et j'ai vu de la lumière.

— Inutile de t'excuser, le rassura Amit.

Dès lors que ce dernier était employé par l'Autorité pour les antiquités israéliennes, dont les bureaux principaux étaient hébergés à l'intérieur même du musée, il n'y avait rien d'étonnant à ce que sa présence en ces lieux n'ait pas surpris le garçon.

Amit prit la peine de présenter Julie.

Joshua pouvait à peine regarder la séduisante Française dans les yeux. Son regard restait beaucoup trop focalisé sur les jambes fines et bronzées de l'égyptologue et sur le bandage qui lui couvrait le genou droit.

— Je venais voir Yosi, expliqua l'archéologue. Il m'a donné un double de sa clé…

Amit leva ses mains, paumes vers le ciel.

— Je pensais l'attendre ici.

Les yeux de Joshua se tournèrent vers le sol tandis que ses lèvres s'ourlaient.

— Alors vous… ne savez pas ?

Le mordillement de ses doigts s'intensifia.

Ça ne sent pas bon, pensa Amit.

— Savoir quoi ?

— Il est mort la nuit dernière.

— Il est *quoi* ?

— Un voisin a trouvé sa porte ouverte. Il gisait sur le sol. Je crois qu'ils ont parlé de son cœur.

Amit se tourna vers les tables lumineuses vides : lui, il pensait à un diagnostic totalement différent.

— C'est horrible, lâcha Julie avec une affliction sincère, même si elle ne l'avait jamais rencontré.

— Je sais que ça peut sembler une question incongrue, prévint Amit, mais l'as-tu vu partir hier ?

Joshua acquiesça.

— Juste après que mon père lui a parlé.

— Et est-ce que Yosi emportait quelque chose avec lui ? Une boîte, une serviette… N'importe quoi de ce genre ?

Cette fois, il secoua négativement le chef.

— Non. Je crois qu'il devait participer à un colloque au musée d'Israël. Donc, il a tout laissé ici.

Encore un coup en pleine gorge.

— Pauvre homme, s'affligea Amit.

Il se sentait coupable d'avoir mis Yosi en danger. C'était un sentiment écrasant.

Julie posa une main réconfortante mais pressante sur l'épaule d'Amit.

— Eh bien, il est sans doute préférable qu'on s'en aille, dit-elle avec quelque insistance.

— Oui, admit l'archéologue avant de se tourner vers Joshua. Si tu entends parler d'un office pour lui…

— Naturellement. Un e-mail sera envoyé à tout le monde. Vous êtes sur la liste ?

— Oui.

Ils attendirent que le garçon regagne le couloir, puis Amit et Julie quittèrent la pièce à leur tour et Amit ferma la porte.

— J'ai été content de te voir, Joshua, l'assura-t-il.

Le jeune homme les salua. Il poussa la main courante de la roue pour faire pivoter son fauteuil, puis remonta le couloir afin de rejoindre son poste.

— Partons d'ici, dit-elle.

— Attends. Il nous reste une chose à faire avant de nous en aller.

Les yeux d'Amit ne bougèrent pas avant que Joshua ait disparu à l'angle du corridor en grinçant.

— Par ici.

28

Amit entraîna Julie vers le grand hall de la tour octogonale avec ses voûtes byzantines, puis ils traversèrent l'octogone sud, où Julie eut le temps d'entrevoir une stèle couverte de hiéroglyphes du pharaon Séti Ier. Ils se dirigèrent ensuite vers la galerie sud, l'une des deux longues salles rectangulaires du musée utilisées dans les années 1950 et 1960 comme bibliothèque-atelier – la « Scrollerie[1] », disait-on alors – pour conserver et déchiffrer les manuscrits de la mer Morte.

Amit salua une jolie guide, la jeune Rebecca, qui arpentait l'exposition, bras croisés dans le dos. Puis il gagna le centre de la salle.

Avec ses larges et hautes fenêtres et son plafond à caissons roman, la galerie remise à neuf était remplie de tables-vitrines utilisées ici depuis les années 1920, époque du mandat britannique (toujours dans le plus pur respect des traditions). Parmi les reliques présentées, on pouvait voir les vestiges physiques des anciens peuples d'Israël : le crâne d'un homme vieux de deux cent mille ans trouvé en Galilée ; des restes humains du mont Carmel, datant

1. De l'anglais *scroll*, désignant un rouleau manuscrit. (*N.d.T.*)

de 100000 avant J.-C. environ ; et des têtes humaines découvertes à Jéricho, datant de 6000 avant J.-C.

Cependant, rien ne pouvait être comparé à la plus récente acquisition de la galerie.

Il s'arrêta devant une vitrine d'exposition moderne avec une vitre de sécurité ultra-épaisse. Elle était posée sur une estrade massive qui dissimulait tout un système de sécurité sophistiqué. La relique conservée dans la vitrine était éclairée du dessus et du dessous par une lumière douce.

— Jette un coup d'œil à ça, dit-il à Julie. Tu as entendu parler de cet ossuaire, non ?

Elle étudia le coffre de pierre compact couvert de motifs gravés : des rosettes et des hachures. Son couvercle arrondi était magnifique. Elle remarqua toutefois qu'un travail de restauration avait corrigé une fissure dentelée qui l'avait coupé en deux. Mais rien ne lui revenait à l'esprit concernant un tel objet.

— Je devrais ?

Il lui lança un regard surpris.

— Le vol au mont du Temple ? En juin dernier ? On ne parlait que de ça aux infos. Il y a eu une fusillade, des explosions...

Pour Julie, ça n'évoquait que très vaguement quelque chose... Au mieux.

— En juin, je faisais des fouilles à côté de Tanis, se justifia-t-elle. Je ne suis pas du style à emporter une télé avec moi dans le désert. Tu connais les fouilles... Tu sais à quel point on est isolé du reste du monde.

— Oui. Évidemment, admit Amit.

— Donc cesse de me tyranniser et dis-moi plutôt ce que c'est.

Il secoua la tête avant de lui fournir une version courte du casse de juin. Il ne manqua pas de lui narrer les contrecoups de l'affaire, comment la situation avait à ce point dégénéré qu'une synagogue avait été frappée par la bombe d'une musulmane kamikaze (ou, comme Amit préférait l'appeler, une « terroriste criminelle ») et qu'en réponse désespérée à cet acte, la police israélienne avait épinglé – mais à tort – un de ses collègues, un certain Graham Barton, accusé de complicité. Ce Barton n'avait été libéré qu'après que les autorités israéliennes avaient retrouvé l'ossuaire au domicile d'un religieux musulman qui avait orchestré le vol. L'ossuaire avait alors été étudié et rapporté ici pour être mis en sûreté.

— C'est ça que les voleurs ont dérobé ?

Elle examinait maintenant la relique plus attentivement.

Un ossuaire ? Ça n'avait aucun sens.

— Mais pourquoi ?

— De nombreuses hypothèses ont été avancées – théories du complot, manipulations, pour l'essentiel –, mais aucune n'a fourni une explication incontestable. La solution a sûrement un rapport avec ce qu'il y avait à l'intérieur.

— Et qu'y avait-il à l'intérieur ?

Il haussa les épaules.

— Il était vide quand on l'a récupéré.

Amit prenait garde de parler à voix basse dans cette salle très sonore.

— Mais c'est là que la rumeur devient vraiment intéressante.

Croyant avoir entendu le couinement des pneus du fauteuil roulant de Joshua, il marqua une pause et regarda par-dessus son épaule.

— Regarde ça.

Il désignait un flanc du coffre.

Julie se déplaça et se pencha pour voir ce qui excitait tant son collègue. C'est alors qu'elle remarqua le relief sculpté qui correspondait en tout point aux étranges motifs païens qu'ils avaient vus sur la peinture murale cachée sous les collines de Qumrân.

— C'est bizarre.

— Pour le moins.

À l'expression troublée de Julie, Amit sut qu'elle avait bien fait la connexion.

— Et alors, ça signifie quoi à ton avis ?

— C'est vraiment difficile à dire, confessa-t-il. Mais certains ont interprété ce motif comme un symbole chrétien primitif.

— Comment cela ?

— Eh bien, après la mort de Jésus en 34 – ou dans ces eaux-là –, ceux qui essayaient de poursuivre son ministère étaient recherchés par les Romains. Donc, ils auraient dissimulé leur vraie nature sous des symboles païens.

— Ce serait donc une sorte de code ?

— Un sceau, pour être plus précis. Ce motif est censé représenter la crucifixion de Jésus. Les Grecs et les Romains révéraient les dauphins qu'ils considéraient comme des créatures magiques véhiculant les esprits vers l'autre monde après la mort.

— Comme des anges, suggéra Julie.

— Comme des sauveurs, rectifia-t-il. Et le trident représenterait, dit-on, la lance qui aurait tué le « dauphin ».

— La croix.

— Oui, la croix, confirma Amit. Sans parler des trois dents du trident…

— La Trinité.

— C'est une bonne chose pour eux que tu n'aies pas été romaine à l'époque, plaisanta-t-il. Enfin, encore une fois, c'est simplement des trucs que certains ont suggérés et…

— Donc, ceux-là pensent que l'ossuaire contenait le corps d'un chrétien primitif ?

Le visage d'Amit s'éclaira d'un grand sourire.

— Pas n'importe quel chrétien.

— Pierre ? Paul ?

— Plus haut.

Elle regarda l'ossuaire et l'invraisemblable l'effleura.

— Pas Jésus quand même ?

L'archéologue israélien hocha pourtant positivement la tête.

L'idée la fit ricaner.

— Amit, tu t'adresses à une égyptologue, lui rappela-t-elle. Tu sais ce que je pense de cette histoire.

— Je t'écoute.

En réalité, il savait parfaitement où elle voulait en venir.

— Il n'existe aucune preuve que Jésus ait été un personnage historique.

Il connaissait déjà sa position.

— Donc, selon toi, c'est une création littéraire ?

— Jésus s'interprète comme un héros populaire égyptien. Souviens-toi : Osiris a été sauvagement mutilé, les morceaux de son corps ont été rassemblés par son épouse, la déesse Isis, et déposés dans un tombeau de pierre, pour que le dieu ressuscite au bout de trois jours afin qu'il monte au ciel. En somme, la crucifixion, l'inhumation, la résurrection le troisième jour *et* l'ascension, non ?

Elle écarta les mains.

— Osiris, vois-tu, qui jugeait les âmes dans l'autre monde, qui pesait les cœurs à l'aune de la plume de Ma'at et qui accordait au défunt le bonheur éternel ou qui le donnait à manger à Ammout, la Dévoreuse…

— Le paradis et l'enfer, admit-il.

À mesure que Julie s'enflammait, la jeune guide jetait des regards de plus en plus perplexes vers eux. Amit porta son index à ses lèvres pour que sa collègue baisse de ton.

— Et dans le Livre des morts, continua-t-elle plus bas, le fils d'Osiris, Horus, nourrit cinq mille personnes avec seulement quelques miches de pain.

— La multiplication des pains par Jésus pour nourrir des foules, dit-il pour aller dans son sens.

— Pas *des* foules, mais ces mêmes cinq mille, pour être précis. Et il y a l'image d'Horus tétant le sein d'Isis, qui sera transformé plus tard en celle de la Vierge et de l'Enfant Jésus, ajouta-t-elle sarcastiquement.

Amit savait parfaitement qu'il existait des dizaines de parallèles entre Jésus et Horus. Tout les reliait, de la naissance virginale à la consécration par le rituel du baptême, et les deux étaient même représentés comme un berger ou un agneau. Il espérait donc simplement que Julie abrège son exposé.

— Et n'oublions pas ça : Isis, la guérisseuse et la donneuse de vie… (Elle leva son index droit.)… Osiris, le juge des âmes… (Le majeur se dressa.)… Et Horus, le seigneur des cieux qui est aussi le *fils* d'Osiris.

Quand elle leva l'annulaire, elle s'empressa de le joindre aux deux autres doigts.

— Ça ne te paraît pas familier ? Trois dieux séparés qui n'en font plus qu'un ?

— La Trinité, fit-il avec un hochement de tête.

— Et les affirmations de Jésus sur l'après-vie et le jugement des âmes ? Ce sont simplement des pensées philosophiques intégralement empruntées aux textes égyptiens. Pense juste au *ba*.

Le *ba*, se rappelait Amit, était l'équivalent égyptien antique de l'âme, qui se séparait du corps à la mort pour errer à volonté. Et il était représenté sous la forme d'un oiseau, que Julie devait sans aucun doute considérer comme l'inspirateur du Saint-Esprit.

Les bras croisés sur la poitrine, courbée en arrière et en appui sur sa jambe gauche, Julie ajouta avec un rictus sceptique :

— Pardonne-moi si je ne me précipite pas à l'église tous les dimanches.

Il leva les mains en signe de reddition et d'apaisement.

— Compris, Julie. Je sais que « tout vient d'Égypte ». On pourrait faire la même chose avec l'Ancien Testament et aboutir aussi à l'idée que l'histoire de Jésus a été fabriquée de toutes pièces.

Il commença à débiter quelques exemples, inclinant la tête d'un côté à l'autre pour souligner les parallèles entre les différentes histoires :

— David est né à Bethléem...

Tête penchée à gauche.

— Jésus est né à Bethléem.

Tête penchée à droite.

— Moïse est allé dans le Sinaï pendant quarante jours...

À gauche.

— Jésus est resté dans le désert quarante jours.

À droite.

Les yeux de Julie semblaient maintenant exprimer ses excuses.

— Tu pourrais aussi rappeler, enchaîna-t-il, que le père de Jésus descendait directement de David et d'Abraham et que la famille de sa mère remontait quant à elle directement du premier prêtre, Aaron le Lévite ; autrement dit, un accomplissement opportun de la prophétie d'Isaïe, faisant du Messie un prêtre *et* un roi. Et naturellement, il y a toute cette affaire de Dieu qui offre son fils en sacrifice comme Abraham voulut sacrifier Isaac...

— OK, dit Julie, roulant les yeux. Est-ce que je donne l'image d'être *à ce point* folle ?

Il haussa les épaules.

— Tu ne penses pas réellement que Jésus est un personnage de fiction, n'est-ce pas ?

Tout ce qu'il espérait en cet instant, pour couper court à cette discussion, c'était qu'elle ignore que Jésus présentait également dix-neuf des vingt motifs associés aux héros dans la mythologie grecque.

Julie soupira d'un air las – une façon minimaliste d'exprimer son adhésion. Mais elle lui demanda :

— Alors comment expliques-tu que des historiens qui vivaient à l'époque de Jésus – Philon et Flavius Josèphe, pour ne citer qu'eux – n'aient jamais mentionné une seule personne ayant pu avoir ne serait-ce qu'un rapport éloigné avec Jésus *ou* ses disciples ? Il faut voir les choses en face : l'histoire d'un type qui marche sur l'eau, qui nourrit une foule avec un sac de pique-nique et ressuscite les morts ne pourrait pas passer inaperçue.

— C'est sûr. Il n'existe aucune mention directe de Jésus lui-même. Mais les récits de Josèphe décrivaient clairement les esséniens comme l'une des trois sectes juives de la Judée du Ier siècle. Et Philon a aussi parlé d'eux.

— Et qu'est-ce que ça a à voir avec ça ?

Un sourire entendu étira la barbiche d'Amit. Les sceptiques ne cessaient de survoler les textes historiques sans jamais les approfondir.

— Le mot « essénien » est en réalité une mauvaise transcription du nom que Josèphe et Philon donnaient aux juifs de Qumrân. En fait, il se prononçait « esaoin » et c'est un mot qui a des racines à la fois grecques, araméennes et arabes. Dans la mesure où tu vis au Caire, je suis sûr que tu peux trouver sa signification.

À l'expression adoucie du visage de Julie, il comprit qu'elle avait déjà trouvé. Finalement, quelque chose parvint à se faufiler à travers l'armure de la jeune femme.

— « Fidèle de Jésus », dit-elle d'une voix basse où pointait une certaine réticence.

— Tout juste. « Fidèle de Jésus », répéta-t-il. Et le nom de ce Jésus a donc aussi une nuance égyptienne. Par conséquent, si tu me poses la question, je te dirai que, oui, l'histoire nous livre bien le récit d'un groupe considéré par beaucoup comme celui des premiers chrétiens.

— Là, tu tires un peu sur la corde.

— Peut-être. Mais nous avons tous les deux vu ce symbole dans cette chambre à Qumrân.

Il montrait du doigt le motif sur le flanc du coffre de pierre.

— Et comme je l'ai dit, certains archéologues de premier plan murmurent que cet ossuaire aurait contenu le corps de Jésus.

Julie accorda à l'objet un nouveau coup d'œil.

Voyant qu'elle ne se départait toujours pas de son air sceptique, il décida d'asseoir les choses plus solidement encore.

— Tu te rappelles Jean-Baptiste ?

— Évidemment.

— De nombreux spécialistes de la Bible estiment que ses enseignements font écho à ceux que l'on trouve dans les manuscrits de la mer Morte. Lui aussi était un minimaliste qui pratiquait l'immersion rituelle – ou le baptême, si tu préfères. Et si tu te rappelles aussi, il vivait dans le désert et baptisait ses fidèles dans le Jourdain, qui se jette à l'extrémité nord de la mer Morte. Jésus a été baptisé par lui, puis il est resté quarante jours dans le désert. Et où se trouve Qumrân ?

Elle leva les yeux.

— Sur la rive nord-ouest de la mer Morte.

— Après qu'Hérode Antipas a fait décapiter Jean, Jésus a poursuivi le ministère du baptiste. Une sorte de relève de la garde, pourrait-on dire.

Amit regarda de nouveau le coffre de pierre.

— Et si je te disais que les hommes qui ont volé l'ossuaire ont aussi trouvé un livre qui a été expertisé comme le plus vieil Évangile jamais retrouvé à ce jour, datant du début du Ier siècle, et considéré comme la source originelle des livres de Matthieu, Marc et Luc ?

— Ça contribuerait à rendre l'affaire captivante, admit-elle.

— Certainement. Mais le plus intéressant, c'est que les quatre dernières pages du texte ont été volontairement arrachées pour que l'histoire s'achève avec la Crucifixion.

— Donc, j'en déduis que quelqu'un n'aimait pas la fin ?

Il hocha positivement la tête.

— La conspiration prend forme. Tu as là un nouvel exemple éminent de la façon dont les « correcteurs » peuvent réécrire l'histoire. Et si l'on décide d'écouter les rumeurs, ce même censeur n'a pas non plus aimé ce qu'il y avait dans l'ossuaire.

Silencieusement, Julie rassemblait toutes les pièces du puzzle dans sa tête, mais paraissait encore incrédule. *Têtue comme toujours*, pensa Amit.

— Donc, quelque part dans la nature, il y a quatre pages du plus vieil Évangile connu et les restes physiques de Jésus ? voulut-elle se faire confirmer.

— C'est la rumeur.

— Il y a moyen d'entrer en contact avec ce Barton que tu as mentionné tout à l'heure ? Peut-être qu'il pourrait nous aider.

Amit écarta rapidement cette idée. Non seulement l'archéologue anglais avait déjà traversé son content de tribulations, expliqua-t-il, mais il y avait une forte probabilité pour qu'il soit encore étroitement surveillé par les services de renseignements israéliens, même s'il était rentré depuis longtemps chez lui à Londres.

Un groupe bruyant de touristes américains se répandit soudain dans la galerie.

— Allons-nous-en, suggéra Amit.

Ils se faufilèrent entre les touristes pour regagner le hall de la tour. Mais après avoir traversé la moitié de l'octogone sud, Amit aperçut le fauteuil roulant de Joshua près de l'entrée principale.

Il attrapa le bras de Julie et poussa sa collègue derrière la stèle de Séti.

— Que fais-tu… ?

— Chut ! dit-il à voix étouffée.

Il jeta un coup d'œil : le fils de Cohen était en train de parler à un homme de taille moyenne au visage effroyablement familier. Amit paniqua quand il vit la lacération toute fraîche à la racine des cheveux de l'homme et le plâtre blanc emprisonnant son avant-bras droit.

— Mon père m'a demandé de vous appeler si quiconque demandait à voir Yosi, expliquait Joshua.

— Vous disiez que quelqu'un se trouvait dans son bureau ? se fit préciser l'homme de haute taille.

Le message vocal que le garçon lui avait laissé n'était pas très clair.

— Deux personnes en fait. Amit Mizrachi. Et il était accompagné d'une très jolie…

— Sont-ils encore dans ce bâtiment ? le coupa l'autre.

On aurait dit qu'il venait de prendre une décharge électrique.

— Je… Je pense que oui.

Joshua recula légèrement son fauteuil, par peur de l'homme qui paraissait sur le point d'exploser. Les yeux fous de ce dernier commencèrent à balayer le hall.

— Ils sont peut-être dans la galerie sud…

Avant que l'infirme ait pu finir sa phrase, le tueur partit ventre à terre, bousculant pratiquement le groupe de touristes américains qui se rassemblait dans le hall.

29

ÉGYPTE

À la sortie de l'aéroport d'Inshas, le chauffeur engagea la Peugeot poussiéreuse sur l'autoroute 41 en direction du sud.

Le rabbin Aaron Cohen regarda sa montre : 12 h 32.

Son jet privé avait couvert les quatre cents kilomètres depuis l'aéroport international Ben-Gourion en moins de quarante minutes. Il avait demandé au pilote que l'avion soit sur le tarmac pour le voyage de retour un peu plus tard dans l'après-midi. Il leur fallait agir rapidement avant que les autorités égyptiennes se mettent à poser des questions, avait-il rappelé à tout le monde. Mais ce qui le rassurait grandement, c'était de savoir que les vols charters VIP arrivant et repartant d'Inshas jouissaient de beaucoup plus de liberté que les courriers El Al réguliers se dirigeant vers l'aéroport international du Caire.

— Avez-vous appelé pour prévenir les autres que nous arrivions ?

— Oui, répondit le chauffeur.

Cohen s'installa confortablement dans son siège.

La route longeait le canal Ismailiya scintillant, sur lequel un magnifique voilier évoluait paresseusement vers le sud. Sa grand-voile était descendue et un drapeau égyptien battait doucement au sommet du mât. Sur le spacieux pont arrière, le rabbin repéra une femme svelte avec des seins manifestement gonflés chirurgicalement et des cheveux couleur aile de corbeau qui prenait le soleil en Bikini. Torse nu, une canette de bière à la main, le barreur – lui aussi égyptien et beaucoup plus âgé que la fille – arborait une morgue particulièrement suffisante. Dans un pays rempli de fondamentalistes musulmans qui appelaient de leurs vœux la constitution prochaine d'un nouvel État islamique, ce type de spectacle était un défi à la Chari'a, la loi islamique, et soulignait à quel point la richesse pouvait paraître extrêmement offensante.

La vanité et la fierté n'ont pas de place aux yeux de Dieu.

Il détourna son regard vers la vitre de droite et les grands champs plats de canne à sucre et de riz.

Ils se dirigeaient vers Héliopolis. Pas la banlieue moderne à la périphérie du Caire que les autochtones appelaient Misr el-Gadida[1] – ou « Nouveau Caire » –, mais son homonyme antique à environ vingt kilomètres plus au nord.

Cohen ne voulait prendre aucun risque : Amit Mizrachi ou l'égyptologue française qui l'avait accompagné à Qumrân pouvaient avoir d'une manière ou d'une autre déchiffré le sens caché du hiéroglyphe. Des siècles de préparatifs étaient susceptibles d'être réduits à néant. À côté de ça, maintenant que l'accomplissement de la prophétie était en marche, le moment de cette visite n'aurait pu être mieux choisi.

Au panneau indiquant la direction de Kafr Hamra, le conducteur tourna vers l'ouest.

Quelques minutes plus tard, ils dépassèrent une minuscule église copte. Sur son clocher, une mosaïque montrait Joseph tirant un âne sur lequel se trouvait Marie. La Sainte Mère serrait dans ses bras l'Enfant Jésus. Cette grande

---

1. Ou Misr el-Djedida.

fresque colorée situait la scène le long du Nil planté de palmiers, avec trois pyramides au loin, sur la rive opposée. Cette représentation faisait toujours sourire Cohen.

On pouvait trouver des églises de ce type dans tout le delta du Nil : à Tell Basta, Farama, Wadi al-Natrun, Bilbeis, Mostorod, et même au Caire. Chacune exaltait son propre folklore antique élaboré autour de la fuite de la Sainte Famille en Égypte après avoir échappé à l'infanticide supposé d'Hérode en Judée : les sources d'eau que l'Enfant Jésus avait fait apparaître ; les grottes et des arbres sacrés qui avaient abrité la Sainte Famille ; les sources dans lesquelles celle-ci s'abreuvait ; une auge de granit utilisée par la Vierge pour pétrir le pain ; les empreintes de pied et de main du Saint Enfant marquées dans différentes pierres ; les idoles païennes qui s'effondraient en Sa présence.

En dépit de toutes ces fables, Grand-Père lui avait enseigné que l'on pouvait également trouver ici en Égypte nombre de vérités – et que quantité de renseignements à ce propos avaient transpiré dans les écritures chrétiennes antiques déclarées hérétiques par l'Église catholique.

À l'instar des esséniens de Qumrân qui avaient sauvé les manuscrits de la mer Morte de la destruction par les Romains, les anciens chrétiens égyptiens – appelés gnostiques – avaient caché leurs textes coptes dans des jarres qu'ils avaient enterrées. En 1945, à Nag Hammadi, treize codices gnostiques enveloppés dans des étuis de cuir avaient été accidentellement exhumés par des paysans locaux. Le Saint-Siège se retrouva confronté à quantité de controverses, dès lors que les textes découverts parlaient abondamment du Jésus ressuscité comme d'un être spirituel.

Le Vatican n'avait jamais cessé de travestir la vérité, déplora le rabbin. *Et il ne reculait devant rien pour cacher ses mensonges.*

Cohen admirait particulièrement l'étonnante précision du codex gnostique intitulé le *Dialogue du Sauveur*, dans lequel Jésus Lui-même dénonce la faiblesse de la chair : « Matthieu dit : "Seigneur, je veux voir ce lieu de vie, [l'endroit] où il n'y a pas de méchanceté, mais plutôt qui est pure lumière !" Le Seigneur dit : "Frère Matthieu, tu ne seras pas capable de le voir tant que tu seras revêtu de ta chair… Celui qui a jailli de la vérité ne meurt pas. Celui qui est né d'une femme meurt." » Et dans le codex appelé *Apocryphe de Jacques*, les paroles de Jésus trouvaient une résonance encore plus particulière en Cohen : « Car c'est l'esprit qui élève l'âme. Et c'est le corps qui la tue… »

L'être spirituel – l'étincelle éternelle – était primordial pour les gnostiques, aussi bien que pour leurs frères de Judée, les esséniens – tous membres de l'héritage des Cohen. Ceux qui comprenaient la faiblesse de la chair étaient les éclairés – les « Fils de la Lumière ». Et il leur avait été donné la connaissance secrète selon laquelle du vrai Dieu unique procédait toute lumière (l'essence spirituelle) à perpétuité.

Par l'autoroute 40 qui filait vers le nord, ils approchaient de leur destination : Tell el-Yahûdîya[1], c'est-à-dire le « Tertre des Juifs ». Sur l'immense plaine du delta, on apercevait aisément, à quelque distance, l'agglomération dense de Shibin el-Qanatir.

Après un virage de la route, Cohen vit enfin l'ancien monticule de marne et de sable qui s'élevait au-dessus de

1. Ou Tell el-Yahoudièh. Naï-ta-hout en égyptien et Léontopolis en grec. *(N.d.T.)*

la plaine deltaïque. Il ressemblait à un énorme château de sable construit trop près des vagues de la mer et donc balayé par la houle qui en avait effacé tous les détails. On pouvait encore distinguer certaines des anciennes ruines au pied du long remblai en forme de boomerang.

Ces vestiges avaient été jadis un grand temple-forteresse construit par un lointain ancêtre de Cohen.

La voiture dépassa le tertre, puis le grand champ qui séparait celui-ci d'un vieil entrepôt industriel en acier ondulé. Le chauffeur ralentit à l'approche du bâtiment et tourna dans la courte allée y menant. Il attendit que la porte automatique achève de s'enrouler en grinçant.

Une fois la Peugeot rangée à côté d'un tracteur délabré, le conducteur mit le levier de vitesse au point mort. Dans le rétroviseur intérieur, il vit un homme en tunique blanche presser un bouton près de la porte pour la fermer.

— As-tu vu quoi que ce soit de suspect ? lui demanda Cohen.

— Rien.

— Bien.

Il attendit que son chauffeur vienne lui ouvrir la porte.

Le rabbin posa le pied sur le sol de ciment. Il balaya du regard l'immense entrepôt rustique, ses piliers de soutènement en acier le long de ses parois, les chevrons apparents de son haut plafond. Des espaces de travail rudimentaires étaient encombrés de coffres à outils et d'entrailles nues de diverses machines démantelées.

L'air moite empestait l'essence et l'acétylène.

Le bâtiment avait été enregistré auprès de la municipalité en tant qu'atelier de réparation de machines. Pour légitimer cette déclaration, les prêtres passaient un temps considérable à s'occuper des tracteurs, des motoculteurs et autres machines agricoles en panne de la région. Récemment, cette couverture avait pris de l'ampleur au point d'inclure la réparation d'automobiles. Il en découlait un sérieux bénéfice qui venait alimenter les coffres de la Société du Temple.

Cohen se tourna vers son chauffeur.

— Va leur dire de préparer le camion. Je veux être parti dans une heure.

Le rabbin se dirigea vers l'arrière du bâtiment d'une démarche altière, marquée par une légère claudication – conséquence d'une trop longue station assise qui affectait toujours sa hanche blessée. Il ouvrit la porte du local administratif et contourna un bureau de métal déglingué sur lequel traînaient un écran d'ordinateur graisseux et un tas de factures jaunes.

Une boîte de pièces détachées occupait le centre d'un petit tapis persan maculé de taches d'huile. Il la repoussa, puis s'accroupit légèrement pour attraper un coin de la carpette et la rabattre. En dessous apparut une trappe rectangulaire. Il passa son doigt dans le crochet, souleva le volet et le laissa retomber en arrière dans un son mat.

Après avoir épousseté sa veste noire, il commença à descendre un escalier dans une obscurité totale. Les degrés de bois gémissaient sous son poids.

— ... Onze... Douze, murmura-t-il en comptant les dernières marches.

Il se rappelait que le prêtre qui l'avait amené ici la première fois avait effectué le même comptage rituel. Cohen avait toujours présumé qu'il s'agissait d'un hommage aux douze tribus d'Israël ou aux douze compagnons que Jésus avait recrutés.

En bas, il posa le pied sur un sol d'argile spongieux. Battant à l'aveuglette l'air frais devant son visage, il finit par trouver la cordelette et la tira. L'ampoule nue crépita en s'allumant juste au-dessus du *zayen* de Cohen.

De dimensions modestes, cette cave carrée était juste assez grande pour loger douze unités de rayonnages le long de ses murs de briques de terre crue. Des bidons de produits chimiques, des outils, du matériel de soudure avaient été alignés méticuleusement. Le visiteur s'avança vers le mur du fond et glissa sa main entre les boîtes serrées de l'étagère centrale. Ses doigts trouvèrent une poignée métallique froide. Il la tira avec force. Le rayonnage et le plaquage stratifié de fausses briques contre lequel il s'appuyait pivotèrent silencieusement sur des charnières cachées.

La porte d'acier qui se trouvait derrière ressemblait à celle de la chambre forte d'une banque.

30

JÉRUSALEM

À grandes enjambées, Julie menait la cadence avec Amit sur ses talons. La traversée de la galerie sud se transforma en slalom entre les Américains qui lambinaient. Cette animation fit souffler un vent de panique parmi les guides du musée et les touristes, mais personne ne fit mine de les arrêter.

Parvenus dans la salle sud, ils obliquèrent vers la droite pour s'engager dans une galerie de monnaies antiques.

— Par là ! dit Amit.

Droit devant, Julie repéra la porte qu'Amit lui désignait. C'était une sortie de secours. Elle se jeta sur elle et une alarme aiguë retentit. La porte ouverte à la volée renversa un employé du musée en train de fumer juste derrière. Vautré sur le pavé, le pauvre homme se mit à hurler des imprécations, mais Julie ne comptait pas s'arrêter pour lui présenter ses excuses.

Maintenant, le duo remontait l'allée derrière le Rockefeller, réservée aux employés et aux livraisons. La Land Rover ne se trouvait qu'à une vingtaine de mètres. Porte-clés en main, Amit l'avait ouverte à distance dès qu'il s'était retrouvé dehors.

Déjà assise sur le siège passager, Julie refermait la portière tandis qu'Amit avait des soucis avec la portière conducteur qui s'était reverrouillée.

— Allez ! Vite ! l'entendit-il crier de l'autre côté de la vitre.

Parvenant enfin à ouvrir sa porte, Amit bondit à l'intérieur.

Devant la porte de secours, le fumeur surpris s'était remis debout et évaluait la déchirure de son pantalon juste au-dessus du genou droit. Amit ne pouvait entendre ses invectives, mais le type paraissait véritablement hors de lui et dressait des poings menaçants. Encore une seconde et son humeur allait sérieusement empirer, pensa l'archéologue la main sur le contact.

Lorsque Amit se tourna une dernière fois vers lui, le fumeur gisait de nouveau à plat ventre. Son pied gauche bloquait la porte de secours qu'on venait de nouveau d'essayer de forcer violemment de l'intérieur. Pendant une fraction de seconde, l'archéologue envisagea d'attraper le pistolet caché dans le vide-poches de la console centrale. Il avait laissé une balle engagée, sûreté enlevée. Mais Julie hurla :

— Vas-y !

Passant brutalement la première, Amit enfonça l'accélérateur à l'instant précis où l'homme au bras plâtré repoussait la porte et se servait du dos du malheureux employé comme d'un paillasson. Sa main valide brandissait l'arme qui avait remplacé le Jericho perdu la nuit précédente. Et maintenant, l'homme se positionnait pour ajuster son tir.

J'aurais dû le tuer quand j'en avais l'occasion, se redit Amit.

— Couche-toi, Julie !

Il allongea le bras et la fit plonger sous le tableau de bord, tandis qu'il baissait lui-même la tête et tournait violemment le volant de son autre main dans un grand crissement de pneus.

Un coup de feu claqua bruyamment et l'explosion du verre presque autant. L'assassin ne visait pas aussi bien de la main gauche. Il n'était parvenu qu'à pulvériser la vitre passager arrière, côté conducteur. Amit risqua un coup d'œil par-dessus le tableau de bord, juste à temps pour donner un grand coup de volant vers la droite et éviter le montant d'une barrière à la sortie du parking. La manœuvre réussit, mais le pneu arrière de la Rover tapa le trottoir et le véhicule se souleva. Amit et Julie furent propulsés de leurs sièges et leurs têtes heurtèrent le plafond.

Mais ce fut un heureux soubresaut, car la balle qui, un millième de seconde plus tôt, filait droit vers le crâne de l'Israélien, vint s'écraser contre le pneu de secours boulonné au hayon arrière du 4×4.

— Bon Dieu de m... ! cria Julie, la tête dans les mains.

Amit fit le tour du bâtiment à toute allure. Puis, déconcertée, la jeune femme le vit immobiliser brusquement leur véhicule. Il pressa le bouton baisse-vitre, puis ouvrit le compartiment de la console centrale pour en extraire le pistolet.

— Bon sang, qu'est-ce que tu fais ?

En ces circonstances, son accent français revenait au galop.

— Fais-moi confiance.

Il attendit environ dix secondes avant d'ajouter :

— Baisse-toi et ne te relève pas.

— Amit, je ne pense pas...

— Baisse-toi !

Elle obéit.

Alors il enfonça de nouveau tranquillement l'accélérateur et obliqua sans hâte dans l'allée circulaire passant devant l'entrée principale du musée.

Son minutage était bon. Le tueur était en train de manipuler maladroitement – comme une langouste –

l'ouverture à distance de sa voiture avec les deux doigts mobiles de sa main plâtrée. Avant que le gars ait pu comprendre ce qui lui arrivait, Amit appuya sur l'accélérateur et se dirigea vers lui. Attrapant le Jericho, l'archéologue sortit son bras par la vitre, visa et pressa la détente. Le silencieux cracha sa balle. À la différence de l'assassin, Amit était un gaucher naturel.

Le tir passa tout près, mais rata sa cible. Cependant, il avait obligé l'homme à plonger pour se couvrir derrière sa Fiat coupé, laissant l'opportunité à Amit de ralentir et de manœuvrer pour un second tir. Seulement, cette fois, sa cible n'était plus l'assassin, mais le pneu avant de la Fiat. Il visa et abaissa la détente afin de forcer le mode semi-automatique de l'arme. Il lâcha sa mini-rafale de trois balles dans le passage de roue et la jante avant de la Fiat. Une quatrième explosa le pneu avec un *pan* sonore.

L'assassin tenta de se relever pour répliquer par-dessus le capot, mais un nouveau tir d'Amit le contraignit à plonger de nouveau.

Satisfait, l'archéologue se pencha et tira dans le moteur. Un dernier coup de feu ne fit que fracasser le rétroviseur extérieur côté conducteur. Amit accéléra et vira sèchement vers la droite pour s'engager dans la rue Sultan Suleiman, qui longeait le mur nord de la vieille ville. Ne voulant pas attirer l'attention des gardes de Tsahal stationnés devant la porte de Damas quelques dizaines de mètres plus loin, il ralentit immédiatement.

— T'es complètement dingue, dit-elle.

— La meilleure défense, c'est l'attaque, lui rappela-t-il.

31

CITÉ DU VATICAN

Il était près de treize heures quand Charlotte entendit frapper à la porte.

— Une seconde, cria-t-elle de la salle de bains.

Elle vérifia son mascara et son rouge à lèvres dans le miroir une dernière fois, espérant ne pas avoir exagéré. « Hypersexy » n'était pas vraiment le look qu'elle comptait se donner pour sortir déjeuner avec deux prêtres. Tout ce qu'elle voulait, c'était redonner un peu de couleur à ses joues et estomper le gonflement de ses yeux. Vu la quantité de larmes qu'elle avait versée ces dernières heures, on aurait pu croire qu'elle avait répandu de l'acide sur ses paupières.

Mais elle ne manqua pas de se rappeler que, la dernière fois qu'elle s'était regardée dans un miroir d'une des chambres d'hôte de la *Domus Sanctae Marthae* du Vatican, ses yeux trahissaient un mal bien différent qu'aucun maquillage n'aurait pu dissimuler. À l'époque, elle comptait sur des pilules de chimio pour le combattre, pas sur Revlon.

Charlotte était contente d'avoir accepté l'offre du père Martin qui lui avait proposé de faire nettoyer à sec son tailleur-pantalon par le service d'entretien. Comme promis, il avait été fraîchement repassé et discrètement suspendu avant midi à sa porte dans une housse à vêtements en plastique.

Elle rabattit le fermoir de son petit sac à main noir, puis décida qu'elle n'en avait finalement pas réellement besoin. Après tout, son passeport se trouvait entre les mains de la Garde suisse, et tout le reste – son argent, ses clés, ses cartes de crédit – était resté à Phoenix. En outre, Donovan avait dit qu'ils étaient les hôtes du père Martin à l'intérieur de la Cité.

Tiens bon! se dit-elle mentalement.

C'était ce que son père lui aurait sûrement conseillé dans une situation semblable. Rester seule, même pour un laps de temps aussi bref, n'avait en rien soulagé sa douleur. Elle ne cessait de voir le corps d'Evan avec une balle dans la tête, encore et encore. L'idée d'avoir de la compagnie la réconforta. Elle allait pouvoir penser un tant soit peu à autre chose.

Elle alla ouvrir la porte. Un sentiment de *déjà-vu** l'envahit quand elle posa ses yeux sur Donovan, debout dans le hall, avec un costume noir et un col blanc ecclésiastique. Lui-même parut ressentir la même chose.

— Ça fait remonter quelques souvenirs ? sourit-il pour rompre la glace.

— On peut dire ça.

Elle glissa sa clé magnétique dans sa poche et tira la porte derrière elle. Dans la lumière fluorescente peu flatteuse du hall, Donovan semblait particulièrement exténué. Il ne faisait aucun doute que l'épisode pénible de Belfast et l'enchaînement des vols transatlantiques lui avaient pompé une bonne partie de son énergie. Mais il parvenait quand même à sourire. Et elle était certaine qu'il le faisait plus pour son bien à elle que pour le sien propre.

— On va voir ce que le Vatican propose à déjeuner ? dit-il.

32

Dès lors que le Saint-Père profitait d'une retraite de cinq jours à Castel Gandolfo, sa villégiature aux portes de Rome, le père Martin s'était arrangé pour réserver une table de la somptueuse salle à manger qui, ordinairement, accueillait les dignitaires et les diplomates internationaux. Après tout, être l'assistant personnel du secrétaire d'État comportait de nombreux privilèges.

— *Salve !* Bienvenue.

Le père Martin les accueillit chaleureusement dans l'entrée monumentale du Palais. Il gratifia Donovan et Charlotte d'une vibrante poignée à deux mains.

— C'est assez impressionnant, James, dit Donovan.

En fait, il n'était jamais entré dans cette salle. L'homme réservait plein de surprises.

Charlotte jugea qu'« impressionnant » était un euphémisme. Flanquée des deux portes colossales du Bernin gainées de bronze – et dont les différentes parties provenaient, en réalité, d'anciens temples païens romains –, la principale entrée du Palais apostolique faisait près de sept mètres cinquante de haut. Derrière, la caverneuse salle Clémentine – la principale salle de réception – était entièrement recouverte de marbre et ornée de frises. Trois fresques rendaient hommage au baptême, au martyre et à l'apothéose de saint Clément. Une quatrième honorait les arts et les sciences. Des gardes suisses en grand habit d'apparat étaient postés un peu partout.

— Quand j'ai informé Son Éminence que le légendaire père Patrick Donovan faisait son retour avec une invitée mondialement renommée… (il étendit les mains) il a trouvé l'idée de vous recevoir ici excellente.

— Je ne suis pas exactement le fils prodigue, lui rappela Donovan dans un murmure.

Il essayait de prendre les choses d'un cœur léger, mais il ne put s'empêcher de regarder les deux gardes suisses armés au garde-à-vous de chaque côté de la porte.

— Donc l'honneur vous en revient en totalité, Charlotte, dit-il à son accompagnatrice.

— Si vous le présentez de cette manière… je suis flattée, lui répondit-elle.

— Venez. Allons nous asseoir, les invita Martin.

D'un geste ample de la main, il avait désigné l'autre extrémité de la salle, où de confortables fauteuils faisaient face aux hautes fenêtres surplombant la *Piazza San Pietro* et la basilique Saint-Pierre.

Au centre de la pièce, une grande table Louis XIV était dressée sous un magnifique chandelier. Tandis que Charlotte s'avançait sur le parquet ouvragé, de tous côtés la salle à manger attirait son regard.

Il y avait là d'autres fresques, peintes de la main de maîtres – dont Cherubino Alberti et Baldassare Croce, s'enorgueillit Martin. En outre, il s'empressa de signaler que la magnifique tapisserie dominant le mur nord était un original de Raphaël et qu'elle avait fait partie de celles utilisées pour couvrir les murs de la chapelle Sixtine au cours du conclave de 2005 qui avait élu Benoît XVI.

Lorsque Charlotte s'assit dans un fauteuil bergère et qu'elle vit Martin sourire, elle crut un instant avoir enfreint l'étiquette.

— Ai-je fait quelque chose de mal ?

— Non, non, la rassura-t-il. C'est juste que le président de votre pays s'est assis dans ce même fauteuil au cours de sa visite chez nous le mois dernier.

Instinctivement, Charlotte retira ses bras de l'élégant tissu comme s'il était en feu.

— Sérieusement ?

— Oh oui ! Mais si vous me permettez d'apporter une précision, je trouve qu'il s'accorde beaucoup mieux à *vous*.

Elle rit de bon cœur, sachant que la préférence du prêtre faisait référence à quelque chose d'autre que la simple apparence.

— J'ai pensé que nous pourrions prendre un verre avant de manger, dit Martin.

— Ça me semble parfait, répondit Charlotte.

Deux verres de vin rouge italien et un whiskey *on the rocks* furent apportés par une religieuse revêtue d'un habit blanc qui la couvrait totalement à l'exception de son visage et de ses mains. Martin porta un toast, puis s'installa dans son fauteuil.

— Ça fait plaisir de vous voir de retour, Patrick, dit-il. Vous nous avez manqué.

— Je suis certain que les archives ont fonctionné aussi bien sans moi.

— Je n'en suis pas si sûr. Par bonheur, le poste du préfet est encore vacant.

Il lança à Donovan un regard interrogateur.

Celui-ci répondit par un sourire évasif qui voulait peut-être dire qu'il était ouvert à toutes les propositions.

Au cours du quart d'heure suivant, ils parlèrent de différents événements survenus dans la cité du Vatican, tant heureux que malheureux. Martin excellait dans l'art d'associer Charlotte à la conversation, mais de temps à autre, elle se plaisait à simplement siroter son chianti tout en contemplant par la fenêtre les colonnades du Bernin et le dôme de Michel-Ange.

Martin ne tarda pas à sentir que son compatriote était prêt à lui fournir une explication à son retour surprise. Il se tut pour l'inciter à parler.

Ne sachant pas vraiment comment commencer, Donovan précisa :

— Au risque d'enfoncer une porte ouverte… notre visite ne concerne pas l'éventuelle fin de mon congé sabbatique.

— J'en avais un vague pressentiment, répondit l'assistant du cardinal secrétaire d'État.

— Et je suis sûr que vous vous demandez pourquoi le Dr Hennessey m'a accompagné jusqu'ici.

Martin plissa les lèvres.

— Je mentirais si je vous disais le contraire, confessa-t-il.

Il voyait l'expression songeuse de Donovan trahir un trouble intérieur.

— Dites-moi. Qu'est-ce qui vous préoccupe ?

Donovan comprit qu'il était nécessaire de clarifier certains aspects des événements qui avaient précédé son départ de juillet.

— Vous vous rappelez, j'en suis certain, qu'un grand secret entourait la mission que nous avions confiée au Dr Hennessey et à Giovanni Bersei.

— Certainement.

Et Martin se tourna vers Charlotte pour ajouter :

— Permettez-moi d'exprimer mes plus profondes condoléances pour la mort du Dr Bersei.

Ne sachant que répondre, la jeune femme hocha la tête.

— Bien que je ne sois pas libre de discuter des détails de cette mission..., poursuivit l'homme de Belfast.

— Je comprends.

Donovan hésita un instant, puis enchaîna :

— Il y a apparemment quelqu'un, à l'extérieur du Vatican, qui possède des informations sur le travail qui a été accompli ici – en l'occurrence, l'étude de certaines reliques acquises pour le musée. Des reliques d'une extrême signification... et d'une valeur inestimable.

Donovan fit une pause pour boire son whiskey – un superbe Jameson *pot still*[1]. *Va à l'essentiel*, se chuchota-t-il intérieurement.

— Charlotte et moi avons été abordés par deux hommes cherchant ces reliques. Ils se sont montrés très pressants. Ils étaient armés...

Martin prononça d'une voix cassée par l'émotion :

— C'est incroyable.

Bouche bée, ses yeux écarquillés se déportèrent vers Charlotte. Comme il se souvenait de quelle manière les deux hommes l'avaient jeté à l'arrière de la camionnette, sa réaction sembla parfaitement sincère.

— En somme... je pense que nous sommes en grand danger. Et je suis venu ici en quête d'aide... et de protection.

---

1. Procédé typique de distillation multiple (théoriquement trois passages) des whiskeys en alambic à feu nu. (*N.d.T.*)

— Il n'y a pas d'endroit plus sûr pour vous que l'intérieur de ces murs, dit Martin avec une conviction feinte. Et vous *êtes* de droit un citoyen du Vatican.

Ces mots furent d'un grand réconfort pour Donovan, parce que seuls sept cents membres du clergé et cent gardes suisses approximativement se voyaient accorder la citoyenneté vaticane. Les trois mille autres travailleurs, y compris le père Martin lui-même, vivaient hors de la Cité – la plupart dans Rome. Conformément aux accords de Latran signés par l'Italie, la citoyenneté vaticane était accordée *jure officii*, ce qui signifiait qu'une fois qu'il quittait sa charge au Vatican, la citoyenneté de l'ecclésiastique redevenait celle de son pays d'origine. Avec le bureau de la Secrétairerie, Martin s'était occupé de faire établir la double citoyenneté de Donovan : un privilège accordé seulement à deux cent cinquante autres personnes. Par conséquent, son « congé pour raisons familiales » était encore considéré comme temporaire.

— Vous bénéficiez encore de la pleine et entière représentation légale, confirma Martin, ainsi que de l'accès sans restriction aux moyens de la Secrétairerie, qui, vous le savez, sont assez étendus. Si vous vous trouvez tous les deux dans…

Il marqua une pause, mais sut à l'expression de leurs visages qu'ils avaient déjà rempli le blanc.

— Disons simplement, ajouta-t-il, qu'il n'existe pas de meilleur refuge au monde qu'ici.

— C'est ce que j'espérais, dit un Donovan ostensiblement soulagé. Merci.

De par leur qualité de compatriotes irlandais, les liens qui l'unissaient à Martin dépassaient le cadre de leurs fonctions. Et une fois de plus, le père Martin était venu à sa rescousse. Il vida son verre et fit tourner les glaçons au fond.

— Et pour le Dr Hennessey ?

— Je vais faire en sorte qu'elle se voie offrir les mêmes protections.

— Merci beaucoup, mon père, dit Charlotte.

Elle remarqua que l'humeur du prêtre était plus détendue et son teint bien plus coloré cet après-midi ; peut-être à cause de la lumière ambiante. Mais elle observa aussi qu'elle ne pouvait se départir d'une certaine suspicion lancinante à l'endroit de cet homme. Après tout, il avait été le collaborateur direct du cardinal Santelli – ce malade qui, selon Donovan, avait ordonné à Conte de la tuer.

— Je sais que cela ne vous est pas particulièrement facile, s'enhardit Martin, mais ne pourriez-vous m'en dire plus à propos de ces reliques ? Je pourrais peut-être déterminer avec plus de pertinence dans quelle direction orienter mes recherches.

La religieuse revint silencieusement avec un plateau sur lequel se trouvait un nouveau verre de whiskey. Donovan profita de l'intermède. À dire vrai, il ne savait trop comment répondre à Martin. Lentement, il déposa son verre vide sur le plateau et s'empara de l'autre, puis prit une profonde inspiration.

— Vous pouvez me faire confiance, Patrick, l'assura Martin. Vous le savez.

Certes, sans ce dernier, la mort inopinée du cardinal Santelli aurait été examinée de plus près – d'autant que Martin l'avait vu sortir du bureau du secrétaire d'État juste avant de découvrir le cadavre du prélat. Si une autopsie avait été autorisée, le poison que Donovan avait injecté à l'aide d'une seringue dans l'épaule du cardinal aurait pu être décelé. Seulement ici, ce n'était pas une question de confiance. Il y avait beaucoup plus en jeu. Sans oublier, toutefois, que si le Vatican les avait fourrés, lui et Charlotte, dans ce pétrin, il fournissait aussi, au vu de la situation, le seul espoir de résoudre tous leurs problèmes.

Donovan regarda par-dessus son épaule et attendit que la religieuse ait quitté la salle. Puis il se tourna vers Charlotte en quête d'un éventuel désaccord, mais elle l'incita d'un signe de tête à poursuivre.

— En début d'année, je me suis vu remettre un livre, expliqua-t-il. Un très, très vieux livre…

33

ÉGYPTE

Le rabbin Aaron Cohen appliqua son pouce sur le petit panneau de verre accolé au boîtier numérique de la porte. En quelques secondes, la « clé » biométrique fut acceptée et le Digicode s'éclaira. Il tapa alors le mot de passe à douze caractères. Chaque pression émettait un minuscule tintement électronique. Le boîtier clignota trois fois, puis une série de pênes coulissèrent tout autour du chambranle. La porte automatique massive se désengagea et pivota en douceur vers l'intérieur sur ses pistons hydrauliques. Au même instant, les LED d'un détecteur de mouvements s'allumèrent dans l'espace qui se trouvait derrière.

À droite de la porte, Cohen posa ses doigts sur le long petit boîtier d'or de la *mézouza*[1], orienté vers l'ouverture, sur lequel était inscrite la lettre hébraïque *shin* (ש), représentant l'un des noms de Dieu dans l'Ancien Testament, Shaddai.

Une fois franchi le seuil, le rabbin marqua une pause à l'entrée de ce qui ressemblait à un tunnel de mine. Il se rappelait clairement l'accès de claustrophobie qui l'avait saisi quand il avait été amené pour la première fois ici par les prêtres lévites.

1. Mot hébreu signifiant littéralement « montant de porte ». La *mézouza* proprement dite est un parchemin roulé à l'intérieur de l'étui, sur lequel sont inscrits deux versets du Deutéronome, concernant précisément cet usage. (*N.d.T.*)

C'était en 1974. Une époque à la fois de grande tragédie et de transformation personnelle…

Aaron venait de célébrer son vingtième anniversaire. Il était dans le second trimestre de sa *junior year*, sa troisième année à l'université Yeshiva de New York. Ce fut par un après-midi neigeux de fin janvier qu'il reçut le terrible appel de sa sœur aînée, Ilana. « Père est mort », annonça-t-elle sans préambule, d'une manière sinistrement clinique (à l'époque, elle était infirmière diplômée au Beth Israel[1]). Sous le choc, il l'avait écoutée lui expliquer que, dans la matinée de cette journée tragique, le bus B41 avait glissé sur une plaque de verglas à une intersection de Flatbush Avenue et renversé trois piétons qui traversaient sur le passage protégé, laissant l'un d'eux dans un état critique et blessant mortellement les deux autres – dont Mordecai Cohen.

— Un père ne devrait jamais survivre à son fils, avait alors dit Grand-Père.

Et Aaron se rappelait l'avoir vu pleurer pour la première fois.

Tant que son fils ne fut pas mis en terre, le vieil homme ne cessa de déchirer rituellement ses vêtements et de chanter *« Baruch dayan ha-emet »* – « Loué soit le juge de vérité ».

Après une prompte inhumation et les sept jours de deuil obligatoire de la Shiv'ah[2], Grand-Père avait convoqué Aaron dans son bureau et, sans un mot, lui avait tendu un

1. Un hôpital new-yorkais. (*N.d.T.*)

2. Littéralement : « Sept ». Nom de la période de deuil ritualisée dans le judaïsme qui doit durer sept jours et être observée par sept proches du défunt. (*N.d.T.*)

billet de première classe pour Le Caire. Quand Aaron lui avait demandé pourquoi il devait entreprendre ce voyage, Grand-Père avait répondu de façon énigmatique : « Ça dépend de toi, mon honorable petit-fils. Ton futur t'attend. Le destin de Sion repose en toi. »

Il lui avait fourni des instructions et transmis quelques perles de sagesse – qui devaient être les dernières, mais il l'ignorait encore. Aaron apprendrait plus tard que son grand-père était mort dans son sommeil alors qu'il n'avait pas décollé pour l'Égypte.

Quand son avion atterrit sur le tarmac de l'aéroport international du Caire, le jeune Cohen fut accueilli par un Égyptien en robe blanche avec des dents pourries et une horrible peau vérolée partiellement camouflée par une barbe clairsemée. L'homme lui avait présenté discrètement un talisman orné du symbole du dauphin et d'un trident avant de demander à Aaron de faire de même. Ensuite, l'Égyptien l'avait escorté jusqu'à un pick-up déglingué et avait insisté pour lui bander les yeux pendant le trajet jusqu'à l'entrepôt : une expérience terrifiante pour un jeune juif dans un pays hostile moins d'un an après la guerre du Kippour.

Le premier souvenir qu'il avait de l'entrepôt, c'était son épouvantable odeur de crasse. Quand le bandeau lui avait été finalement retiré et qu'il s'était retrouvé dans le bureau au fond de l'immense garage, entouré par un groupe d'Égyptiens tous habillés de la même façon, la confusion et l'angoisse l'avaient pris à la gorge. Il se rappelait s'être demandé comment cet endroit pouvait être le sol sacré dont Grand-Père lui avait parlé.

— Désolé pour le bandeau, lui avait dit l'un des hommes. Je suis certain que vous comprenez que ces précautions sont nécessaires.

Grand-Père avait bien expliqué à Aaron que la Diaspora avait dispersé leur lignée dans le monde entier. Moyennant quoi, il resta déconcerté quand il fut confronté pour la première fois à la peau sombre de l'Égyptien. Plus tard dans sa vie, il devait se rappeler cet épisode, le jour où il avait appris que 99,9 % du génome était identique à tous les êtres humains, en dépit des apparences extérieures. Au demeurant, les stupéfiants yeux aigue-marine du prêtre et le talisman d'argent scintillant sur son cœur, par-dessus sa tunique blanche, confirmaient l'existence d'un lien familial lointain, certes, mais manifeste.

— Vous ressemblez trait pour trait à votre père, monsieur Aaron. Un peu plus grand, peut-être. C'était un homme très, très bon. La lumière de Dieu resplendira éternellement sur lui.

L'anglais de l'homme était presque parfait.

— Mon nom est Khaleel, se présenta-t-il.

Il lui serra chaleureusement la main.

— C'est un honneur de vous avoir ici.

Aaron demeurait sans voix, bien que les gentilles paroles de Khaleel aient apaisé son anxiété. Il regarda l'un des hommes ouvrir une trappe aménagée dans le sol.

— J'espère que votre voyage a été agréable ?

— Oui, monsieur.

— S'il vous plaît, Aaron, appelez-moi Khaleel.

Son ton était remarquablement apaisant. Le jeune homme acquiesça et l'Égyptien sourit.

— Eh bien, allons-y. Mettons-nous tout de suite au travail, dit-il en indiquant l'ouverture sombre. Nous avons à discuter de tant de choses.

Dans le sous-sol exigu et humide, Khaleel ouvrit une porte en métal bosselée rudimentaire. Ses gonds grincèrent atrocement. De l'autre côté, il appuya sur un interrupteur et une enfilade de lampes de travail portatives pendant du plafond d'un tunnel s'allumèrent.

— Pas terrible comme éclairage, admit-il en regardant les ampoules ternes, mais c'est une énorme amélioration par rapport aux torches que nous utilisions encore au début du siècle.

La remarque parvint à arracher à Aaron son premier sourire. Khaleel, avait-il rapidement déterminé, était un homme doux et sage.

Aaron regarda l'Égyptien refermer la porte crissante et ses longs doigts tourner le verrou. Comprenant qu'il était enfermé dans une fosse obscure au milieu d'un no man's land égyptien, ses mains commencèrent à trembler et il s'empressa de les plonger dans ses poches. Grand-Père n'aurait pas aimé ça, mais, dans ce trou ténébreux, même Dieu aurait eu du mal à voir ses mains (ou sa tête).

Khaleel plaça sa main droite sur l'épaule d'Aaron et tendit la gauche pour l'inviter à s'engager dans le tunnel.

— Il n'a peut-être pas l'air de grand-chose… mais ce à quoi il mène est vraiment exceptionnel. Venez.

Ils s'avancèrent côte à côte. Le tunnel était juste assez large pour eux deux.

Le jeune Américain tressaillit quand il vit un scorpion courir sur le sol brut. Khaleel, pour sa part, ne lui prêta même pas attention quand il passa sur sa sandale.

— Votre grand-père m'a dit que vous saviez déjà beaucoup de choses. Il vous a décrit comme un « excellent étudiant ».

— Je sais qu'il est très important d'étudier notre histoire, répondit Aaron.

— Notre histoire est la porte de notre futur, acquiesça Khaleel. Vous avez lu des choses sur Onias et le tell ?

— Oui, monsi... Je veux dire, Khaleel.

Pour dissiper son anxiété, Aaron lui répéta ce que la lecture des récits détaillés de Flavius Josèphe dans *La Guerre des Juifs* lui avait appris. Au cours du IIe siècle avant J.-C., Onias était le grand prêtre du temple de Jérusalem. Il s'était opposé avec véhémence aux sacrifices païens autorisés sur l'autel sacré de Yahvé. Le Temple avait été contaminé par la culture hellénique. Profané ! Quand le roi syrien Antiochos IV entra en guerre contre les juifs, Onias s'enfuit à Alexandrie pour chercher refuge auprès de Ptolémée (qui détestait Antiochos). Il se vit remettre cette terre dans ce qui s'appelait alors le nome d'Héliopolis. Ici, Onias a bâti une cité-forteresse au sommet d'un tertre artificiel. Sur son point culminant, il fit construire un nouveau sanctuaire : un nouveau temple dédié à Dieu, conçu sur le modèle de celui de Jérusalem, mais à une échelle plus petite et libéré de toute influence païenne.

— Tout s'est passé exactement comme Isaïe l'avait prédit, ajouta Khaleel. Le prophète nous a dit qu'en un lieu appelé la Cité du soleil, la langue de Canaan serait parlée sur la terre d'Égypte et qu'un autel voué à Dieu s'y dresserait. Et précisément comme Isaïe l'avait dit, c'est ici que le salut prophétisé des Israélites commença à devenir réalité.

Ils poursuivirent dans le passage en silence. À mi-distance, le tunnel s'incurvait très légèrement. Le faible éclairage empêchait Aaron de bien distinguer ce qu'il y avait au bout de la galerie souterraine : une vague forme rectangulaire.

— Vous savez ce qui est arrivé au temple d'Onias, n'est-ce pas ? demanda Khaleel pour le tester.

— Les Romains l'ont incendié en 73, peu après leur destruction du temple de Jérusalem.

Flavius Josèphe, se rappelait Aaron, donnait beaucoup de détails sur ce point aussi.

— Les Romains cherchaient à éradiquer toute nouvelle tentative de rébellion juive. Onias et ses successeurs n'étaient pas seulement prêtres, ils possédaient aussi leur propre armée, ici, à Héliopolis. Les Romains considéraient cet endroit comme la dernière place forte juive : un point de ralliement pour de futures séditions.

— Excellent, jeune Aaron, dit Khaleel. Et depuis cette époque, le temps et la nature se sont ligués pour revendiquer le peu qui restait de la grande cité-temple d'Onias... (Il montrait du doigt les cinq mètres de terre accumulés au-dessus de leurs têtes.) Aujourd'hui il ne reste que les fondations. Mais le véritable héritage d'Onias a été préservé. Es-tu prêt à tout apprendre à son propos afin que tu puisses vraiment devenir un « Fils de la Lumière » ?

— Oui.

— Es-tu prêt à *la* voir ? À voir ce que l'armée d'Onias protégeait ?

La voir ?

— Je... Je pense.

Quand il regarda Khaleel dans les yeux, il fut envahi du même désir impatient que celui qu'il avait ressenti quelques années plus tôt, alors que son père s'apprêtait à l'introduire dans la pièce secrète de son grand-père : ils étaient comme deux hommes s'embarquant pour un périple. « Tu ne peux être un *kohen* sans aller d'abord en Égypte, lui avait dit Grand-Père. Là-bas, tout ce qui te paraît obscur parmi les choses que tu as apprises deviendra clair. »

Khaleel baissa soudain la voix.

— Ton grand-père t'a-t-il aussi dit que Yeshua avait parcouru ce même tunnel ?

Cette remarque troubla profondément Aaron.

— Jésus ?

— C'est exact. Comme Isaïe l'avait prédit, le Sauveur est venu ici, exactement comme toi aujourd'hui. Pour apprendre. Pour comprendre. Pour croire.

Ils s'arrêtèrent devant l'intimidante porte d'acier qui venait de se matérialiser au milieu des ténèbres.

Alors que Khaleel introduisait une seconde clé dans la serrure, il dit au jeune homme :

— À l'intérieur de cette pièce, Jésus se vit offrir le plus merveilleux des dons de Dieu.

Je suis un Fils de la Lumière, pensa Cohen.

Les murs de terre paraissaient absolument identiques aujourd'hui à ce qu'ils étaient en 1974, à l'exception des quelques poutres de renfort en acier récemment installées le long de certaines des vieilles arches de pierre qui se désagrégeaient, et du câblage électrique qui sinuait au plafond entre les installations d'éclairage modernes.

Cinq mètres sous terre, le passage souterrain s'étendait sur deux cents mètres de long, presque en ligne droite, jusqu'à une chambre secrète sous les fondations de Tell el-Yahûdîya. En surface, le terrain triste et poussiéreux situé à l'aplomb de celle-ci attirait peu l'attention, même s'il hébergeait les très vagues vestiges d'une massive fortification elliptique construite par les Hyksos au cours du XVIIe siècle avant J.-C. Comme le tertre, le site était protégé par le Conseil suprême des antiquités égyptien. Par conséquent, les fouilles requéraient l'autorisation du CSA – quasiment impossible à obtenir. Les dernières fouilles significatives qui avaient eu lieu ici – celles entreprises par

Flinders Petrie – dataient de 1906 (le compte rendu des découvertes avait été publié dans *Les Hyksos et les Cités israélites*[1]) – et, par bonheur, même si le père respecté de l'archéologie moderne avait désigné cet endroit comme la ville d'Onias, il n'avait pas été autorisé à creuser sous les fondations du tell.

À l'extrémité du tunnel, le rabbin s'arrêta devant la seconde porte. Sa sécurité avait été considérablement renforcée depuis l'époque de Khaleel. À la différence du tunnel et de sa porte d'entrée renforcée, Cohen avait insisté pour effectuer ici des modifications majeures. Régulièrement, de nouvelles améliorations étaient apportées pour suivre l'évolution de la technologie qui ne cessait de se perfectionner.

Cohen pressa son pouce sur le scanner de la serrure, puis tapa un second mot de passe. Le panneau clignota trois fois en bleu. Les entrailles mécaniques de la porte d'acier s'animèrent, tandis que les multiples verrous du chambranle se désenclavaient lentement. La fermeture par pression se libéra avec un petit *pop* juste avant que la porte commence à s'ouvrir. Au-delà, un quadrillage dense de faisceaux laser verts iridescents disparut.

Cohen pénétra dans la chambre forte cubique.

Des panneaux en acier inoxydable gainaient des dalles de béton armé anti-affaissement (ayant bénéficié d'additifs spéciaux qui rendaient son taux de compression dix fois supérieur à la normale). Et derrière ce plaquage moderne, on retrouvait les murs de deux mètres d'épaisseur construits par les maçons d'Onias.

---

1. W. M. F. Petrie et Duncan Garrow, J., *Hyksos and Israelite Cities*, British School of Archaeology in Egypt, Londres, 1906. *(N.d.T.)*

Cohen posa des yeux émerveillés sur la pièce maîtresse extraordinaire de la super-chambre forte.

Moins d'une minute plus tard, sept prêtres en tunique blanche entrèrent à leur tour pour recevoir ses instructions.

34

Jérusalem

Amit et Julie franchirent le mur sud de la vieille ville par la porte de Sion. Ils longeaient au plus près les murailles de pierre pour éviter les voitures qui négociaient le coude serré en forme de L du tunnel.

— Où allons-nous exactement ? demanda Julie d'une voix forte.

Depuis qu'il avait garé la Land Rover sur le parking pour touristes de la porte de Sion, Amit était demeuré lèvres closes. Il réfléchissait à un plan, supputa-t-elle.

L'archéologue n'avait pas envie de rivaliser avec le bruit des pneus crissant sur les anciens pavés lisses comme du verre. Aussi ne répondit-il qu'une fois qu'ils émergèrent de l'autre côté, dans le quartier arménien, sur la place animée de Sha'ar Zion[1], bordée de cafés et de boutiques de souvenirs.

— Nous nous rendons dans le quartier juif, lui dit-il.

Lorsqu'ils se soumirent au détecteur de métaux du poste de contrôle, Amit se prit à espérer que leur poursuivant opiniâtre n'aurait pas la possibilité d'éviter celui-ci. Un agent du Mossad comme Énoch pouvait aisément contourner les barrières de sécurité. Ce qui n'était pas le cas des collaborateurs externes de l'agence.

1. Littéralement la porte de Sion. (*N.d.T.*)

Il entraîna Julie sur le vieux cardo[1] romain, traversa la place de la Hourva (où ils ne croisèrent que des *hassidim*) et s'engagea dans le dédale de rues étroites qui les mena dans Misgav Ladach. Finalement, il s'arrêta devant un bâtiment banal de trois étages en pierre de Jérusalem. Son entrée modeste ressemblait à une devanture de magasin. Au-dessus de celle-ci était suspendue une grande plaque de bronze gravée en hébreu et en anglais : *THE TEMPLE SOCIETY* – La Société du Temple.

— C'est ici ? demanda-t-elle en regardant l'enseigne. Que fait-on *ici* ?

Amit tambourina à la porte.

— C'est le bureau de rabbi Cohen, répondit-il laconiquement. Je me disais que nous pourrions lui demander si les rouleaux étaient encore dans le bureau de Yosi quand il l'a rencontré hier. Si les parchemins ont été déplacés, il est possible qu'il soit au courant.

— C'est ça ton plan ?

Cette réaction était très exactement celle à laquelle il s'attendait.

— Tu as quelque chose de mieux à proposer ?

Elle posa les mains sur ses hanches.

— Mince ! souffla-t-elle. On est dans l'impasse.

— C'est juste pour être sûrs, indiqua-t-il, optimiste.

Il tendit la main pour ouvrir la porte.

— Après vous, *mademoiselle**.

— Rrrrr, grommela-t-elle en passant devant lui.

Ils pénétrèrent dans l'entrée. Les murs étaient décorés de scènes inspirées par la Torah qui auraient impressionné Michel-Ange lui-même : Moïse levant son bâton

---

1. Axe nord-sud structurant une cité dans le plan d'urbanisme traditionnel romain. (*N.d.T.*)

pour séparer les eaux ; Moïse au sommet du Sinaï ; Moïse présentant les commandements sacrés de Dieu aux Israélites. Une massive *ménorah*[1] plaquée or trônait derrière le bureau d'accueil. Revêtue d'un chemisier bleu marine ultra-classique boutonné jusqu'au col, une femme d'une cinquantaine d'années était assise juste devant. Comme celles de nombreuses femmes *hassidim*, son épaisse chevelure ondulée n'était qu'une perruque.

— *Shalom aleichem !*, la salua Amit.

Elle répondit pareillement avant de demander :

— Puis-je vous aider ?

— Oui. Je suis venu voir rabbi Cohen, indiqua l'archéologue.

La femme parut embarrassée.

— Désolé, mais mon époux est à l'étranger pour affaires. Aviez-vous rendez-vous ?

— Pas exactement, répondit Amit dont l'optimisme venait brutalement de redescendre de plusieurs crans.

— Mais peut-être pourrais-je vous être de quelque assistance ? proposa-t-elle. De quoi vouliez-vous vous entretenir avec lui ?

— Eh bien…, soupira-t-il. Quand attendez-vous son retour de… ?

Amit laissa la fin de sa phrase en suspens dans l'espoir fou qu'elle remplisse le blanc… Ce qu'elle fit au grand étonnement de son interlocuteur.

— Je pense qu'il rentrera d'Égypte ce soir.

— Du Caire, n'est-ce pas ? la pressa Amit.

L'épouse de Cohen comprit soudain qu'elle en avait déjà trop dit.

---

1. Un chandelier à sept branches. (*N.d.T.*)

— Si vous voulez bien me donner votre nom et votre numéro de téléphone… Je me chargerai de les lui transmettre.

— Oh ! ce n'est pas la peine. Je suis certain de le voir au musée Rockefeller. Il n'y a rien d'urgent.

— Votre nom ?

Amit n'entendait pas laisser le sien.

— Dites-lui simplement que Yosi est passé.

— Certainement.

— Nous sommes aussi venus visiter le musée, intervint Julie avec délicatesse, comme si elle voulait le rappeler à l'archéologue.

Elle désignait un panneau au-dessus d'une porte à gauche de la reproduction du mont Sinaï : une flèche sous le mot « MUSÉE ».

— C'est juste, s'empressa d'admettre Amit. J'ai entendu dire que vous aviez récemment réorganisé les galeries.

Il constata que le tour que prenait l'échange détendait clairement l'humeur de Mme Cohen.

— Nous avons rouvert il y a deux semaines.

— Alors deux billets, s'il vous plaît, demanda-t-il gaiement en cherchant son portefeuille.

35

La spacieuse galerie grouillait de touristes. Bon nombre d'entre eux, devina d'emblée Amit, étaient des juifs américains avides de décrypter leur héritage.

— Avons-nous vraiment le temps pour ça? protesta-t-il.

— As-tu *vraiment* envie d'attirer encore un peu plus l'attention sur toi ? rétorqua Julie. Et puis, il est possible qu'on apprenne quelque chose ici. Et on est certainement plus en sûreté ici que dans la rue.

Dans le hall principal d'exposition, les murs étaient couverts de toiles merveilleusement détaillées: cette quasi-bande dessinée faisait remonter le visiteur jusqu'en 1300 avant J.-C. Elle suivait Moïse et les Israélites dans leur harassante sortie d'Égypte, les accompagnait dans leur périple de quarante ans dans le désert, puis retraçait les siècles de guerres cananéennes, sans oublier la conquête par le roi David de Jébus – la capitale qu'il allait précisément rebaptiser « Jérusalem » – en 1000 avant J.-C., pour arriver à la construction du premier temple par Salomon dans cette même ville peu de temps après.

Dans une autre salle, douze grandes peintures encadrées racontaient l'invasion babylonienne et l'exil du peuple juif qui en résulta. Trois douzaines d'autres plus petites évoquaient les dynasties juives et les empires étrangers auxquels le pays avait été annexé, pour finir avec Rome et la destruction du temple d'Hérode en 70 de notre ère. Sous un panneau sur lequel il était écrit en anglais et en hébreu « LE TROISIÈME TEMPLE », une grande table-vitrine occupait le centre de la pièce. Sur celle-ci, à l'intérieur d'un grand parallélépipède en Plexiglas, une maquette détaillée présentait le mont du Temple de l'avenir tel que l'imaginait la Société du Temple, c'est-à-dire débarrassé de tous les bâtiments islamiques actuellement présents sur le site, y compris le Dôme du Rocher et la mosquée al-Aqsa.

Julie se dirigea droit dessus.

— C'est quoi ça ? demanda-t-elle.

— Ça ? C'est ce qui, selon ces gens, devrait se trouver sur le mont du Temple à la place du Dôme du Rocher.

— C'est un projet architectural ambitieux, murmura la Française.

— Mmm !

Amit examina la maquette plus attentivement. Quelque chose venait de faire tilt dans sa tête. En réalité, ce n'était pas la recréation pure et simple du temple d'Hérode que nombre des prédécesseurs conservateurs de Cohen avaient envisagée, mais un complexe moderne original de verre et de pierre installé au centre de trois cours concentriques, dotées chacune de douze portes. Cette représentation lui semblait vaguement familière. Mais il ne parvenait pas à savoir pourquoi.

Le couple se déplaça vers la salle d'exposition suivante, où des vitrines de verre rectangulaires abritaient d'authentiques répliques des objets sacrés destinés à doter le Troisième Temple[1]. Amit décrivit certains d'entre eux à Julie : le *shofar* – les cornes de bouc cérémonielles plaquées d'or ; la coupe d'or à poignée appelée *mizrak,* utilisée pour collecter le sang sacrificiel ; la pelle d'argent ciselée servant à ramasser les cendres pour les offrandes en holocauste ; la table des pains d'oblations pour exposer les douze pains représentant les tribus d'Israël ; la boîte cramoisie utilisée lors de Yom Kippour pour les tirages au sort des offrandes ; et le pichet en or destiné à contenir l'huile des *ménorahs*. Il y avait même des harpes et des lyres merveilleusement ouvragées pour que les prêtres lévitiques jouent de la musique dans les cours du Temple.

— On dirait qu'ils sont prêts à l'emploi, dit Julie à voix basse.

— C'est vrai.

— Et qu'avons-nous ici ? demanda-t-elle.

Elle fixait un mannequin grandeur nature revêtu d'une robe cobalt entrelacée de fils d'or, d'un pectoral d'or incrusté de douze gemmes et d'un élégant turban orné d'une tiare d'or.

— Qui est ce… *génie* ?

Amit gloussa.

— Ce sont les vêtements d'un grand prêtre du Temple.

— Classe, siffla-t-elle.

---

1. *Stricto sensu*, il y a déjà eu trois temples sur le site du mont du Temple : celui de Salomon, le premier ; celui de Zorobabbel, le deuxième, construit sur l'emplacement du premier après le retour de captivité à Babylone ; enfin, celui d'Hérode. Mais ce dernier est généralement considéré comme une extension ou un embellissement de celui de Zorobabbel. Si bien que le Temple à venir ou à reconstruire à Jérusalem est toujours dénommé le *Troisième* Temple. (*N.d.T.*)

Amit lut à haute voix le texte inscrit sur le panonceau placé près du mannequin :

— « Et à Moïse, Dieu dit… »

Il avait pris la liberté de prononcer explicitement « Dieu » là où il était seulement mentionné « D-u », conformément à la loi juive qui interdisait d'écrire Son nom.

— « Que ton frère et ses fils…, entre tous les Israélites, viennent à toi pour Me servir comme prêtres… Tu devras instruire tous les artisans que J'ai emplis de l'esprit de sagesse, pour qu'ils fabriquent les vêtements d'Aaron afin de les consacrer à Mon service… »

Comme le panneau l'indiquait, l'extrait était tiré de l'Exode, chapitre 28.

Mais Julie se déplaçait déjà vers le présentoir suivant.

— Et ça ?

Elle s'était accroupie pour mieux regarder un bloc de calcaire massif recouvert de gravures en forme de rosettes ornementales et de hachures.

Il la rejoignit et lut l'inscription en hébreu.

— Apparemment, ce serait la pierre angulaire du Troisième Temple.

— Ces motifs…, dit-elle en rapprochant son visage des figures. Ils ne te semblent pas familiers ?

En s'approchant à son tour, il comprit ce qu'elle voulait dire.

— Incroyable. Ce sont les mêmes que sur l'ossuaire que je t'ai montré aujourd'hui.

De nouvelles pièces du puzzle se mettaient en place dans la tête d'Amit. L'idée de Julie de faire cette visite se révélait payante.

Passant sous un panneau bilingue indiquant LE SAINT DES SAINTS, ils pénétrèrent dans la dernière salle et se retrouvèrent devant le point central de l'exposition. Des enceintes invisibles dispensaient à faible volume une musique orchestrale aux accents grandiloquents. Au centre de la salle se trouvait une plate-forme surélevée : vide !

— Pas grand-chose à voir *ici*, dit Julie avec un petit sourire narquois.

Amit posa les mains sur ses hanches pour prendre la mesure de l'espace.

— À dire vrai, avant la destruction du temple d'Hérode par les Romains, avança-t-il, sa salle la plus sacrée, le Saint des Saints, *était* vide.

— Pourquoi les juifs ont-ils construit un temple autour d'un sanctuaire vide ? C'est un peu ridicule, non ?

— Pas vraiment. Ce qu'elle avait contenu jadis était irremplaçable.

— Et qu'était-ce ?

Mais elle constata qu'Amit ne l'écoutait plus. Son attention s'était portée, assez étrangement, vers les parois de la salle en faux blocs de pierre.

— Hé ho ?

— Mon Dieu ! lâcha-t-il d'une voix étranglée. C'est ça.

Les poils de son cou venaient de se hérisser.

Julie suivit le regard de l'homme, mais ne vit rien.

— Qu'entends-tu par… *ça* ?

Cette fois, l'incapacité de Julie à reconstituer le puzzle le déçut un peu. Mais il se rappela qu'il avait affaire à une égyptologue, pas à une archéologue biblique.

— Les murs, Julie, amorça-t-il calmement. Le plafond, le sol ?

Il les montrait tour à tour du doigt.

— Regarde la forme qu'ils reproduisent. Tu ne vois pas ?

Julie avait beau scruter l'espace des yeux, elle ne comprenait toujours pas et une pointe d'agacement s'installait.

— Quoi ? Tu veux dire les carrés ?

— Le cube, corrigea-t-il dans un murmure. Cette salle est un cube. L'idéal de la perfection utilisé pour la partie centrale du sanctuaire du Tabernacle. *Et* celui de ces chambres souterraines que je t'ai montrées à Qumrân.

Elle haussa les épaules.

— OK, je saisis. Elles étaient toutes en forme de cube.

— Exactement !

Il regarda avec anxiété la plate-forme vide au centre de la salle une dernière fois, puis il leva les yeux vers la caméra de surveillance fixée près du plafond.

— Il faut qu'on s'en aille. Immédiatement.

36

Égypte

Les problèmes commencèrent au poste de sécurité à l'entrée de l'aéroport d'Inshas. Si la Peugeot de rabbi Cohen, de retour, n'avait fait naître aucun soupçon, il n'en allait pas de même du pick-up bleu qui la suivait de près.

Comme il le leur avait été demandé, Cohen et son chauffeur attendaient dans la voiture, le moteur tournant au ralenti devant la barrière baissée. Un garde moustachu se tenait près d'eux, tandis que deux autres faisaient le tour de la camionnette, interrogeaient son conducteur et inspectaient la caisse de bois volumineuse arrimée dans sa benne.

Cohen avait déjà expliqué aux Égyptiens qu'ils n'avaient pas le droit de remettre en question son statut diplomatique et les privilèges afférents. Il leur avait présenté – outre son passeport – les documents officiels qui en attestaient et qu'il conservait en sa qualité d'ancien membre de la Knesset. Seulement, le garde têtu ne voulait rien entendre et le rabbin savait bien pourquoi. Si, extérieurement, l'Égypte ne montrait aucune hostilité envers Israël, les deux pays demeuraient idéologiquement, politiquement et théologiquement divisés : en somme, des ennemis résolus. Et Cohen n'était pas un Israélien ordinaire : il était un *hassid*... Qui plus est, un *hassid* convoyant un colis très suspect sur la piste de décollage.

En regardant par la vitre, le rabbin pouvait voir le nez de son jet à bandes bleues dirigé vers Israël. L'air surchauffé qui sortait des tuyères de ses moteurs. Les pensées et les calculs se bousculaient dans la tête de Cohen. Combien de temps faudrait-il pour franchir cette barrière, charger la caisse et décoller avant que les Égyptiens puissent faire quoi que ce soit pour les en empêcher ? L'endroit était éminemment sécurisé. Mais il était prêt à parier qu'ils ne prendraient pas le risque d'abattre un jet israélien, quelle que soit l'importance de ce qui pouvait se trouver, d'après eux, dans la caisse.

Le religieux se tourna sur son siège et tendit le cou pour voir ce qui se passait derrière eux.

Pistolet-mitrailleur au poing, un garde restait près du conducteur de la camionnette.

Son collègue contournait la plate-forme du pick-up. Il examinait les marquages en arabe de la caisse qui laissaient entendre qu'elle contenait des pièces détachées d'automobiles. L'homme sortit une baguette de sécurité noire qui se mit à clignoter de manière effrénée quand il la passa au-dessus du couvercle de la caisse.

À l'affolement du détecteur répondit celui des gardes qui commencèrent à s'interpeller les uns les autres en criant.

Cohen grinça des dents. Quel qu'en soit le prix, il rentrerait à Tel-Aviv avec la cargaison. De sa voix la plus calme, il s'adressa à son chauffeur en hébreu :

— Tu sais quoi faire si ça se complique ?

L'Israélien hocha la tête. Il laissa sa main descendre lentement le long du siège, prêt à saisir l'Uzi qui y était dissimulé.

Le garde retourna à l'intérieur du poste de sécurité et en ressortit avec un deuxième appareil que Cohen ne put identifier.

— S'ils essaient seulement d'ouvrir la caisse..., murmura Cohen au chauffeur.

Sur un autre hochement de tête discret, la main du conducteur redescendit le long du fauteuil.

De retour à l'arrière du pick-up, le garde agita l'appareil qui ressemblait à une sorte d'aspirateur portatif. Dès qu'il l'eut allumé, il l'approcha de la caisse pour scanner son couvercle et ses flancs.

Cohen serra les poings.

Après quelques nouveaux balayages, l'agent de sécurité hurla ses conclusions en arabe au garde moustachu qui n'avait pas quitté son poste près de la Peugeot. Malgré l'accent à couper au couteau, le rabbin comprit que l'homme disait que tout semblait OK. Il ajouta quelque chose comme quoi il n'y avait pas de matière radioactive.

Le moustachu fit basculer la bandoulière de son pistolet-mitrailleur sur son épaule et se pencha vers la vitre de la berline.

— Nous ne sommes jamais trop prudents ces temps-ci, dit-il en guise de médiocre excuse. Vous pouvez y aller.

La barrière de sécurité s'ouvrit et la voiture avança, suivie par le pick-up bleu.

Desserrant les poings, Cohen lâcha un soupir de soulagement et regarda sa montre. Près de trois heures de l'après-midi. Des complications imprévues au moment du conditionnement de la relique avaient sensiblement retardé leur départ. Difficile d'en imputer la faute aux prêtres – les gardiens de l'objet sacré –, dès lors que les procédures méticuleuses n'avaient pas été exécutées depuis près de deux millénaires.

Malgré tout, en moins d'une heure, ils atterriraient à Tel-Aviv avec leur chargement. Cohen ordonnerait alors au pilote de poursuivre directement sur Rome, où il y aurait un autre colis urgent à récupérer.

37

Cité du Vatican

Après les deux heures et demie de déjeuner décontractées, le père Martin accompagna Donovan au bureau de la garde suisse. Là, conformément à la promesse faite, il l'aida à récupérer toutes les autorisations d'accès de son compatriote aux Archives secrètes, aux bureaux ecclésiastiques du Palais apostolique et au palais du gouvernorat, aux musées et aux différents bâtiments administratifs de la cité du Vatican.

Lorsque Martin lui proposa d'organiser des rencontres pour le lendemain matin avec l'archevêque en charge de la commission pontificale, et avec l'inspecteur général du *Corpo della Gendarmeria* (la police du Vatican responsable de la sécurité générale et des enquêtes criminelles), Donovan fit mine de se montrer enthousiaste. En réalité, il avait surtout envie d'effectuer son enquête lui-même – une enquête qui devait commencer au cœur même de la cité du Vatican : la basilique Saint-Pierre.

Donovan ne savait pas grand-chose des ennemis sournois qui étaient à ses trousses. Néanmoins, il était certain d'une chose : les informations capitales qui leur avaient été divulguées ne pouvaient provenir que de l'intérieur du Vatican. Et dans le cours de l'après-midi, il avait très discrètement tendu un piège pour vérifier une hypothèse.

Donovan n'utilisa pas sa nouvelle clé magnétique pour pénétrer dans la basilique. Sa dernière visite ici après les heures d'ouverture – en juin – avait laissé une trace numérique dans le rapport d'activités du centre de sécurité. Et ce qu'il y avait lieu de faire ici requérait la plus grande discrétion.

À six heures trente, il se présenta devant la grande entrée principale, comme n'importe quel autre touriste. Et pendant la demi-heure suivante, il arpenta lentement la nef et les transepts, refaisant connaissance avec les tombeaux et les statues, qui lui parlaient comme de vieux amis.

Bientôt les guides annoncèrent que la basilique fermait à sept heures du soir et commencèrent à faire évacuer les visiteurs. L'air de rien, Donovan choisit ce moment-là pour se glisser de l'autre côté de la balustrade qui conduisait à la grotte inférieure sise au pied de l'autel principal, sous l'imposant baldaquin du Bernin.

Il se hâta de descendre les marches de marbre semi-circulaires, dépassa le tombeau de saint Pierre et la *confessio*[1] placée devant celui-ci, et revint vers les gigantesques arches recouvertes de plâtre blanc supportant le sol de la basilique. Il s'enfonça dans la nécropole souterraine, où les papes et les dignitaires défunts étaient inhumés dans des sarcophages massifs et des cryptes raffinées, pour finalement s'arrêter devant le tombeau de Benoît XV.

Regardant par-dessus son épaule, Donovan s'assura d'avoir la *confessio* et le tombeau de saint Pierre dans son champ de vision. Puis, il s'accroupit à côté du monumental

1. On donne le nom de « confession » à l'autel placé à côté ou sur le tombeau d'un saint pour indiquer son emplacement. (*N.d.T.*)

sarcophage de marbre *cippolino* surmonté d'une effigie de bronze incroyablement réaliste du défunt pape.

Quinze minutes s'écoulèrent. Puis il entendit un guide descendre les marches pour un ultime tour. Recroquevillé, Donovan fit silencieusement le tour du socle du tombeau pour rester hors de vue de l'homme qui passa en sifflotant.

Cinq minutes plus tard, les lumières de toutes les grottes diminuèrent jusqu'à s'éteindre totalement. Seules les veilleuses de sécurité continuaient de luire faiblement dans les galeries principales de la nécropole.

Il ne lui restait plus qu'à attendre.

38

Si les quatre plats servis lors du déjeuner au Palais apostolique – *antipasto*, *braciole*, *zuppa di faro* et *linguine al pescatore* – n'avaient pas alourdi les paupières de Charlotte, les deux verres de montepulciano-d'abruzzo y étaient assurément parvenus. Abstraction faite de ce lundi d'horreur de mars dernier, quand son cancérologue lui avait annoncé qu'elle souffrait d'un cancer des os, elle venait d'endurer la journée la plus éprouvante de toute son existence.

Ainsi, émotionnellement vidée et physiquement épuisée, elle était retournée à la *Domus*, tandis que le père Donovan s'occupait des détails administratifs relatifs à son retour au Vatican. Même si cela enfreignait la règle cardinale en matière de décalage horaire important – *immédiatement s'acclimater à l'heure locale et laisser son corps s'ajuster* –, elle décida de s'octroyer une petite sieste de fin d'après-midi.

Quand l'alarme du réveil sonna vers dix-huit heures, elle appuya trois fois sur le bouton de rappel, avant de se décider à l'éteindre complètement.

Son sommeil fut profond, mais loin d'être paisible.

Curieusement en noir et blanc, comme un film des années 1940, des images du meurtre d'Evan ne cessaient de tourner en boucle dans son subconscient : l'étrange tireur déguisé en technicien de laboratoire… l'arme visant Evan… le tir silencieux… la tête d'Evan partant en avant dans un lent mouvement… un jet de liquide sombre… la chute… la chute…

Elle pouvait se voir elle-même, là, dans le bureau, hurlant dans un silence assourdissant. Impuissante.

Réveille-toi... RÉVEILLE-TOI!

… Le tireur se tourne vers elle. Ses lèvres tordues grommellent deux mots.

«Les os!»

Puis Donovan s'assoit dans la Volvo et dit calmement: «Les os? Pourquoi voudraient-ils les os?»

… Sans transition, des chromosomes se répliquent, se divisent furieusement sous l'œil d'un microscope… et s'effacent devant le vacarme de hurlements et de gémissements irréels… des âmes tourmentées par les feux de l'enfer…

Soudain, le silence.

Et les ténèbres laissent place à une lumière aveuglante.

Un squelette sur une table d'acier inoxydable.

Des côtes striées.

Des os écrasés aux jointures des poignets et des pieds.

Les os des genoux brisés.

… Un fouet de cuir siffle dans l'air – *WHOOOOOOSH!* Ses lanières dentelées s'accrochent à la peau nue et la déchirent… – *WHOOOOOOSH!* Le sang gicle de longues entailles irrégulières… *encore*… fouettent… *et encore...* lacèrent… *et encore...* déchiquettent…

Une robuste poutre de bois est posée sur les rochers… Une silhouette ensanglantée, à demi nue, est étendue dessus… Tout autour, des formes indistinctes s'agitent dans un épais brouillard... Les membres sont tirés, écartelés sur le bois... Des doigts nerveux les maintiennent en place... D'autres mains serrent fermement de grosses pointes dentelées... Des cris silencieux... Une pression sur les poignets... Un marteau qui fend l'air...

RÉVEILLE-TOI !

Charlotte s'éveilla en sursaut.

Si les images de son cauchemar avaient instantanément disparu, ce n'était pas le cas de la pression sur ses poignets. La douleur aiguë la lançait jusqu'aux épaules.

Pendant un instant, elle crut qu'elle rêvait encore. Mais la douleur – la terreur – n'était que trop réelle.

Quand elle essaya de crier, une énorme main s'écrasa sur sa bouche et son nez. Elle sentit une sorte de tissu contre ses lèvres et ses narines et une odeur piquante de produits chimiques.

Une silhouette apparut dans son champ de vision, bondit sur le lit et s'assit sur son ventre : l'homme aux larges épaules qui était passé à travers la porte vitrée de son bureau ! Le tireur qui avait assassiné Evan ! Cherchant à se dérober, elle essaya de ruer, de cogner, de mordre... Mais toute résistance était vaine.

Comme à travers un voile, elle ne repéra le second agresseur que dans un second temps. Il tournait la serrure de la porte avant de se précipiter vers la jeune Américaine.

... Peux pas respirer...

Ses poumons comprimés cherchaient de l'air à toute force, mais ils ne faisaient qu'absorber davantage de produits chimiques, dont l'odeur devenait beaucoup plus âcre maintenant.

En quelques secondes, une pression irrésistible s'exerça sur ses membres et son torse, comme si on lui versait du béton sur le corps. Sa tête paraissait invraisemblablement lourde, dans les vapes.

L'homme retira la main de son visage.

Alors qu'ils la soulevaient du lit, sa tête retomba mollement en arrière. La dernière chose qu'elle vit fut le crucifix cloué au-dessus de la tête de lit.

Puis sa vision bascula. Les ténèbres totales.

39

Le mont du Temple

Ses doigts minces joints sous son menton, Ghalib contemplait le Dôme du Rocher de ses yeux caramel. Les lumières qui encerclaient la coupole faisaient resplendir les feuilles d'or du roi Hussein dans un ciel de plus en plus sombre. Un contraste magnifique ! Ça le réjouissait immensément de savoir que tous les Israéliens de Jérusalem et des collines environnantes pouvaient voir ce très puissant symbole de la présence islamique sur le sol le plus sacré du monde, cette torche flamboyante illuminant les ténèbres.

Quelle rage doivent ressentir les juifs qui se lamentent juste en dessous !

Mais cette victoire ne pouvait être tenue pour éternelle. Et c'était pourtant exactement ce qu'avait fait le Waqf : manquer à ses devoirs. La surveillance de l'Haram esh-Sharif ne se limitait pas à de purs aspects religieux. Cet endroit était une forteresse qui devait être étroitement gardée. Le poste le plus important au sein du Waqf était celui de Gardien. Comme ce titre l'impliquait, en acceptant cette fonction, Ghalib avait juré de préserver la position de l'islam non seulement à Jérusalem, mais dans l'ensemble du monde de Dieu.

Il était une sentinelle d'Allah.

— Gloire à Allah pour avoir conduit Son serviteur le plus vertueux de la mosquée sacrée[1] vers la mosquée la plus lointaine[2], murmura-t-il sans détacher ses yeux impassibles du dôme d'or.

Gloire au *kalifah* pour avoir su si admirablement tisser à partir des paroles divines du Prophète le splendide récit qui avait fait de ce sanctuaire le troisième lieu saint de l'islam ! L'allusion coranique sibylline au début de la sourate intitulée *Bani Isra'il* fournissait peu d'éléments permettant d'identifier le véritable endroit désigné à l'origine comme la mosquée distante. Mais les traditions orales des *hadith*[3] permettaient d'affirmer que c'était cet endroit même, le site où se dressait jadis, prétendait-on, le grand temple juif. Comme les califes avaient été avisés de conquérir Jérusalem au VIIe siècle et de lui donner sa véritable identité : al-Quds[4]. En s'appropriant le site, le *kalifah* n'avait pas fait autre chose que ce qu'avait fait le roi David jadis. Et c'était ainsi que le lieu le plus sacré des juifs était devenu l'Haram esh-Sharif islamique – le « Noble Sanctuaire ».

— *As-salaam alaikum*, dit une voix douce dans son dos.

Faisant pivoter son fauteuil, Ghalib étudia le jeune homme qui se tenait dans l'encadrement de la porte : taille moyenne, mince, Palestinien de souche. Mais avec son teint pâle, ses yeux verts et ses traits doux, on le prenait souvent pour un Israélien. On aurait même pu le croire

1. La mosquée de la Kaaba à La Mecque. (*N.d.T.*)
2. Nom littéral de la mosquée al-Aqsa de Jérusalem. (*N.d.T.*)
3. Les *hadith* sont des paroles ou des actes de Mahomet considérés comme des prescriptions impératives pour les musulmans. (*N.d.T.*)
4. « La Sainte ». (*N.d.T.*)

juif ashkénaze. C'était précisément pour cette raison que Ghalib l'avait fait venir. Il ne le connaissait que par son prénom : Ali ; ce qui, en arabe, signifiait « Protégé par Dieu ». Et comme on le lui avait demandé, il avait rasé sa barbe. Le résultat s'était révélé assez spectaculaire.

— *Wa alaikum al salaam*, répondit Ghalib.

Il lui fit signe d'approcher :

— Viens et parlons.

Ali s'assit bien droit dans le fauteuil des visiteurs, mais les yeux baissés vers ses mains en signe de respect.

— Tu peux me regarder, Ali, l'invita le Gardien.

Il reconnut une flamme familière dans les yeux verts. Aussi alla-t-il droit au but :

— On m'a dit que tu as offert de donner ta vie à Allah… pour ton peuple. Tu veux être un martyr ?

— Oui, confirma Ali sans montrer la moindre émotion.

— Mais dis-moi : qu'est-ce qui te fait croire que tu es digne d'un tel sacrifice ?

Ghalib connaissait déjà la réponse. Il l'avait entendue maintes fois auparavant de la bouche d'innombrables jeunes musulmans – des hommes pour la plupart, mais aussi des femmes – qui envahissaient les *madrasas*[1] islamiques de tout le Moyen-Orient et d'Europe et se laissaient dévorer par les interprétations extrémistes de la tradition orale de l'islam. Ils avaient une chose en commun : leurs vies avaient été dépouillées de tout espoir, de tout débouché et de toute dignité.

Comme beaucoup d'autres, Ali et sa famille avaient perdu leur logis et leurs terres au profit de colons israé-

1. Ou *medersas*. Écoles ou universités théologiques islamiques. (*N.d.T.*)

liens financés par des évangélistes chrétiens américains et des juifs fervents. Son frère aîné avait été abattu après avoir jeté des pierres au cours de la seconde Intifada. En grandissant, Ali avait été le témoin des fréquents raids israéliens et des conséquences dévastatrices des tirs de roquettes. Sa famille était parquée derrière des murs de béton de huit mètres de haut et des fils barbelés : la barrière de sécurité d'Israël qui ne cessait de s'étendre. Ils vivaient dans un camp et ne comptaient pour survivre que sur les aumônes – ou *zakah* – du Hamas. En outre, les Israéliens leur interdisaient de pénétrer dans Jérusalem pour prier dans les grandes mosquées.

Pas de maison. Pas de liberté. Pas de terres. Pas d'avenir. Le parfait candidat au martyre.

La pire chose qu'un homme peut prendre à un autre, c'est sa dignité, pensa Ghalib.

— Je m'offre à Allah corps et âme, répondit Ali avec une conviction absolue. Je lui appartiens. Et pour L'honorer, je dois lutter contre ce qui arrive à notre peuple. Je combats pour la Palestine. Pour ce qui est légitimement nôtre.

Ghalib sourit. Ce n'était pas la promesse de vierges innombrables dans un jardin paradisiaque qui motivait celui-là. Si le Miséricordieux avait créé Adam avec de l'argile, l'esprit d'Ali avait été modelé par les enseignements. Le Gardien aurait adoré nouer une grappe de bombes à fragmentation autour du torse du *shahid* et l'envoyer dans une boîte de nuit sur Ben Yehuda Street, mais il avait une mission plus pressante à lui confier.

— Tu seras grandement récompensé quand le dernier jour viendra, Ali, le loua Ghalib. En attendant, je voudrais que tu fasses quelque chose de très important.

— Tout ce que vous demanderez.

Le Gardien passa la main sous la table et en ressortit une combinaison soigneusement pliée qu'il déposa devant Ali. Le visage pâle de ce dernier trahit une extrême confusion quand il vit l'insigne blanc brodé sur la poche de devant – une *ménorah* dans un cercle – ainsi que le badge d'identification et le passe de sécurité que Ghalib posa dessus.

40

CITÉ DU VATICAN

Telle une ombre noire descendant de la nef, la silhouette apparut beaucoup plus tôt que prévu. Elle dévala la pente douce de l'escalier. Ses pas discrets résonnèrent contre les dallages de marbre de la grotte. Perdu dans les ombres de la nécropole, Donovan s'écarta légèrement du tombeau qui lui servait de cachette pour guetter le nouveau venu.

Dans la pâle lumière des lampes entourant le sépulcre de saint Pierre, le visage était difficilement discernable. Mais Donovan n'avait guère de doute quant à l'identité du traître. Il était soulagé de voir que celui-ci était venu seul. L'homme tenait un grand sac dans sa main gauche – beaucoup trop grand pour ce qu'il était venu voler.

Le père Martin s'agenouilla devant la niche voûtée dans laquelle le coffret doré scintillait derrière une porte de verre. Il leva les yeux vers ceux du Christ de la mosaïque qui se trouvait juste derrière et se signa.

D'une main tremblante, il tendit une clé vers la porte et l'enfonça dans la serrure. Lentement, le prêtre ouvrit le panneau vitré.

— Et qu'est-il arrivé aux os que vous avez trouvés dans l'ossuaire ? avait-il demandé à Donovan au cours du repas.

Si, d'abord, son compatriote avait hésité, il avait fini par répondre :

— Dès que je suis sorti du bureau de Santelli, je suis allé les mettre dans un lieu très sûr.

C'est alors que Martin s'était souvenu de la soirée de la mort du cardinal, quand il avait découvert Donovan ici, dans la basilique, après les heures de visite, sortant furtivement de cette nécropole sous l'autel principal. Donovan avait dit qu'il était venu prier. Mais Martin se rappelait fort bien qu'il portait une sacoche vide. Il n'aurait pas pu cacher les os dans l'un des sarcophages ou l'un des tombeaux papaux dans la mesure où tous étaient scellés. Il aurait eu besoin d'outils pour cela et sans aucun doute de quelqu'un pour l'aider. Mais cette nuit-là, il était seul et avait les mains vides.

Cela ne laissait donc qu'une possibilité.

Avec des yeux brillants, Martin étudia l'ossuaire doré.

Il visualisa la photographie de la famille de sa sœur accompagnée des paroles obsédantes : « Le sang des êtres chers est le moyen le plus efficace pour arracher la vérité. » Maintenant, par la grâce de Dieu, il allait pouvoir les sauver en donnant à Orlando ce qu'il voulait. Il n'avait pas demandé à être précipité dans cette folie. Ce n'était pas sa guerre. Donovan et la généticienne américaine endosseraient toute la responsabilité de ce qui était arrivé.

— Vous récupérez les os et vous les tenez à notre disposition, lui avait dit Orlando au téléphone plus tôt dans l'après-midi. Vous allez aussi devoir trouver le moyen de nous faire entrer dans la Cité.

Martin eut un moment de doute quand il considéra la taille du coffret. Un réceptacle aussi petit pouvait-il contenir un squelette humain tout entier ? Tendant les deux mains, Martin enveloppa le couvercle ouvragé du reliquaire de ses doigts. Ses mouvements étaient maintenant plus pressants. Il retira le couvercle et le déposa sur les dalles de marbre à ses pieds. La pénombre rendait difficile la vision de l'intérieur de la boîte, aussi se baissa-t-il pour récupérer la torche qu'il avait mise dans son sac.

Puis il se pencha au-dessus du coffret et en éclaira l'intérieur. Le faisceau de la lampe se réfléchit vivement sur des récipients en verre. *Des flacons remplis d'huiles cérémonielles ?*

— Quoi ?

Le souffle court, il sentit un profond désespoir l'envahir.

— Les os ne sont pas là, mon gars, l'interpella soudain une voix à l'accent lourd.

Décontenancé, Martin pivota brutalement sur lui-même. Dans le mouvement, il trébucha sur le couvercle du reliquaire qui racla le sol. Le prêtre tomba en arrière et sa tête heurta le mur. La lampe lui échappa des mains, s'écrasa bruyamment sur le carrelage et, roulant de côté, elle éclaira partiellement le père Donovan : son visage était visible, mais fondu dans l'obscurité. La lumière tombant des lampes suspendues soulignait la silhouette de son crâne rasé.

Martin se remit tant bien que mal sur ses pieds.

— Où sont les os ? demanda-t-il.

Les muscles de Donovan se raidirent. Martin maintenant était à portée de poing. La lumière qui l'éclairait de bas en haut sous le menton accentuait son regard fou et lui conférait un air démoniaque.

— Pas ici. Pas à l'intérieur de la cité du Vatican, répondit amèrement Donovan. Vous ne saurez jamais où. Ça, je puis vous l'assurer.

Quand il avait quitté le Vatican, il avait emporté les os avec lui. Et désormais, ils dormaient dans une cachette particulièrement sûre.

— Je dois le savoir, Patrick ! Il le faut, s'exclama-t-il avec véhémence. Vous ne comprenez pas.

Tremblant de tous ses membres, il s'était encore rapproché de Donovan.

— Maîtrisez-vous, répondit celui-ci écœuré. Il y a beaucoup de choses que je comprends. Particulièrement la tromperie. J'en ai beaucoup trop vu à l'intérieur de ces murs. Mais jamais je n'aurais imaginé que vous en fussiez capable.

Alors Martin s'effondra.

— Ils ont menacé de tuer ma sœur, les enfants... Si je ne leur donne pas ce qu'ils veulent...

Sanglotant, il tomba à genoux.

— Vous n'avez pas idée de ce que vous avez fait, gronda Donovan. Des gens sont morts à cause de vos révélations.

Martin s'enfonça la tête dans les mains. Il la secouait frénétiquement par refus de se rendre à l'évidence et d'entendre ces paroles.

— Dites-moi qui ils sont. Je vous aiderai. Nous trouverons un moyen de protéger votre sœur et sa famille. Nous pouvons les faire venir ici jusqu'à ce que nous ayons trouvé ces hommes.

— Donnez-leur simplement ces os, plaida l'autre d'une voix plaintive.

— Je ne peux pas. Je ne le ferai pas.

Il lui fallait puiser profondément en lui pour ne pas tordre le cou de l'ancien secrétaire de Santelli. Donovan mit un genou à terre et releva d'un coup le visage de son coreligionnaire vers la lumière.

— Qui sont-ils ? tonna-t-il d'une voix exaspérée.

Martin secoua la tête.

— Pensez-vous que je le sache ? sanglota-t-il, les lèvres tremblantes. Pensez-vous qu'ils m'aient donné leur identité ? Je n'ai aucune idée de qui ils sont !

Il parvint à se dégager et tomba sur le sol comme un animal blessé.

— De toute façon, ça n'a plus aucune importance maintenant, murmura-t-il.

Donovan n'aima pas du tout la tonalité de cette dernière remarque.

— Ils sont déjà ici, dans la Cité, continua Martin. Et puisque je ne leur remettrai pas les os ce soir…

Une violente poussée d'adrénaline secoua tout le corps de Donovan. Il se précipita sur le prêtre à terre, le saisit par le revers de sa veste et se mit à le secouer durement.

— Vous les avez laissés entrer ici ? Êtes-vous complètement stupide ?

— Ce n'est pas seulement les os qu'ils cherchent, murmura Martin, abattu. Ils la veulent aussi… Charlotte.

Abasourdi, Donovan rejeta violemment Martin contre le mur. Sans perdre de temps, il se redressa et gravit ventre à terre les marches le ramenant dans la basilique.

— C'est trop tard ! lui cria Martin. Vous ne pouvez plus la sauver maintenant.

Donovan était déjà trop loin pour entendre les derniers mots du prêtre :

— Que Dieu me pardonne !

41

JÉRUSALEM

Amit tourna le volant pour quitter Jaffa Road.

— Pourquoi sommes-nous venus ici ? demanda Julie.

Les phares de la Land Rover balayèrent la gare routière centrale, un édifice moderne de huit étages en verre et en pierre de Jérusalem.

— On quitte la ville ?

— Il faut que je consulte mes e-mails, lui dit-il, et je ne compte pas retourner à mon appartement pour le faire. Les terroristes kamikazes aiment viser les bus. Alors cette gare routière est très sécurisée. Il y a des caméras, des policiers et des détecteurs de métaux partout.

— Bonne idée.

— Merci.

— Mais tu ne veux toujours pas me dire ce que tu as en tête ?

L'Israélien déterminé l'avait fait sortir de la vieille ville au pas de course sans quasiment prononcer un mot. Et il ne lui avait fourni aucun indice permettant de comprendre pourquoi la célébration de l'hypothétique Troisième Temple lui avait donné la chair de poule dans le musée.

— Si je te dis ce que je pense maintenant, fais-moi confiance, tu t'imagineras que je suis complètement dingue, lui dit-il.

— Oh ! pour ça, c'est trop tard, grommela-t-elle.

Serpentant dans le garage souterrain, Amit gara la Land Rover près de l'ascenseur. Le Jericho bien en main, il attendit une bonne minute sans bouger. Il voulait s'assurer que personne ne les avait suivis à l'intérieur. Dès qu'il estima l'endroit raisonnablement sûr, il enferma le pistolet dans la boîte à gants.

— Allons-y. Là-haut, il y a un cybercafé dont un de mes étudiants m'a parlé.

Dans la galerie commerciale, Amit gagna à grandes enjambées le Café Net. Julie devait quasiment faire le double de pas pour rester à sa hauteur. Au comptoir, il acquitta sept shekels pour quinze minutes de connexion au Web. Tandis qu'il s'installait devant un terminal près de la vitrine, Julie prenait connaissance du choix de pâtisseries et de sandwichs.

Amit avait déjà entré son code d'accès et s'était connecté au navigateur quand Julie revint avec deux cafés au lait et deux omelettes *ciabatta* sur un plateau.

— Autant manger quelque chose pendant que nous sommes ici, dit-elle.

Elle posa près de lui un mug et un des deux sandwichs à l'omelette.

— Bien pensé.

Mort de faim, il se précipita immédiatement sur ce dernier.

— Et, alors, que sommes-nous venus chercher ici exactement ? demanda-t-elle d'un ton plus conciliant.

Il était clair qu'Amit était en train de rassembler les pièces d'un puzzle très complexe.

L'archéologue prit le temps de finir tranquillement sa bouchée avant de répondre :

— Yosi m'envoyait toujours un premier jet de ses transcriptions, expliqua-t-il. Et pour ne pas nous attirer d'ennuis, il me les adressait sur mon compte Yahoo.

— Petit filou, s'exclama Julie.

— Petit malin, plutôt, corrigea Amit. Yahoo offre des pare-feu et des moyens de cryptage assez sophistiqués. Sans parler du fait que mon nom n'est pas attaché à mon compte. C'est parfaitement anonyme.

Il cliqua sur sa boîte de réception et l'écran se remplit de messages non lus.

— Théoriquement, ajouta-t-il, cette transcription devait être très facile pour Yosi, donc rapide. Alors si nous avons de la chance…

Il avait levé les yeux vers le ciel.

Julie avala sa première bouchée de *ciabatta*.

— Il y a des choses là-dedans que je ne suis pas censée voir ?

Il secoua négativement la tête.

— Que penses-tu de celui-là ?

Elle tendait l'index vers un nouveau message ayant pour objet : « GROSSISSEZ VOTRE PÉNIS – 3 CM DE PLUS EN 3 JOURS. »

— Es-tu sûr que ton compte est anonyme ?

Amit ricana.

— Je devine que mon secret a été éventé, dit-il. C'est du pourriel, du spam, si tu préfères.

Mais le sourire s'évanouit rapidement quand il fit défiler les messages et repéra celui de Yosi. L'objet de l'e-mail commençait par un mot en capitales qui en disait long : « URGENT ».

— Nous y sommes. Écoute ça.

Julie se pencha en avant et Amit lui lut discrètement à haute voix le message de Yosi :

— « Au cours de toute ma carrière, je n'ai jamais rien vu de ce genre. Tant de personnes ont essayé d'extrapoler des significations des textes de Qumrân, en cherchant des liens avec les Évangiles – des contradictions, peut-être.» (Sa voix commença à trembler légèrement.) «Mais comme tu le sais, il n'existe que des interprétations ambiguës. Si ces rouleaux datent vraiment du Ier siècle – et je n'ai aucun doute sur ce point –, ce que tu as découvert va...» (Amit dut marquer une pause pour s'éclaircir la gorge.) «... remettre en question tout ce que nous savons.»

Mais la dernière phrase le laissa perplexe, parce qu'elle s'arrêtait abruptement.

Julie enchaîna pour lui :

— «Je crains qu'un message aussi controversé ne puisse...»

Et elle s'interrompit comme le message.

— Qu'est-il arrivé ici ?

— Il a manifestement envoyé ce e-mail dans la précipitation, supposa Amit. Il n'a pas eu l'opportunité de finir.

Il vérifia l'heure et la date de la transmission.

— Tu vois ici... C'est parti hier, juste avant que Yosi quitte le musée selon Joshua.

— Tu veux dire quand il était en train de parler avec le rabbin ?

Amit blêmit.

— Exactement.

Il essaya de se représenter la chronologie des événements.

— Rabbi Cohen a dû l'interrompre.

Cette pensée le troubla profondément. Cohen était un homme puissant.

— Mais il a quand même jugé impérieux de t'envoyer cet e-mail, même inachevé ?

— Oui.

Amit ne voyait qu'une raison à cela : ce que la transcription révélait avait dû profondément déconcerter Yosi. Maintenant, en proie à une vive agitation, il regardait la minuscule icône représentant un trombone à côté de la ligne « objet ». Le vieil homme avait-il senti qu'il était en danger ?

— Allez. Ouvre-le, l'implora Julie.

Il déplaça rapidement le pointeur de la souris vers l'icône trombone pour ouvrir le document attaché par Yosi. Dès qu'il s'afficha, il constata que c'était bien la transcription, mais il n'avait pas le temps de la lire. Amit cliqua sur le bouton d'impression et se leva, séance tenante, de sa chaise.

— Il faut qu'on sorte d'ici immédiatement, glissa-t-il à Julie.

— Qu'est-ce que… ?

Mais l'archéologue était déjà devant l'imprimante prêt à récupérer les pages une à une. Après avoir vérifié qu'il avait bien tout le document, il acquitta le prix de l'impression au caissier. Puis il revint en courant devant l'ordinateur, déconnecta son compte et ramassa le reste de son sandwich. Déjà debout, Julie vidait son mug.

Amit avala aussi son café d'une traite.

— Prête, dit-elle avant de le suivre dehors. Pourquoi cette précipitation ?

— Ce typc surveille très probablement tout. Mes cartes de crédit, mon passeport… Je suis certain qu'il a déjà contrôlé tous les e-mails de Yosi. Ce qui signifie qu'il sait déjà que Yosi m'a envoyé celui-là. Donc il ne fait à mon sens aucun doute qu'il surveille aussi mon compte Yahoo.

Il expliqua comment les ordinateurs fixes étaient comme des livres ouverts et que des informaticiens avec une connaissance même basique des adressages IP sur Internet pouvaient facilement repérer d'où partait l'activité.

Tandis qu'ils se déplaçaient dans la foule de voyageurs, le radar interne d'Amit se mit en action : ses yeux scannaient les visages, les devantures des magasins, les escalators…

— Et alors, que fait-on maintenant ?

— On sort d'ici sans encombre et on va lire la transcription quelque part. Mais d'abord, j'ai besoin d'un téléphone public.

Il avisa un alignement de cabines téléphoniques près des portes d'entrée.

Une fois de plus, Énoch décrocha au bout de deux sonneries.

— C'est moi, dit Amit d'une voix forte pour couvrir le brouhaha de la foule animée des banlieusards transitant vers le terminal. Tu as trouvé quelque chose ?

— Plein. Des infos très intéressantes pour vous, répondit l'agent du Mossad sans formalité. Des bonnes nouvelles… et des mauvaises.

Les doigts de l'archéologue étreignirent le combiné.

— Je veux bien les bonnes en premier.

— *La* bonne, c'est que le *Tank* n'est pas après vous.

C'était assurément un soulagement.

— Et les mauvaises ?

— Cette photo que vous m'avez envoyée. C'est bien un collaborateur extérieur occasionnel. Et je ne crois pas avoir besoin de vous préciser sa spécialité.

Les doigts d'Amit serrèrent le combiné encore plus fort.

— Les assassinats ?

Juste à côté de lui, Julie écarquilla les yeux.

— Entre autres choses.

Le regard inquiet d'Amit balaya la mer de visages évoluant autour de lui en quête de n'importe quoi de suspect. Particulièrement un homme avec une blessure récente à la tête.

— Tu as pu obtenir son nom.

— Allons, capitaine. Vous savez comment ces types travaillent.

— Exact. Des pseudos et des numéros de comptes bancaires anonymes. *Déni et réfutation.*

— C'est ça, confirma Énoch. Et j'ai repéré pas mal d'interventions auprès des bureaux de crédit, de l'immigration, toute la panoplie… Il n'est pas de la maison, je vous le confirme. Le type qui vous piste vient de l'extérieur.

— Tu peux remonter sa trace ?

— J'ai essayé. En vain. Les connexions passent par des routeurs fantômes. Il reste actif moins d'une minute chaque fois. Mais il est parvenu à obtenir toutes les informations à votre sujet.

— Donc ce type bénéficie d'aide ?

— De très bonnes aides.

— Super, grommela Amit. Tu connais le rabbin Aaron Cohen, pas vrai ?

— Qui ne le connaît pas ?

— Je pense qu'il pourrait être impliqué dans tout ça. Appelle ça un pressentiment. J'ai découvert qu'aujourd'hui il avait fait un voyage impromptu en Égypte. Peux-tu découvrir où il est allé et ce qu'il mijote ?

À l'autre bout du fil, un soupir las précéda la réponse d'Énoch.

— Je vais voir ce que je peux faire.

— Tu es le meilleur. Je te recontacte d'ici peu.

Amit raccrocha et se tourna vers Julie.

— Viens.

Il l'entraîna vers l'escalator pour redescendre au niveau principal, mais du côté opposé à celui par lequel ils étaient arrivés dans la gare.

Tout allait trop vite pour Julie et elle commençait à se sentir frustrée.

— Ralentis, dit-elle en lui tirant le bras. On s'est garé de l'autre côté, rappela-t-elle.

— Oublie le 4×4. Je suis certain qu'il est surveillé lui aussi. On va prendre des taxis à partir de maintenant.

42

CITÉ DU VATICAN

Ventre à terre, Donovan sortit par l'arrière de la basilique Saint-Pierre et remonta la *Via del Fondamento*. Il n'avait pas de téléphone portable pour appeler la chambre de Charlotte et l'avertir que Martin les avait pris au piège. Il n'avait pas non plus le temps de se rabattre vers la caserne des gardes suisses pour obtenir du renfort.

Et pire que tout : il n'était pas armé.

Tout ce qu'il espérait, c'était que le réceptionniste de la *Domus* avait empêché les tueurs de pénétrer dans le bâtiment ou au moins qu'il avait appelé la sécurité si quelque chose lui avait semblé suspect.

Alors que, haletant, il faisait le tour de la *Piazza di Santa Marta*, un groupe de religieuses s'écarta du trottoir pour le laisser passer. Il essaya d'accélérer encore, mais une sensation de brûlure remonta le long de ses jambes.

À bout de souffle, il s'arrêta à l'entrée de la maison d'hôtes, ouvrit la porte à la volée brusque et jeta un coup d'œil dans le vestibule.

— Appelez la sécur… ! commença-t-il à crier en direction du bureau de la réception.

Mais il n'y avait personne. Il se précipita vers le comptoir pour tenter de voir, à travers les portes ouvertes sur la droite et la gauche, si le réceptionniste était dans les parages.

— *Ao !* cria Donovan en vain. *Ao !*

Soudain ses yeux furent attirés par les reflets luisants d'une mare rouge sur le sol carrelé. Le réceptionniste était étendu sur le dos, une expression de terreur figée dans le regard. Un trou net lui perforait le front.

Donovan eut un mouvement de recul. Sa poitrine montait et retombait.

Les écrans de surveillance étaient encore allumés. Sur le circuit fermé du second étage, il repéra un homme massif poussant une volumineuse corbeille de blanchisserie vers l'ascenseur. Cette fois, l'homme ne portait plus de blouse blanche. Le père Piotr Kwiatkowski – ou quel que soit son nom – l'avait troquée contre un uniforme gris d'ouvrier de maintenance.

Donovan craignit qu'il ne soit déjà trop tard. La porte Pétrinienne était très proche, tout comme l'Arc des Cloches qui la jouxtait. Si Martin les avait fait rentrer légalement dans la Cité, ils pourraient ressortir facilement par là, devant les gardes suisses en faction. Puis, après un court enchaînement de virages sur la *Via Gregorio VII*, ils disparaîtraient dans la nature.

Cependant, si Donovan parvenait à prévenir tout de suite la garde suisse, ils pourraient arrêter les deux assassins avant qu'ils ne quittent le Vatican. Il tendit la main vers le comptoir et s'empara du téléphone. Pas de tonalité. La ligne avait été coupée.

Sur l'écran, les portes de l'ascenseur venaient de se refermer. Derrière lui, il entendit la machinerie se mettre en marche.

Le réceptionniste avait-il une arme ? Ses yeux désespérés revinrent vers le corps étendu. Son blazer bleu marine s'était ouvert quand il avait heurté le sol. Pas d'étui à pistolet à la ceinture ni de holster sous l'aisselle.

Ses yeux balayèrent furieusement le vestibule en quête de quelque chose ressemblant à une arme. Son regard s'arrêta sur le mur opposé : juste à côté d'un extincteur rouge, une hache redoutable était enfermée derrière une vitre de sécurité.

43

Lorsque les portes de l'ascenseur s'ouvrirent, Donovan se précipita en brandissant la lance de l'extincteur droit devant lui. Dès qu'il eut Kwiatkowski en ligne de mire, le prêtre pressa le levier dégoupillé de la bonbonne et projeta une gerbe de phosphate d'ammonium dans le visage du tueur.

Surpris, celui-ci réagit une fraction de seconde trop tard et ne leva les mains pour se protéger qu'une fois que les produits chimiques irritants furent pulvérisés dans ses yeux. Alors qu'il tombait en hurlant sur le sol de la cabine, il parvint à balancer de toutes ses forces le chariot de linge sur Donovan qui fut à son tour projeté à terre.

L'Irlandais lâcha l'extincteur et se redressa péniblement pour attraper la hache sur le mur. De nouveau sur ses pieds, il contourna la corbeille à linge qui bloquait le passage, crocheta son bras libre à l'intérieur de l'ascenseur et tâtonna à l'aveuglette sur les boutons du panneau de commande. Déjà, Kwiatkowski se redressait et se frottait les yeux pour recouvrer la vue.

Quand l'homme se jeta vers les portes sur le point de se refermer, Donovan abattit la hache. La lame entailla le bras charnu avec un petit bruit mat et le sang gicla. L'assassin hurla de douleur, ce qui permit au prêtre de lui assener un coup de pied bien ferme. Son adversaire vacilla et finit par s'effondrer contre la paroi du fond de l'ascenseur. L'Irlandais tapa rapidement sur un bouton de la cabine et envoya le tueur en état de choc au cinquième étage.

Tremblant de tous ses membres, Donovan tira la couverture qui dissimulait ce qui se trouvait à l'intérieur du chariot à linge. Charlotte était là, roulée en boule, sans connaissance… mais elle respirait.

— Dieu merci ! s'écria le prêtre.

Il se dirigea vers l'alarme incendie près de l'escalier. Mais alors qu'il allait abaisser la poignée, il entendit du tapage dans l'escalier. Il ne fit qu'entrevoir l'homme qui dévalait les marches, mais comprit instantanément qu'il s'agissait du complice de Kwiatkowski.

Donovan tira sur la poignée d'un coup sec et repassa devant le chariot en courant. Il n'avait pas le temps de mettre Charlotte en sûreté, mais au moins la sécurité allait réagir. L'alarme incendie se mit immédiatement à glapir à intervalles rapides. Le son assourdissant empêcha Donovan d'entendre le coup de feu.

Mais il sentit assurément la puissance de son impact, lorsque la balle pénétra son épaule gauche et ressortit par la poitrine. Son corps partit violemment en avant et tournoya avant de s'écraser contre le sol de marbre.

En quelques secondes, le père Donovan devint totalement inerte. Une sensation glaciale s'empara de sa chair tandis que l'alarme perçante s'évanouissait.

44

JÉRUSALEM

Le taxi quitta Ruppin Boulevard et gravit l'allée en pente bordée d'arbres conduisant au plus célèbre complexe de galeries d'art et d'histoire de Jérusalem: le musée d'Israël, à Givat Ram. *Mon troisième musée aujourd'hui*, songea Amit.

Parvenu au sommet de la côte, il regarda par la vitre le bâtiment illuminé de la Knesset qui dominait la colline voisine – une horreur parallélépipédique insipide des années 1960 avec un toit plat en surplomb supporté de tous les côtés par des colonnes quadrangulaires évasées au sommet. Alors que l'édifice se détachait sur fond de nuit, il avait encore plus de mal à imaginer que sa symétrie artificielle et ses lignes austères avaient été inspirées par les temples d'Égypte. Mais ce qui impressionnait Amit ne se voyait pas: c'était le pouvoir phénoménal que le rabbin Aaron Cohen était parvenu à acquérir pendant le temps de ses mandats au sein du Parlement israélien unicaméral.

Cohen était un homme puissant que beaucoup considéraient comme un visionnaire. Mais il était aussi fondamentalement sioniste – un adepte du sionisme le plus radical qui se puisse imaginer. Amit savait que, d'une manière ou d'une autre, le rabbin était responsable de ce qui s'était passé à Qumrân, sans parler de la mort simultanée de Yosi, suivie de près par la disparition des parchemins. Quoi qu'il en soit, il avait, dans sa poche, la traduction d'un glyphe qui pouvait répondre à de nombreuses questions concernant le mobile du rabbin.

Devant l'entrée du musée, Amit paya le chauffeur et il franchit les portes de verre avec Julie.

Celle-ci s'attarda à regarder des invités élégants en robe longue et smoking arriver en limousine. Certains lui jetèrent des regards désobligeants.

— Je me sens un peu miteuse, murmura-t-elle. Que se passe-t-il ici ?

— Probablement une présentation privée pour des VIP. Mais ne t'inquiète pas : tu es merveilleuse.

Elle sourit.

De son côté, l'archéologue se sentait nu sans le Jericho. Par conséquent, les détecteurs de métaux et les vigiles de la sécurité à l'intérieur lui furent d'un grand réconfort.

— Nous serons en sûreté ici pour le moment, dit-il à Julie.

Il venait de reconnaître le vigile en poste, un homme d'un certain âge, décharné, avec des cheveux d'un blanc immaculé.

Quand l'homme se leva et qu'il tendit sa main pour serrer celle d'Amit, Julie remarqua sur la partie du bras que la manche relevée laissait voir des chiffres tatoués juste au-dessus de son poignet.

— Amit, comment vas-tu, mon ami ? demanda le garde avec un fort accent polonais.

— Bien, David. Et toi ?

— Encore un jour sur terre, répondit joyeusement le vieil homme, comme s'il venait de gagner à la loterie.

Il ne put s'empêcher de siffler lorsque son regard se posa sur Julie.

— Avec cette jolie jeune femme à tes côtés, tu ne dois pas avoir à te plaindre.

Amit présenta formellement sa compagne.

— Tu savais que nous fermions à neuf heures ce soir ? demanda David.

Un coup d'œil à sa montre lui confirma que l'heure était bel et bien passée.

— Je ne voudrais pas vous paraître indélicat..., ajouta-t-il.

Ses yeux effectuaient une revue de détail de leurs vêtements tandis que, tout de noir vêtus, de nouveaux invités élégants et parfumés traversaient l'entrée.

— C'est une réception privée, je le crains.

— Nous ne cherchons pas à nous immiscer dans cette petite fête sans invitation. Je voulais juste montrer quelques petites choses à Julie.

David regarda à droite et à gauche, puis il se pencha et souffla à l'oreille de la jeune femme :

— Amit n'est peut-être pas sur la liste, mais pour moi, il est assurément un VIP.

Le vieil homme lui fit un clin d'œil et, d'un signe de tête, il leur indiqua l'intérieur du musée.

— Allez-y.

— J'apprécie ton geste, dit Amit.

— Ne faites pas de cirque à l'intérieur simplement, entendu ?

— À propos, David, dit Amit avant de se diriger vers les galeries, étais-tu ici, hier, pour le symposium ?

— Naturellement.

— Et Yosi est venu ?

L'évocation de Jozsef Dayan attrista David.

— Bien sûr. Il était ici. Le pauvre homme. Quelle honte ! Je crois que Dieu l'attendait.

En réalité, Amit était certain que Dieu avait dû être surpris de le voir arriver, mais il dit au gardien :

— Ç'a été un choc pour moi aussi.

Puis, après un blanc, il lui demanda encore :

— Ça va peut-être te paraître une question singulière, mais tenait-il quelque chose dans sa main quand il est venu ici ? Une serviette ? Quelque chose de ce genre ?

David plissa les yeux. Il réfléchit une seconde, puis secoua négativement la tête.

— Tout passe à travers le scanner, dit-il, le doigt pointé vers la machine à tapis roulant derrière lui. Il avait un stylo de prix qui l'a fait sonner. Mais à part ça…

Il secoua encore une fois la tête.

— Tu es certain qu'il ne portait rien d'autre ?

Le vigile fit mine d'être offensé.

— Je ne suis peut-être plus un gamin, mais mes méninges tournent encore, grommela-t-il, le doigt pointé vers son cerveau.

Amit savait qu'il n'y avait aucune chance pour que Yosi ait laissé les manuscrits dans la voiture. Il se serait inquiété de l'humidité, de la chaleur – sans parler de l'éventualité d'un vol. Et le témoignage de David coïncidait avec celui de Joshua Cohen qui se rappelait avoir vu Yosi quitter le musée les mains vides.

— Merci, David. Prends soin de toi et dis à ta femme que je l'embrasse.

— Faites de lui un honnête homme, glissa le garde à Julie.

Et il leur fit signe de passer sous le détecteur de métaux.

45

La camionnette de livraison qui avait attendu l'arrivée de rabbi Aaron Cohen sur le tarmac de l'aéroport international Ben-Gourion était maintenant garée derrière l'aile moderne du musée Rockefeller jouxtant les salles d'exposition.

Cohen et son équipe pénétrèrent dans une salle de réunion octogonale, adjacente au bureau du directeur de l'Autorité pour les antiquités israéliennes. Magnifiquement agencée sous un plafond en coupole, elle avait, le long de chaque mur, huit niches équipées de fauteuils pour les auditeurs du Conseil consultatif archéologique. Et sur la table centrale de la pièce, les hommes du rabbin déposèrent précautionneusement le lourd chargement rapporté finalement sans encombre d'Égypte.

À la différence de l'ossuaire exposé dans la galerie sud du musée Rockefeller, ce qui se trouvait à l'intérieur de cette caisse n'était certainement pas destiné à être montré au public. Il ne s'agissait pas d'une chose que l'on devait admirer, mais que l'on devait respecter et craindre. Bientôt, pour la première fois depuis plus de trois millénaires, la peur allait revenir chez les ennemis de Sion.

— Verrouillez les portes, ordonna Cohen. Et fermez les stores.

Il recula et regarda ses collaborateurs sortir leurs outils.

— Ouvrez-le, commanda-t-il.

Comme Moïse se préparant à revendiquer les terres de Canaan, Cohen se tenait sur le seuil d'une nouvelle Jérusalem : un nouveau monde. Les conflits amers au Moyen-Orient et en Israël ; la chute de la Babylone moderne, l'Irak ; l'impiété et la lascivité de la culture occidentale empoisonnant le monde ; même le fléau des nouvelles pandémies comme le sida et les formidables bouleversements climatiques qui provoquaient de plus en plus d'ouragans ou autres tsunamis – autant de signes révélateurs que les prophéties étaient en train de s'accomplir.

Depuis 1948, la Terre promise avait quasiment été restituée au peuple juif et les tribus s'y rassemblaient en provenance des quatre coins du monde. Cohen savait que le retour de la loi de Dieu attendait patiemment les signes ultimes, exactement comme Il l'avait promis à Ézéchiel : « Même si j'ai envoyé les tiens au loin parmi les nations et si je les ai éparpillés dans divers pays… Je vous rassemblerai du milieu des peuples, je vous réunirai des pays où vous avez été éparpillés et je vous rendrai la terre d'Israël… Et je vous purgerai aussi de ceux qui se rebellent contre moi et enfreignent ma loi. »

Il ne manquait plus que l'étincelle, l'événement unique dont l'aboutissement serait le grand conflit final qui amènerait le jour du Jugement dernier : une confrontation sanglante entre les Fils de la Lumière et les Fils des Ténèbres.

Tandis que ses hommes soulevaient le couvercle de la caisse, les traits de rabbi Cohen s'étiraient en un large sourire.

Grand-Père n'avait fait qu'en rêver, mais bientôt Sion allait réellement renaître tel un phénix.

Le tintement feutré de son téléphone portable vint perturber ce moment intense. Il alla poser son cartable à l'autre extrémité de la table de conférence et l'ouvrit. Il plongea la main dedans pour récupérer son téléphone qui avait glissé entre les parchemins scellés dans du plastique qu'il avait récupérés dans le bureau de Yosi et un schéma aérien du mont du Temple avec un trait bleu clair le coupant en son centre d'ouest en est.

Contrarié, il pressa le bouton « réception ».

— Qu'y a-t-il ?

Ce que son interlocuteur lui révéla était très inquiétant.

— Vous le gardez sur place. J'arrive. Ne faites rien avant que j'arrive.

46

Amit tourna à droite pour s'écarter de l'allée principale et du troupeau des invités en grand habit convergeant vers l'aile Samuel-Bronfman. Julie calqua son pas sur le sien pour remonter un chemin pavé qui traversait la luxuriante esplanade entourant le hall d'exposition du Sanctuaire du Livre. Une brise chaude accentuait la fragrance des fleurs et des cyprès odorants du jardin.

— Asseyons-nous ici quelques minutes, suggéra-t-il.

Amit désignait le muret de pierres entourant le socle d'un colossal monolithe en basalte.

Tandis qu'il récupérait et dépliait le feuillet imprimé, Julie regardait de l'autre côté de la placette les reflets dansants des bassins et des fontaines autour du dôme blanc légèrement écrasé et illuminé de la salle d'exposition.

— Prête ? lui demanda Amit.

— Prête.

Elle se tourna vers l'archéologue qui marqua une pause pour la regarder un instant dans les yeux.

— Je sais que tu as dû avoir des rancards plus sympathiques, dit-il, mais je voulais simplement te dire que je suis vraiment heureux de t'avoir ici avec moi.

Elle se pencha et lui embrassa la joue.

— Toi, tu sais mettre à l'aise une fille, rit-elle. Il n'y a pas d'autre endroit où je préférerais être.

De manière assez étrange, elle le pensait réellement… malgré le danger et tout le reste.

— Alors, vas-y. Lis-le-moi !

Amit lâcha un long soupir et commença la lecture…

Pendant quarante jours, Moïse fut appelé dans la lumière de Dieu sur le Sinaï. Là, Dieu délivra à Moïse le Témoignage pour que les Israélites progressent sur la voie juste. Quand le peuple se conformait au Témoignage, la bonne fortune les accompagnait et Il les protégeait. Quand Ses enfants étaient aveuglés par l'orgueil, de grands châtiments s'abattaient sur eux. C'est ainsi qu'au travers de grands sacrifices et effusions de sang, les terres promises aux tribus d'Abraham leur furent délivrées pour qu'une nouvelle nation puisse se dresser en l'honneur de Dieu.

L'Alliance était accomplie, tel qu'il était dit dans les livres de nos ancêtres.

Le roi David construisit une ville sur le rocher d'Abraham et, là, son fils Salomon érigea un temple pour honorer Yahvé. Dans le Sanctuaire, le Témoignage fut déposé car il était le cœur d'un nouvel empire. Dans tout Sion, ce n'était que paix et réjouissance.

Les grands empires au sud, à l'est et au nord regardaient vers Israël avec convoitise, parce que la bénédiction de Dieu s'accompagnait de bonne fortune et de prospérité.

De nombreux rois vinrent après Salomon, bien qu'aucun ne fût aussi sage. Les Israélites avaient oublié leur promesse à Yahvé et Israël s'affaiblit. De l'autre côté des montagnes arrivèrent des armées qui encerclèrent les murs de Jérusalem et menacèrent de dresser le siège. Pensant que Dieu avait oublié ses enfants, les rois d'Israël s'inclinèrent non devant le Témoignage, mais devant leurs ennemis.

Et ainsi les vertueux fils d'Aaron qui gardaient le Témoignage se préparèrent au jour où le Sanctuaire le plus sacré d'Israël serait pillé. Le grand prophète Isaïe conseilla le roi Ézéchias et lui dit : « Le temps viendra sûrement où tout dans ton palais sera emporté à Babylone. » Puis il dit au roi que Dieu avait ordonné qu'un lieu sûr soit construit pour le Témoignage. Car s'il était perdu, alors les Israélites périraient. Aussi Ézéchias se conforma-t-il à la volonté de Dieu.

Le royaume de Babylone se dressa comme un lion pour dévorer Israël. Ils ne laissèrent que ruines et désolation dans la cité et emportèrent les nombreux trésors du Temple. Mais quand ils pénétrèrent dans le Saint des Saints, ils le trouvèrent vide.

Comme il est écrit, bien d'autres rois et empires sont venus et sont repartis, et un nouveau temple s'élève au-dessus du rocher d'Abraham. Mais le roi iduméen Hérode le Grand l'a construit non pas dans un esprit d'humilité devant Dieu, mais pour honorer la vanité et l'orgueil. Donc les prêtres aussi blasphèment Dieu en s'écartant de Ses lois. Par conséquent, son grand Sanctuaire restera vide. Car pour restaurer le Témoignage, Israël doit de nouveau se tourner vers Dieu, désavouer les fausses idoles et reconnaître que ce n'est pas Rome qui les opprime, mais l'infidélité envers Dieu.

Comme Moïse montra le Témoignage aux Israélites qui s'agenouillaient devant la fausse idole, moi aussi j'apporte un message d'espoir à tous les enfants de Dieu, car une nouvelle Alliance va être contractée. Ceux qui cherchent la lumière seront illuminés. Et de même qu'Abraham s'était préparé à sacrifier son fils à Dieu, un nouveau sacrifice de sang sera offert sur le mont Moriah.

Pour cela, les incroyants se moqueront grandement de moi. Ils se rassembleront contre moi. Ils transperceront ma chair et me pendront à un arbre. Ne le craignez pas, car la chair sera sacrifiée pour qu'une étincelle éternelle puisse vivre. Seulement alors je serai rendu à Dieu pour préparer la voie de Son royaume éternel.

Je vous le dis : Israël va alors périr, son temple idolâtre sera détruit et ceux qui ne tomberont pas sous l'épée seront éparpillés. Beaucoup revendiqueront l'autel d'Abraham avant que le temple glorieux se dresse à nouveau, dans nombre de générations à partir de maintenant. Vous saurez quand ce jour viendra, car mon corps brisé sera récupéré de sous la roche sacrée comme le signe de l'imminence d'une nouvelle Alliance.

Ne cherchez pas le Témoignage ici, car Onias et les fils d'Aaron l'ont emporté dans un lieu plus juste où les Israélites ont jadis été captifs. Quarante jours après que Dieu aura secoué la terre de Sion, il sera apporté et installé sur le rocher d'Abraham.

Alors l'Esprit de l'Homme descendra sur l'Élu pour restaurer le Témoignage.

Les incrédules ne remarqueront pas les signes placés devant eux. Ainsi, une grande bataille s'ensuivra entre les Fils de la Lumière et ceux des Ténèbres. Mais n'aie pas peur, ô Israël, car, rejaillissant des cendres, l'agneau s'imposera au loup et tous les peuples de tous les pays regarderont avec émerveillement Sion et glorifieront Dieu.

Achevant sa lecture sur un long soupir, Amit demeura muet.

Julie n'avait pas pu rester assise et tournait en rond.

— Si c'est ce que les rouleaux disaient, ils donnent l'impression d'avoir été écrits par…

— … Jésus, compléta l'Israélien.

— Tu sais ce que ça signifie ? demanda-t-elle pour la forme. Les implications de tout ça ? Mon Dieu, c'est la découverte du siècle !

— C'*était* la découverte du siècle, Julie, lui rappela-t-il.

L'enthousiasme de la jeune femme se dégonfla instantanément.

— De toute évidence, continua Amit, quelqu'un ne veut pas que cela soit rendu public.

Et de plus en plus, le rabbin Aaron Cohen cadrait avec ce « quelqu'un ».

— Mais pourquoi ? C'est phénoménal.

— Si tu me permets, je crois que tu ne saisis pas totalement la portée de ce document. C'est une prophétie, Julie. Une prophétie déclenchée par la découverte des os de Jésus sous le mont du Temple. Et tout cela parle du Témoignage…

Il secoua la tête. Mais elle ne l'écoutait pas.

— À ton avis, que veut faire le rabbin de tout ça ?

Une image beaucoup plus claire se formait maintenant dans l'esprit d'Amit. Et c'était une hypothèse terrifiante. Quand il leva les yeux vers la coupole blanche du Sanctuaire du Livre, l'ultime pièce du puzzle vint se mettre en place dans sa tête.

— Il faut que je te montre quelque chose, dit-il.

Il se leva et lui fit signe de le suivre.

47

MER MÉDITERRANÉE
38° N, 19° E

Charlotte flottait dans un brouillard mouvant. Ses sens ne cessaient de se connecter ou de se déconnecter dans la plus parfaite confusion.

Ce furent d'abord des odeurs qui lui vinrent : épicées, plaisantes. Du cumin ? Des clous de girofle ? Peut-être un plat moyen-oriental exotique ? Étrange.

Les sons se manifestèrent ensuite : étouffés, distants, puis plus marqués. Des voix : peut-être deux, peut-être cinq. En réalité, elles paraissaient ne faire qu'une, mais les intonations différentes permettaient de les distinguer. Il s'agissait assurément de voix d'hommes. Un bruit strident retentit suffisamment fort pour la faire tressaillir. Puis les voix devinrent plus claires. Ils s'exprimaient dans une langue étrangère. Assurément pas une langue romane. Du yiddish, peut-être ?

Elle était ni totalement assise, ni totalement couchée.

Et la vue ne revenait toujours pas. Ça l'effraya d'abord, jusqu'à ce qu'elle pût sentir que ses paupières frottaient contre un bandeau. Elle n'avait aucun espoir de pouvoir l'ôter parce que ses poignets étaient étroitement liés dans son dos. Et quand elle essaya de bouger sa cheville gauche, elle sentit aussi une résistance de ce côté-là. Sa jambe était attachée à quelque chose.

Elle se sentait nauséeuse.

Puis l'engourdissement de ses bras et de ses jambes commença à laisser place à des fourmillements aigus. Des crampes douloureuses l'assaillirent : le cou, les épaules, le dos, les mains… Il lui fallut rassembler toutes ses forces pour ne pas crier. Tandis qu'elle se tortillait pour apaiser sa douleur, le siège de cuir incliné sur lequel elle était installée gémit.

Elle se figea.

Mais les voix continuaient.

Il y avait assurément une sensation de mouvement, de doux balancement. Mais vu comment les sons résonnaient autour d'elle, le véhicule était trop grand pour être une voiture. Peut-être un bus ? Soudain, un bref intermède de turbulences dissipa toute conjecture. Au-dessus de sa tête, une annonce invita à attacher sa ceinture de sécurité. De nouvelles secousses ébranlèrent l'appareil, plus rudes cette fois.

Les voix riaient maintenant. L'un des hommes se faisait mettre en boîte, probablement parce qu'il réagissait de façon excessive aux perturbations du vol.

La douleur lui remonta plus cruellement encore la colonne vertébrale et lui comprima la nuque, ce qui lui arracha un gémissement suffisamment sonore pour que les autres l'entendent.

Les voix s'interrompirent. Puis vint un bref échange qui, supposa-t-elle, devait être quelque chose dans le genre :

— *Tu y vas.*

— *J'y suis déjà allé. C'est ton tour.*

Quelqu'un laissa échapper un grognement. Elle perçut des pas lourds marteler le plancher de l'habitacle.

Charlotte essaya de faire de son mieux pour donner l'impression d'être encore inconsciente. Elle pouvait le deviner tout près, penché sur elle, son haleine chaude empestant le whisky. Une odeur de métal lui envahit aussi les narines. Elle sentit une grosse main se poser sur son sein et presser.

Elle se crispa à son contact.

— Ne me touchez pas ! hurla-t-elle.

De nouvelles douleurs lui meurtrirent les épaules.

Et les rires s'intensifièrent.

— On dirait qu'elle a besoin d'une nouvelle dose, lança une autre voix.

Alors le bandeau lui fut retiré.

Les lumières vives de la cabine lui firent cligner plusieurs fois les yeux. Quand elle parvint enfin à ajuster sa vision, elle reconnut le grand type de Phoenix, sa peau moite et luisante (à l'exception des marques de brûlures marbrées et cloquées sous son menton, que lui avait laissé le café d'Evan), ses yeux larmoyants injectés de sang. Au bout de son bras gauche enveloppé dans une serviette maculée de sang, sa main inerte était bleue. Une vue presque risible.

— Tu vois c'que ton copain m'a fait ? glapit-il de manière presque inarticulée.

Donovan ! Qu'était-il advenu de lui ? L'estomac de Charlotte se révolta soudain et elle eut un violent haut-le-cœur.

— Sale garce ! maudit l'homme furieusement, juste avant de lui planter une seringue dans la cuisse.

« Bonne nuit ! » fut la dernière chose qu'elle entendit.

48

Jérusalem

Une fois la sécurité passée, à grandes enjambées claudicantes, le rabbin traversa en trombe la place du Kotel[1] en direction de l'entrée du tunnel du Mur occidental éclairé d'une ardente lumière blanche par les lampes de chantier. Il essaya de se montrer aussi cordial que possible avec les jeunes soldats de Tsahal qui en gardaient l'accès, alors qu'il se retrouvait maintenant contraint de résoudre un autre problème, à cause de leur incompétence.

Après avoir dépassé les palettes de pierres et les bétonnières, il dévala les escaliers et traversa le grand hall souterrain des visiteurs sans lui accorder le moindre coup d'œil. Ses yeux étaient rivés droit devant lui sur la porte de sécurité.

Parvenu à celle-ci, il maugréa en introduisant sa clé magnétique dans le lecteur. À quoi servait désormais un tel dispositif ?

En suivant l'étroit boyau courant le long des fondations du mont du Temple, il rejoignit le groupe qui l'attendait derrière la porte de Warren.

— Que s'est-il passé ? hurla Cohen avant même d'être arrivé à leur hauteur.

---

1. Terme hébreu désignant, conventionnellement en abrégé, le Mur occidental du temple de Jérusalem (l'expression complète étant *HaKotel HaMa'aravi*). (*N.d.T.*)

Tous s'écartèrent et reculèrent pour laisser voir ce qu'ils entouraient : un jeune homme à genoux, les mains liées dans le dos. Il avait le canon d'un pistolet appuyé fermement contre son crâne derrière l'oreille.

— Comment s'est-il introduit jusqu'ici ?

— Il avait une clé, répondit l'un des hommes. Un badge aussi.

Il tendit les deux pièces à conviction au rabbin.

— Eleazar Golan, lut-il sur la carte plastifiée authentique.

Cohen se planta devant l'intrus, les bras croisés sur la poitrine et son regard furieux braqué sur le sommet du crâne du prisonnier.

— Regarde-moi, tonna-t-il.

Pas de réaction.

Celui qui tenait l'arme attrapa une poignée des cheveux d'Ali et renversa sa tête en arrière pour contraindre ses yeux verts à regarder le rabbin. Sur les pommettes du Palestinien, des marbrures rouge foncé viraient déjà au bleu et son nez sanguinolent inclinait sérieusement vers la droite. Une entaille sanglante, crachant un sang aussi épais que de l'huile, lui fendait la paupière droite.

— Tu ressembles à un Israélien, je t'accorde ça, dit Cohen. Vraiment très trompeur.

— Il est allé à l'intérieur, l'informa l'homme au pistolet.

Il désignait la brèche aménagée dans la base du mont du Temple.

— J'ai tout vu. Mais on n'a compris ce qui se passait que lorsqu'on l'a surpris en train de téléphoner.

La fureur envahit Cohen.

— Donne-le-moi.

L'homme lui tendit le portable.

Immédiatement, le rabbin soupira de colère. À son apparence bas de gamme, il devina au premier coup d'œil que c'était un modèle prépayé, très probablement acheté à un coin de rue en liquide. Ses doigts fins firent habilement défiler son menu simple pour trouver les numéros enregistrés. Comme il s'y attendait, la mémoire était vide. Puis il se mit en quête du dernier appel passé – sans aucun doute une seconde fripouille – et appuya sur le bouton vert pour afficher le numéro. Quelqu'un décrocha au bout de deux sonneries, mais il n'y eut pas de réponse. À l'autre bout du fil, le chant d'un muezzin retentissait en bruit de fond. Cohen fit appel à son meilleur arabe et hasarda :

— *As-salaam alaikum.*

La communication se coupa instantanément.

Le rabbin projeta le téléphone contre le mur. Puis il se pencha pour approcher son visage presque contre celui du musulman.

— Quel que soit ton vrai nom, siffla-t-il en montrant les dents, il va mourir avec toi aujourd'hui. Ce que tu as fait ici ne fera rejaillir aucun honneur sur ta famille, ça je te l'assure. Et pour toi, il n'y aura aucun jardin paradisiaque de l'autre côté, aucune rivière de miel et aucune vierge pour te donner du plaisir.

Consumés de haine, les yeux verts du Palestinien foudroyèrent le rabbin.

— *Allahu Akbar* ! proclama-t-il.

Puis il cracha sur les chaussures de Cohen.

— Oui, Dieu est grand, effectivement. Mais si tes mots peuvent Le glorifier, tes actes L'insultent. Tu blasphèmes !

Et dans le Lévitique, le châtiment pour le blasphème était clairement précisé noir sur blanc.

Cohen se redressa. Il se dirigea vers une brouette toute proche remplie de débris et y récupéra un morceau de roche aux bords irréguliers. Il fit un pas de côté, ordonna à l'homme au pistolet de rester à sa place et aux autres de s'avancer. L'un après l'autre, les onze choisirent une grosse pierre.

Accroupi devant Ali, le rabbin fit sarcastiquement passer son pavé d'une paume à l'autre. L'Arabe se mit à trembler, ce qui réjouit Cohen au plus haut point.

— « Et celui qui blasphème le nom de Dieu sera mis à mort. Toute la communauté le lapidera[1]. »

Les onze hommes se déployèrent en éventail autour du Palestinien.

L'homme au pistolet fit trois pas en arrière, Ali toujours dans sa ligne de mire.

Le musulman baissa la tête et commença à prier à haute voix en arabe.

Levant le menton, Cohen brandit la pierre dans sa main droite. Il marqua une pause… puis posa sa main gauche sur le caillou, pour signifier que l'exécution avait commencé.

La première pierre fendit l'air et frappa brutalement Ali. Le cuir chevelu entaillé, celui-ci chancela fortement, mais demeura à genoux. Son chant se transforma en un baragouin inintelligible.

Quatre autres pierres pilonnèrent le crâne du Palestinien, lui arrachant chaque fois un peu plus de cheveux. L'homme tomba à terre et sa prière cessa brusquement. Les yeux verts se révulsèrent dans leurs orbites. On ne voyait plus que des globes blancs qui tressautaient. De l'écume bouillonnait à la commissure de ses lèvres.

1. Lévitique 24. (*N.d.T.*)

Une autre salve de six pierres lui écrasa le visage. Le nez disparut, les pommettes furent broyées, la mâchoire défoncée, pulvérisée… Les dents cliquetèrent en tombant sur le sol.

Cohen tendit la douzième pierre au douzième homme, celui qui avait tenu son arme pointée sur le Palestinien jusque-là.

L'ultime projectile fit jaillir des morceaux de cervelle.

— Jetez le corps dans la citerne, ordonna Cohen aux hommes. Puis dépêchez-vous de tout finir, ajouta-t-il, le doigt pointé vers la brèche. Le temps vient.

49

Jérusalem

Dès lors que le Sanctuaire du Livre abritait la majorité des manuscrits de la mer Morte retrouvés à Qumrân, c'était en quelque sorte la deuxième maison d'Amit. À tel point que l'AAI lui avait accordé sa propre clé… grâce en partie à son regretté ami, Joszef Dayan.

Déverrouillant la porte d'entrée en verre, l'archéologue laissa Julie entrer la première dans un corridor sombre, conçu pour donner l'impression d'explorer une grotte. Puis il la guida vers la salle principale.

Le Sanctuaire du Livre avait été construit en 1965. Dans l'esprit de ses architectes américains, Frederick Kiesler et Armand Bartos, son toit en forme de dôme devait rappeler le couvercle des jarres d'argile dans lesquelles les rouleaux avaient été conservés et retrouvés. À l'intérieur, le plafond s'élevait en enroulements concentriques vers un oculus central éclairé par une douce lumière ambrée.

À l'aplomb du dôme, une plate-forme surélevée dominait le centre du hall d'exposition circulaire. Là, une parfaite reproduction du grand rouleau d'Isaïe était exposée dans une vitrine de verre illuminée qui faisait le tour d'un énorme support ressemblant à une poignée de rouleau colossale. Sur le pourtour de la salle, d'autres vitrines offraient aux regards des reproductions de différents manuscrits.

Amit avait étudié une grande partie des originaux, qui étaient conservés dans un lieu sûr étanche sous cette même salle.

— C'est juste là, dit Amit.

Il remonta rapidement le déambulatoire en forme de boucle pour s'arrêter finalement devant une vitrine de verre incurvée. Des copies de manuscrits y étaient exposées sur un fond noir et éclairées par des ampoules de faible puissance placées au-dessus.

— Ce manuscrit vient de la grotte 11 de Qumrân, expliqua-t-il à Julie. On l'appelle le rouleau du Temple : dix-neuf parchemins, en réalité, totalisant un peu plus de huit mètres de long. C'est le plus long des manuscrits de la mer Morte. Tu vois les caractères là ? C'est de l'écriture carrée assyrienne.

Il attirait l'attention de la Française sur le texte qui se trouvait juste en dessous de lignes directrices horizontales tracées superficiellement sur le parchemin avec un stylet.

Elle hocha la tête.

— Ce texte a été écrit par un essénien.

— Un fidèle de Jésus, répondit fièrement Julie, désireuse de montrer qu'elle suivait.

Il sourit.

— Le rouleau du Temple parle d'une révélation qu'aurait faite Dieu aux Israélites par l'entremise de Moïse. Fondamentalement, Dieu décrit ce à quoi devrait ressembler le vrai Temple : ses dimensions précises, son plan, comment il devrait être décoré, et tout ce que tu peux imaginer. Au demeurant, sa configuration dépasserait largement celle du temple que Salomon et Hérode ont construit.

— Alors à quoi aurait-il dû ressembler ?

Il tendit le doigt vers un panneau suspendu dans la pénombre au-dessus de la vitrine.

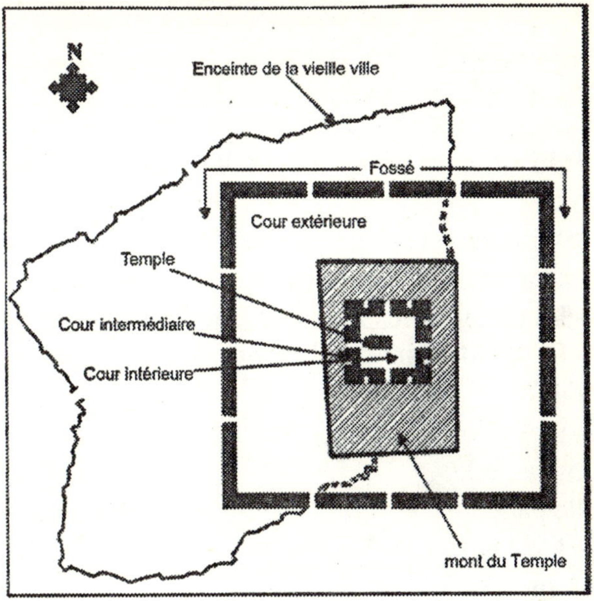

— Tu vois ça ?

Elle se rapprocha et plissa les yeux pour mieux distinguer les détails.

— La zone en grisé, c'est le mont du Temple tel qu'il existe aujourd'hui. Et ce carré extérieur représenterait la surface bien supérieure de ce nouveau mont du Temple : une multiplication par cinq de la superficie pour atteindre environ quatre-vingts hectares, ce qui engloberait une grande partie de la vieille ville de Jérusalem et relierait la vallée du Cédron au mont des Oliviers.

Julie avait du mal à visualiser la chose, dès lors qu'avec ses quatorze hectares de superficie, le mont du Temple actuel était déjà, pour elle, une construction colossale, même au regard des normes modernes.

— C'est un projet architectural formidablement ambitieux, commenta-t-elle.

— D'après le rouleau du Temple, il correspond exactement aux plans de Dieu. Et, naturellement, tu reconnais l'endroit où devrait se trouver le Saint des Saints du Temple.

Observant avec attention le minuscule rectangle à l'intérieur des carrés concentriques, elle répondit :

— En plein sur les fondations du Dôme du Rocher.

— Et ce dessin du Temple ne te paraît-il pas familier ?

— Des cours imbriquées... douze portes..., murmura-t-elle.

Elle pâlit.

— Il est absolument identique à la maquette que nous avons vue à la Société du Temple.

— *Parfait**, la félicita Amit. Les cours rappellent les campements israélites dans le désert du Sinaï, lorsque Moïse et les douze tribus bivouaquaient autour de la tente qui fut le premier Tabernacle mobile.

Amit expliqua encore que, depuis la cour intermédiaire, il y aurait trois portes dans chacun des quatre murs, chacune baptisée du nom d'une tribu d'Israël. L'immense cour extérieure s'étendrait sur huit cents mètres dans chaque direction et serait circonscrite à l'intérieur d'une enceinte parfaitement carrée. De là, douze autres portes déboucheraient sur des ponts enjambant un fossé de cinquante mètres pour rejoindre les zones résidentielles autour de la cité du Temple.

— Les spécialistes qui ont étudié le rouleau du Temple, moi y compris, ont émis la théorie selon laquelle les Évangiles seraient encodés là-dedans.

— Comment cela ?

— Trois cours intérieures et trois salles dans le Temple : La Trinité. Douze portes correspondent aux douze disciples issus des douze tribus.

Il écarta les mains.

— Cela se traduit dans le plan physique du temple. Et Jésus lui-même fait référence au dessin du Temple dans Matthieu 19, verset 28, quand il dit à ses disciples : « Je vous l'assure : dans le temps messianique quand le Fils de l'Homme s'assoit sur son glorieux trône, vous qui m'aurez suivi siégerez aussi sur douze trônes jugeant les douze tribus d'Israël. »

Elle plissa les lèvres.

— Amit, tu sais bien que n'importe quel théologien dirait que ces passages sont une métaphore pour l'après-vie et le paradis.

— Pas du tout, la corrigea-t-il. Les autorités religieuses du judaïsme, du christianisme et de l'islam s'accordent toutes à dire que le temps messianique est une période de grande paix et de prospérité que le Messie apportera sur la terre avant le Jugement dernier ou la Fin des jours ; je te laisse le choix du nom. En tout cas, cette référence décrit clairement un nouveau royaume ici et maintenant. Et Jésus parle de Lui-même comme du « Fils de l'Homme », pas seulement dans ce passage, mais dans tous les Évangiles.

L'Israélien expliqua que cette même expression « Fils de l'Homme » avait été en réalité attribuée à de nombreux grands prophètes – des prophètes humains – par Dieu lui-même. Et il cita l'exemple d'Ézéchiel.

— Dans les premiers versets d'Ézéchiel 2, quand le prophète se tient en présence de Dieu, Celui-ci lui dit : « Fils de l'Homme, debout ! Je vais te parler. » Puis Ézéchiel ajoute : « L'Esprit entra en moi et me fit tenir debout. » L'expression « Fils de l'Homme » est ensuite utilisée de nombreuses fois dans le texte. Elle fait référence à un prophète terrestre transformé par l'essence de Dieu. C'est la même chose avec Isaïe, Jérémie et les autres.

— Mais toujours sous une forme humaine ?

— Naturellement.

Tout ce que cette théorie insinuait l'ébranlait au plus profond d'elle-même.

— Le rouleau du Temple explique aussi comment ce nouveau royaume devrait être gouverné et protégé par une garde prétorienne. Dans la collection des manuscrits de la mer Morte, il y a un autre rouleau consacré à une nouvelle Jérusalem. Il détaille comment cette cité du Temple devrait s'épanouir au cours de deux millénaires de paix sous le règne messianique. Je suis certain que tu te rappelles que, dans les Évangiles, Jésus montre du doigt les bâtiments sur le mont du Temple et dit à ses disciples : « Ne voyez-vous pas toutes ces choses ? Je vous l'assure : pas une pierre ne restera ici sur une autre qui ne sera jetée à bas ! »

— Jésus prédisait la destruction romaine du Temple en l'an 70 ?

Amit secoua négativement la tête.

Aussi leva-t-elle les yeux au ciel.

— Bon, mais alors qu'est-ce que l'érudit Amit Mizrachi a à nous dire à ce propos ?

— Dans ce passage, Jésus pourrait tout aussi bien parler du projet essénien de rénovation du mont du Temple :

abattre l'ancien et le reconstruire selon le plan originel de Dieu confié à Moïse.

Il marqua une pause pour étudier de nouveau le plan du panneau, avant d'enchaîner :

— Ce qui nous amène à nous demander si Jésus n'était pas l'un des architectes du Troisième Temple ?

— D'accord, petit malin. Donc tu dois aussi avoir une idée de ce qu'il prévoyait de mettre dans la salle vide, non ?

Amit arbora soudain un air préoccupé, tandis qu'elle continuait :

— Dans le Sanctuaire ? Le Saint des Saints ?

Elle repensait à la dernière salle de la Société du Temple.

— Je doute que Jésus ait prévu de la laisser vide, pas vrai ?

Le visage de l'archéologue devint d'un blanc spectral.

— C'est vrai, murmura-t-il.

Il consulta sa montre.

— Il y a un téléphone dans le bureau du fond. Laisse-moi passer un rapide coup de fil à Énoch, pour voir s'il a du nouveau pour nous.

50

Charlotte revenait une nouvelle fois à la conscience, mais ses sens engourdis ne réagissaient encore que partiellement. Lentement, elle ouvrit les yeux. Ses paupières palpitèrent spasmodiquement sous l'effet de l'éclairage violent du plafond.

Quelque chose sur sa bouche l'empêchait de respirer normalement. Quand elle voulut se palper le visage, elle se rendit compte que ses mains étaient entravées. Baissant les yeux vers ses poignets, elle vit qu'une épaisse bande autocollante argentée – *de l'adhésif renforcé ?* – s'y enfonçait si profondément qu'elle ne ressentait plus rien d'autre dans ses doigts que des fourmillements. Ses avant-bras étaient fixés à des accoudoirs. Et la forte pression comprimant sa poitrine et ses épaules était elle aussi due à un bandage d'adhésif argenté qui l'immobilisait contre le dossier du fauteuil. Essayant de bouger ses pieds, et comme elle s'y attendait, elle constata que ses chevilles étaient attachées solidement au siège. Ses lèvres gercées pouvaient à peine bouger sous la bande serrée autour de sa bouche.

Bon sang, où suis-je... ?

Ses yeux balayèrent l'espace. Cette fois, elle n'était assurément plus dans un avion, mais dans une pièce aveugle exiguë. Elle faisait face à une porte métallique verrouillée.

Aucun signe de Donovan.

Les rayonnages de la pièce étaient encombrés d'ustensiles de ménage, ce qui lui rappela la salle de surveillance improvisée de Salvatore Conte dans le sous-sol du musée du Vatican. Ces salauds auraient-ils pu blesser Donovan... ou pire encore ? Mon Dieu ! cette seule idée était atroce. Ils avaient déjà tué Evan.

Quel malade se trouvait derrière tout ça ? se demanda-t-elle.

Tortillant ses doigts, elle essaya de faire revenir le sang dans ses mains d'un blanc laiteux.

Un sentiment de panique commença à l'étreindre avec pour conséquence de rendre sa respiration encore plus difficile. Si elle commençait à s'affoler, il n'en sortirait rien de bon. Elle devait impérativement reprendre ses esprits. *Calme-toi*, se répétait-elle en boucle. *Respire... Mets en pratique ton yoga.*

Elle se mit à méditer profondément pour soulager la crampe qui s'installait dans ses muscles comprimés. C'était le moment du film, se dit-elle, où l'héroïne astucieuse allait sortir une lame cachée, un coupe-ongles ou une vulgaire lime pour trancher ses liens. Mais il n'y avait rien ici qui pourrait faire l'affaire. Mauvais script, mauvaise héroïne. Coupés aussi court qu'il était raisonnablement possible, ses ongles ne lui seraient d'aucune aide. Des ongles de pin-up n'avaient pas leur place dans les confins aseptisés d'un laboratoire. Mais là, elle aurait bien voulu avoir le package complet : des griffes de plus de un centimètre de long avec des cuticules parfaites et une *french manucure* !

Impuissante ! Voilà la réalité. Elle était totalement impuissante.

Et juste pour pimenter un peu plus les choses, ce réduit était un véritable sauna : Charlotte était trempée de sueur. Ça n'avait même pas d'effet sur ce maudit adhésif. *Quelle super promo pour ce produit ça ferait !* pensa-t-elle. Elle pouvait se représenter le spot de trente secondes la montrant scotchée à ce stupide fauteuil.

Elle focalisa son attention sur la pièce et s'intéressa plus particulièrement à son contenu. Elle prit conscience d'un détail particulier. Sur une étagère juste au-dessus de son épaule droite, il y avait des boîtes d'aliments déshydratés, des conserves empilées et des bouteilles de jus de fruits. L'angle de vue était trop incommode pour lui permettre de lire les étiquettes, mais d'après ce qu'elle pouvait apercevoir, les inscriptions étaient bilingues : anglais/hébreu. Et un symbole commun figurait sur les emballages qui, elle aurait pu le jurer, certifiait que les aliments étaient *casher*.

À cet instant, elle capta du coin de l'œil une minuscule lumière rouge clignotant près du plafond. Tendant le cou à l'extrême, elle entrevit l'objectif qui la fixait du haut du mur.

Quelqu'un l'observait.

Elle sentit que la nausée menaçait de récidiver. Elle avait besoin de manger, de boire de l'eau.

Soudain, elle perçut des sons de l'autre côté de la porte. Inclinant la tête de côté, Charlotte regarda la fente éclairée sous la porte. Une grande ombre se profila.

Elle entendit le tintement d'un trousseau de clés.

Puis le bruit d'une clé qu'on introduisait dans la serrure.

La poignée de la porte tourna lentement jusqu'à ce que le pêne se dégage avec un cliquetis métallique.

Enfin, le battant s'ouvrit en trois mouvements hésitants. Et la personne de l'autre côté apparut, laissant Charlotte totalement décontenancée.

C'était un jeune juif à l'allure simple, portant une chemise blanche impeccable, un pantalon noir, des chaussures de même couleur. Et il se déplaçait dans un fauteuil roulant.

51

Tentée de s'en prendre violemment à son ravisseur infirme – tout en sachant qu'elle aurait été bien en peine de le faire, même si elle l'avait voulu, du fait de la solidité de ses liens –, Charlotte se contenta de regarder avec perplexité le jeune homme pénétrer dans la pièce sur son fauteuil roulant. Il était évident qu'un homme dans cet état ne pouvait posséder la vigueur physique pour perpétrer un enlèvement. Comment pouvait-il être impliqué dans tout ça ?

Le teint cireux du jeune homme semblait spectral sous les ampoules fluorescentes. D'abord, il parut plus vieux qu'il n'était réellement. *Beaucoup* plus vieux. Mais après un examen plus attentif, Charlotte se dit qu'il tenait davantage du garçon que de l'homme.

— Est-ce que vous allez bien ? demanda-t-il d'une voix étouffée. Hochez la tête si c'est le cas.

Aller bien ? Non, mais il plaisante ? Les yeux plissés sous l'emprise de l'agacement, Charlotte secoua négativement la tête.

— Je ne suis pas censé vous parler, confessa-t-il dans un murmure.

Le jeune infirme tourna un regard anxieux vers la porte.

— Si vous me promettez de ne pas crier, je vous enlèverai la bande de la bouche.

Il jeta un nouveau coup d'œil vers la porte.

— Sinon, ils vous entendront, confia-t-il tout bas.

Quelque peu déconcertée par cette situation, Charlotte hocha néanmoins la tête.

— OK.

Poussant la main courante de ses roues, le garçon manœuvra son fauteuil pour se rapprocher de l'Américaine. Tendant le bras vers elle, il travailla de ses doigts arachnéens sous les bords des bandes d'adhésif couvrant la bouche de la prisonnière.

Charlotte nota que les dents de devant du garçon ne cessaient de ronger une callosité de sa lèvre inférieure. *Manifestement un trouble compulsif.* L'adolescent était une épave.

— Ça risque de vous faire mal, tenta-t-il de s'excuser par anticipation.

Immisçant le bout de ses doigts encore plus profondément, il pinça la bande et l'arracha.

Instantanément, Charlotte aspira une goulée d'air frais dans ses poumons et l'expira sans attendre. Même si son haleine pouvait paraître un poil fétide, la généticienne ne comptait pas présenter la moindre excuse. Elle avait l'impression que sa gorge était un vrai bac à sable. Sans prononcer la moindre parole, elle fixa sans ciller le garçon d'un regard chargé de ressentiment : elle attendait la suite.

Avachi dans son fauteuil roulant, le garçon baissa les yeux vers ses propres genoux et se mit à essuyer la sueur de Charlotte qui avait dégoutté sur son pantalon. Puis il plia soigneusement la bande adhésive arrachée.

— Vous êtes très jolie, murmura-t-il en relevant les yeux.

À la différence de la plupart des gens, qui étaient généralement fascinés par les yeux de Charlotte semblables à deux émeraudes, ce gamin était focalisé sur ses longues boucles rousses brillantes.

— Pourquoi suis-je ici ?

Accorde une chance à ce garçon, se dit-elle en elle-même, luttant intérieurement pour retenir sa langue.

Les yeux timides du jeune homme se reportèrent sur la bande pliée.

— Je ne suis pas autorisé à vous le dire.

— L'homme qui était avec moi... Est-ce qu'il va bien ?

L'adrénaline afflua en elle. Il vaudrait *mieux* qu'il aille bien.

Sans lever les yeux, le jeune homme rumina la question le temps de compter jusqu'à cinq avant de répondre.

— Je ne sais pas.

— Est-ce qu'il y a quelqu'un d'autre ici avec moi ? Un homme... chauve ?

Apparemment troublé, le garçon secoua négativement la tête.

Charlotte lutta pour ne pas céder au désespoir. Il était trop tôt pour envisager le pire. Mais il était en revanche temps de passer aux choses sérieuses.

— Vous... Ces hommes... Êtes-vous des terroristes ? demanda-t-elle de manière très pragmatique.

Le garçon arbora une expression ahurie, puis éclata de rire.

— Ce n'est pas drôle, le tança Charlotte. Prendre des gens en otages n'est *pas* drôle du tout.

Tout en se recroquevillant, le jeune handicapé leva un doigt tremblant pour masser une palpitation de paupière convulsive.

— Pardon.

— Qui a fait ça? Qui *êtes*-vous? Qui sont ces hommes?

Peu enclin à répondre, son interlocuteur secoua une nouvelle fois la tête.

— J'ai le droit de savoir, insista Charlotte.

Mais l'autre ne fit que secouer davantage le chef.

— Mon Dieu ! c'est ridicule, grommela Charlotte.

Le garçon releva brusquement son visage aux yeux effarés.

— Vous ne pouvez pas dire ça, s'indigna-t-il d'une voix basse, les paupières palpitantes. N'invoquez pas le nom du Seigneur en vain.

Il doit me faire marcher.

— Je ne me rappelle pas que le Seigneur approuve le kidnapping, répliqua Charlotte d'un ton cassant. Pourquoi suis-je ici ? répéta-t-elle sobrement.

Prostré, le garçon laissa retomber son regard sur ses mains. À force d'être plié et replié, le morceau d'adhésif ne formait plus qu'un petit carré dont l'adolescent grattait les bords effilochés de ses ongles rongés. Du bout des lèvres, il lâcha soudain deux mots :

— Les os.

Charlotte se crut traversée par la foudre. C'était assurément le moment de jouer l'idiote.

— Quels os ?

Le jeune homme releva les yeux et Charlotte vit que son expression s'était durcie.

— Les os du Messie. Vous les avez touchés. Vous savez où ils sont. Ils doivent être restitués. Vous n'auriez pas dû toucher les os.

Pas de réponse.

Et la tête du garçon se remit à trembler. Cette maudite tête ne cessait de trépider. L'agacement de la jeune femme grandit encore d'un cran.

— Écoutez, je ne sais pas qui vous êtes, mais il faut que vous m'aidiez. Tout ceci n'est qu'une énorme méprise. J'ignore où sont ces os.

— Joshua ! hurla une voix depuis la porte.

Interdits, Charlotte et le garçon sursautèrent.

De taille moyenne, le visage sévère, une perruque et une robe noire tombant sur ses chevilles, une femme d'un certain âge s'engouffra dans la pièce comme un taureau furieux.

— Que crois-tu faire ? rugit la femme en attrapant le poignet de l'adolescent et en le serrant si fort que le bout de ses doigts vira au blanc.

— Ouuiiiiillle… Vous me faites mal, mère, pleurnicha le garçon.

— Si ton père apprenait ce que tu viens de faire, le mit-elle sévèrement en garde.

Mère ? Père ? Charlotte ne pouvait en croire ses oreilles. Ainsi c'était une sorte d'affaire familiale. De quoi vous donner *vraiment* la chair de poule.

Le regard glacial de la femme glissa vers Charlotte.

— Je suis désolée, mais, dans votre propre intérêt, il vaut mieux qu'on vous laisse seule.

Au ton hésitant de la mère, à sa respiration rapide et à ses yeux coupables, Charlotte sentit que celle-ci n'était pas totalement d'accord avec ce qui se passait. Elle se résolut donc à hocher la tête sans ouvrir la bouche.

Relâchant le bras de l'infirme, la mère attrapa les poignées du fauteuil roulant. Le garçon massait vigoureusement les marques rouges qu'elle avait laissées sur sa chair. La femme poussa le fauteuil de son fils dans le couloir et revint dans la pièce, se tordant les mains. Elle contourna le fauteuil de Charlotte.

— Je peux vous libérer les mains et les pieds, proposa-t-elle. Mais seulement si vous comprenez qu'ils vous tueront si vous essayez de vous échapper.

Ses yeux avaient esquissé un mouvement vers le couloir.

— Je comprends, répondit doucement Charlotte.

Elle se rendait compte maintenant que la femme était aussi terrifiée qu'elle.

Sur une étagère derrière la prisonnière, la mère récupéra une paire de ciseaux et entreprit de couper les liens.

— Écoutez-moi bien. Ce qui vous arrive – ce qui arrive à tout le monde – est très sérieux. Je vais vous apporter de la nourriture et de l'eau. Il va bientôt revenir pour vous parler.

— Qui ?

— Mon mari.

52

Grâce au ciel, cette femme a coupé mes liens, pensa Charlotte, sans pour autant se sentir en dette à son endroit. Par bonheur, comme promis, elle lui avait apporté de la nourriture et de l'eau, même si la pitance se composait essentiellement de matza[1] et de fromage fade et pâteux qui, sans aucun doute, allaient lui nouer douloureusement les intestins. Mais après tout, ce n'était pas nécessairement une mauvaise chose, songea-t-elle, en considérant que les seules «toilettes» disponibles étaient un seau de métal dans un coin, et que sa cellule était sous la surveillance constante d'une caméra vidéo.

Le son d'une clé tournant dans la poignée rompit le silence de la pièce. Charlotte se redressa sur son fauteuil tandis que la porte s'ouvrait doucement.

Un juif orthodoxe austère entra dans la pièce. Il semblait sortir tout droit du quartier des diamantaires de Manhattan, dans lequel elle et Evan s'étaient aventurés à peine deux mois plus tôt, après un congrès pharmaceutique. Ils voulaient faire du lèche-vitrines en quête d'une bague de fiançailles.

— Docteur Charlotte Hennessey.

Le rabbin s'assit sur une chaise pliante à côté d'elle.

1. Pain sans levain. (*N.d.T.*)

Sa pose exaspéra instantanément Charlotte : les épaules tirées en arrière, l'homme dressait le menton comme s'il se tenait sur un trône.

L'absence de réaction de la femme amena un petit sourire narquois sur le visage du nouveau venu.

— Laissez-moi vous faciliter les choses. Votre affaire avec le Vatican m'a posé de gros problèmes. Ce qu'ils ont volé m'appartient et appartient à cette nation…

— Quelle nation ?

— Israël, naturellement.

— Israël ?

Cette idée la laissa sans voix le temps de compter jusqu'à trois.

— Je ne sais que…

Il secoua la tête et leva une main pour la faire taire.

— Nous avons récupéré votre ordinateur portable. Donc ne perdons pas de temps à de vains petits jeux. Vous avez été témoin de beaucoup de choses, docteur Hennessey. Des choses merveilleuses. Votre présentation PowerPoint est très impressionnante. Mais vous êtes loin de tout savoir, mon enfant. Ce n'étaient pas des os ordinaires que vous avez extraits avec si peu de cérémonie de cet ossuaire. Enfin, ça au moins, vous le savez mieux que quiconque, n'est-ce pas ? Je dois admettre que, *moi-même*, j'ai été surpris de découvrir les vertus physiques secrètes que Yeshua possédait. Une *généticienne* comme vous a dû être stupéfaite.

Elle demeura silencieuse. La réponse tombait sous le sens.

Charlotte croisa ses bras sur sa poitrine. Ce malade pouvait-il en avoir après les codes ADN, la formule du sérum viral ? Son potentiel commercial était sans aucun doute incalculable. Et dans les mains d'un opportuniste sans scrupule…

Si elle pouvait seulement découvrir ce qui motivait ce type…

Soudain, l'expression du *hassid* exprima quelque chose de très étrange : de l'admiration ? Sa posture presque sur la défensive – ses mains se superposant étroitement sur son sternum, ses épaules arrondies – manifestait une certaine vulnérabilité.

— Vous avez acquis le don. C'est une chose absolument cruciale que vous oubliez de mentionner.

— Le don ?

— Allons, docteur Hennessey. Je suis plus intelligent que ça. Alors je vous demande ceci : comment une femme qui a été en contact avec les os du Messie a-t-elle pu également acquérir Son don le plus précieux ?

— Je ne vous suis toujours pas.

— « Hennessey » est un nom irlandais. Il paraît raisonnable de supposer que vous êtes catholique, je me trompe ?

— J'ai été élevée dans la foi catholique, mais ça fait pas mal de temps que je n'ai pas assisté à la messe.

Plus d'une décennie auparavant, le cancer lui avait enlevé sa mère. Quand on avait vu quelqu'un mourir de manière aussi cruelle, il était difficile de trouver ensuite un quelconque réconfort dans la Bible.

— Mais vous croyez en Jésus, non ? Les histoires qu'on raconte à son propos… les miracles ?

Elle regarda fixement son ravisseur.

— Les Saintes Écritures, continua-t-il, nous disent que par la simple imposition des mains sur les malades, il pouvait faire disparaître leurs maux. Elles nous disent aussi que, comme vous, il cherchait la vérité. Mais comment est-il venu à vous ? Voilà la question.

Cet homme pouvait-il réellement être au courant pour le sérum ? Pouvait-il savoir qu'il l'avait guérie ? Même s'il avait vu les données génétiques de son ordinateur, comment aurait-il pu comprendre ce qu'il avait sous les yeux ?

— Pourquoi ne me dites-vous pas en quoi consiste ce « don » ? Peut-être qu'alors je saurai vous dire si je l'ai.

Souriant, le rabbin se passa les doigts dans la barbe.

— Vous me paraissez être une femme très complexe. Intelligente. Courageuse. Forte. J'irais même jusqu'à penser que vous vous demandez si la science pourra jamais expliquer les miracles. Ai-je raison ?

— Pas besoin d'être scientifique pour être cynique.

Il sourit de plus belle.

— J'aimerais que vous m'expliquiez une chose. Ou plutôt voir si votre science est en mesure d'expliquer quelque chose.

— On verra ce que je peux faire.

— Devora ! appela-t-il d'une voix forte.

Il attendit une réponse.

Quelques secondes plus tard, des pas rapides retentirent dans le couloir et l'épouse du rabbin passa sa tête dans la pièce.

— Oui, répondit-elle calmement, les yeux fixés vers le sol.

— Amène-moi Joshua.

— Je ne suis pas certaine qu'il soit prêt…

— Ne discute pas ! tonna-t-il.

— Comme tu veux.

Elle acquiesça immédiatement.

— La plupart des femmes ne sont pas comme vous, Charlotte, dit le rabbin.

Celle-ci sentit son estomac se retourner.

Devora ne tarda pas à réapparaître à la porte. Charlotte s'étonna de ne pas la voir pousser le fauteuil roulant de son fils dans la pièce. À bien y réfléchir, elle n'avait même pas entendu le couinement des roues en caoutchouc.

Le mystère de cette approche silencieuse fut rapidement élucidé quand le garçon terrifié entra dans la pièce. Sur ses deux jambes !

53

LE MONT DU TEMPLE

Le Dôme du Rocher était vide lorsque Ghalib – le gardien du Waqf – s'avança silencieusement pieds nus sur le tapis à motifs rouge sang du déambulatoire intérieur octogonal. Sous la *qubba* (le dôme), la *Sakhra* – c'est-à-dire le rocher lui-même – brillait dans une lumière ocre et rappelait la surface austère d'une lune lointaine.

Des échelles se dressaient un peu partout dans le sanctuaire : dans et autour de la coupole et à des points clés du déambulatoire extérieur. Une demi-douzaine d'hommes s'affairaient : montant et descendant de ces échelles, tirant des fils, installant de petits supports, des crochets et autres accessoires métalliques.

Ghalib venait voir où ils en étaient et saluait chacun d'eux au passage.

Quelques minutes plus tard, après avoir achevé son tour, il fit une pause le long de la balustrade et regarda la marque unique à la surface de la roche, l'empreinte de sabot laissée, disait-on, par la sainte jument, Bouraq, lorsqu'elle avait bondi pour emporter le Prophète dans les Cieux.

Ghalib sourit. Il savait que, bientôt, l'ange Israfil – le « Héraut »[1] – serait envoyé en ce lieu même pour sonner la trompette qui marquerait le commencement du Jugement

1. Équivalent de l'archange judéo-chrétien Raphaël. (*N.d.T.*)

dernier, *al-Qiyamah*[1]. Puis le Miséricordieux rassemblerait toute l'humanité et placerait devant tout homme, toute femme et tout enfant le Livre du Jugement, qui détaillait les actions de toute une vie et déterminerait le sort de chaque âme. Sur les plateaux de la balance de la justice, ces actions seraient alors pesées pour annoncer l'issue du périple périlleux de chaque âme sur *as-Siraat*, le pont qui permet de gagner les glorieuses portes du paradis, mais qui, aussi fin qu'une lame de rasoir, est suspendu au-dessus des flammes de l'enfer.

Ceux qui feront pencher les plateaux de la balance du côté des péchés connaîtraient une fin fatale en passant sur *as-Siraat* et ils plongeraient assurément dans Jahanham, le trou ardent. Là, les cœurs noirs des pécheurs qui s'étaient détournés d'Allah affronteraient le feu et l'agonie éternels au-delà de tout entendement : une chaleur fulgurante qui consumerait leur chair, de lourdes chaînes dont le poids ne s'atténuerait jamais, des boissons putrides qui n'étancheraient jamais la soif et des plantes rances et épineuses qui ne rassasieraient jamais la faim.

Leur tourment sera éternel.

Pour les justes, cependant, le Jugement dernier serait un moment de gloire. Le franchissement d'*as-Siraat* les mènerait vers un lieu de rédemption spirituelle éternelle : le jardin paradisiaque, Jannah. Ceux qui s'aiment y seraient réunis, parmi les anges, dans la paix et le délice perpétuels. Il y aurait des rivières de lait et de miel. Les gobelets seraient d'or. Les plaisirs de la chair seraient innombrables. Et, par-dessus tout, il y aurait Allah Lui-

---

1. Signifiant plus littéralement « jour de la Résurrection ». Le « jour du Jugement » (temporellement, il s'agit du même jour) est *alddeeni*. (*N.d.T.*)

même. Ceux qui recevraient les plus grandes récompenses au paradis monteraient à son niveau supérieur, les jardins de félicité, pour séjourner au plus près de Lui.

L'âme du martyr est celle qu'Il chérit le plus.

— *Taqwa*, murmura-t-il avec révérence. Crains Dieu.

Poursuivant sa route vers le côté sud du sanctuaire, le Gardien passa sous une arche de marbre solitaire et descendit les larges marches de marbre qui donnaient accès au puits des âmes, la cavité souterraine naturelle qui se trouvait sous le Rocher.

Il foula le tapis persan couvrant son sol nivelé. L'air humide de la grotte spacieuse le fit frissonner jusqu'aux os. La lumière vive d'un projecteur repoussait les ombres des affleurements de roches qui s'incurvaient doucement du bas vers le haut.

Contre la paroi opposée de la grotte, deux Arabes armés de marteaux et de burins travaillaient avec ardeur. Ils attaquaient la pierre pour installer des crochets de support et des câblages électriques.

— Alors, qu'en penses-tu ? demanda-t-il en arabe au responsable des travaux qui l'accompagnait. Est-ce que ça va fonctionner ?

Le barbu hocha la tête.

— Oui. Je vais m'en assurer.

— Excellent.

Le Gardien se tourna vers les ouvriers.

— Mes frères, s'il vous plaît, interrompez-vous un instant. Et ne faites plus un bruit.

Les deux hommes cessèrent toute activité. Cinq secondes plus tard, le caveau plongea dans un silence absolu.

Ghalib ferma les yeux. Il cessa de respirer et écouta intensément. Sous la grotte, les sons étouffés de creusement étaient manifestes. On débitait, on taillait, on forait. Les bruits étaient encore plus nets que la veille. Il pouvait même sentir quelque chose de nouveau, des vibrations subtiles titillant ses pieds nus.

Le Gardien rouvrit les yeux et sourit.

— Continuez, dit-il aux hommes. Et que Sa paix soit sur vous tous.

Il rebroussa chemin vers les marches et disparut dans l'escalier.

54

Amit gravissait au pas de course les marches remontant de l'entrée de la galerie du Sanctuaire du Livre. Julie avait toutes les peines du monde à le suivre. Quand ils retraversèrent la grande cour à ciel ouvert, Amit contempla un instant le dôme blanc du sanctuaire, puis se tourna de l'autre côté vers le monolithe noir qui se dressait à l'opposé. Chacun symbolisait un adversaire du combat final entre le Bien et le Mal détaillé dans les manuscrits de la mer Morte : l'étincelle qui déclencherait la venue de l'âge messianique. La guerre des Fils de Lumière contre les Fils des Ténèbres[1].

— Et alors, qu'a trouvé Énoch ? demanda Julie.

Cette fois, quand Amit avait passé son appel à l'agent du Mossad depuis le bureau administratif du hall d'exposition, il avait surtout écouté. Mais l'expression alarmée d'Amit l'avait profondément ébranlée.

— Ce matin, le rabbin s'est fait déposer par son avion personnel à Inshas, un aéroport privé au nord du Caire. Il est rentré à Tel-Aviv dans l'après-midi.

— Inshas ?

Julie frappa soudainement le bras d'Amit.

— C'est juste à côté de l'ancienne Héliopolis !

1. Titre de l'un des manuscrits de la mer Morte. (*N.d.T.*)

— Exactement, reconnut l'archéologue. La signification secrète du hiéroglyphe que tu as élucidée.

— Que faisait-il là-bas ?

— Énoch ne le sait pas vraiment. Tout ce qu'il sait, c'est qu'à son retour à Tel-Aviv il a débarqué avec une caisse d'expédition assez volumineuse.

— Vraiment ? Et qu'y avait-il à l'intérieur ?

Elle courait quasiment maintenant à côté de lui.

— Bon Dieu, ralentis, s'il te plaît !

Elle lui tira le bras.

— Désolé, dit-il.

Il réduisit un peu son allure.

— Énoch n'a pas été en mesure de le découvrir. Ces diplomates peuvent aller et venir à leur gré, lui expliqua Amit. C'est ça le problème, et même le Mossad ne peut pas trop fureter autour de ces personnages au statut particulier.

Il se rappelait l'ultime mise en garde d'Énoch avant de raccrocher : « Sois prudent avec ce type. C'est un rouleau compresseur au bras long. »

— Cependant, si tu veux mon avis, je crois que c'est quelque chose qui conviendrait parfaitement au Troisième Temple. Souviens-toi de la transcription… Toutes ces allusions de Jésus au « Témoignage ».

— Oui.

Ils empruntèrent l'allée principale pour rebrousser chemin vers l'entrée du musée d'Israël.

— Par « Témoignage », on fait référence à l'ensemble des lois que Dieu donna à Moïse sur le Sinaï.

— Les dix commandements ?

— Ça, c'est la version condensée. Le « Témoignage pour les nuls », en quelque sorte. Dans le Lévitique, Dieu parle à Moïse à la première personne et lui procure en réalité *six cent treize* directives ou *mitzvoth*, qui étaient les instructions réglant la vie quotidienne des Israélites : leur alimentation, leur habillement, la mort, la santé, le mariage, le divorce, la sexualité, la justice criminelle, et ainsi de suite. Tout cela faisait partie de l'Alliance que les Israélites devaient respecter s'ils voulaient accéder à la Terre promise.

— Et qu'est-ce que ça a à voir avec le Temple ?

— Tout, dès lors que deux cent deux de ces directives parlent du culte dans le Temple. Mais c'est beaucoup plus profond que ça. Tu vois, le Témoignage a été transcrit sur des tablettes de pierre – y compris le texte paraphrasé qui a donné les dix commandements. Et Dieu a ordonné à Moïse de construire un réceptacle pour les contenir.

— L'Arche d'Alliance, dit-elle avec un demi-sourire.

— Exact. Et c'est sur le modèle de celle-ci que le Temple a été construit. Donc, pour répondre à ta question, au centre même de la cité du Temple devrait se trouver l'Arche.

Amit ouvrit la porte du centre d'accueil des visiteurs et la tint ouverte pour laisser passer Julie.

— Oh ! arrête maintenant, ricana-t-elle. Tu n'es quand même pas réellement en train de me faire croire que Cohen vient de se rendre en Égypte pour aller chercher l'Arche perdue ?

Au cours de ses dernières fouilles au pays des pharaons, plus précisément à Tanis, les autochtones lui avaient raconté quantité de folles légendes à propos de Ménélik, l'enfant né des amours du roi Salomon et de la reine de Saba. Celui-là aurait secrètement rapporté la relique dans la ville d'origine de sa mère. En plaisantant, ils lui avaient même dit qu'elle pourrait bien la découvrir sous le sable autour de la cité. Elle s'était empressée de leur rappeler qu'Indiana Jones l'avait déjà retrouvée.

Levant les sourcils, Amit se referma comme une huître tandis qu'ils se glissaient à l'intérieur du musée.

Le couple s'arrêta pour dire au revoir à David.

— À propos, commença à expliquer le gardien, quelqu'un qui te cherchait a appelé ici…

Sans avertissement, un claquement retentissant secoua l'une des portes vitrées faisant face au parking. Amit se retourna d'un coup. Un minuscule trou indiquait que quelque chose venait de traverser la vitre. Instantanément, il plongea à terre.

— Couchez-vous ! hurla-t-il.

Au même instant, un second projectile siffla tout près de lui et frappa David en pleine poitrine avec un son sourd.

Le vieil homme suffoqua. Il tournoya, bascula de sa chaise et s'écrasa derrière le scanner.

Simultanément, Amit essaya d'empoigner Julie, mais ne rencontra que l'air. Elle tombait déjà en arrière, ses mains plaquées contre son flanc. Le sang se mit à suinter entre ses doigts.

— Julie !

En rampant, Amit s'approcha immédiatement d'elle et la traîna derrière le scanner alors qu'une autre balle tintait sur le carrelage, puis ricochait sur l'épaisse paroi métallique de la machine volumineuse. Un rapide coup d'œil lui permit d'entrevoir le bras blanc plâtré se mouvant dans la nuit à l'extérieur du musée. Il se rapprochait rapidement.

David était étendu à côté de lui. Sous son aisselle droite, du sang coulait sur les jointures du carrelage. Il s'échappait de sa poitrine et recouvrait la poignée du Beretta dans son holster.

Dehors, les chauffeurs de taxi se bousculaient pour se mettre à couvert tandis que le tireur courait vers l'entrée principale.

Regardant attentivement à l'intérieur du hall d'entrée, l'assassin distingua le bras tendu du garde qui dépassait derrière l'encombrant scanner. Il vit aussi la large traînée de sang qui maculait le carrelage à l'endroit où la femme était tombée. L'archéologue israélien n'était pas en vue, mais il se cachait certainement derrière l'imposante machine.

L'homme réfléchit un moment.

Attendre que la cible fasse un mouvement ne faisait pas partie des options : cela laisserait à la police le temps d'arriver sur les lieux de la fusillade. Depuis le départ, l'archéologue avait montré qu'il savait se déplacer très rapidement, bouger astucieusement de place en place et effacer ses traces très efficacement. Ce type n'était pas un amateur.

L'assassin avait déjà été dupé pendant une bonne heure par la Land Rover abandonnée dans le parking de la gare routière. Puis on lui avait fourni les coordonnées de pistage de son téléphone portable. Bien que celui-ci soit resté éteint, le dernier-né des traqueurs satellites s'était montré capable de détecter la puce de sa batterie. Seulement, obtenir cette info avait réclamé bien des tergiversations administratives. Donc, à ce stade, il n'était pas question de prolonger cette chasse : il établit rapidement qu'il tenait peut-être là la dernière occasion d'achever ce job.

Sans détacher ses yeux du hall d'entrée, il poussa la porte… mais elle ne bougea pas. Du coin de l'œil, il avisa l'autocollant au-dessus de la grosse poignée : « TIREZ ». Il approcha son bras cassé de cette dernière, mais il ne parvint pas à l'agripper.

Maugréant entre ses dents, il pinça son pistolet entre le pouce, l'index et le majeur de sa main gauche et libéra l'auriculaire et l'annulaire pour crocheter la poignée.

Malheureusement pour lui, l'Israélien choisit cet instant pour jaillir au-dessus du scanner. Il brandissait fermement son pistolet à deux mains.

Le tir fut tonitruant et la vitre explosa à son visage avec un fracas pire encore.

Des éclats de verre lui rentrèrent dans les yeux, mais quelque chose d'autre lui avait profondément pénétré le cou. Il sentit le métal entamer l'os et la balle ressortit juste sous l'oreille droite. À la seconde même, il sut qu'elle avait sectionné sa moelle épinière, car tout le flanc droit de son corps s'affaissa. Paralysé ! Sa jambe droite s'effaça sous lui et il vacilla sur le côté.

Le tueur laissa tomber son pistolet pour plaquer sa main gauche sur la gerbe de sang qui giclait sur le ciment. À peine quelques secondes plus tard, il vit l'archéologue debout au-dessus de lui, pointant son pistolet vers son visage, hurlant des questions que ses oreilles ne pouvaient entendre.

Le sang glougloutant dans sa gorge le faisait suffoquer. Sa mission arriva alors à son terme et sa conclusion était brutale : échec sur toute la ligne !

55

— Vous allez bien ? hurla un gars en livrée de chauffeur qui continuait de se protéger derrière la porte de sa limousine.

— Moi, ça va, répondit Amit. Mais j'ai besoin d'une ambulance à l'intérieur.

— Je m'en occupe, dit l'homme.

Il sortit son téléphone de sa ceinture à la vitesse d'un flingueur.

Alors il se passa quelque chose d'étrange.

Un autre téléphone se manifesta, mais la sonnerie n'était assurément pas celle d'Amit. Elle provenait de la poche de l'assassin. L'archéologue s'accroupit au-dessus du corps et récupéra le portable. Le trousseau de clés du tueur vint avec.

Sans réfléchir, Amit pressa le bouton « réception ». Il répondit abruptement en hébreu, comme l'aurait fait l'assassin, supposait-il.

— Oui ?

— On a besoin de vous au Rockefeller immédiatement.

Puis la connexion se coupa.

Le Rockefeller ?

Amit glissa le Beretta du vigile dans sa ceinture et mit dans sa poche le téléphone et les clés du tueur.

Revenant à l'intérieur au pas de course, il s'agenouilla près de Julie.

— Merde ! grommela-t-elle. C'était mon T-shirt préféré. Il me va super bien.

Elle rit nerveusement à demi sous le contrecoup du traumatisme et à demi sous l'emprise d'une sorte d'hébétude. Étrangement, elle ne souffrait pas beaucoup.

— Tu l'as eu ?

— Cette fois, il est mort, confirma Amit sans guère d'émotion.

— Beau carton, cow-boy.

Amit écarta la main de Julie et commença à lui soulever son fameux T-shirt.

— Tout doux…, dit-elle d'une voix chevrotante, alors que ses mains tremblaient violemment.

— Là, je crois que je vais pouvoir jeter un coup d'œil sur ce que tu caches là-dessous, plaisanta-t-il pour la détendre.

Il souleva le tissu trempé jusque sous son sein gauche. Par bonheur, la balle n'avait fait qu'effleurer son ventre, juste sous les côtes. Le sang coagulait déjà.

— Tout va bien se passer. Une ambulance arrive.

Déchiré, il regarda par-dessus son épaule.

— Je déteste ça, mais je vais devoir…

— Ne t'inquiète pas. Je vais bien, le rassura-t-elle. Seulement… embrasse-moi avant de partir.

Il la regarda d'un air perplexe. En dépit de sa peur, il y avait du désir dans les yeux lucides de la jeune femme. Il prit délicatement le menton de Julie dans ses mains et approcha ses lèvres des siennes. Ce ne fut pas le meilleur baiser dont il était capable, mais il fut aussi passionné que le permettait la situation.

À l'instant où il s'écarta d'elle, il sut que les choses avaient irrémédiablement changé entre eux. Et le sourire franc et sincère de Julie fit fondre quelque chose en lui.

— Maintenant, va les coincer, l'encouragea-t-elle.

56

Si Joshua tendit rapidement la main pour attraper le bras de sa mère afin d'assurer ses jambes vacillantes – la musculature s'était atrophiée au cours de son long confinement dans le fauteuil roulant –, le constat était néanmoins renversant. Charlotte en eut le souffle coupé.

— C'est un miracle, n'êtes-vous pas d'accord ? ne tarda pas à s'exclamer le rabbin.

Un tel retournement et dans un laps de temps aussi court pouvait difficilement être attribué à quoi que ce soit d'autre, pensa-t-elle.

— Est-ce une sorte de tour de magie ?

Charlotte avait été si absorbée par l'amélioration spectaculaire de l'état du garçon qu'elle notait seulement maintenant que sa main droite était enveloppée dans un bandage. Se ronger les ongles n'était pas dramatique *à ce point*, alors que lui était-il arrivé ?

— Vous avez entendu parler de la SLA, docteur Hennessey ?

— Naturellement.

La sclérose latérale amyotrophique, ou maladie de Charcot, était un désordre neurologique agressif qui attaquait les neurones moteurs du cerveau et de la moelle épinière régulant le mouvement musculaire volontaire. Cette maladie dégénérative incurable affectait progressivement la mobilité, l'élocution, la mastication, la déglutition et la respiration. Une extrême souffrance accompagnait ses stades ultimes. Si la SLA frappait plus souvent les personnes d'un certain âge, il n'était pas totalement exceptionnel qu'un jeune en fût victime.

— Alors vous êtes consciente que guérir la SLA ne relève pas d'un... *tour de magie*. Les symptômes de Joshua ont commencé il y a deux ans, expliqua Aaron Cohen sans émotion. Il trébuchait souvent. Au début, nous avons pensé qu'il était juste un peu maladroit. Puis il a commencé à faire tomber des choses. De petites choses légères, comme des tasses, des fourchettes, des crayons. Puis ses jambes n'ont plus fonctionné du tout. Le neurologue a immédiatement identifié les symptômes et les tests ont commencé. Des batteries de tests.

Les yeux tristes de Charlotte se posèrent sur le garçon. *Pauvre petit*. Seulement, vu les circonstances, elle avait besoin d'avoir plus de détails avant de prendre son histoire pour argent comptant.

— Ses médecins ont-ils essayé des traitements ?

— Baclofène, Diazépam, Gabapentine, pour n'en citer que quelques-uns, répondit le rabbin prestement. Sans parler de cures régulières d'antidépresseurs.

Jusque-là, il avait bon. Elle en avait été témoin lorsqu'elle avait été traitée contre son cancer. Les parents d'enfants atteints de maladies chroniques – et particulièrement de maladies incurables – finissaient par acquérir une compétence médicale au gré de leur éreintant parcours. C'était pour eux un mécanisme de défense contre l'effroyable sentiment d'impuissance qui était l'autre versant de l'alternative. Les médicaments qu'il venait de nommer étaient bien prescrits dans le traitement des spasmes musculaires et des crampes. Quant aux antidépresseurs, ils n'étaient pas non plus surprenants dans ces circonstances. Comme le cancer des os, le diagnostic de la SLA correspondait quasiment à une sentence de mort. Pour un jeune homme, ce devait être psychologiquement écrasant, d'où son besoin compulsif de se ronger les ongles. Et, comme pour le cancer des os, on se contentait de circonscrire thérapeutiquement les dommages de la SLA.

Chaos génétique. Mauvais codage. Chromosomes corrompus. Evan avait *injecté* le sérum dans son sang à elle. Elle n'avait eu aucun contact avec le garçon, sauf…

— Quand je vous ai touchée, j'ai senti quelque chose dans mes doigts, dit Joshua. Des picotements. Mais pas les fourmillements désagréables que je ressens d'habitude. Quand je vous ai quittée, ça a commencé à se propager… à descendre dans mes jambes, dans mes pieds.

Il m'a touchée ? Simplement touchée ? Elle secoua la tête, incrédule. Puis Charlotte se rappela la peau crevassée au bout des doigts de Joshua arrachant la bande de sa bouche. Ses doigts *moites*. La sueur tombant de ses joues à elle. Y avait-il eu échange de fluides ?

— Ça ne peut pas être aussi simple, dit-elle. Vous ne pouvez pas rien qu'en me touchant…

Elle n'acheva pas sa phrase.

Ce que le garçon venait d'expliquer avait ravivé un souvenir impérissable dans la mémoire de Charlotte…

— Tu es prête ? demanda Evan.

Il tenait dans sa main gauche celle de sa compagne et les doigts de sa main droite manipulaient une seringue en plastique, le pouce posé sur le piston. Il l'avait déjà tapotée pour faire sortir les bulles d'air du sérum clair dont elle était remplie.

Charlotte regarda par la fenêtre ouverte de la chambre. Elle vit un 747 de la Lufthansa décoller de la piste de l'aéroport de Fiumicino et filer droit vers les nuages sur ses larges ailes. Des larmes coulaient le long de ses joues.

— Je pense, répondit-elle d'une voix entrecoupée de sanglots.

Lâchant la main de Charlotte, Evan massa du bout de son index une veine palpitante courant le long de l'avant-bras gauche de la jeune femme.

— Je pensais que tu détestais les prises de sang, s'étonna celle-ci.

Il lui avait même dit que c'était une des raisons pour lesquelles il n'avait pas voulu devenir chirurgien : le sang le mettait mal à l'aise.

— Je fais des exceptions, dit-il avec un sourire réconfortant.

— Je n'arrive pas à croire que je suis en train de faire ça.

— Il n'est pas trop tard pour dire non, lui rappela-t-il. Tu n'as qu'un mot à dire.

— Nous avons déjà parlé de ça à n'en plus finir, soupira-t-elle calmement. Quel autre choix ai-je ? Alors continue, l'invita-t-elle avec un petit sourire.

— OK.

Il essayait de faire de son mieux pour empêcher ses mains de trembler.

— Ce n'est qu'une rapide piqûre.

Charlotte reporta son attention vers les avions. Ses doutes resurgirent alors qu'elle était assise là : la préparation d'Evan pouvait-elle réellement avoir le moindre effet sur son myélome ? Jadis, pensa-t-elle, les gens s'imaginaient que voler était impossible. Pourtant dehors, sous ses yeux, une énorme machine de métal s'élevait dans le ciel. *Rien n'est impossible*, se rassura-t-elle.

Après avoir inspiré profondément, Evan stabilisa sa main et plongea la pointe de l'aiguille dans la veine. Elle baissa les yeux tandis qu'il tirait le piston de quelques millimètres. Une volute de sang remonta dans le sérum. Étonnamment, il était parvenu à l'introduire dans la seringue au premier essai. Doucement, il poussa le piston jusqu'à ce que les quatre centimètres cubes soient éjectés de la seringue. En retirant l'aiguille, il maintint son pouce sur le point d'injection, puis posa la seringue sur le lit et relâcha le garrot de caoutchouc serré sous son coude.

La sensation fut instantanée.

— Ohh ! s'exclama-t-elle.

Elle s'attrapa le bras.

— Quoi ? Qu'y a-t-il ?

— Rien, souffla-t-elle.

Le pauvre amour avait déjà les nerfs à vif et elle voyait qu'elle lui avait fait peur.

— J'ai juste une sensation… étrange.

— Quel genre de sensation étrange ? demanda-t-il.

Il faisait tout pour dissimuler son inquiétude.

— Mon bras. Il…

Elle dut faire une pause pour identifier ce qui se passait.

— Il picote.

Le rabbin revint brusquement dans le vif du sujet :

— N'êtes-vous pas d'accord que la SLA est une maladie mortelle où les chances de guérison spontanée sont de *zéro* ?

Revenant brusquement ici et maintenant, Charlotte essaya de comprendre comment, même dans le cas d'une guérison spontanée, Joshua pouvait marcher à peine quelques heures plus tard. La SLA détruisait les cellules nerveuses de manière irréversible et tous les tests diagnostiques pouvaient le prouver. C'était loin d'être une maladie psychosomatique.

Cet ADN viral est incroyablement contagieux.

— Je pense que ce qui est arrivé ici est scientifiquement *inexplicable*, ajouta le rabbin. Donc ne pourriez-vous pas simplement admettre qu'un miracle s'est produit ? Un miracle dont *vous* êtes responsable.

Charlotte ne savait comment répondre. Elle regarda, songeuse, la peau parfaitement lisse de ses propres poignets, là où les marques des bandes adhésives que la femme du rabbin avait coupées avaient disparu en quelques secondes à peine. *Presque spontanément.*

— *Ça*, docteur Hennessey, c'est le don, indiqua fièrement le rabbin.

Comme Grand-Père le lui avait enseigné, depuis Moïse, seul Jésus avait acquis les *plus* sacrés des gènes. Peut-être que le squelette du Messie se trouvait vraiment au Vatican. Cependant, Cohen savait que ce n'étaient pas les os eux-mêmes qui avaient une valeur en soi, mais le don miraculeux que ces restes physiques renfermaient. Et maintenant, celui-ci avait été transféré à cette généticienne : l'Élue. La prophétie pouvait décidément réserver des surprises.

— Venez avec moi. Je veux vous montrer quelque chose.

57

Juste au-dessus de la roue de secours récemment installée, le passage de roue avant droit de la Fiat de l'assassin portait encore la trace des balles d'Amit. Celui-ci éteignit les phares du véhicule et roula doucement jusqu'à une place à l'extérieur du musée Rockefeller. La salle d'exposition principale était totalement plongée dans l'obscurité, comme toutes les fenêtres des ailes adjacentes. Mais dans la tour circulaire du bâtiment administratif – qui abritait les locaux de l'Autorité pour les antiquités israéliennes –, un fin trait de lumière filtrait autour des stores fermés de la salle de l'étage supérieur.

Après avoir fermé la voiture le plus silencieusement possible, Amit se coula sans bruit autour du bâtiment, Beretta dégainé.

Il repéra une camionnette à plateau chargée de deux grosses palettes de pierres de taille calcaires garée près de l'entrée de service. Les blocs ressemblaient assez à ceux des façades du Rockefeller. Peut-être qu'une rénovation était en cours ?

Sortant du couvert des murs, il explora le secteur du regard.

Pas de guetteurs.

Mais on n'est pas à Gaza, se remémora-t-il. Ici, les points chauds n'allaient pas être gardés par une équipe visible. Cohen avait intégré des tueurs à gages du Mossad dans son équipe. Or ce n'était pas parce qu'il y en avait un qui gisait maintenant sur le seuil du musée d'Israël qu'il allait baisser sa garde ou se croire intouchable. Il y avait une raison pour laquelle ces tueurs étaient très bons dans leur domaine : ils avaient beaucoup de pratique. Et ça commençait par ne pas se faire voir. Ils étaient des maîtres ès discrétion et camouflage.

Devant la camionnette à plateau était stationné ce qu'Amit s'attendait à trouver : une camionnette de livraison blanche.

La porte du musée la plus proche était très probablement ouverte. Mais l'archéologue préféra essayer d'autres portes. Elles étaient verrouillées, naturellement.

Il allait être difficile de faire une entrée discrète.

58

Après avoir remonté Charlotte du sous-sol, les deux gardes avaient repris leur poste près des grandes portes menant à la salle de conférences octogonale. Le rabbin leur avait demandé d'installer la fille juste devant une masse volumineuse posée sur la table brillante occupant le centre de la pièce. La chose était recouverte d'un voile bleu soyeux avec des broderies dorées représentant deux créatures ailées. *Des anges, peut-être ?* supposa la jeune femme. Si ce qu'il y avait en dessous paraissait globalement rectangulaire, l'étoffe épousait grossièrement la forme de deux pointes à son sommet.

Le rabbin Aaron Cohen tenait entre ses doigts une fiole de sang. Il la basculait dans un sens et dans l'autre pour regarder la dense substance cramoisie onduler dans le flacon.

— Vous êtes assez familière des tests sophistiqués en vigueur pour étudier le sang, j'imagine ?

C'était une question purement formelle, si bien que Charlotte choisit de garder le silence. Il était inutile d'encourager cet homme.

— Pendant que vous dormiez, j'ai pris la liberté de vous prélever ça.

Il lui montra la fiole.

N'y avait-il vraiment rien de sacré pour ce type ?

— Vous m'avez déjà enlevé bien plus que ça, rétorqua-t-elle bouillonnante.

Il avait parfaitement compris ce qu'elle voulait dire par là.

— C'est un sacrifice, docteur Hennessey. Cela devait être fait. D'ici très peu de temps, vous aurez l'occasion de beaucoup mieux comprendre tout ce qui vous échappe encore. Vous vous apercevrez alors qu'aucune mort ne peut être un prix trop grand à payer pour ce dont vous allez être témoin. Depuis le commencement de l'histoire humaine, continua-t-il, le sang a été le symbole de la vie et du sacrifice. C'est le lien qui nous relie à nos ancêtres.

L'expression de Cohen se durcit :

— Le sang nous sépare aussi.

Charlotte se sentait dans la peau de la spectatrice d'un numéro de magie appelée à monter sur scène pour participer à un tour bizarroïde. Elle ne pouvait s'empêcher de penser que le rabbin allait l'enfermer dans une boîte et la scier en deux. Peut-être qu'alors il aurait enfin obtenu ce qu'il cherchait vraiment.

Le rabbin demanda à l'un de ses hommes de s'approcher de la table. Puis il souleva un coin du tissu bleu afin de dévoiler le coin supérieur de l'objet.

Charlotte constata, fascinée, que la surface de ce qui reposait en dessous – une sorte de boîte – resplendissait à la lumière. De l'or ? Les motifs décoratifs de ses bordures ressemblaient beaucoup à l'ossuaire qu'elle avait étudié au Vatican. Un détail en particulier la laissa perplexe : le flanc de la petite partie exposée de cet objet était recouvert de colonnes d'idéogrammes bien alignées. Dans l'angle supérieur, la bordure singulière suggérait la présence au-dessus d'un couvercle ou d'un panneau amovible.

— Donne-moi ta main, dit le rabbin à son comparse.

Sans se poser de question, celui-ci présenta sa paume gauche.

Le rabbin prit une petite lame sur la table et incisa profondément la chair à la base de l'auriculaire de l'homme.

Celui-ci n'avait pas besoin qu'on lui dise ce qu'il avait à faire. Il referma son poing et le secoua très fort au-dessus du coffre mystérieux. Le sang coula de l'entaille sur la boîte.

À l'instant où celui-ci toucha l'enveloppe d'or, de vives étincelles crépitèrent et le pulvérisèrent en minuscules gouttelettes avant de le consumer jusqu'à disparition totale. Tout ça en moins d'une seconde.

Charlotte ne savait pas comment interpréter ce phénomène. L'effet ressemblait à celui de gouttes d'eau tombant sur une poêle brûlante, mais en plus puissant. On aurait pu croire qu'il s'agissait d'une expérience scientifique rudimentaire de conductivité électrique, mais ça ne l'était pas. L'Américaine était captivée.

Le rabbin avait observé très attentivement sa réaction, son incrédulité.

— Maintenant, regardez s'il vous plaît, demanda-t-il.

Il décapsula la fiole, puis la brandit juste au-dessus de l'endroit où le sang du nervi avait été complètement désintégré. Cohen renversa lentement le flacon pour que le sang de Charlotte coule en un mince filet. Quand il toucha le couvercle d'or, rien ne se passa. Pas la moindre étincelle.

Le rabbin sourit victorieusement.

— Le sang nous relie. Le sang nous sépare. La pureté et l'impureté.

— Que signifie tout ça ?

— Vous voyez, docteur Hennessey..., dit le rabbin. (Son ton était soudain devenu plus révérenciel.) Le sang le plus pur renferme l'Alliance de Dieu donnée à Moïse sur le Sinaï. Le sang du Messie est le plus pur... le plus *sacré*. Ce coffre n'a pas été ouvert depuis deux mille ans. Jésus a été le dernier à le toucher, à se voir donner l'Esprit. Mais les prophéties ont annoncé la venue d'un autre élu après lui. Il s'est sacrifié sur le Golgotha pour que Ses os – Son sang sacré – soient transmis au Messie suivant au moment idoine.

Maintenant, Charlotte devait combattre une irrépressible envie de sourire. C'était un discours délirant.

— Si vous ne me croyez pas, dit-il, mettez vos mains sur le coffre.

— Mettez les *vôtres* dessus, rétorqua-t-elle.

Il secoua la tête.

— Vous ne comprenez toujours pas.

Cohen fit un signe aux hommes et ils s'emparèrent d'elle pour la pousser vers la table.

— Hé ! protesta Charlotte.

Elle se débattit pour se dégager.

— Pas besoin d'être brutal. Je vais la toucher, votre boîte.

Le rabbin leur fit signe de reculer.

— Bon, dit la jeune femme. Je vais jouer à votre jeu.

En approchant du coffre, Charlotte ne put s'empêcher d'admirer la qualité du travail d'orfèvrerie. La scientifique examina attentivement ses flancs en quête de fils cachés qui auraient pu déclencher le phénomène lumineux dont elle avait été témoin. Mais quelque chose d'autre s'éveilla en elle, quand elle renonça à trouver une quelconque supercherie.

La jeune femme tendit la main. À la périphérie de sa vision, elle pouvait deviner que les hommes s'étaient légèrement reculés. Le rabbin lui-même paraissait retenir sa respiration.

C'est l'heure du grand show, pensa-t-elle. Très lentement, Charlotte abaissa sa main gauche vers le couvercle d'or.

59

Avant de gagner finalement la porte de service derrière le bâtiment, Amit attendit deux bonnes minutes derrière la camionnette en réfléchissant à la meilleure manière de procéder. Dans sa tête, différents scénarios se bousculaient et chacun d'eux mettait en scène des supplétifs meurtriers du Mossad jaillissant de l'immeuble et le mitraillant de tous côtés. De ce fait, il en était venu à se demander quel effet cela ferait de se prendre plusieurs balles dans la peau puisqu'il ne disposait plus de la protection d'un gilet pare-balles. Assurément, ce ne pouvait être plaisant et il n'était pas assez curieux pour avoir envie d'essayer.

Néanmoins, ce qu'avait voulu protéger rabbi Cohen avec tant d'énergie se trouvait très probablement dans la salle de conférences de l'AAI. Et, dans l'esprit d'Amit, il ne faisait aucun doute que c'était sa découverte à Qumrân qui avait provoqué le voyage précipité du rabbin en Égypte. L'archéologue aurait parié ses organes génitaux que l'objet qui se trouvait présentement à l'intérieur de ce bâtiment était la relique qui trônait jadis au cœur du temple de Salomon.

Au bout du compte, ce fut le souvenir de la balle qui avait tué ce pauvre David et de celle qui avait presque mis un terme prématuré à sa première véritable ébauche de relation avec une femme depuis Dieu savait quand, qui le décida à se rapprocher de la porte.

Après toutes ces considérations, parvenu en quelques pas prudents à la porte dans un silence parfait, sa main gauche prête à réagir et à presser la détente du Beretta, il posa sa dextre sur la poignée et s'apprêta à un déblocage du verrou de la porte en trois temps. Mais celle-ci était verrouillée.

Verrouillée ?

— Merde ! cracha-t-il sans trop se soucier de se faire entendre.

Il plaqua son oreille contre l'huis pour tenter de percevoir le moindre signe d'activité provenant de l'intérieur, mais la porte était épaisse. Il pouvait y avoir quelqu'un juste derrière en train de jacasser.

Coinçant le pistolet au creux de ses reins dans la ceinture de son pantalon, il plongea les doigts dans la poche intérieure de sa veste pour récupérer son trousseau passe-partout de Gaza. L'entraîneur de tension plat glissa dans la serrure avec à peine un murmure. Amit le tourna dans le sens des aiguilles d'une montre. Le crochet palpeur se faufila à son tour à côté. Dix secondes de tâtonnement et de torsion débloquèrent le verrou.

Encore gagné.

Il retira doucement les outils et les remit dans sa poche. Puis il reprit le pistolet d'une main et tendit l'autre vers la poignée. Ses yeux s'arrêtèrent un instant sur le blindage circulaire d'une seconde serrure, le pêne dormant au-dessus de la poignée. S'il fallait ouvrir celle-là aussi, il ne pourrait pas le faire avec la même discrétion.

Il se mordit les lèvres et commença à tourner régulièrement en trois temps.

— Allez !

Il sentit une petite résistance.

— Cède.

Toujours un peu de résistance.

— Me fais pas ce sale tour.

Chtonk.

Amit lâcha un soupir et fit une pause pour reprendre ses esprits.

Le mouvement suivant, c'était quitte ou double.

Il inspira une nouvelle fois.

Tapi le plus possible, Amit ouvrit la porte et brandit le pistolet droit devant lui. Mais le couloir derrière était sombre et vide. Et, par chance, aucune alarme ne semblait s'être déclenchée. Cohen l'avait très probablement éteinte quand il était entré dans le bâtiment. Le type donnait l'impression d'avoir tous les mots de passe et tous les codes d'Israël – et apparemment aussi de certains obscurs endroits d'Égypte.

Amit s'avança à l'intérieur. Il retira ses chaussures à semelles en caoutchouc désagréablement couinantes et il les prit dans sa main droite pour s'enfoncer plus avant dans le bâtiment.

60

Le couvercle d'or du coffre paraissait chaud et picotait les doigts de Charlotte. C'était une sensation très similaire à celle qu'elle avait ressentie, se souvenait-elle, lorsque Evan lui avait fait l'injection qui avait introduit l'ADN sacré dans son sang. Il y avait certainement une énergie stockée à l'intérieur de cet objet, pensa-t-elle..., même si elle n'était probablement pas mesurable en volts.

Elle avait entendu au moins deux des hommes présents manifester ostensiblement leur surprise. Jusque-là, probablement dubitatifs quant au fait qu'elle soit vraiment l'Élue, ils avaient semblé s'attendre à sortir de la salle une carcasse carbonisée.

Cohen joignit ses mains dans un claquement.

— Ah ! laissa-t-il joyeusement échapper. Vous voyez ! Voyez-vous tous ce prodige ? Vous êtes témoins de l'accomplissement d'une prophétie ! lança-t-il à la cantonade.

Il continua sur le même registre, mais Charlotte ne l'écoutait plus, parce que quelque chose de très étrange était en train de se produire à la fine surface du voile qu'elle était la seule à voir. Il paraissait se soulever subtilement : une déformation quasi invisible, mais ondoyante. Ce phénomène à peine sensible aurait facilement pu passer pour un défaut momentané de sa vision périphérique.

Mais la distorsion était circonscrite à un endroit précis. Et quand elle testa sa vision en déplaçant légèrement son regard, la déformation demeura stationnaire. Effrayée, elle retira immédiatement sa main.

Et le phénomène disparut.

Bon sang, qu'est-ce que c'était ?

— Ne soyez pas effrayée, mademoiselle Hennessey, dit le rabbin avec douceur.

Il s'avança vers elle et posa une paume sur son épaule.

Elle savait qu'il ne faisait pas allusion à ce qu'elle venait de voir – ou pensait avoir vu. C'était la main qu'elle retirait brusquement qui avait attiré l'attention du religieux.

— Ce que vous sentez, c'est le Saint-Esprit, expliqua-t-il. Jésus l'a senti Lui aussi quand Il a posé sa main en ce même endroit et que l'Esprit a pénétré en Lui – comme il avait pénétré en Moïse au sommet du Sinaï. Le sang sacré est un don, répéta-t-il. Une porte pour entrer dans la lumière qui gouverne toute création.

— Alors prenez le sang de votre fils, fulmina-t-elle. Si vous dites que je l'ai guéri en utilisant ce pouvoir, il a donc dû lui être transféré, pas vrai ? Ou laissez-moi guérir le mal dont vous pouvez souffrir, et ensuite vous ferez ce que vous voudrez avec cette boîte, le sang…

Secouant la tête, il répondit sèchement :

— Ça ne fonctionne pas comme ça, docteur Hennessey. Si c'était aussi facile, je n'aurais pas besoin de vous.

Elle avait noté qu'en disant ces mots les yeux du rabbin s'étaient détournés.

— Je ne vous suis pas, répondit-elle.

— Vous avez été choisie. Pourquoi ? Je l'ignore. Mais on ne discute pas le plan du Seigneur.

De nouveaux mouvements oculaires du rabbin lui soufflèrent que celui-ci ne disait pas tout.

— Vous avez déjà essayé, c'est ça ?

La mâchoire du rabbin se crispa et ses yeux s'embrasèrent sous l'emprise de la fureur.

C'est alors que la vérité se révéla à Charlotte.

— La main de votre fils, lança-t-elle d'un ton accusateur. Quand vous avez vu qu'il marchait, vous l'avez amené ici. Vous lui avez fait toucher le…

Sans sommation, la main du rabbin fendit l'air pour atterrir sèchement sur la joue de la généticienne.

— Silence ! hurla-t-il.

Ce qui était arrivé à Joshua était une chose horrible. L'odeur de chair brûlée lui imprégnait encore les narines. Il avait presque instantanément écarté de l'arche le garçon terrifié, mais les dommages étaient faits. Les doigts de Joshua avaient grillé et s'étaient rétractés comme une serre. Pourtant, alors qu'il réconfortait son fils dans ses bras, il avait pu voir que la chair se régénérait. Il n'y avait pas à s'y méprendre. Lorsqu'il s'était ressaisi et qu'il avait fait descendre Joshua au sous-sol pour être montré à la généticienne, la douleur du garçon avait déjà diminué. La main quant à elle était encore en voie de guérison. Plongeant son regard dans les yeux de son fils, il avait immédiatement compris qu'une autre blessure – une blessure beaucoup plus profonde et inguérissable celle-là – lui avait été infligée. Le rabbin lui-même souffrait intérieurement : il souffrait de l'extrême déception d'être confronté encore une fois à un fils – un « héritage » – brisé. Il avait séance tenante demandé à Devora de bander la main du garçon afin que sa blessure n'atténue pas le message qu'il avait besoin de relayer à Charlotte.

— Après avoir patiemment attendu des siècles, répondit-il, rien n'est abandonné au hasard. Le risque inutile n'est pas acceptable.

Charlotte plaqua sa main contre le feu brûlant de sa joue. Elle remarqua que, durant tout cet échange, la femme du rabbin était restée debout dans le couloir enténébré à écouter. Cependant, le rabbin lui-même ne s'en était pas rendu compte.

— Et blesser le fruit de votre chair et de votre sang est un risque nécessaire et acceptable ? rétorqua-t-elle. Vous n'auriez pas pu faire vous-même le cobaye ?

À un doigt de la frapper de nouveau, Cohen s'avança si près d'elle que son nez touchait pratiquement le sien. Ses yeux étaient fous.

— Vous n'êtes pas un sauveur, ragea-t-elle. Vous êtes un lâche. Un lâche qui envoie des assassins tuer des innocents. Un lâche prêt à sacrifier son propre fils pour sauver sa peau. À votre avis, que pense Dieu de tout ça ?

— Abraham aussi était prêt à sacrifier son fils. Même Dieu a sacrifié le sien.

Il inspira une bouffée d'air rassérénante et se referma.

— Assez maintenant, coupa-t-il d'une voix étrangement calme. Le temps est venu.

— *Quel* temps ?

Elle savait que les anciens juifs étaient très enclins aux offrandes sacrificielles. Les images de nombreux animaux découpés sur un autel lui venaient à l'esprit, mais elle filtrait ses souvenirs en quête d'exemples plus réjouissants. Un autre regard rapide à la porte lui indiqua que l'épouse du rabbin avait disparu.

Cohen ignora la question de Charlotte et reporta son attention sur sa clique. Pointant du doigt la relique, il leur ordonna :

— Remettez-la dans la caisse et déposez-la dans la camionnette. Vous savez ce que vous devez faire d'elle. Nous partons immédiatement.

Les hommes se précipitèrent vers Charlotte. Ils la maîtrisèrent, lui lièrent les mains dans le dos, puis la bâillonnèrent.

61

Dans l'escalier de secours, Amit posa ses chaussures et jeta un coup d'œil à travers la petite fenêtre de la porte anti-feu. La lueur rouge du panneau lumineux « sortie de secours » accroché au-dessus de la porte côté couloir – un corridor qui s'étendait vers la gauche et la droite – lui offrait environ deux mètres de vague visibilité. Mais l'archéologue entendit l'agitation avant d'en découvrir la cause.

D'abord passa une grosse caisse posée sur un chariot qu'un homme poussait vers l'ascenseur adjacent à la porte de secours. Cinq autres hommes armés suivaient de près et encadraient une très belle femme entravée et bâillonnée. Dans l'esprit d'Amit, tout un flot de nouvelles questions jaillit.

Finalement le triste maître de cérémonie tout revêtu de noir ferma la marche.

Ce n'était assurément pas un scénario favorable pour jouer au héros. Mais le rabbin était à l'arrière de la colonne, et si Amit pouvait d'une manière ou d'une autre le prendre par surprise…

Il réprima cette forte envie d'utiliser l'élément de surprise dès qu'il essaya d'imaginer ce que Julie lui dirait en cette circonstance : probablement quelque chose du genre : « Du calme, cow-boy. »

Les portes de l'ascenseur s'ouvrirent et la lumière vive de sa cabine se déversa dans le couloir sombre. Amit se plaqua en arrière contre le mur et écouta les autres s'entasser dans la cabine autour du chariot. Quand il entendit les portes se refermer et la machinerie se mettre en marche dans la gaine, il attendit quelques secondes près de la minuscule fenêtre. Puis, toujours tapi au maximum, il ouvrit la porte, pistolet brandi devant lui. Une fois de plus, seul le silence l'accueillit.

Au bout du corridor enténébré, cependant, il pouvait voir de la lumière provenant de la salle de conférences – la dernière porte sur la gauche. Son instinct lui souffla d'aller inspecter la salle pour voir si quelque chose n'avait pas été laissé derrière.

Refermant la porte coupe-feu, il remonta silencieusement le couloir en chaussettes. Ses deux mains tendues étaient serrées autour du Beretta, son index gauche crocheté fermement sur la détente froide.

Alors qu'il se rapprochait des portes ouvertes, il ralentit son pas le plus possible. Glissant sans bruit, Amit se faufila derrière le battant le plus proche. Il jeta un coup d'œil à travers l'interstice séparant celui-ci de l'encadrement de la porte. À l'intérieur de la pièce, il repéra deux silhouettes qui remettaient de l'ordre. Il les reconnut immédiatement. Il y avait l'épouse de Cohen, la réceptionniste peu amène de la Société du Temple. En revanche, Amit eut un instant de doute quand il vit que le garçon était debout et non rivé à son fauteuil roulant. *Joshua ? Bon sang, qu'est-ce que cela voulait dire ?*

Maintenant, une nouvelle opportunité s'offrait à lui. S'il essayait de suivre purement et simplement le rabbin et sa bande, il y avait de bonnes chances pour qu'il ne puisse pas aller bien loin : il risquait de les perdre et de ne pas être capable de retrouver leur trace à temps. Mais s'il pouvait, d'une certaine manière, obtenir des informations sur les projets de Cohen et donc les anticiper…

Manœuvrant autour de la porte, Amit scruta la pièce plus minutieusement pour s'assurer qu'ils n'étaient bien que deux. Puis il s'engouffra dans la salle, pistolet braqué sur le fils du rabbin.

— Ne crie pas ou je te loge une balle dans le crâne, dit-il d'une voix calme.

62

— Bonjour, madame Cohen, dit Amit avec ironie. C'est un plaisir de vous revoir.

Il pointait son arme vers la tête de Joshua. La femme laissa mollement retomber ses bras. Sa main droite tenait encore le tissu avec lequel elle faisait disparaître les traînées sales de la caisse sur le dessus de la table.

— Je vois que votre mari est revenu sain et sauf d'Égypte.

Mme Cohen demeurait silencieuse, parfaitement calme. Cependant, ses yeux paraissaient las, sans vie.

— Il n'est apparemment pas revenu les mains vides, continua Amit. J'aimerais que vous me disiez ce qui se trouvait dans cette caisse ?

Après avoir regardé fixement cinq secondes l'archéologue, elle répondit :

— Pourquoi ça vous intéresse ?

— Parce que, quel que soit ce contenu, votre mari a essayé de me tuer à cause de lui. Il m'a envoyé un tueur. Et il a aussi fait assassiner au moins deux de mes amis.

Il tourna son regard vers Joshua.

— Dont Yosi.

Le garçon avait lui aussi de l'affection pour le vieil homme. Qui n'en avait pas ?

— Yosi est mort d'une attaque cardiaque, rétorqua Joshua.

Devora n'avait pas tardé à découvrir la véritable identité d'Amit dès qu'elle avait prévenu son mari du passage inopiné d'un homme qui s'était présenté sous le nom de Yosi. Quand elle avait décrit le visiteur et sa compagne, son mari avait instantanément manifesté une vive préoccupation. Et le visionnage des enregistrements de sécurité de la Société du Temple n'avait fait que confirmer ce qu'il soupçonnait déjà.

— Non, Joshua. Ce n'est pas une crise cardiaque qui a tué Yosi. Et au moment même où nous parlons, une de mes amies se trouve à l'hôpital avec une balle dans le corps. Tout ça à cause de votre mari, dit-il à Devora. Donc ce qui se trouve dans cette boîte m'intéresse au *plus haut* point.

L'envie de savoir ce qu'il y avait dedans répondait aussi à des motivations plus personnelles, plus égoïstes : si la relique la plus vénérée de la Bible existait encore – même si cette possibilité était infime –, elle serait l'aboutissement d'années de recherches.

— Il a aussi tué beaucoup d'autres personnes, avoua Devora d'une voix faible.

Elle fixait d'un regard vide l'inscription grecque brillant sur une frise de céramique juste sous le plafond en coupole. Elle se rappelait que son mari lui avait dit qu'il s'agissait d'une citation de Platon qui était la plus ancienne référence connue au champ d'étude que l'on appelait maintenant l'« archéologie ». Mais peut-être qu'Aaron avait menti sur ça aussi. Après tout, elle ne pouvait lire le grec – et elle ne pouvait assurément pas le lire, lui.

— Il a fait beaucoup de choses que vous pourriez ne pas aimer. Mais c'est la volonté de Dieu que…

— Non, la coupa Amit. Le meurtre n'est *pas* la volonté de Dieu. Maintenant, je perds un temps précieux. Alors dites-moi ce qu'il y a dans cette boîte ?

— Vous ne me croiriez pas.

Devora secouait la tête.

— Je ferai un effort.

Mais la femme campa sur sa position.

Alors ce fut son fils qui donna la réponse.

— L'Arche d'Alliance.

— Joshua ! s'exclama la mère d'un ton comminatoire en secouant la tête de plus belle.

— Merci, répondit Amit presque en s'excusant.

Mais il se rendait compte que cette confirmation ne faisait que susciter davantage d'anxiété encore.

— Cela n'a plus d'importance maintenant, mère, lui rappela Joshua.

Devora marqua une pause. Elle regardait la main bandée de son fils. Ce que son mari avait fait à la chair de sa propre chair était inqualifiable. Mais ce n'était pas une surprise, dans la mesure où il n'avait jamais témoigné envers Joshua d'amour ou de respect. Être un fils dans la famille Cohen n'était pas une petite responsabilité. Seuls les fils aptes pouvaient exécuter les devoirs d'un prêtre. Or, pour Aaron, Joshua était devenu avant tout une rupture dans la chaîne généalogique. Infirme, le garçon n'avait plus aucune chance de servir Dieu en tant que *kohen*.

Et vu le sombre diagnostic concernant l'état de Joshua, l'hypothèse de la naissance d'un petit-fils s'était révélée rapidement vaine. La génétique corrompue du garçon n'aurait même pas supporté une procréation artificielle, s'il avait fallu en arriver là. Au final, Joshua ne pourrait jamais perpétuer le nom des Cohen et le pedigree si précieux qui allait avec – son *yichus.* Quant à Devora, elle avait eu l'infortune de ne pouvoir donner le jour qu'à un seul enfant : une série de kystes bénins apparue après la naissance de Joshua avait commencé à étrangler ses ovaires et il avait fallu les lui ôter. Depuis que la maladie de Joshua s'était déclarée, Aaron n'était pas parvenu à comprendre comment les tares de sa descendance immédiate pouvaient être si graves. À partir de là, son obsession pour la génétique n'avait fait que croître. S'il y avait le moindre moyen de maintenir la lignée, il était déterminé à le trouver.

Bien qu'elle n'ait pas voulu le reconnaître pendant des années, Devora avait fini par prendre conscience que quelque chose ne tournait pas rond chez son mari. Quelque chose qui confinait à la folie obsessionnelle. Il n'était pas difficile d'imaginer ce qu'il était capable de faire aux autres. Et maintenant qu'il avait rapporté l'Arche à Sion, il semblait impossible de prédire ce qui allait advenir.

Le regard d'Amit jongla de la mère au fils, puis revint à la mère. Ils affichaient des mines graves.

— Cette histoire d'Arche ?... C'est réel ?

Les yeux de Devora étaient toujours focalisés sur la main de Joshua lorsqu'elle répondit à Amit :

— L'Arche est une réalité.

Il y avait une nuance d'échec dans sa voix. De décennies d'échec.

— Elle est *très* réelle.

— Mon Dieu ! marmonna Amit.

Voyant que ni la mère ni le fils ne représentaient de menace, il baissa son arme. Si dans un premier temps, il avait mis en doute la sincérité de la femme, il y avait désormais quelque chose dans le regard meurtri de celle-ci qui le persuadait du contraire. Maintenant qu'il se trouvait moins sur ses gardes, il remarqua une mallette sécurisée posée sur une des chaises. Il fit quelques pas vers elle pour mieux l'examiner. C'était un modèle de luxe avec une serrure à combinaison numérique. L'attaché-case du rabbin ? Les rouleaux perdus de Qumrân pouvaient-ils se trouver à l'intérieur ?

— Qu'est-ce que c'est ?

Quand Mme Cohen lui répondit, son inquiétude s'accrut encore. Il demanda qui devait venir la prendre. La réponse ne lui plut pas davantage.

— Quand ?

— À tout instant maintenant, répondit-elle. Ils sont dans le bâtiment.

Amit déplaça la mallette au milieu de la pièce et donna à la femme des instructions spécifiques sur la manière d'effectuer la transaction. Concentrant son attention et le pistolet sur la porte, il avait baissé la voix.

— Vous devez sauver le Messie, laissa échapper Joshua.

Interloqué, Amit demanda :

— *Qui ?*

— La femme… Charlotte. La belle femme qu'ils ont emmenée avec eux. C'est elle, le Messie.

Le Messie ? Amit regarda de nouveau la mère du jeune homme, espérant lire dans ses yeux la confirmation que son fils avait quelques cases de vide. Mais à sa grande surprise, Devora hochait la tête pour manifester son acquiescement.

— C'est vrai, admit-elle. Elle est l'Élue. Vous ne voyez pas que mon fils marche maintenant ?

Cela faisait un peu trop à intégrer d'un coup. D'abord l'Arche, maintenant… le Messie ? Les choses allaient trop vite.

— Elle est le Messie, murmura Amit à l'intention de personne en particulier. Alors parlez-moi d'elle. Je veux aussi savoir ce qu'elle a à voir avec l'Arche… Et je veux savoir ce que votre mari envisage de faire.

63

— Regarde-moi cette saloperie, grommela Kwiatkowski.

Il déroulait la serviette maculée de sang de son avant-bras mutilé.

Clignant sporadiquement, ses yeux injectés de sang pleuraient encore sous l'effet persistant des brûlures chimiques. Penché au-dessus du lavabo de la salle de bains, il tourna les robinets de chrome grinçants.

Orlando regardait son partenaire achever d'enlever son bandage de fortune. Il eut un mouvement de recul lorsqu'il vit le tissu grossier de la serviette arracher un gros morceau de croûte en forme de croissant. La profonde blessure à vif se scindait comme des lèvres en train de sourire. La couleur de la chair autour avait viré au pourpre. Le sang zigzaguait sur les muscles de l'avant-bras jusque dans le lavabo et rosissait le fond d'eau.

— Ce curé t'a vraiment eu pour de bon.

Jetant la serviette souillée dans la poubelle, ses yeux rouges enflammés foudroyèrent Orlando.

— Il a juste eu de la chance. C'est tout.

Kwiatkowski essaya de remuer ses doigts bleu-pourpre : le résultat fut positif pour l'annulaire et l'auriculaire, limité pour le majeur et nul pour les deux autres.

— Ces maudits nerfs sont sectionnés. Merde !

Au total, six heures s'étaient écoulées depuis qu'ils avaient quitté la maison d'hôtes du Vatican et chargé la généticienne dans la camionnette de location. Ils avaient sans problème franchi la porte Pétrinienne alors que la garde suisse concentrait son attention sur l'alarme incendie qui s'était déclenchée dans la *Domus*. Le prêtre avait involontairement facilité leur fuite. À Fiumicino, la prisonnière avait été transférée dans le jet privé du rabbin. Comme Cohen l'avait promis, ses privilèges diplomatiques leur permirent de contourner tous les postes de contrôle. L'homme paraissait avoir encore plus d'influence que le pape. Le vol cahoteux de Rome à Tel-Aviv dura moins de deux heures et demie. Dès qu'ils atterrirent, le transfert dans une nouvelle camionnette marqua la dernière phase de la livraison du « colis » au musée Rockefeller.

Maintenant il était temps de récupérer le solde de leurs gages.

La répulsion laissant place à la curiosité, Orlando observa la blessure de son complice plus cliniquement.

— Est-ce qu'il a brisé l'os ?

— Je ne crois pas.

— Ç'aurait pu être pire.

— Tu te fous de moi ? C'est pas comme si je m'étais coupé en me rasant.

Il se pencha et maintint son bras pitoyable sous l'eau qui coulait du robinet. Du sang suintant et de gros morceaux de croûte furent avalés par le siphon.

— Dès qu'on a l'argent, tu me déposes à l'Hadassah.

— Pas de problème, répondit l'autre en lui tapotant l'épaule.

C'en était un gros, en réalité. La main handicapée était celle avec laquelle Kwiatkowski tirait. Il était clair que même le meilleur chirurgien d'Israël aurait du mal à restaurer les tendons passant par l'index qui pressait la détente. Ce qui rendait cet homme professionnellement inutile.

— Tu as fait du bon travail. Tu auras tout le temps nécessaire pour te reposer quand on aura fini ce job.

Tout le temps nécessaire. Il lui tendit une serviette propre.

Kwiatkowski soupira.

— La femme du rabbin a l'argent ?

Il regarda Orlando dans le reflet du miroir.

— Exact.

— Des euros, pas des shekels, hein ?

— Oui.

Dégainant à la vitesse de l'éclair, Orlando brandit son pistolet et tira dans l'oreille gauche de son comparse.

Le géant bascula de côté et frappa le mur là où la balle venait de fendre les carreaux. Il s'effondra sur le sol dans un éclaboussement de sang et de cervelle.

Après avoir rengainé son pistolet dans son holster, Orlando se dirigea vers la sortie.

64

Orlando se dirigeait à grands pas vers la salle de conférences. Son pistolet oscillait comme un pendule dans sa main droite.

— Madame Cohen ? appela-t-il du couloir.

Alors qu'il se rapprochait de la pièce, il vit des ombres évoluer dans la lumière. Puis, les mains jointes, la matrone hassidique dans sa robe tombant aux chevilles apparut silencieusement dans l'ouverture de la porte.

— Oui, ici, s'il vous plaît, dit-elle avec tiédeur.

Les muscles de l'assassin se détendirent. Il passa devant elle et brandit prudemment son pistolet devant lui pour pénétrer dans la salle octogonale.

— Où est votre partenaire ? s'enquit-elle en le suivant.

— Il est allé directement à l'hôpital.

— À cause de son bras ?

— Oui, il est dans un état effroyable, confirma le tueur à gages.

Son visage figé signifiait clairement qu'il ne voulait pas qu'on lui pose davantage de questions sur le sujet.

Une expression hagarde hanta momentanément ses traits quand il aperçut le fils du rabbin à l'autre extrémité de la salle, debout près de la mallette sécurisée gris argent. Quand il était arrivé ici, le garçon spectral au visage émacié était recroquevillé dans un fauteuil roulant. Moins d'une heure après sa sortie de la pièce où la généticienne était détenue, il avait commencé à parler frénétiquement de ses jambes et des étranges sensations qu'il ressentait. Puis le garçon s'était maladroitement levé de son fauteuil. Certes, le résultat n'avait pas été terrible : le garçon parvenait à rester debout en s'aidant du mur et du fauteuil. Mais, pleurant comme un bébé, il s'était incontestablement dressé sur ses deux pieds. Les circonstances lui avaient paru éminemment suspectes, aussi Orlando était-il immédiatement parti chercher le rabbin. Or le tueur ne s'était pas attendu à l'authentique stupéfaction de Cohen.

Le regard fixe et accusateur du garçon glaça étrangement Orlando. L'assassin se dirigea vers la mallette et passa ses doigts sur les touches numériques.

— Ne vous inquiétez pas. Tout le prix du sang est ici, dit Mme Cohen sans émotion.

Elle ne cherchait assurément pas à remporter un concours de popularité.

— Le code ?

Il remit le pistolet dans son holster dès lors qu'il avait besoin de ses deux mains pour ouvrir la mallette.

L'épouse de Cohen lui fournit le chiffre.

Orlando le composa et les pênes se rétractèrent à l'intérieur de la valise. Avec un grand sourire, il souleva le couvercle. Le sourire s'évanouit dès qu'il baissa les yeux sur les tas bien ordonnés de billets.

— Des shekels ? gronda-t-il. J'avais spécifiquement réclamé des euros, pas cette monnaie juive. Maintenant, où vais-je pouvoir changer ça à cette heure ?

— Ouvrez un compte bancaire demain matin, répondit-elle froidement.

— Vous vous croyez drôle ? siffla-t-il.

Récupérant son pistolet, il le braqua sur le visage pâle du fils.

— Moi aussi, je peux être drôle, ajouta l'assassin.

Brusquement, le panneau de bois recouvrant la façade de la table s'ouvrit en deux. Dans la même seconde, Orlando sentit une douleur abominable lui transpercer le ventre et la poitrine, comme une lance invisible lui traversant le corps.

— Qu... que... ?

Des giclées de sang s'échappèrent d'un trou juste au-dessus de son nombril et aspergèrent les billets de banque. Absorbé par l'absurdité de la situation, il n'avait pas remarqué que le garçon en avait profité pour s'éloigner. Le tueur hébété s'écarta de la table. Dans une sorte de semi-délire, il se mit à agiter le pistolet de tous côtés, tirant des coups de feu au hasard : sur la table, sur le plafond, par-dessus son épaule...

— Foutus sacs à m... ! bredouilla-t-il.

Les cliquètements du chargeur vide retentirent rapidement.

C'est alors qu'un barbichu massif jaillit de sous la table et lui tira trois balles dans la poitrine.

Orlando s'écrasa sur la table de conférence et son sang se répandit sur le vernis fraîchement poli. Il voulut leur lancer de nouvelles imprécations, mais ses mots se noyèrent dans un flot de bile et de sang qui glougloutait dans sa gorge. L'épouse du rabbin s'approcha de la table, les bras croisés sur sa poitrine. Il la vit sourire pour la première fois.

Et une fraction de seconde avant les ténèbres, il sentit son crachat lui frapper l'œil.

65

Amit récupéra ses chaussures dans l'escalier de secours et rebroussa chemin vers le rez-de-chaussée. Lorsqu'il atteignit, arme au poing, la porte de service à l'arrière du bâtiment, la camionnette de livraison n'était plus là, ce qui n'avait rien de surprenant. En revanche, la disparition du camion semblait plus étrange.

L'histoire fragmentaire que lui avait racontée Mme Cohen était presque trop incroyable pour être vraie. Mais même si elle l'avait embellie d'une demi-vérité, le sort que rabbi Cohen paraissait vouloir réserver à l'Arche et à son « Messie » captif était terrifiant.

Sans perdre une seconde, Amit se lança dans un sprint pour retourner à sa voiture. À mi-distance, il sortit de sa poche son téléphone portable et appuya sur le bouton « émission ». L'appel se connecta au bout de trois sonneries. Comme toujours, Énoch se faisait un devoir de répondre à son appel quelle que soit l'heure.

— Hé, put-il simplement dire en haletant violemment.

— Vous vous envoyez en l'air ? plaisanta Énoch.

Dans d'autres circonstances, Amit aurait ri de bon cœur.

— J'ai besoin… de ton aide. C'est… crucial.

Le ton de son interlocuteur redevint instantanément sérieux.

— Racontez-moi.

— Juste une sec… onde, dit Amit qui arrivait près de sa voiture.

Il plongea à l'intérieur et fouilla ses poches pour trouver la clé. Le moteur de la Fiat se mit à gronder.

— Où êtes-vous ?

Amit le lui dit alors qu'il démarrait et s'engageait dans l'allée incurvée. Il fit une nouvelle pause pour réguler son rythme cardiaque, puis exposa les faits tels que l'épouse du rabbin les lui avait racontés : l'enlèvement d'une généticienne américaine, la cargaison clandestine rapportée d'Égypte…

— Et où Cohen se dirige-t-il ?

— Le mont du Temple.

Quand Devora lui avait avoué ça, son cœur avait presque lâché.

— Ç'a quelque chose à voir avec les fouilles dans le tunnel du Mur occidental, ajouta-t-il. Mais c'est la partie de l'affaire à propos de laquelle j'ai le moins d'éléments.

— Qu'y a-t-il dans la caisse ? demanda Énoch.

— Quelque chose de très dangereux.

Cette réponse fit craindre le pire à l'agent du Mossad, parce que certains sionistes de la mouvance radicale étaient considérés comme des extrémistes religieux et même des terroristes. Le Mossad gardait un œil très attentif sur la poignée d'entre eux qui étaient considérés comme des menaces crédibles. Mais, en un certain sens, rabbi Cohen avait échappé aux radars de surveillance.

— Une bombe ?

Amit appréciait l'effet percutant que cette proposition avait eu sur Énoch. Aussi poursuivit-il dans cette voie allusive.

— Ça ou quelque chose de pire.

En réalité, si c'était bien l'Arche qui se trouvait dans cette caisse, il n'exagérait pas le risque.

Dans la ligne droite sous le mur oriental du mont du Temple, il poussa le moteur pour dépasser une berline Toyota qui se traînait le long de Derech Ha'ofel.

— J'y suis presque maintenant, lui dit Amit. Il faut que tu viennes ici immédiatement, sur la place du Mur occidental. Et avec des renforts.

— D'accord, capitaine, répondit l'autre. Je me mets en route. Accordez-moi dix minutes. Et surtout ne franchissez pas la porte. Ne faites rien d'irréfléchi avant que j'arrive.

Par chance, si Énoch faisait ses rapports réguliers à Tel-Aviv, il passait trois jours par semaine à l'appartement qu'il possédait sur Derech Beit Lehem à Jérusalem.

Amit poussa la voiture au maximum. Les phares traçaient une ligne droite sous les tombes blanches massées le long du mur oriental du mont du Temple.

Les craintes de l'archéologue se renforcèrent. L'Ancien Testament présentait l'Arche d'Alliance comme un téléphone direct avec le Ciel, un canal permettant à Moïse et Aaron de communiquer avec Dieu dans le Tabernacle. L'Arche pouvait invoquer l'essence de Dieu sous la forme d'une brillante lumière : la *Shékinah*. La liste de ses pouvoirs surnaturels était longue : on la disait notamment capable de léviter et de tuer les scorpions et les prédateurs dangereux à distance ; elle pouvait repousser les rivières et déplacer la terre ; et aussi consumer spontanément quiconque entrait en contact avec elle.

Mais ce qui préoccupait le plus Amit, c'étaient les descriptions détaillées que proposait la Bible de l'Arche en tant qu'arme suprême de destruction massive, capable de concentrer la colère de Dieu pour décimer les armées et anéantir les cités. Était-ce ce pouvoir que recherchait Cohen ? Et qu'en était-il de cette femme que Joshua avait désignée comme le Messie ? Si Cohen croyait vraiment qu'elle l'était, alors il allait de soi qu'il était aussi convaincu que l'Américaine déclencherait le jour du Jugement dernier qui ferait de nouveau de Sion l'épicentre du monde de Dieu. Amit ne pouvait se débarrasser des images d'un mont du Temple rasé et d'une grande cité du Temple renaissant de ses cendres.

Un truc effrayant.

Non. Un truc de *dingue.*

L'homme de science et de raison qu'il était ne pouvait croire à ce qu'il supputait. Mais, au fond de lui, tout lui soufflait que c'était cohérent. Le second livre du Pentateuque (la Torah des juifs), l'Exode, décrivait l'Arche d'Alliance comme faisant une coudée et demie de haut et de large, sur deux coudées et demie de long. Il était courant d'admettre que la coudée à laquelle Dieu faisait allusion n'était pas la même que celle que Noé utilisait comme unité de mesure pour la construction de son arche *capable de naviguer.* Dès lors que Moïse était égyptien, il avait dû utiliser la coudée royale égyptienne. En termes modernes, cela donnait des dimensions pour l'Arche d'environ soixante-quinze centimètres de haut et de large sur un peu moins d'un mètre et demi de long.

Concrètement, la caisse que poussaient les sbires de Cohen au musée aurait facilement pu la contenir.

Ça lui prit moins d'une minute pour couper à travers la vallée du Cédron et s'approcher de la porte du Fumier par laquelle des bus de touristes pénétraient dans la vieille ville pour décharger leurs passagers à l'extérieur des postes de sécurité. Malheureusement, du fait du très court trajet depuis le musée Rockefeller et de l'avance confortable dont disposait Cohen, il était quasiment certain que le rabbin se trouvait déjà de l'autre côté.

Au lieu d'attirer l'attention en se dirigeant droit sur la porte, Amit prit à gauche là où un panneau routier brun indiquait la direction de la cité de David en anglais et en hébreu. Il se rangea immédiatement le long du trottoir.

Quand il sortit de la voiture, deux Palestiniens assis sur des tabourets autour d'un plateau de backgammon se mirent à l'invectiver en arabe. Ils montraient du doigt la voiture et lui demandaient de manière grossière de la déplacer.

N'ayant pas le temps de discuter avec eux, Amit jeta le trousseau de clés sur le plateau de jeu et leur dit :

— Elle est à vous. Prenez-la.

Puis il s'éloigna vers la porte.

66

L'esprit du rabbin Aaron Cohen était tendu à l'extrême. Les choses avaient commencé à se déliter et n'avaient depuis longtemps plus rien à voir avec son plan d'origine. Il fallait s'attendre à des morts. Les sacrifices étaient toujours nécessaires. Par ailleurs, un fait le préoccupait sérieusement : l'assassin missionné pour liquider Amit Mizrachi ne s'était pas présenté au musée comme il le lui avait ordonné. L'archéologue était-il encore en vie ?

Il repensa à l'événement qui avait tout précipité, ce musulman qui s'était introduit clandestinement dans le tunnel et qui avait pu rapporter à quelqu'un de l'extérieur ce qu'il avait vu sous le mont du Temple. Qui avait-il appelé ? Quelle allait être la réaction ? Il y avait trop de possibilités.

Mais si l'Arche avait une destinée, elle était certainement entre les mains du Seigneur maintenant. Après tant et tant de siècles, le Témoignage était de retour à Sion, prêt à accomplir les grandes prophéties mises en mouvement deux mille ans plus tôt par Jésus.

— Déchargez le camion, ordonna Cohen à son chef d'équipe.

Revêtu de la combinaison bleue et du casque blanc de l'Autorité pour les antiquités israéliennes, l'homme regarda avec méfiance par-dessus l'épaule du rabbin les six soldats de Tsahal montant la garde devant la porte voûtée. Ils étaient tous occupés à discuter et à fumer.

— Et les militaires ?

— Ne t'inquiète pas pour eux, dit Cohen. Ils ne savent rien. S'ils posent le moindre problème, vous ferez le nécessaire pour les tenir à distance.

Le chef d'équipe anxieux n'avait plus de questions à poser. Il cria des consignes aux hommes appuyés contre les flancs du camion à plateau qui avait reculé jusque sous l'arche de Wilson.

Cohen regarda un autre membre de l'équipe lever la fourche d'un chariot élévateur et l'enfoncer sous la première palette de pierres. Le moteur de la machine gronda bruyamment et toute son armature gémit sous le poids extrême. Avec un bip-bip sonore, la machine recula lentement en épousant un arc de cercle, puis déposa la palette sur le sol. La procédure se répéta et la seconde palette vint se poser à côté de la première.

Une fois le chariot élévateur retourné à son emplacement d'origine et son moteur coupé, Cohen tendit le doigt vers les palettes et lança à son chef d'équipe :

— Sortez-les et apportez-les directement à l'intérieur, compris ?

— Tout de suite, rabbi.

— Je dois me préparer. Je vous retrouve là-bas.

Cohen ouvrit la portière passager de la camionnette blanche et récupéra deux sacs noirs : une housse à vêtements et un sac fourre-tout. Puis il se dirigea vers les marches et s'enfonça dans le tunnel sous le Mur occidental.

67

— Désolé, capitaine, s'excusa Énoch.

Une cigarette allumée dans la main droite, il rejoignit au petit trot Amit qui l'attendait à l'extérieur de la porte du Fumier.

— Si on était à Gaza, j'aurais fait un rapport sur toi au bureau de l'*aluf*, l'accueillit l'archéologue avec un sourire. Mais dans le monde civil, on va considérer que cinq minutes de retard est une faute pardonnable.

Il serra la main de son ancien subordonné avant de l'étreindre.

— J'apprécie vraiment que tu sois venu.

— Je n'aurais voulu rater ça pour rien au monde, répondit l'agent du Mossad avec un sourire sardonique.

L'image d'Énoch Blum qui resterait à jamais gravée dans la mémoire d'Amit – celle d'un jeune garçon timide et atrocement maigre – ne cadrait plus avec l'homme qui se tenait devant lui. Plus lourd d'au moins quinze kilos mais sans une once de graisse, Énoch était devenu un gars intimidant. Pour tout dire, il donnait l'impression de pouvoir soulever une voiture à bout de bras. Son visage aussi s'était arrondi : il était plus beau, mais il avait toujours le même nez osseux et le même menton sous-dimensionné.

— Tu n'as toujours pas arrêté cette saleté ? dit Amit, le doigt tendu vers la cigarette. Pourquoi continues-tu à te tuer à petit feu, tu as une famille maintenant ?

Énoch leva les sourcils, tira une dernière bouffée, jeta le mégot sur le sol et l'écrasa sous sa semelle.

— Et en plus, je vis à Jérusalem et je travaille pour le renseignement israélien ! répondit-il avec un petit sourire narquois. Les cigarettes sont bien le dernier de mes soucis.

— Un point pour toi. As-tu pu rameuter du monde ? demanda Amit.

Il put sentir une excuse se préparer.

— J'ai essayé, assura l'autre. Mais on m'a objecté que la zone était déjà archisurveillée. Les soldats de Tsahal sont trois fois plus vigilants ici que n'importe où ailleurs.

Ses yeux se déplacèrent vers la place du Mur occidental.

— Tu n'as pas mentionné l'enlèvement ?

— Bien sûr que si. Mais d'après les gardes, là-bas… (Il indiquait le passage de service de la porte du Fumier à gauche du parking des bus à touristes.)… Cohen est entré il y a peu dans la zone et il n'y avait aucune femme avec lui, ni aucune caisse.

Quoi ?

— Donc, à moins d'avoir une preuve à fournir, inutile de vous rappeler que le rabbin est intouchable. C'est votre parole contre la sienne. Et je ne parle même pas de l'ex-soldat de Tsahal qu'on vient de ramasser sur le carrelage du musée d'Israël et qui aurait pu, à lui seul, m'empêcher d'être ici avec vous.

L'expression d'Amit vira à l'aigre.

— Il y a là-bas de nombreux témoins qui affirment que celui qui l'a abattu est un type massif avec une barbiche et une parka de treillis. Pas franchement un modèle de discrétion. Résultat des courses, je vous informe que vous êtes recherché pour interrogatoire. Et ça ne m'a pas particulièrement aidé à trouver ce dont vous aviez besoin, si vous voyez ce que je veux dire. Vous auriez pu me prévenir, vous savez.

Maintenant, c'était Amit qui se retrouvait en position de devoir présenter des excuses.

— Désolé.

— Bah ! ne vous inquiétez pas. C'était un beau carton, en tout cas. Vous avez eu le type en plein dans la colonne vertébrale.

— Je visais la poitrine, mais merci quand même.

— Vous avez gardé l'arme ?

Amit sortit le Beretta de David, puis le laissa retomber au fond de sa poche.

Le sourcil gauche d'Énoch s'arqua vers le haut.

— Il fera l'affaire. Allons-y.

L'agent du Mossad s'engagea d'un pas rapide dans l'allée conduisant à la barrière et aux tourniquets de sécurité disséminés tout autour de la place.

— Est-ce que vous êtes vraiment sûr de vous, capitaine ? lui demanda Énoch.

— Me suis-je jamais trompé à Gaza ?

— Non, monsieur, répondit-il avec conviction.

Énoch ne comprenait toujours pas pourquoi Amit n'avait pas poursuivi sa carrière dans l'armée. Son ancien supérieur était un chef aux qualités innées, réputé pour son habileté fondée davantage sur l'instinct que sur l'expérience. Cependant, la rumeur prétendait que la compétence d'Amit en matière d'archéologie était encore plus impressionnante.

— Alors, c'est comme au bon vieux temps, hein ?

— Exact, l'approuva Amit. Maintenant, use de ta magie avec ces types et fais-nous entrer dans ce tunnel.

Ils ralentirent à l'approche des gardes qui les regardaient venir, puis s'arrêtèrent à leur hauteur.

De la manière la plus naturelle, Énoch plongea la main dans la poche de son pantalon pour y récupérer son badge d'identification du Mossad.

68

Charlotte Hennessey avait l'impression d'être une enterrée vivante. Comprimée dans une caisse de bois où il faisait aussi noir que dans un four, elle sentait l'oxygène se raréfier de minute en minute. Avec ses genoux coincés contre ses seins, ses mains étroitement liées dans le dos, elle avait vu ses crampes musculaires faire leur retour à grande vitesse. Si elle n'avait jamais été claustrophobe, cette situation, pensa-t-elle, aurait pu déstabiliser le grand Houdini lui-même.

Le rabbin avait promis que le trajet serait court. Sur ce point au moins il n'avait pas menti, car, en l'espace de quelques minutes, le camion bringuebalant s'immobilisa. Puis elle entendit les grondements atténués d'un engin sonore, suivis, peu après, par une sensation de mouvement, d'abord vers le haut, puis vers le bas.

Maintenant le bruit se renforçait. Elle perçut des bruits de coups contre la façade de la caisse. Soudain, le bois craqua violemment et tout le panneau avant de la caisse fut arraché.

Une bouffée d'air frais s'engouffra à l'intérieur.

La jeune femme entendit des voix cristallines.

Quand elle releva les yeux, une silhouette sombre lui apparut sur un fond de vive lumière blanche. Des mains se tendirent vers elle, attrapèrent ses chevilles et la tirèrent hors de la caisse.

69

Énoch essayait de faire de son mieux pour rester patient avec les deux agents de police débutants de l'équipe de nuit postés à la barrière de sécurité. Ils avaient déjà confirmé ce qu'ils avaient rapporté à l'occasion d'une précédente requête téléphonique : ils n'avaient vu aucun signe de la présence d'une femme ni d'aucune caisse.

— Et vous avez inspecté les camions ?

— La camionnette était vide, assura le plus grand.

Il tendit un doigt osseux vers l'endroit où elle était garée, de l'autre côté des cordons de sécurité.

— Il n'y avait qu'un chauffeur et le rabbin à l'avant. Rien de suspect. Allez vous rendre compte par vous-même, si vous ne me croyez pas.

Se désintéressant de l'échange entre les deux hommes, Amit se focalisait sur les lumières vives qui passaient sous la porte voûtée dans l'angle nord de la place. Bon sang, que se passait-il à l'intérieur ?

— Et le camion ? demanda Énoch.

Le garde leva les yeux au ciel et soupira.

— Ce même camion est entré et sorti d'ici au moins deux douzaines de fois au cours du dernier mois.

— Mais vous l'avez inspecté ? insista-t-il.

— Il n'y avait qu'un chauffeur dans la cabine. Comme d'habitude.

— Et le chargement ?

Énoch se sentit brusquement oppressé, et les muscles de son cou se tendirent.

Les gardes échangèrent des regards coupables.

— Vous ne l'avez pas contrôlé ?

— C'étaient juste des pierres ! objecta l'homme avec un haussement d'épaules. Qu'est-ce qu'il y avait à contrôler ?

Cette fois Énoch explosa.

— Écartez-vous de ma route, tempêta-t-il. On y va, capitaine.

Le détecteur de métaux réagit à leur passage.

— Attendez ! protesta le plus grand des gardes.

Il leur courait après en agitant son pistolet.

— Pas d'armes à l'intérieur du périmètre ! clama-t-il.

Fou furieux, les yeux semblables à deux dagues acérées, Énoch pivota sur place.

Le garde braqua son arme sur lui.

— Je suis sérieux.

— Tu te moques de moi ? rugit Énoch.

Secouant la tête, il repoussa de la main l'arme du garde.

— Ne teste pas ma patience, ajouta-t-il. Tu sais très bien que les hommes du Mossad ne doivent jamais se séparer de leurs armes.

— Mais…

— Appelle tes supérieurs si tu as une plainte à formuler. Moi, j'ai un travail à accomplir.

Sur ce, Énoch traversa la place avec Amit sur ses talons.

70

— Tout va bien ici ? demanda une femme soldat avec un fusil en bandoulière sur son épaule droite saillante.

Ses camarades l'avaient envoyée s'enquérir de l'origine des bruits qui s'étaient répercutés sous les hautes voûtes.

— Oui, confirma le contremaître de Cohen. Parfaitement bien.

Du coin de l'œil, il voyait ses hommes pousser la généticienne dans les marches menant vers l'intérieur du tunnel.

— C'était quoi ce boucan ? demanda la femme soldat de Tsahal.

— Quel boucan ?

Elle avait beau être une bleue, elle n'était pas idiote. Le gars jouait au sourd.

— Comme du bois qui éclatait.

— Je ne sais pas ce qui…

— Attendez ! dit-elle, une main levée pour le faire taire.

Elle se dirigea vers le camion.

— Que se passe-t-il ici ? demanda-t-elle en se rapprochant.

Le chef d'équipe du rabbin jeta un rapide coup d'œil vers les autres soldats qui discutaient entre eux près de l'entrée. Puis il s'avança vers la femme en uniforme.

Le regard perplexe, celle-ci examinait les cavités aménagées au centre de chaque palette. Des caisses de bois de bonne taille étaient enfouies sous des pierres. Vides ! Les panneaux arrachés de chaque caisse gisaient sur le sol. Pourquoi avait-on dissimulé des caisses sous des pierres ?

Elle cria à ses collègues :

— J'ai besoin d'aide ici !

Les yeux du sbire de Cohen s'écarquillèrent. Dans la panique, il attrapa une pelle posée contre le pare-chocs avant du camion.

La soldate fit glisser le fusil de son épaule et se retourna pour faire face à l'homme du rabbin. Au moment où elle posait le doigt sur la détente, il y eut un grand bruit métallique et une douleur aiguë lui vrilla quasi simultanément le crâne. Un grand blanc immaculé envahit son champ de vision et, alors que son corps s'effondrait mollement sur le sol, son doigt pressa la détente du fusil. Le tir perdu résonna sous les voûtes comme un coup de tonnerre.

Paniqué, le contremaître de Cohen se débarrassa de la pelle et fila en trombe vers le tunnel.

71

Amit et Énoch étaient encore au milieu de la place quand ils entendirent le coup de feu qui provenait de l'arche voûtée illuminée, adjacente au mur des Lamentations. À l'extérieur du porche, les soldats réagirent promptement. Ils saisirent leurs pistolets-mitrailleurs et coururent se mettre à couvert.

— Bon Dieu ! grommela Énoch. Je vais voir ce qui se passe. Vous, vous restez ici une seconde.

Avant qu'Amit ait pu protester, l'autre avait filé ventre à terre.

En arrière, les gardes du poste de sécurité, affolés, se mirent à hurler. Quand l'archéologue se retourna vers eux, ils étaient en train de se quereller à propos de ce qu'il y avait lieu de faire. Puis le plus grand attrapa un téléphone.

Les lumières commençaient à s'allumer aux fenêtres des bâtiments résidentiels surplombant la place.

Amit reporta son attention vers les soldats. Il essayait de comprendre ce que fabriquait Cohen. Que faisait-il dans le tunnel du Mur occidental avec l'Américaine et l'Arche ? Les travaux qui s'y déroulaient depuis le dernier tremblement de terre avaient contraint de fermer l'accès donnant sur la Via Dolorosa. Le tunnel était un cul-de-sac. Cela n'avait aucun sens. À moins que…

Ses yeux remontèrent le long du mur des Lamentations. Reculant de quelques pas, il vit se profiler le sommet éclairé du Dôme du Rocher. Il resta comme hypnotisé quelques secondes. Il commençait à envisager une hypothèse très incertaine.

Tandis que des renforts de l'armée israélienne déboulaient sur la place, Amit comprit qu'il allait devoir déguerpir avant qu'on ne commence à lui poser des questions. Le tunnel était maintenant officiellement en état de siège. Il n'y avait plus grand-chose à faire de ce côté-là. Et, à la différence des soldats, Amit n'avait pas de gilet pare-balles en Kevlar.

Il recula lentement vers les détecteurs de métaux. Mais juste avant de les atteindre, il sauta une clôture de chantier en bois et atterrit sur une passerelle temporaire arc-boutée sur des échafaudages d'acier.

Juste en dessous de cette passerelle, les fouilles autour de l'angle sud-est du mont du Temple, qu'on avait poussées jusque sous les escaliers et les aqueducs de la période ottomane, révélaient un ensemble monumental de colonnes, de marches et de murs du VIIIe siècle avant J.-C., appelé l'édifice Ada Carmi[1]. Alors qu'il remontait le pont temporaire incurvé qui le surplombait, Amit ne put s'empêcher de penser aux sérieux dommages qu'avait subis le site en juin. Pendant la fusillade déclenchée par les voleurs de l'ossuaire sous le mont du Temple – qui n'avaient pas hésité à ouvrir le feu sur des soldats israéliens –, des obus de mortier avaient abattu des murs entiers

1. Du nom d'une architecte israélienne, Ada Carmi-Melamed, qui coordonne la rénovation de cette partie de l'esplanade et notamment la conception d'une nouvelle passerelle. (*N.d.T.*)

et détruit des éléments de maçonnerie datant de l'âge du fer.

Amit progressait sur la passerelle inclinée en se tenant baissé. Il regarda vers la porte voûtée. Des soldats de Tsahal s'y engouffraient maintenant suivis par Énoch.

— Va les attraper, mon garçon, murmura l'archéologue.

La rampe aboutissait à la porte Mugrabim – la porte des Maghrébins – percée dans le flanc du Mur occidental. En temps normal, c'était par là que les touristes accédaient à l'esplanade du mont du Temple. Cependant, le Waqf la maintenait fermée depuis que les travaux de rénovation dans le tunnel du Mur occidental avaient commencé.

La nouvelle porte d'acier fraîchement peinte disposait d'un système de fermeture très moderne. Amit s'apprêtait à mettre une nouvelle fois à l'épreuve ses talents de crocheteur de serrures quand, à sa grande surprise, il s'aperçut que la porte était ouverte.

Ouverte ?

Amit se glissa à l'intérieur et referma le battant derrière lui.

72

Maintenant, le pouls de Charlotte battait à tout rompre. Le coup de feu avait fait activer le mouvement des complices de Cohen. Ils tiraient encore plus fort sur ses bras alors qu'ils traversaient une immense salle voûtée remplie d'échafaudages. À la base de l'un des massifs piliers de soutènement de la salle, trois hommes démantelaient une pile de pierres pour dégager ce qui se trouvait en dessous. Huit autres se tenaient autour d'eux et observaient en spectateurs. D'où elle se trouvait, la jeune femme parvint à peine à entrevoir l'un des hommes en train de vider l'arsenal qui avait été dissimulé là : des pistolets-mitrailleurs et d'autres armes à l'allure inquiétante.

Ils l'entraînèrent vers une porte de sécurité ouverte, puis continuèrent le long des énormes pierres de fondation.

Leur chef, en sueur, venait tout juste de les rattraper. En hébreu, il expliquait ce qui s'était passé. Il les avertit surtout que les soldats progressaient rapidement derrière eux.

Au-delà de la porte sécurisée, le couloir était étroit : d'énormes blocs rectangulaires sur la droite, des plaques de ciment sur la gauche. On l'emmenait assurément dans des profondeurs souterraines. Mais elle se sentait complètement désorientée. Où diable la conduisaient-ils ?

Devant eux, elle aperçut des marches de pierre. Ses gardiens commençaient à devenir nerveux. Ils la poussaient si fort qu'elle menaçait sans arrêt de trébucher.

Du côté gauche, le passage s'élargissait considérablement, mais les énormes blocs sur la droite continuaient de suivre une parfaite ligne droite. Sept hommes barbus revêtus de coiffes et de robes blanches les attendaient. En face d'eux, une demi-douzaine d'autres hommes en combinaison bleue tenaient des armes automatiques dans leurs mains.

Comme si ça ne suffisait pas, Cohen se trouvait là, lui aussi, habillé comme un charmeur de serpents. Cette vision la cloua sur place. Sa longue robe bleu ciel entrelacée de fils d'or scintillant et bordés de glands. Un vêtement cramoisi et pourpre noué autour de sa taille ressemblait à un tablier luxueux. Et son turban coloré était fixé par un bandeau doté d'une lame d'or sur laquelle étaient inscrits des caractères hébreux. L'ensemble incluait encore un pectoral d'or incrusté de douze gemmes rectangulaires étincelantes – dont une topaze, une émeraude, un saphir et une améthyste –, chacune portant des inscriptions hébraïques.

La relique « égyptienne » voilée trônait au milieu de l'assemblée, mais, cette fois, on l'avait équipée de deux longues perches de portage en bois et recouverte de fourrures.

— Enlevez-lui le bâillon, dit Cohen.

L'un des hommes du rabbin coupa la bande adhésive… et lui arracha bon nombre de poils en tirant dessus.

Un moment, le rabbin fixa les boucles rousses de la généticienne.

— Personne d'autre que nous ne vous entendra crier d'ici, dit-il. Donc je vous suggère de ne pas gaspiller en vain votre énergie.

Elle toisa le rabbin d'un air furieux.

— Où sommes-nous ?

— Sous le mont du Temple de Jérusalem, répondit froidement le religieux.

Jérusalem ?

— Que va-t-il… ?

Cohen leva brusquement la main.

— Vous saurez tout en temps utile.

Vu ce qui se tramait à l'extérieur, pensa Charlotte, il semblait remarquablement calme, à l'instar des comparses rassemblés autour de lui. Qu'est-ce que Cohen mijotait ? Il n'allait pas pouvoir rester indéfiniment terré dans ce trou. Avait-il une intention suicidaire ?

Cohen étendit ses mains pour faire signe aux hommes en robe alignés le long du mur de fondation de s'écarter.

Charlotte n'avait pas encore vu ce qu'il y avait derrière eux : un trou béant percé dans l'épaisse couche de mortier et de pierre qui murait une haute arche. Elle regarda quatre hommes en robe prendre position à chacun des angles du coffre. De conserve, ils se baissèrent et attrapèrent l'extrémité de la perche la plus proche. Puis, comme des porteurs de cercueil, ils soulevèrent doucement le coffre du sol.

— Ce à quoi vous êtes sur le point de prendre part, Charlotte, commença le rabbin, est un rituel qui n'a pas été exécuté depuis près de trois mille cinq cents ans.

Le rabbin appela l'un des prêtres restés en retrait. Celui-ci s'empressa d'apporter une coupe d'or dotée d'une longue anse. Charlotte regarda Cohen prendre le récipient dans ses mains, le porter contre sa poitrine, fermer les yeux et psalmodier une prière. Puis il plongea un doigt dans la coupe et projeta une goutte de l'épais liquide rouge sur le seuil enténébré.

Est-ce du sang ?

Il répéta ce geste six fois tout en psalmodiant sa prière.

— Le sang sacré consacre la porte, lui expliqua Cohen.

Charlotte écarquilla les yeux lorsqu'elle comprit que c'était son propre sang qui était utilisé pour le rituel.

Le rabbin tendit le récipient à son assistant et s'engagea dans le trou noir. Deux pas plus loin, il s'arrêta et s'accroupit. Il y eut un clic métallique et un flux de lumière blanche dissipa instantanément les ténèbres d'un grand couloir qui s'enfonçait en ligne droite vers le cœur du mont du Temple.

73

Arpentant le large déambulatoire du Dôme du Rocher, le Gardien contempla la surface rocailleuse de la *Sakhra*. En prévision de ce qui se préparait, il pria les soixante-dix mille anges qui veillaient continuellement sur cet endroit. Il les implora de lui donner la force et leur demanda d'envoyer un signe pour lui faire savoir si ses intentions déplaisaient à Allah.

Bien que le jeune Ali soit entré dans le tunnel secret pour ne jamais en ressortir – *que la paix soit sur lui à jamais* –, il était quand même parvenu à confirmer les soupçons de Ghalib : quelque chose se préparait bel et bien clandestinement sous le Haram. La seule chose qui l'avait véritablement surpris était l'ampleur des travaux.

Tandis qu'il serpentait pour contourner la balustrade par le flanc sud du rocher, il fit une pause devant le large orifice qui donnait accès au puits des âmes situé directement en dessous. Selon la légende islamique, quand Mahomet était monté au ciel, le rocher avait commencé à se fracturer à cet endroit et à se dresser sous lui. Mais l'ange Gabriel avait remis la pierre sacrée en place. Sur la surface de la *Sakhra*, Ghalib pouvait voir les marques laissées par les doigts de l'ange.

Ô miséricordieux, très compatissant et omniscient, Seigneur du jour du Jugement. Guide-moi. Montre-moi la voie droite.

Il acheva son tour pour revenir à la porte sud où deux Palestiniens armés d'Uzi l'attendaient.

— Le Mauvais arrive. Dajjal vient parmi nous. Bientôt, mes frères, leur dit-il. Très bientôt.

— Devons-nous verrouiller les portes ? demanda l'un d'eux.

Ghalib secoua négativement la tête.

— Laissons-les ouvertes.

Puis il sortit.

74

Cinq soldats s'étaient positionnés près du camion à plateau vide, garé à côté de l'escalier – le cheval de Troie qui était passé entre les mailles du filet de la cité la plus sécurisée du monde. En plus des quatre autres accroupis derrière les piles de pierres à côté du véhicule, il y avait aussi un soldat tapi contre le chariot élévateur et un autre qui se servait de la cuve d'une bétonnière comme d'un bouclier.

Ayant pris position juste derrière eux, Énoch constata que les militaires paraissaient s'interroger sur la manière de procéder. Tous les regards se concentraient sur les marches par lesquelles le tireur s'était retiré vers l'intérieur du tunnel du Mur occidental.

— Allons-y, grommela l'agent du Mossad impatienté.

En cas de nouveaux tirs, il ne disposait pas du matériel de protection idoine. Il valait mieux laisser le plus gros du travail à la première ligne. Donc pour que l'ennemi sache bien à qui il avait affaire, il s'assura d'exhiber en évidence le brassard bleu du Mossad avec le logo de l'agence : une *ménorah* dans un cercle.

Galil en main, six autres soldats se déployèrent autour d'Énoch.

L'un d'eux mit un genou à terre près de lui. Il constata que c'était une femme portant des épaulettes de capitaine. Elle était jeune, jolie aussi. Énoch demeura quelques secondes déconcerté : à son époque, les femmes n'occupaient que des rangs inférieurs au sein des Forces de défense d'Israël. On n'avait accordé ses ailes à la première femme pilote de Tsahal qu'en 2001.

— Qu'est-ce qui se passe là-dedans ? demanda-t-elle, les yeux braqués droit devant.

— Le rabbin Cohen vient de faire transporter à l'intérieur un chargement inconnu que l'on présume être une arme de forte puissance, voire une bombe. Il a aussi avec lui une otage américaine.

La capitaine ne parut pas troublée.

— À quoi ressemble-t-elle ?

Amit ne l'avait pas spécifié.

— Je ne sais pas vraiment. Il faudra simplement chercher la seule femme en vêtements civils.

— Combien d'ennemis avons-nous en face ?

Qui le sait. Énoch haussa les épaules.

— Peut-être une douzaine. Préparez-vous au pire. Et ils ont déjà abattu un de vos hommes. Donc, considérez qu'ils sont tous armés.

Il ne faisait aucun doute que le camion avait aussi permis d'introduire clandestinement des armes dans la place.

— Pigé.

Une jeep militaire s'arrêta brutalement sur la place, juste devant l'entrée. De nouveaux soldats se déployèrent et sortirent immédiatement une rampe rétractable du hayon du véhicule. L'un d'eux manipula une télécommande à distance pour diriger la sortie autonome du chargement.

— Amenez-le devant, leur hurla la capitaine.

Énoch regarda le robot descendre la rampe sur deux chenilles rotatives. Il ressemblait à un tank miniature ou à un module lunaire téléguidé. L'engin le dépassa à toute allure et fila directement vers l'escalier du tunnel. Son opérateur demeurait à distance de sécurité et utilisait l'écran à cristaux liquides de la télécommande pour suivre la progression de l'automate à travers son œil-caméra.

— On va les débusquer, assura la capitaine.

Le robot venait de marquer un arrêt en haut des marches. Ses deux bras mécaniques désamorceurs de bombes restaient plaqués contre ses flancs tandis qu'un troisième – le télescopique équipé de la caméra – se déployait.

— Rien jusque-là, indiqua l'opérateur.

— Ne bougez pas, dit la capitaine à Énoch.

Elle s'élança en faisant signe à l'opérateur de la suivre.

Blum les regarda se déplacer rapidement pour aller se positionner juste derrière le robot.

Moins de trente secondes plus tard, Énoch entendit le premier échange de coups de feu… Et il était féroce.

Deux soldats demeurèrent en arrière tandis que tous leurs camarades se précipitaient dans le tunnel.

— Sacré nom… ! pesta Énoch.

Si le rabbin avait prévu de placer une bombe sous le mont du Temple, il n'y avait pas de temps à perdre.

75

Les parois du large couloir s'élevaient au-dessus des têtes et s'incurvaient pour former une voûte parfaitement rectiligne s'enfonçant loin vers l'intérieur du mont. Le sol avait été méticuleusement dégagé et l'usure des larges pierres plates pavant le passage les avait rendues si lisses qu'elles crissaient sous les semelles. Il régnait une odeur très distincte ici : d'agréables effluves de minéraux et de terre. Plissant les yeux, Charlotte essaya vainement de distinguer ce qui se trouvait à l'autre extrémité de la galerie. Les comparses armés en combinaison bleue marchaient en tête et obstruaient son champ de vision. Les porteurs en robe se traînaient derrière elle, la relique levée à la hauteur de leurs épaules. Et les autres hommes en robe fermaient le cortège.

— Une magnifique restauration, vous ne pensez pas ? s'exclama fièrement Cohen.

Il expliqua que cette galerie était la principale voie de communication qu'empruntaient au Ier siècle les visiteurs arrivant par la porte orientale pour rejoindre la place du marché jouxtant le Mur occidental du mont du Temple. Ses dimensions spacieuses s'accommodaient aisément de la présence des piétons, des chevaux et des chariots. Comme en témoignaient les pierres biseautées taillées directement dans le soubassement rocheux pour ressembler aux blocs des murs externes du mont, sa conception datait d'Hérode. Pour empêcher des incursions de rôdeurs, le passage souterrain avait été scellé par les Romains tout de suite après qu'ils eurent détruit le second Temple en 70. En dégageant le tunnel, les ouvriers ont découvert des pièces romaines et des détritus mélangés aux déblais. Tous dataient de la même époque. Et les éléments les plus remarquables étaient les vestiges qu'ils avaient exhumés des bâtiments du Temple originel : des pierres fracturées avec des citations de la Torah en grec et en hébreu, de splendides colonnes de pierre qui auraient supporté les portiques, des blocs de fondation ornés avec des chérubins et des rosettes gravés. Il confia à Charlotte qu'il s'était gardé la plus belle pierre pour l'exposer dans son propre musée installé dans le quartier juif.

— Donc, Charlotte, le second Temple a assurément existé puisque nous avons trouvé toutes les preuves nécessaires pour en attester. C'était ce que craignaient les musulmans depuis des siècles et cela explique pourquoi ils se sont toujours opposés à tout projet de fouilles sous le mont du Temple.

Ce qui était en partie une bénédiction, songea-t-il, dès lors que l'ossuaire de Jésus – enterré ici par les esséniens, juste derrière les limites sacrées du Temple – avait pu rester enfoui en toute sécurité pendant si longtemps.

— Cependant, continua-t-il avec un ample mouvement circulaire de la main au-dessus de la tête pour englober l'ensemble du mont du Temple, si tout cela est très impressionnant, ce n'est rien comparé au plan réel de Dieu. Seuls la vanité et l'orgueil ont incité le roi Hérode à construire le second Temple. Aux yeux de Dieu, ce n'était qu'une insulte. On ne devrait pas pleurer sa destruction.

Charlotte demeurait silencieuse et méditait sur tout ce qu'elle découvrait. Cohen était un dément. Ça ne faisait aucun doute. Mais quelque chose en lui imposait le respect.

Ils continuèrent à progresser pratiquement jusqu'au bout du tunnel, là où un formidable mur scellait sa porte orientale.

— Vous voyez ici l'œuvre des califes, commenta-t-il, le doigt pointé vers la maçonnerie. De l'autre côté de cette porte murée, ils ont entassé de la terre et l'ont poussée contre le mur oriental du mont. Puis ils ont enterré leurs défunts tout le long de celui-ci. Dehors… (Il fit un mouvement de la main vers ce qui se trouvait de l'autre côté de la paroi.)… il y a des milliers de tombes.

Il lui raconta que, pour cette même raison, les musulmans avaient aussi muré une seconde porte à double arche encore visible sur le mur oriental juste au-dessus des sépultures. Les juifs l'appellent la porte d'Or.

— Savez-vous pourquoi ils condamnent les portes côté est, Charlotte ?

— Éclairez-moi, répondit-elle sarcastiquement.

— Les prophéties disent que le Messie juif qui libérera Sion reviendra par la porte orientale, exactement comme Jésus l'a fait. Donc, ils ont muré ces portes. Et quand ils ont appris que l'Élu serait rendu impur par le simple contact avec les morts et que, par conséquent, Dieu lui interdirait de pénétrer dans les enceintes sacrées, ils y ont installé leur cimetière.

Ce système de sécurité reposant sur un tas de cadavres avait quelque chose d'effroyable, un peu comme le vaudou, songea-t-elle.

— Comme vous pouvez l'imaginer, enchaîna-t-il, les musulmans craignent la destruction de leurs sanctuaires, puisque le retour du Messie entraînera la construction – à leur place – du troisième Temple... et l'avènement de l'ère messianique.

Il esquissa alors un petit sourire sarcastique.

— Ce qu'ils ne saisissent pas, c'est que *cette* porte orientale... (Il montrait le cul-de-sac muré.)... n'est *pas* celle à laquelle Ézéchiel fait référence. Le prophète parle de la porte d'entrée percée dans les murs du Temple au sommet du mont, en son cœur... là où se dresse le Dôme du Rocher.

Une lointaine rumeur d'échanges d'armes automatiques se répercuta soudain dans le tunnel et lui fit tourner la tête.

Venez vite et arrêtez-le, pensa-t-elle ardemment.

Le rabbin se renfrogna quand il surprit l'expression de la jeune femme.

— Nous devons nous dépêcher, dit-il à ses sbires.

Reportant son attention sur l'arche élancée qui s'ouvrait dans le mur de gauche, Cohen leva les yeux vers un large escalier ascendant.

Au sommet, ses hommes s'employèrent à enlever une armature de bois qui avait servi à stabiliser et à empêcher de s'effondrer les pierres de pavement de l'esplanade du Temple située juste au-dessus.

76

La place à l'extrémité méridionale du mont du Temple était totalement vide quand Amit se glissa le long de l'énorme fontaine à ablutions circulaire sise devant la mosquée al-Aqsa. Cela semblait étrange.

Une lune de solstice d'hiver flottait au-dessus de Jérusalem. Un calme mortel régnait dans l'air embaumé.

L'archéologue s'engagea dans la large allée pavée qui passait entre les cyprès élancés cernant la plate-forme surélevée du Dôme du Rocher. Mais il plongea rapidement pour se mettre à couvert quand il vit un grand Arabe venir dans sa direction.

Tandis que le musulman se hâtait sous la *qanatir* – le portique autonome à plusieurs arches – et descendait les marches, Amit battit en retraite en se coulant dans l'ombre du mur de la plate-forme jusqu'à ce qu'il ait contourné son angle. Il regarda l'homme poursuivre sa route vers la mosquée al-Aqsa puis s'arrêter brièvement près de la fontaine. Un instant, Amit se demanda s'il avait correctement refermé la porte, mais il comprit vite que l'Arabe écoutait les cris et les coups de feu montant de la place du Mur occidental. Curieusement, le type ne paraissait pas du tout terrifié. Au contraire, il repartit en direction de la mosquée al-Aqsa et disparut à l'intérieur.

Étrange.

C'est alors que quelque chose de plus singulier encore capta l'attention d'Amit.

Derrière les oliviers, du côté oriental de la plateforme, avec de petits bruits de crissement et de grattage, les pierres massives du pavement parurent se mettre à bouger sous ses yeux.

— Nom de Dieu, que… ?

Il se rapprocha.

Puis, subitement, quatre dalles disparurent à l'intérieur d'un immense trou béant.

77

Énoch courut vers la Jeep garée sur la place et récupéra la veste en Kevlar de réserve que l'un des soldats lui avait dit devoir y trouver. Il espérait aussi voir Amit, mais il n'y avait aucune trace de l'archéologue. Où avait pu passer le capitaine ?

L'homme du Mossad revint rapidement à l'intérieur et observa les parages. Il aperçut les deux caisses enfouies sous les pierres qui avaient passé sans encombre les postes de sécurité. L'otage devait se trouver dans l'une d'elles. Quant à la seconde, elle était assez grande pour avoir pu contenir à peu près n'importe quoi : ce qui était, songea-t-il angoissé, de très mauvais augure. Une attaque contre le mont du Temple pouvait facilement être l'étincelle qui déclencherait la Troisième Guerre mondiale.

Sans perdre de temps, il enfila la veste, puis gravit les marches de métal et pénétra dans la première partie du tunnel du Mur occidental, le grand hall des visiteurs. Veillant à rester près du mur, son pistolet Jericho pointé droit devant lui, il inspecta la zone des yeux – ou tout au moins la section qu'il pouvait voir. Cinq soldats avaient déjà été abattus : deux mortellement touchés à la tête ; trois autres étendus à terre avec des blessures graves aux parties du corps non protégées. Plus loin, deux soldats étaient parvenus à ouvrir une porte de sécurité interdisant l'accès au tunnel qui se prolongeait au nord de la salle.

La salle s'était transformée en stand de tir, traversée de balles sifflant dans toutes les directions, et emplie d'une forte odeur de poudre.

De sa position accroupie, Énoch tendit la tête à l'angle du mur et constata que les hommes de Cohen occupaient de solides positions dans tout le hall derrière des piles de pierres. Mais dix soldats les coinçaient et fermaient le périmètre. S'ils ne pouvaient les neutraliser, ils allaient très certainement finir par les débusquer à grands coups de gaz lacrymogène – il était bien évident qu'ils éviteraient d'utiliser des explosifs ici. Mais en attendant, les comparses de Cohen ne renonçaient pas et leur réserve de munitions paraissait illimitée.

Il n'y avait aucun signe du rabbin. En toute logique, il avait déjà dû s'enfoncer dans le tunnel.

Des balles commencèrent à voler dans la direction d'Énoch, ce qui l'obligea à plonger derrière un gros coffre à outils. Mais ces tirs ne provenaient pas de l'intérieur du hall : c'étaient des balles perdues arrivant de l'autre côté de la porte de sécurité enfoncée, où la seconde vague d'offensive prenait pied.

Le premier soldat à avoir franchi ce sas gisait déjà dans une mare de sang. Son casque lui avait été arraché de la tête. Le second reçut quelques balles dans son gilet en Kevlar au niveau de la poitrine, mais il put battre en retraite pour se mettre à couvert avant que quelque chose de pire ne survienne.

De là où il se trouvait, Énoch avait le tunnel dans sa ligne de mire. Il regarda un homme en combinaison bleue s'enfoncer dans le passage, puis grimper des marches un peu plus loin. Donner la chasse à ce type dans l'étroit boyau était risqué… pour ne pas dire stupide. Mais c'était la seule chose à faire… et vite.

Heureusement, le jeune soldat – qui s'était déjà vu infliger quelques bonnes contusions aux côtes – faisait signe à trois de ses camarades et leur désignait la porte ouverte.

Le trio quitta précautionneusement le hall et s'engagea dans le tunnel.

Des barrages de balles criblaient les énormes pierres de fondation. La probabilité était forte qu'Énoch finisse par en prendre quelques-unes dans la tête.

Alors il eut une idée.

L'agent du Mossad jaugea les roues du volumineux chariot à outils en le poussant de quelques centimètres. Si les robustes roulettes tournaient assez bien, le sol de pierre bosselé posait quand même un problème.

Mais il ne se présenterait pas de meilleure opportunité que celle-là, pensa Énoch.

Remettant son pistolet dans son holster, il ouvrit suffisamment le tiroir central du coffre pour agripper de sa main gauche la structure de métal. Puis il poussa le chariot en avant et progressa en crabe derrière. Dès qu'il émergea dans le hall, il orienta son « bouclier » de biais.

Les premières balles s'écrasèrent sur la caisse et ricochèrent bruyamment sur des outils du tiroir supérieur.

Pousser ce chariot se révéla un défi bien plus important qu'il ne s'y attendait : le coffre était lourd, difficilement manœuvrable et brinquebalait d'un côté à l'autre. À l'intérieur, les outils se heurtaient suffisamment violemment pour couvrir le bruit des coups de feu.

Les balles s'écrasaient si puissamment contre la caisse qu'elles la repoussaient contre Énoch. Il finit même par se retrouver pris totalement en sandwich entre elle et la base de pierre froide du mont. Une rafale rasa si près sa tête qu'elle lui ébouriffa les cheveux.

Blum ne put s'empêcher de jurer.

Il jeta un coup d'œil vers la porte de sécurité. Plus que trois mètres.

Il recommença à pousser son bouclier de fortune qui fit plus de bruit que jamais. Dès qu'il atteignit la porte, il abandonna son mastodonte de métal.

Ressortant le Jericho du holster, il courut dans le tunnel.

Mais il ne tarda pas à ralentir lorsqu'il vit le trio de soldats engagé dans un autre échange de coups de feu en haut des marches par lesquelles l'homme en bleu s'était échappé.

Ce qui le déconcerta, ce fut de voir qu'ils tiraient à travers un trou béant dans les fondations du mur.

— Bon Dieu de m…, murmura Énoch.

Il poussa son chariot prudemment en avant.

Alors il se passa quelque chose d'horrible qui ne laissa aucune chance de salut aux trois soldats de Tsahal.

Énoch eut à peine le temps d'entrevoir la scène.

D'abord, il vit les militaires se mettre à crier avant de bondir en arrière. Une fraction de seconde plus tard, une roquette traversa l'ouverture dans un sifflement strident. Quand elle frappa le mur en face de la brèche, tout le tunnel s'effondra sur eux.

L'onde de choc souleva Énoch de terre. Son corps fut projeté contre une paroi avec une violence effroyable et le fit basculer par-dessus un mur un peu plus bas. Il tomba soudain dans le noir. Puis une sensation de froid lui comprima tout le corps.

78

Les hommes armés sortirent les premiers du trou pour sécuriser le périmètre.

Cohen émergea ensuite. Il se réjouit de voir que l'esplanade était vide. L'agitation dans le tunnel du Mur occidental avait superbement détourné toute l'attention du Dôme du Rocher. Il n'y avait pas un soldat ou un policier en vue.

Le débouché de l'escalier se situait approximativement à la moitié du flanc oriental de l'esplanade. Au cours du Ier siècle, cet endroit se trouvait dans la cour extérieure du complexe architectural appelée cour des Gentils. Il s'agissait d'un espace ouvert à tous, en dehors des strictes limites sacrées du Temple lui-même.

Le rabbin essaya d'imaginer les portiques romans d'Hérode courant le long du mur extérieur, où, au cours de la fête de Pessah – la Pâque –, Jésus s'en serait pris aux changeurs d'argent en les accusant de mercantilisme et d'avoir un comportement blasphématoire. Une fois la fête passée, les païens revenaient occuper le Temple avec leurs idoles et recommençaient leurs offrandes sacrilèges sur les autels de Yahvé.

Les prêtres du Temple avaient vraiment prostitué le plus sacré des sanctuaires de Dieu ! maugréa-t-il.

Dès lors, il n'était guère surprenant que Dieu ait appelé la destruction sur Jérusalem en 70. Jésus avait essayé de mettre en garde le peuple contre la colère de Yahvé, de l'avertir de la catastrophe imminente qui allait le frapper s'il continuait à bafouer l'Alliance. Mais comme ils l'avaient fait avec Isaïe, Amos, Jérémie, Ézéchiel et tous ceux qui étaient venus avant Lui, les Israélites choisirent de ne pas écouter Jésus. Tel un vengeur noir, le fléau romain s'était abattu sur le nid de vipères, sur le repaire de voleurs.

Mais exactement comme Il l'avait fait pour les exilés à Babylone – à qui les prophètes avaient promis le retour sur cette terre –, Dieu avait également miséricordieusement rassemblé les tribus une nouvelle fois en 1948. Seulement, aujourd'hui encore, ils refusaient de tenir compte de Son message. Ils suivaient un gouvernement laïc impuissant et s'inclinaient devant la culture occidentale. Pire encore : ils n'étaient jamais parvenus à reprendre le mont du Temple : le lieu le plus sacré aux yeux du Seigneur. En 1967, au cours de la guerre des Six-Jours, l'armée israélienne avait eu une incroyable opportunité de chasser les musulmans, mais ils avaient manqué de foi pour aller jusqu'au bout.

— Soyez très prudents.

Le rabbin observait attentivement la montée des religieux portant l'Arche. Pour compenser l'angle de l'ascension, les deux hommes suant à l'arrière devaient quasiment porter le coffre à bout de bras, tandis que les deux de devant baissaient les perches au niveau de leurs genoux. Le réceptacle devait impérativement rester de niveau pour ne pas perturber son contenu sacré.

Cohen détourna son attention vers le Dôme du Rocher. Depuis que le roi David avait fait de Jérusalem la capitale des Israélites, les juifs avaient subi bien des revers. Ils avaient même été expulsés de ces terres sacrées. Quand l'Alliance de Dieu était négligée, Son châtiment se révélait sans pitié. Mais quand le peuple respectait Ses lois, alors Ses bienfaits se révélaient dans la même mesure, sans limites.

Si le Temple avait été deux fois détruit, sa troisième incarnation se dresserait ici jusqu'à la fin des temps.

Depuis des décennies, il rêvait de ce moment. Depuis des millénaires, sa famille l'avait attendu. Tant de préparation. Tant de sacrifices.

Mais maintenant le temps était venu.

Les prêtres porteurs étaient enfin arrivés sur l'esplanade. Ils se tenaient près du rabbin, les perches de l'Arche portées à l'épaule. Quelques secondes plus tard, Charlotte fut à son tour extraite du trou.

Joignant ses mains paume contre paume, Cohen inclina la tête et se mit à prier. Là où la véritable porte orientale de la cour du Temple avait dû se trouver jadis, il répandit encore du sang de la *mizrak*.

Puis, lentement, il se dirigea vers les escaliers menant à la plate-forme du Dôme. La procession lui emboîta le pas. Une fois qu'ils se furent tous assemblés devant le sanctuaire, les sept prêtres s'avancèrent, chacun portant un petit sac de satin bleu au côté.

Pendant un long moment, le rabbin demeura perdu dans la contemplation du Dôme du Rocher, irrésistiblement captivé par la finesse de la mosaïque arabe et des feuilles d'or qui le recouvraient. Jusqu'à cet instant, il n'avait jamais vu cet édifice que de loin. Se tenir à ses pieds était intimidant. Mais Jéricho aussi avait jadis intimidé Josué.

Il adressa un signe aux sept religieux. À l'unisson, chaque homme sortit de son sac un *shofar* et porta la corne de bélier torsadée à ses lèvres. Leur beuglement guttural emplit l'air.

D'un geste, Cohen ordonna aux deux nervis armés de s'avancer vers la double porte sud du sanctuaire.

Les prêtres levèrent l'Arche pour se préparer à une entrée solennelle.

Lorsque tout bascula…

À l'instant où les hommes ouvrirent les portes pour pénétrer dans le sanctuaire enténébré, ils furent pris sous le feu d'une pluie de balles.

— Protégez l'Arche ! hurla Cohen.

Il fit signe aux porteurs de s'écarter de la porte pour s'abriter le long du robuste mur de marbre du sanctuaire.

— Amenez-la ici immédiatement ! ordonna-t-il aux prêtres qui surveillaient Charlotte.

Alors que tous les prêtres filaient tant bien que mal se mettre à l'abri, les six hommes de main du rabbin attaquèrent le sanctuaire.

79

Deux choses persuadèrent Énoch que l'explosion ne l'avait pas tué : la douleur cuisante qui foudroyait son épaule gauche, et le froid mordant de l'eau dans laquelle il était plongé jusqu'à la poitrine.

Loin au-dessus de sa tête, il devinait les flamboiements orange du tunnel à travers un épais nuage de poussière. Des quatre côtés, de véritables murs de blocs formaient une immense fosse rectangulaire sous une haute voûte en berceau.

Il était tombé dans une ancienne citerne.

Quand il regarda autour de lui, il constata qu'il n'y avait aucune porte, aucun escalier ni aucune échelle. Péniblement, il s'avança jusqu'au mur le plus proche. Ses doigts confirmèrent que la surface était désespérément lisse. L'ouverture donnant sur le tunnel se trouvait cinq bons mètres plus haut. Il n'y avait aucun moyen de grimper pour se sortir de ce trou.

Ses dents claquaient irrésistiblement et son corps tremblait dans l'eau glacée.

— Hé ! hurla-t-il, les mains en porte-voix. Je suis ici. En bas !

Il lança quantité de fois son SOS au cours de la minute suivante.

Pas de réponse.

Énoch savait qu'il avait de grandes chances de décéder d'hypothermie avant que les soldats aient pu percevoir ses cris et le sortir de là.

Au-dessus, la lueur vacillante des flammes le narguait.

Inopinément, quelque chose vint cogner contre sa jambe, ce qui le fit tressaillir. Quand il baissa les yeux, il eut un haut-le-cœur tout en se rejetant en arrière sous l'effet de la répulsion.

Un cadavre sinistre flottait entre deux eaux, visage tourné vers le plafond. À dire vrai, on ne pouvait même plus parler vraiment de « visage ». Tout l'avant du crâne avait été réduit en bouillie – un œil gonflé ne pouvait plus s'ouvrir, l'autre dépouillé de ses paupières charnues n'était plus qu'un globe vert vitreux qui le fixait. Même les lèvres avaient été violemment arrachées et il ne restait plus que quelques dents irrégulières pour esquisser un rictus lugubre.

Il leva sa jambe le plus haut possible et repoussa le corps d'un bon coup de pied. Laissant une ride ondulée dans son sillage, il se balança sur une vaguelette jusqu'au mur opposé de la citerne.

— Écœurant.

La lueur orange continuait de se refléter à la surface de l'eau. Mais le long du mur, à l'aplomb de l'endroit d'où il était tombé du tunnel, une clarté différente attira son œil, une nuance presque imperceptible sous la ligne d'eau claire comme du cristal.

Il plongea ses mains sous la surface pour palper le mur. Les pierres s'effacèrent au bout de ses doigts. Ses phalanges engourdies mirent un peu de temps à transmettre la nature de la texture, mais il n'eut aucun problème à déterminer qu'il y avait une ouverture de ce côté-là… et qu'elle était large.

Un passage ? Peut-être. Mais pourquoi la lumière ? L'explosion avait-elle pu créer un trou aussi profond ?

Non, impossible ! La lumière n'était pas orange. Ça ressemblait plus à la lueur d'une torche électrique que quelqu'un aurait agitée loin en dessous : une chaude lumière jaunâtre.

Une question logique s'ensuivait : à quelle distance se trouvait la source lumineuse ?

Le tremblement s'aggravait de seconde en seconde. Et il ne percevait toujours aucun signe d'activité au-dessus.

Il appela à l'aide encore plusieurs fois de toute la force de ses poumons. En vain. Alors il prit désespérément conscience que ce passage subaquatique était son seul espoir.

Moyennant quoi, trente bonnes secondes lui furent encore nécessaires pour rassembler le courage de s'immerger. Mais il y parvint.

Tandis qu'il examinait le boyau d'environ un mètre de haut sur autant de large, l'eau lui faisait l'effet de milliers d'aiguilles lui picotant les yeux. Le passage s'enfonçait sur environ huit mètres, puis semblait tourner légèrement vers le haut en direction de la source lumineuse. Dès lors que les anciens avaient taillé ce goulet à la main, il y aurait forcément assez de place pour passer au travers. Mais qu'y avait-il au bout ?

Il ressortit la tête de l'eau. Tout son corps était presque tétanisé.

C'est maintenant ou jamais.

Il retira ses tennis et ses chaussettes, puis ôta la lourde veste en Kevlar criblée d'éclats qui lui auraient déchiqueté la poitrine s'il ne l'avait pas portée. Après s'être rempli les poumons d'air, il replongea sous l'eau et, sur une impulsion du pied, il se lança dans l'ouverture. Combinant battements de pieds et progression des mains sur les parois lisses, Énoch se propulsa à une bonne vitesse. Mais si la source lumineuse n'indiquait pas une sortie, il ne serait jamais en mesure de retourner à son point de départ avant d'être à court d'oxygène.

C'était un aller simple. Et ça le terrifiait.

Un peu plus loin, le passage se rétrécit… se rétrécit *vraiment.*

Il avait l'impression que ses yeux étaient comme du verre sur le point de se pulvériser.

L'étroite incurvation ascendante arriva vite. Il fut contraint de franchir l'obstacle de biais.

Mais une fois celui-ci passé, la lumière s'accrut instantanément. Il pouvait apercevoir sa source droit devant, à encore dix mètres environ au-dessus de lui. Alors que ses membres ne réagissaient presque plus, il donna tout ce qu'il avait encore en lui. D'un grand coup de pied contre la paroi en pente, il se jeta à corps perdu dans sa dernière ligne droite.

Maintenant, il pouvait deviner la surface miroitante de l'eau. Si la lumière tombait d'une sorte de puits vertical, pensa-t-il, il pourrait au moins respirer. Seulement s'il n'était pas capable de le gravir…

Plus que deux mètres.

— *Gaaaaaaah!* hurla-t-il au moment où sa tête émergeait. Il haleta, au bord de l'asphyxie. Mais il dut garder ses yeux fermés et les frotter pendant près d'une minute avant de pouvoir enfin distinguer l'endroit où le destin l'avait envoyé.

Quand ses yeux parvinrent enfin à faire le point et que le flou laissa place à des formes discernables, il fut relativement satisfait de ce qu'il entrevoyait. Le boyau n'avait pas abouti dans un puits vertical. La pente se prolongeait à l'extérieur avec la même inclinaison que sous l'eau.

La source de la lumière, maintenant très vive, se trouvait à environ quatre mètres plus haut dans la déclivité. Sur ses coudes, Énoch commença à se hisser hors de l'eau jusqu'à ce que ses genoux, légèrement pliés, puissent l'aider. Tandis qu'il rampait vers le haut, sa vue devint plus nette, ce qui lui permit enfin de remarquer la solide grille de métal qui lui bloquait le passage.

80

Cohen et ses hommes attendaient anxieusement que cesse la fusillade à l'intérieur du sanctuaire. Quand enfin elle s'arrêta, seuls deux des six hommes entrés dans l'édifice en ressortirent. L'un des deux – blessé à la cuisse – saignait abondamment.

Au même instant, le rabbin perçut pour la première fois des sons particuliers qui arrivaient de l'est. Levant les yeux vers le ciel nocturne, il vit les lumières approcher. Le vrombissement des pales de rotor résonnait dans toute la vallée.

— Vite ! ordonna-t-il.

L'un des hommes passa devant et trouva les boutons d'éclairage.

Sur le seuil du sanctuaire, le rabbin marqua une pause pour appréhender le décor qui s'offrait à lui, une fois la porte franchie. Cohen avait beaucoup entendu parler des ornements arabes exquis à l'intérieur du Dôme du Rocher. Il en avait même vu quelques photos. Mais tout ce qu'il avait entendu ou vu ne rendait que très peu justice à la véritable splendeur qu'il avait sous les yeux. Fustigeant intérieurement cette admiration coupable – cette séduction du Mal –, il dirigea ses yeux droit devant lui vers l'espace ouvert qui se trouvait juste sous la coupole. Il s'avança dans le déambulatoire.

Si ce ne fut pas à son premier pas, ce fut au deuxième que ses sens perçurent une présence irrésistible. Il eut l'impression qu'une aura surnaturelle se lovait autour de lui. Cohen se sentit vaciller, résistant de toutes ses forces pour dissimuler cette alarme. Il se figea. Mais aussi rapidement que la sensation était apparue, elle se dissipa. *Quelque chose dans l'atmosphère, peut-être ?* essaya-t-il de se convaincre. *Calme-toi. Laisse Dieu te guider.*

Prudemment, le rabbin – le grand prêtre, le *kohen gadol*, se rappela-t-il – s'enfonça plus profondément dans le sanctuaire. Coupant à travers le somptueux tapis rouge persan du déambulatoire, il ignora les deux morts musulmans qui avaient été repoussés sur le côté, mais accorda un regard respectueux à ses propres braves qui étaient tombés près de l'entrée.

Derrière lui, l'Arche avançait majestueusement, puis venaient les hommes chargés de surveiller Charlotte, et enfin les deux nervis survivants.

— Fermez les portes ! ordonna Cohen.

Il s'arrêta le long de la balustrade ornée entourant la pierre de fondation. Alors qu'il posait ses yeux sur l'endroit le plus saint sur terre, le rabbin se sentit submergé par les émotions.

Ici, Dieu avait donné naissance à Adam et à toute création. Ici, Abraham avait voulu sacrifier Isaac. Et ici, comme le disait la Genèse chapitre 28, versets 12 à 16, Dieu avait promis à Jacob la terre d'Israël…

Voilà qu'une échelle était posée sur la terre et que son sommet atteignait les cieux. Et des anges de Dieu y montaient et descendaient. Le Seigneur se tenait là, au-dessus de lui, et dit : « Je suis le Seigneur, le Dieu de ton père Abraham et le Dieu d'Isaac. Je te donnerai à toi et à ta descendance la terre sur laquelle tu es couché maintenant. Ta descendance deviendra aussi nombreuse que la poussière sur le sol et tu te répandras à l'ouest et à l'est, au nord et au sud. À travers toi et ta descendance, tous les peuples de la terre seront bénis. Je suis avec toi et je veillerai sur toi partout où tu iras. Et je te ramènerai en cette terre, car je ne t'abandonnerai pas avant d'avoir accompli ce que je t'ai promis. »

Quand Jacob s'éveilla de son sommeil, il dit : « Assurément le Seigneur est en ce lieu et je ne le savais pas. » Il eut peur et dit : « Que ce lieu est redoutable ! Ce n'est rien d'autre que la maison de Dieu. C'est la porte du Ciel ! »

Maintenant, les jambes du rabbin pouvaient à peine le porter et il luttait désespérément pour surmonter son exaltation. Sur ce rocher, les maçons du roi Salomon avaient érigé le Saint des Saints dans un but précis : abriter de manière permanente l'Arche d'Alliance. Ce soir, elle allait s'y dresser de nouveau.

La porte du Ciel allait se rouvrir.

81

Au sommet du boyau en pente, Énoch s'étendit sur le dos et attrapa la grille de ses doigts bleus tremblants. Convoquant toute l'énergie qui lui restait, il lui appliqua une bonne poussée.

Rien ne se produisit.

L'agent du Mossad fit de son mieux pour combattre son désespoir. *Ils n'utilisaient pas de vis jadis*, raisonna-t-il. Donc la grille devait être simplement rouillée ou calée.

Il tenta une nouvelle pression. Aussi vainement. Puis il essaya de cogner de toutes ses forces avec ses poings. Un air chaud descendant réchauffait sa peau gelée, mais, du même coup, elle le démangeait quelque peu.

Allez ! Bon sang !

Il n'avait aucune intention de retourner dans la citerne.

Grommelant, il tenta une sorte de mouvement de développé-couché, imprimant une pression régulière, égale.

Sur la droite, il entendit un petit *clac* brut et la grille se déboîta légèrement.

— Ah ! jubila bruyamment Énoch.

Le reste serait beaucoup plus facile : il ne s'agissait plus que de faire basculer la grille en arrière sur ses gonds rouillés.

Une menace éliminée... une autre le guettait peut-être.

Blum demeura parfaitement immobile et tendit l'oreille. Rien.

Prudemment, il sortit la tête du trou, priant pour qu'une balle ne lui transperce pas le crâne. Il constata alors qu'il se trouvait dans un long tunnel assez large pour permettre le passage d'un camion.

N'ayant pas la moindre idée de l'endroit où il se trouvait, Énoch s'empressa de s'extraire du boyau.

Dans une direction, l'enfilade de lumières de chantier conduisait plus loin à ce qui paraissait être un cul-de-sac. Il y avait sept ou huit corps disséminés dans le passage au milieu de grandes mares de sang. Mais derrière lui, à seulement quelques mètres, là où le tunnel du Mur occidental s'était effondré, les décombres brûlaient encore.

Alors l'évidence lui sauta aux yeux.

Cohen s'était frayé un chemin sous le mont du Temple pour accéder à cet ancien tunnel. Et le boyau dans lequel Énoch avait nagé faisait très probablement partie de ses canaux d'évacuation originels.

L'agent du Mossad n'avait pas besoin d'une carte pour comprendre que cette galerie devait passer directement sous le Dôme du Rocher.

—Mmmmon Ddddieu! dit-il de ses lèvres tremblantes.

Ses dents claquaient comme un clavier.

L'air était frais, mais c'était une amélioration considérable par rapport à l'eau glaciale. De l'extrémité du passage lui parvenait une brise subtile qui caressait son visage ruisselant.

Bouge-toi.

Il commença par un petit trot rapide mais mal assuré qui réactiva progressivement la circulation du sang dans ses jambes. Puis il accéléra le rythme. Ses pieds nus claquaient en rythme sur les antiques pavés. En passant à côté des morts en combinaison bleue, il récupéra trois pistolets-mitrailleurs abandonnés pour remplacer son Jericho noyé.

En moins de deux minutes, il atteignit l'endroit où la brise soufflait le plus fort. Un escalier s'élevait vers une tache de ciel étoilé au-dessus de sa tête.

82

Charlotte regarda les prêtres déposer leur chargement en plein milieu de l'énorme pierre plate qui était le point central du sanctuaire. Les perches de transport furent glissées hors des anneaux d'angle du coffre et mises de côté. Tandis qu'ils retiraient les fourrures posées sur le voile bleu, Cohen se tenait tout près d'eux, intensément plongé dans ses prières. Une fois qu'il ne resta plus que le tissu soyeux – la dernière couche protectrice –, les contours anguleux de l'Arche et son couvercle à double bosse apparurent plus nettement.

Cohen tendit les mains vers le ciel et prononça la prophétie d'Isaïe :

— *Et il arrivera dans la suite des temps que la montagne de la maison du Seigneur sera établie au sommet de toutes les montagnes et s'élèvera au-dessus des collines. Alors toutes les nations afflueront vers elle. Et de nombreux peuples viendront et diront : « Allons et montons sur la montagne du Seigneur, dans la maison du Dieu de Jacob, et qu'il nous enseigne ses voies, que nous suivions ses sentiers. » Car de Sion viendra la Loi et de Jérusalem la parole du Seigneur*[1].

1. Isaïe 2, 2-3. (*N.d.T.*)

Les quatre prêtres se placèrent aux angles de l'Arche, chacun tenant un coin du voile. Ils prenaient grand soin de ne pas toucher ce qu'il y avait en dessous. D'un signe de ses mains tendues, Cohen les invita à procéder. Relevant les côtés et tendant le voile, les prêtres le soulevèrent, puis le tirèrent de côté. Alors les lumières du plafond se répandirent sur le couvercle d'or rutilant.

— L'Arche d'Alliance, Charlotte. Contemplez la relique la plus convoitée au monde, le réceptacle de l'essence de Dieu.

83

Le mélange de douleur et de rage qui animait Charlotte fut temporairement court-circuité par la curiosité. Le peu qu'elle savait de l'Arche d'Alliance se mit à tourner dans sa tête : des histoires la présentaient comme une arme toute-puissante qui canalisait la colère de Dieu, comme l'ancien coffre aussi qui abritait les dix commandements de Moïse. Et naturellement venaient se mêler au tableau Charlton Heston et Indiana Jones.

Néanmoins, la splendeur du coffre inspirait un respect profond. L'Arche était encore plus impressionnante que toutes les copies hollywoodiennes les mieux réussies de Spielberg. C'était un travail d'orfèvrerie invraisemblable, particulièrement la finesse des détails qui transparaissait notamment dans les plumes des ailes déployées des deux anges du couvercle, agenouillés, tête courbée. On les aurait dits vivants. Des tressages ornementaux décoraient tous les bords du coffre. Pouvait-il réellement s'agir de la fabuleuse Arche d'Alliance ? Si tel était le cas, on trouvait assurément là une explication à l'étrange énergie qui paraissait circuler dans cet objet.

— Je croyais que l'Arche était perdue, dit Charlotte.

— Seulement dans les films et les légendes, répondit Cohen. Elle n'a jamais été perdue, mais elle a été cachée très, très longtemps.

— Par qui ?

Il sourit.

— Moi, mon père, mon grand-père… mes ancêtres. Une chaîne ininterrompue d'hommes, celle des gardiens de l'Alliance de Dieu.

Après l'avoir observé un moment, Charlotte comprit qu'il était sérieux, désespérément sérieux.

— Alors pourquoi la sortir maintenant ? Vous allez la laisser ici ? Dans un sanctuaire musulman ?

Il répondit par une question :

— Vous voyez cette pierre sous vos pieds ?

Charlotte baissa les yeux. Ce rocher avait certainement une signification, sinon les musulmans n'auraient pas construit leur sanctuaire autour. Elle ne pouvait se rappeler grand-chose de l'islam, mais elle se souvenait d'un de ses cours au collège sur les religions du monde où on lui avait appris ce que cet endroit était censé commémorer.

— C'est d'ici que Mahomet est monté au ciel.

Cette remarque fit immédiatement grimacer le rabbin.

— C'est une invention élaborée par des califes musulmans fanatiques qui cherchaient n'importe quelle excuse pour étendre leur empire, grommela-t-il. Maintenant, écoutez bien ce que je vais vous dire.

Il s'avança vers l'Américaine et commença à tourner autour d'elle comme un oiseau de proie.

— Ce rocher est la pierre de fondation.

Il avait écarté les mains comme s'il lui présentait un cadeau.

— C'est ici que Dieu a créé le monde, continua-t-il, et qu'Il a insufflé la vie en Adam. C'est en ce lieu même qu'Abraham a dressé un autel pour sacrifier son propre fils à Dieu. Et c'est ici que Jacob a vu la porte vers le royaume éternel de Dieu, vers la Lumière.

— Et qu'est-ce que l'Arche a à voir avec tout ça ?

La question parut le décevoir.

— Mais tout, répondit-il en proie à la plus vive passion. Autour de cette pierre, Salomon a construit son temple, conformément aux instructions de Dieu. Là où vous vous tenez maintenant, les murs de son sanctuaire le plus sacré protégeaient jadis la pierre de fondation. Et quand Sion fut établie en tant que nation, il y avait une chose qui assurait sa cohésion.

Il fit un mouvement vers l'Arche.

— Une boîte ?

— Ce n'est pas seulement ça, Charlotte. Ne L'éprouvez pas par le blasphème, l'avertit-il, en pointant le doigt vers le ciel. L'Arche est un lien direct avec Dieu. En celle-ci, son Alliance a été préservée, attendant le Grand Pardon… attendant l'Élu pour restituer ses pouvoirs divins à Sion. Et tout ce que vous voyez ici… (L'ample mouvement de sa main ne désignait pas seulement le sanctuaire, mais tout ce qu'il y avait autour.)… tout sera abattu. Pas une pierre ne restera debout. Exactement comme Jésus l'a annoncé. Un nouveau Temple s'élèvera conformément au plan de Dieu : un royaume terrestre construit pour l'honorer, afin que toute nation le vénère dans la paix et l'harmonie.

— Ça, c'est un plan, railla-t-elle. Mais je doute que les musulmans soient enclins à l'apprécier.

— Ils n'ont rien à faire ici, répondit le rabbin sombrement. Leur sanctuaire est une insulte à Dieu. Leur lieu saint est à La Mecque. À mille trois cents kilomètres d'ici. Quand Dieu rendra Son jugement, ces musulmans pourront retourner dans leur patrie… ou périr.

Le son des hélicoptères tournant au-dessus de leurs têtes fit lever les yeux du rabbin vers la coupole.

— Détachez ses mains et amenez-la-moi, ordonna-t-il.

Il s'approcha à moins de un mètre de l'Arche.

Les prêtres tranchèrent les liens de Charlotte et l'amenèrent devant le rabbin.

— Maintenant, Charlotte, dit-il en se montrant plus pressant, nous allons ouvrir l'Arche. Vous et moi. Nous allons restaurer le Témoignage pour qu'une nouvelle Alliance soit contractée. Puis il appartiendra à Dieu de déterminer le sort de cet endroit.

Il étendit les mains et leva une nouvelle fois son regard vers le sommet de la coupole.

— Ça ne peut être aussi facile, dit Charlotte.

— Attendez de voir, promit-il.

84

Tapi dans l'ombre, Amit regarda Cohen et ses hommes se précipiter à l'intérieur du Dôme du Rocher avec l'Arche et l'otage, puis refermer les portes derrière eux.

Il avait été tenté de descendre les deux hommes de main restants avec le Beretta. Mais le canon court de ce pistolet n'était pas propice aux tirs à longue distance. Il y avait aussi l'option de courir vers eux en essayant de les prendre par surprise. Mais la distance était importante, le pistolet ne pouvait rivaliser avec un pistolet-mitrailleur, et Amit n'était pas une cible fluette. Sans compter que les hélicoptères se rapprochaient rapidement. Et si ses compatriotes le prenaient pour un ennemi, il se ferait tirer dessus à vue.

— Amit ! le héla soudain une voix.

Il pivota sur lui-même. C'était Énoch… surgissant du trou que les hommes du rabbin avaient creusé sous le mont du Temple.

— Qu'est-ce qui t'a pris si longtemps ? demanda Amit, les bras ouverts.

Gardant un œil attentif sur les hélicoptères zigzaguant au-dessus de leurs têtes, Énoch courut vers lui.

— Bon sang, qu'est-ce qui se passe ici ? demanda l'homme du Mossad. Est-ce qu'on arrive trop tard ?

— Pas sûr, répondit Amit avec une petite lueur perplexe dans les yeux.

Énoch était pieds nus et trempé jusqu'aux os. Avec son visage pâle aux reflets bleuâtres, il ressemblait à un mort vivant. Sous son bras gauche, il portait trois Galil en bandoulière.

— Mais dis-moi, que t'est-il arrivé ?

— C'est une longue histoire, répondit l'autre pour éluder la question.

Il se rendait compte qu'Amit avait envisagé d'affronter l'ennemi avec son petit pistolet, et ça, ça le préoccupait vraiment.

— Débarrassez-vous de ce jouet, lui dit-il, et prenez un de ceux-là.

Il tendit un Galil à l'archéologue qui le prit délicatement dans sa main gauche.

— J'apprécie beaucoup, le remercia Amit.

— Ils sont dans le sanctuaire, n'est-ce pas ?

Énoch éjecta le chargeur du troisième Galil avant de le faire disparaître dans sa poche et d'abandonner le fusil inutile dans le jardin floral.

— J'en ai peur, répondit sombrement Amit.

— Combien sont-ils avec le rabbin ? demanda Énoch.

— Il en reste neuf. Mais je pense que seuls deux ou trois sont armés.

— Meilleur rapport qu'à Gaza.

— Bien meilleur.

— Et la femme ?

— Encore en vie.

— Bien.

Énoch prit une profonde inspiration. Les glaçons dans ses poumons commençaient à fondre.

— Vous avez votre portable ?

À cause de son immersion dans la citerne, le téléphone d'Énoch avait trépassé au moment où il avait voulu le rallumer.

— Oui, dit Amit.

Il le sortit de sa poche.

Énoch appela le quartier général du Mossad et après avoir fourni son numéro d'identification, il informa le bureau que Cohen et son équipe étaient déjà rentrés à l'intérieur du Dôme du Rocher avec un chargement non identifié et une femme en otage. Il n'eut pas besoin d'insister sur le besoin de renforts ou de fournir des instructions. La procédure habituelle avait déjà commencé.

— On ne peut pas attendre les renforts, dit Amit. Si Cohen les entend arriver…

— Je sais.

Énoch rendit le téléphone et ajouta.

— Je n'ai pas l'intention de mourir là-dedans. Donc, faisons pour le mieux. D'accord ?

— On y va, répondit fièrement Amit.

Comme le « petit » avait grandi ! Ce n'était plus exactement comme au bon vieux temps.

Les deux hommes s'élancèrent. Ils gravirent les marches en courant et traversèrent la plate-forme sans s'arrêter. La partie inférieure du sanctuaire – recouverte de marbre – était occupée en son centre par une double porte aveugle. Comme sur les sept autres murs de l'octogone, on voyait, alignée au-dessus de la porte – là où le marbre laissait place aux magnifiques carreaux arabes à dominante bleue –, une série de sept fenêtres à vitraux. Il n'y avait donc pas grande inquiétude à avoir quant au fait qu'on puisse les voir approcher de l'intérieur.

Dès qu'ils eurent atteint le mur, Énoch leva immédiatement son pistolet-mitrailleur avec l'intention de faire sauter la serrure centrale de la porte. Mais Amit lui fit signe de s'écarter et sortit de sa poche son fidèle trousseau passe-partout.

85

Debout près de l'Arche, Charlotte était surprise par ses dimensions importantes. Elle aurait facilement pu se lover à l'intérieur. Dominant la façade du coffre, un cartouche était placé au-dessus d'un grand disque gravé d'où rayonnaient des lignes vers le bas, chacune se connectant à un *ankh*[1] – sans aucun doute une représentation du soleil. De petits idéogrammes en colonnes bien ordonnées recouvraient le reste de la façade, comme les flancs de l'Arche. Elle supposa que le panneau arrière était pareillement gravé. Les motifs ne pouvaient venir que d'un seul endroit.

— Ces symboles et ces hiéroglyphes égyptiens, dit-elle, pourquoi sont-ils… ?

Elle n'acheva pas sa phrase.

Le rabbin sourit d'un air entendu.

— Il y a longtemps, l'Égypte était le lieu de résidence de la force vitale inexplicable que les Égyptiens de l'Antiquité appelaient le *ka*, la source du pouvoir suprême attribué au soleil et à la lumière éternelle. Les anciens Égyptiens vénéraient des centaines de dieux, mais le dieu soleil a *toujours* régné en souverain. Toute leur société le personnifiait : des bâtiments aux rituels funéraires. Et

1. La croix ansée des Égyptiens. (*N.d.T.*)

leurs secrets furent encodés dans la pierre pendant des milliers d'années, dans les temples, les tombes et les pyramides. À travers les siècles, ils lui ont donné de très, très nombreux noms : Râ, Atoum, Amon, Aton, pour citer les plus célèbres. Mais un pharaon visionnaire l'a mieux compris que personne.

Cohen poursuivit en expliquant qu'autour de 1350 avant J.-C., Akhenaton, le premier et le seul souverain monothéiste de l'Égypte, ordonna qu'une nouvelle capitale fût construite sur la rive orientale du Nil, à mi-distance entre les centres de pouvoir de Memphis au nord et de Thèbes au sud : une cité entière dédiée à un dieu suprême et créateur unique. Dans la foulée, le pharaon avait totalement abandonné le système religieux polythéiste traditionnel et ses temples, qui avaient apporté une richesse et un pouvoir immenses au vieux clergé égyptien, les prêtres d'Amon.

— Akhenaton s'est fait de nombreux ennemis, continua Cohen. Donc, quand des fléaux terribles ont frappé l'Égypte au cours de son règne, les prêtres d'Amon se sont empressés d'attribuer ces malheurs aux dérives religieuses d'Akhenaton. Ils ont prétendu que le pharaon avait altéré Ma'at, le lien spirituel unifiant tous les éléments dans l'univers. Par conséquent, un vent de rébellion commença à souffler sur tout le pays, renforcé par le nombre croissant d'adversaires politiques du pharaon. Ne craignant pas seulement un assassinat et des représailles contre sa famille, mais aussi la destruction de sa nouvelle capitale, Akhenaton confia la garde de ses reliques les plus importantes à son plus proche vizir.

Exactement comme en 154 avant J.-C., quand Onias fuit le sanhédrin corrompu à Jérusalem, sort l'Arche de sa cachette de Qumrân et vient la mettre en sûreté à Héliopolis, pensa Cohen.

— Le vizir, enchaîna-t-il, était un homme vertueux qui avait acquis et maîtrisé les anciens secrets lorsqu'il avait occupé la fonction de grand prêtre dans le temple d'Akhenaton. Son nom était Moïse.

— *Le* Moïse ?

— Exactement, confirma Cohen.

Celui-ci était à deux doigts de la harangue. Il donnait l'impression d'un homme au bord du précipice ; le précipice des efforts de toute une vie qui allaient se jouer sur un seul coup de dés. Charlotte devinait que Cohen avait besoin de se confier, de raconter son histoire, comme s'il voulait s'assurer que, si son plan ambitieux échouait, il pourrait au moins justifier ses actions devant la postérité. Et elle avait bien l'intention de l'encourager, parce que si elle parvenait à le faire parler encore et encore, à faire durer les choses un peu plus, peut-être que les Israéliens parviendraient à l'arrêter avant que ne survienne quelque chose de pire.

— Heureusement, Moïse accéda à la requête d'Akhenaton. Mais Moïse craignait des représailles encore plus dramatiques contre ceux qui avaient toujours cru dans le vrai dieu unique : un groupe mystérieux et travailleur de tribus sémitiques, fortes de dizaines de milliers d'âmes, qui avaient vécu dans le delta du Nil pendant plus de quatre siècles.

— Les Israélites ? suggéra Charlotte.

— Très bien, approuva-t-il. Après avoir caché les reliques du temple et les avoir préparées pour un transport à travers le Sinaï, Moïse se rendit secrètement auprès des anciens des tribus israélites. Il savait que leurs croyances ancestrales remontaient à un grand patriarche appelé

Abraham, qui, selon la légende, avait été le premier à parler avec le dieu unique. La légende racontait aussi que ce dieu unique avait promis à la descendance d'Abraham le retour sur leurs terres tribales. Donc Moïse parvint à convaincre les anciens que le temps de l'accomplissement de la prophétie était arrivé. Et sous le couvert de l'obscurité, les Israélites abandonnèrent leurs villages et se retrouvèrent avec Moïse dans le Sinaï.

— Et l'Exode commença, murmura-t-elle.

Cohen hocha la tête. Ses yeux nerveux se mirent à fouiller le sanctuaire. Il fit signe à deux des religieux en robe de s'approcher.

Il faut que je l'occupe ! pensa Charlotte. De toutes ses forces, elle essaya de se remémorer le récit biblique de l'Exode. Mais ce qui revenait à sa mémoire, c'était l'adaptation cinématographique des années 1950 avec Charlton Heston : elle le voyait lever son bâton magique pour ouvrir les eaux de la mer Rouge devant les Israélites, les Égyptiens à leurs trousses, et les eaux se refermant sur ces derniers.

— Mais alors pourquoi le pharaon a-t-il envoyé ses armées à la poursuite de Moïse ? A-t-il changé d'avis ?

Cohen parvint à glousser.

— Ce ne sont pas les armées d'Akhenaton qui ont donné la chasse à Moïse et aux Israélites mais celles envoyées de Memphis par le corégent d'Akhenaton, Smenkhkarê, un intrigant malintentionné qui soutenait les prêtres d'Amon, un serpent qui avait même eu une liaison avec la propre épouse d'Akhenaton, Néfertiti, à qui il avait donné un fils.

— *La* Néfertiti ? s'enquit-elle.

Cette histoire de l'Exode était en train de devenir rapidement un *Who's Who* de l'Égypte.

— C'est exact. Mais cette splendide et emblématique reine égyptienne fut une femme très déloyale.

Les yeux du rabbin se plissèrent.

— Après avoir eu six filles, expliqua-t-il, Akhenaton était si exalté d'avoir un fils, et donc un héritier au trône, qu'il ne soupçonna jamais l'infidélité de son épouse.

Cohen envisagea de s'arrêter là, mais il se sentait tenu d'achever le récit. Après tout, l'Américaine méritait de comprendre la nécessité de ce qui allait se passer ensuite.

— L'ambition de Néfertiti ne faisait que naître, ajouta-t-il. Après que Moïse a réussi à fuir l'Égypte, Néfertiti conspira avec Smenkhkarê pour tuer son époux en l'empoisonnant. Puis Smenkhkarê essaya de supprimer le nom d'Akhenaton de l'histoire dynastique. C'était la plus grande insulte que l'on puisse infliger à un pharaon égyptien, car, dans le souvenir du nom, l'esprit survivait. La nouvelle capitale d'Akhenaton fut abandonnée et ses cartouches effacés des temples et des tombes.

Il soupira avant de continuer :

— Et pour honorer Smenkhkarê et restaurer l'honneur des prêtres d'Amon, Néfertiti changea le nom de son fils de Toutankhaton, « l'image vivante d'Aton » en Toutankhamon, « l'image vivante d'Amon ».

Charlotte mit quelques secondes avant de prendre la mesure de cette information.

— Attendez. Vous voulez dire le roi Tout ? *Le* Toutankhamon ?

Cohen hocha la tête.

— Et un an seulement après avoir assassiné son époux, Néfertiti empoisonna Smenkhkarê pour que la véritable paternité de Tout demeure un secret. Naturellement, le garçon hérita du trône de Thèbes. Puis il devint la marionnette de sa mère, railla le rabbin. Le châtiment de Dieu finit par s'abattre, même si cela prit près d'une décennie. Les prêtres d'Amon se retournèrent contre Tout et sa manipulatrice de mère. Tous les deux furent assassinés. Un drôle de tour du destin, non ?

Charlotte ne répondit pas, même si l'histoire rappelait effectivement une tragédie de Sophocle.

— Cependant, sans les trésors d'Aton, même les prêtres d'Amon ne purent jamais restituer au royaume sa gloire passée. L'Égypte ne devait jamais plus se relever.

— Et comment savez-vous tout ça ? se résolut-elle à demander.

— La véritable connaissance ne se trouve pas dans les livres, Charlotte. C'est pourquoi les transmissions héréditaires sont si vitales pour l'humanité. Les écrits trompent. Les vérités les plus respectables – les vérités les plus *redoutables* – sont celles qui sont transmises par les mots justes de nos ancêtres les plus fiables. Il y a beaucoup à apprendre de l'histoire. Mais les gens oublient. Orgueil. Vanité. Fatuité…

Elle sentait que la patience de Cohen s'était épuisée. Mais elle avait encore besoin de prolonger le petit jeu des questions. Elle pointa un doigt vers les glyphes.

— Et qu'est-ce que tout ça raconte ?

— C'est l'histoire de Dieu, répondit-il avec quelque réticence et un ton plus abrupt. Les origines de l'univers et de la création. C'est aussi un avertissement adressé par Moïse à propos du contenu de l'Arche. Il explique pourquoi celui-ci doit être craint et respecté. Et vous voyez ceci ?

Au centre de la façade avant de l'Arche, il attira l'attention de Charlotte vers des hiéroglyphes représentant une plume, différents disques solaires, de l'eau et un ibis – le tout circonscrit à l'intérieur d'une ligne ovoïde.

— C'est le cartouche royal d'Akhenaton. Son sceau.

Charlotte regarda l'Arche avec une dose égale de crainte, de révérence... et de scepticisme.

Un autre hélicoptère tournant à basse altitude fit vibrer la coupole. L'anxiété de Cohen s'accrut ostensiblement.

Regardant de nouveau l'Arche, Charlotte tenta une nouvelle question.

— Et les deux anges sur le couvercle ? Qui sont-ils ?

La réponse du rabbin fut lapidaire.

— Chacun est une représentation de Ma'at, la déesse ailée qui incarnait l'harmonie de la création. Mais c'est assez, Charlotte. Il est temps de procéder. Agenouillez-vous devant l'Arche, la pressa Cohen d'un ton apaisant. Ensuite je veux que vous ôtiez le couvercle.

Elle fit un pas en arrière et leva ses mains.

— Vous êtes un bon conteur. Je vous le concède. Mais je n'ai rien à voir avec toute cette histoire de fin des temps que vous voulez mettre en œuvre ici...

— Je n'aimerais pas avoir à vous droguer et à vous manipuler les mains comme une marionnette, répondit-il sobrement. Après tout ce que nous avons traversé pour arriver jusqu'ici...

Il plissa les lèvres et secoua la tête.

— D'une manière ou d'une autre, l'Arche va être ouverte, trancha-t-il fermement. Après tout ce que vous avez subi et après toutes les vérités cachées que je viens de vous révéler, n'aimeriez-vous pas être éveillée au moment de voir de vos propres yeux les secrets de l'univers ? N'aimeriez-vous pas contempler ce que Moïse a emporté d'Égypte ? N'avez-vous pas envie de savoir que tout ce qui vous est arrivé avait un but, un motif divin ? Pensez-vous que Dieu soit présent en vous par accident ?

Elle ne sut que répondre. Sa réticence commençait à être ébranlée.

— Vous devez être très curieuse de savoir ce que nous avons protégé depuis tant de siècles, non ?

S'il avait peut-être en partie raison, elle était certaine que la propre curiosité du rabbin battait facilement la sienne. Le type ne tenait quasiment plus en place. Si c'était ça la véritable donne…

Mais alors, tandis que ses yeux revenaient se poser sur le couvercle, un plan commença à germer dans son esprit.

— Bien. Ouvrons-la.

Maintenant, c'était elle qui faisait tapis à la table de poker. Quitte ou double. Cependant, la vraie question paraissait majeure : bluffait-il ?

Le sourire de Cohen adoucit son visage.

— Manipulez-le avec précaution ! lui rappela-t-il.

Ce n'était pas la première fois qu'on lui demandait d'ouvrir la boîte de Pandore.

Certes, l'approche du Vatican avait été plus pragmatique. Alors qu'elle s'agenouillait devant l'Arche, son cœur battait à tout rompre derrière son sternum. Elle commença à réciter une prière silencieuse de son cru. Elle pouvait sentir le rabbin se rapprocher derrière elle pour superviser le rituel, et la partie finale du plan de Charlotte se mit en place.

— Est-ce que ça ne va pas être trop lourd ? demanda-t-elle, hésitante, les yeux fixés sur le couvercle. C'est de l'or, n'est-ce pas ?

— Un fin plaquage d'or recouvrant du bois d'acacia. Une conception opportune, dès lors que les prêtres israélites auraient été incapables de porter un coffre de cette taille tout en or massif. Vous n'aurez aucun problème.

Charlotte regarda autour d'elle en quête d'une quelconque opportunité de s'échapper, mais les deux hommes de main survivants étaient positionnés aux deux extrémités du sanctuaire, derrière les cordons entourant le rocher. Et ils exerçaient une surveillance attentive.

Cohen leva les mains vers le ciel et entonna :

— Je T'implore, Ô Seigneur. Accorde l'expiation des péchés, des iniquités et des transgressions que toute la maison d'Israël a commis à Ton encontre. Comme il est écrit dans les livres de Tes serviteurs, Moïse et Jésus, le Pardon sera accordé par Toi en ce jour pour purifier tous les péchés. Devant Toi, Seigneur, nous serons purifiés.

Les prêtres répondirent en chœur :

— Béni soit le nom de Son glorieux royaume, pour toujours et à jamais.

Charlotte tendit les bras et positionna ses deux mains sur les plus petits côtés du couvercle. La sensation de picotement dans ses doigts revint.

Cohen regarda avec étonnement les mains de Charlotte se poser sur le couvercle ouvragé – le *Kaporet* (« Propitiatoire ») ou Siège de Miséricorde. Son esprit se focalisait spécifiquement sur l'espace situé sous les ailes déployées des chérubins dorés. Car c'était là que la présence de Dieu, la *Shékinah*, allait commencer à converger pour régner sur l'autel d'Abraham, afin de juger et de purifier – de parler à l'humanité, de la guider et de lui fournir des lois.

Enroulant ses doigts fermement sous la bordure tressée du couvercle, Charlotte prit une profonde respiration et appliqua une pression.

86

D'abord, le couvercle de l'Arche résista.

Charlotte plongea davantage les doigts et les serra tant qu'ils en devinrent blancs.

Puis il y eut un petit *pop* étouffé, suivi par le son sifflant d'un échappement de gaz. Ce sifflement fit remonter instantanément le souvenir de son ouverture de l'ossuaire de Jésus qu'elle avait effectuée avec le Dr Giovanni Bersei dans le sous-sol du musée du Vatican.

Un autre sceau antique incroyablement bien préservé venait de sauter.

Alors que le couvercle de l'Arche se soulevait, Charlotte pouvait déjà discerner une faible lueur émanant de l'intérieur. Elle formait un halo rectangulaire autour de la plaque rectangulaire de bois et d'or. Dans le même temps, les sensations de picotement avaient rapidement remonté les bras pour se propager dans sa poitrine. Sa curiosité initiale venait de laisser place à une pure terreur primordiale qui annonçait le danger.

La jeune Américaine écarquilla les yeux quand le vide sous les ailes des chérubins commença à se modifier ostensiblement. C'était la distorsion qu'elle avait observée la première fois qu'elle avait touché l'Arche. Quelque chose était en train de se concentrer là. Ça ressemblait un peu à une sorte de minuscule nuage globulaire en formation. Était-ce un brouillard ? Une nuée ?

L'excitation du rabbin grandissait proportionnellement à ce que laissait échapper l'Arche depuis qu'on avait commencé à l'ouvrir :

— Peu ont posé les yeux sur ce miracle. Moïse, David, Salomon… Voyez !

Concentrée sur le globe opaque, Charlotte repéra une lueur blanche brillante en son cœur : une pointe d'épingle de lumière qui brûlait avec l'intensité aveuglante d'un chalumeau.

La généticienne sentit qu'une énergie électrostatique se rassemblait et soulevait déjà de courts fils à la racine de ses cheveux. L'atmosphère était en train de changer. *Impossible.* Au bord de la panique, une poussée d'adrénaline se répandit dans tout son corps. Mais le fourmillement qui s'était propagé en elle disparut : elle sentit un calme inexplicable l'envahir.

— Maintenant, regardez ce qu'il y a à l'intérieur, la pressa Cohen.

Écartant son attention de la sphère, elle tendit le buste pour voir ce qu'elle avait dévoilé et laissa reposer soigneusement le couvercle sur ses genoux.

À l'intérieur de l'Arche, du côté droit, de petites tablettes de pierre étaient soigneusement empilées. Dessus, on voyait des inscriptions : non pas quelque forme d'hébreu ancien comme le suggérait la légende, mais des hiéroglyphes. Sur ces tablettes était posé un magnifique sceptre d'or incrusté de gemmes en forme de serpent. Sa queue tendue dessinait la tige du bâton et le corps se lovait au sommet pour s'achever par une tête à crochets avec un *ankh* entre les deux yeux.

Mais Charlotte était surtout hypnotisée par la source de la luminescence surnaturelle qui émanait de la partie gauche de l'Arche : un squelette humain soigneusement disposé dans le coffre. Les orbites oculaires de son crâne lisse étaient tournées vers elle.

87

—*Moshe*, haleta Cohen comme pour se justifier. Moïse, répéta-t-il à l'intention de Charlotte.

Était-ce possible ? se demanda Charlotte.

Il commença à réciter le chapitre 34 du Deutéronome :

—*Alors, partant des plaines de Moab, Moïse gravit le mont Nébo et le Seigneur lui montra tout le pays... et dit : « Voici le pays que j'ai promis à Abraham, Isaac et Jacob en ces termes : "Je le donnerai à vos descendants." Je te l'ai fait voir de tes propres yeux, mais tu n'y pénétreras pas. » Et Moïse mourut là comme le Seigneur l'avait ordonné. Dieu l'enterra dans la vallée et, jusqu'à ce jour, personne n'a su où se trouvait son tombeau. Moïse avait cent vingt ans quand il mourut. Ses yeux n'étaient pas diminués et sa vitalité ne l'avait pas quittée.*

Elle regardait les os tandis qu'il déclamait.

—Ainsi Dieu a inhumé Moïse dans l'Arche ?

—Oui, Charlotte, répondit-il en restant derrière elle. Mais notez bien dans les paroles de la Torah que je viens de réciter que Moïse n'est pas mort d'un mal physique. À cent vingt ans, il était en parfaite santé avec le corps d'un jeune homme.

—Donc soit il s'est tué, conjectura-t-elle, soit... Dieu l'a tué ?

— Dieu a *sacrifié* le corps de Moïse pour libérer son esprit dans le prochain royaume, dit-il d'une voix douce. L'Alliance – le Témoignage –, ce n'est pas que les lois écrites sur ces tablettes, c'est aussi une élévation de l'esprit humain à une existence sans limites.

Il montra l'intérieur de l'Arche.

— Ces restes qu'il a laissés derrière lui, ses *os*, sont une connexion physique avec l'héritage le plus sacré. Les os sont le canal par lequel le Témoignage a été transmis au Messie suivant.

— Jésus ?

Il acquiesça.

— Et quand l'Esprit passa en Jésus, il prêcha les paroles du Seigneur, puis Se sacrifia au sommet du Golgotha pour sceller l'Alliance que Dieu avait exprimée à travers Lui : la Seconde Alliance. Ou si vous préférez : le Nouveau Testament.

— Je ne me rappelle pas que Jésus ait voulu Se tuer de Son plein gré, rétorqua Charlotte. Judas L'a trahi.

Elle se souvenait de toute cette histoire dans le jardin de Gethsémani quand les soldats étaient venus l'arrêter.

Cohen sourit.

— Mauvaise interprétation, répliqua-t-il sombrement. Judas était un essénien et certainement pas un traître. Jésus lui-même l'a envoyé au sanhédrin pour faciliter le sacrifice ultime.

— Ça ne peut être vrai, insista-t-elle.

— Ah bon ?

Il inclina la tête avant de poursuivre :

— Alors je vous pose cette question : lors de la Cène, son dernier repas, quand Jésus a désigné celui qui allait le trahir, les autres disciples ont-ils essayé d'arrêter Judas ?

Un point pour lui, pensa-t-elle.

— Non.

— En fait, ils montèrent tous ensemble sur le mont des Oliviers pour y attendre les autorités du Temple. Les mots sont là, mais leur sens est mal interprété. Encore un élément qui plaide en faveur de la transmission orale.

Il referma son poing comme une pierre.

— Si on lit les textes en fonction du contexte historique, la Bible raconte une histoire tout à fait remarquable sur la vie humaine, sur l'évolution de la spiritualité qui est passée des rituels métaphoriques des sacrifices d'animaux de la Première Alliance à la destruction de nos ego et de notre orgueil que Dieu a enseignée par la bouche de Jésus au cours de Sa Seconde Alliance : les métaphores se sont transformées en paraboles. Mais maintenant, nous annonçons une Troisième Alliance.

Il étendit ses mains au-dessus de la tête de Charlotte pour désigner le globe luminescent.

Charlotte regarda l'un des prêtres présenter quelque chose à Cohen. Quelque chose de long et brillant.

— Mais comme chacune des Alliances passées, la Nouvelle Alliance doit commencer avec le sang. Le Sang sacré.

88

Énoch fit sortir quelques balles de son chargeur de réserve pour remplir les emplacements vides du Galil d'Amit et enleva la sûreté. Puis il insista pour franchir la porte le premier. Son raisonnement tenait la route :

— Je suis une cible beaucoup plus petite, dit-il à son ex-capitaine. C'est la procédure normale.

Reçu.

— Bien. Je prends le côté droit, dit Amit.

— OK.

— Simplement, cette fois, ne descends pas l'otage, le taquina Amit.

Au cours de l'un des raids à Gaza, Énoch avait planté trois balles dans les fesses d'un diplomate israélien.

— Très drôle, grommela-t-il.

— Tu as peur ?

— À chier dans mon froc, répondit-il avec un grand sourire.

— Que Dieu soit avec toi, mon ami, dit Amit, étreignant la main d'Énoch.

Dès lors qu'il n'y avait aucune poignée ou bouton de porte, Amit passa ses doigts sous le battement vertical de la porte de gauche et poussa légèrement pour soulever le battant afin de s'assurer que la serrure était bien brisée.

Légèrement sur le côté, Énoch se trouvait à un mètre de la porte, arme levée à son épaule droite trempée. Sa main gauche stabilisa la gueule du pistolet-mitrailleur et son index droit glissa sur la détente, prêt à la presser : mode tir à vue ! Après s'être détendu la nuque, il inspira, retint l'air dans ses poumons et fit un signe à Amit.

89

Avant que Charlotte ait pu se retourner pour mieux voir ce que Cohen tenait dans sa main droite, les doigts de la main gauche du rabbin s'étaient faufilés dans ses cheveux et lui avaient tiré la tête en arrière. Simultanément, elle avait senti un genou du prêtre se planter dans sa colonne vertébrale.

— Devant le Seigneur, puissions-nous être purifiés ! déclara-t-il.

Son regard maintenant bestial était rivé sur la peau nue du cou de Charlotte.

Elle avait une vue en contre-plongée de la longue lame d'or que Cohen abaissait vers sa gorge pour lui infliger une large incision.

À l'instant précis où les doigts de Charlotte se resserraient autour du Siège de Miséricorde, il y eut un grand tumulte dans leur dos, immédiatement suivi d'une fusillade.

Le visage du rabbin exprima une certaine surprise, mais sa détermination ne vacilla pas. L'homme montra les dents et se prépara à égorger la jeune femme jusqu'à l'os pour sceller l'Alliance.

Mais Charlotte avait un projet différent. Alors qu'il se penchait davantage afin de positionner sa lame, elle souleva brusquement le couvercle de l'Arche qu'elle lui balança en pleine face. Elle ne pouvait éviter de se faire couper par la lame. Il n'y avait plus qu'à espérer que la blessure ne serait pas trop profonde.

Les ailes des anges d'or aux bords effilés frappèrent Cohen sous le menton. Simultanément, des vrilles grésillantes crépitèrent à la surface de la sphère et commencèrent à se rassembler pour former une sorte de toile sur son visage. Instinctivement, il laissa tomber la dague pour se protéger du couvercle avec ses mains.

Charlotte roula sur elle-même pour s'éloigner du rabbin. Du sang coulait du côté gauche de son cou.

Saisissant le couvercle comme un plateau de service, Cohen essaya de rejeter le Siège de Miséricorde au loin, mais la lumière irréelle retint sa tête entre les anges. Elle l'agrippait physiquement pour tirer son visage en avant. Hurlant de douleur, il essaya de secouer la tête afin de s'extraire de son emprise. En vain. Sa barbe, ses papillotes et ses cheveux grésillèrent presque instantanément. Puis la lumière s'attaqua à la chair, l'écorchant, l'arrachant des os du visage, la déchirant en bandes imprégnées de sang.

Le rabbin poussa des cris d'agonie. Des spasmes lui secouaient tout le corps…

Au même moment, la furie s'empara des mains de Cohen. Leur chair se souleva en atroces furoncles qui noircissaient et éclataient en libérant un suintement rouge-brun répugnant. L'homme tomba à genoux devant l'Arche et bascula en avant si bien que le couvercle retomba en place sur son socle. Sous ses vêtements de grand prêtre, le corps du rabbin grilla en quelques secondes. Ses organes éclatèrent.

Puis les robes s'enflammèrent.

La lumière ne relâcha pas sa proie avant que le corps tout entier de Cohen ait brûlé avec une telle intensité que l'or de sa plaque frontale et de son pectoral fondit pour se mélanger à ses os noircis. Alors et seulement alors, la lueur aveuglante diminua d'intensité et laissa les restes hideux glisser sur le rocher.

Charlotte s'éloignait à quatre pattes en laissant derrière elle un sillage de sang. La puanteur fétide de la chair et des cheveux brûlés lui donnait envie de vomir. Elle avait besoin d'air. Elle suffoquait. Autour d'elle, la salle semblait tournoyer. Jusqu'où la lame de Cohen s'était-elle enfoncée ?

Quand elle leva les yeux et essaya de se mettre sur ses pieds, sa vision troublée dupliqua l'un des hommes en combinaison bleue en triple exemplaire. L'homme était coincé derrière l'une des énormes colonnes soutenant la coupole. Son visage bouillonnait de haine. Il tourna son pistolet-mitrailleur vers elle. En cet instant, elle sut que sa chance s'était envolée.

Elle espéra simplement que Cohen avait eu raison, que Dieu avait un plan pour tout, que sa vie avait signifié quelque chose ou qu'elle avait quelque divine destinée. Peut-être que, comme l'avait suggéré Donovan, il y avait un autre royaume dans la mort où l'esprit allait défier la chair et errer librement…

Comprenant qu'elle avait pu tromper la mort une fois mais pas deux, Charlotte Hennessey ferma les yeux en une sorte d'abandon paisible, juste avant d'entendre l'arme se déchaîner.

90

Après avoir abattu l'un des tueurs, Énoch fit le tour du déambulatoire. Il vit alors sept hommes en robe traverser le rocher et le charger en hurlant comme des *banshees*[1]. Pour autant qu'il puisse en juger, ils n'étaient pas armés. Mais il avait besoin de gagner immédiatement le niveau inférieur du sanctuaire, ce qui signifiait qu'il n'avait pas le temps de discuter. Le mieux qu'il pouvait faire était de manifester un peu de savoir-vivre en leur tirant dans les jambes.

Énoch lâcha trois rafales. Le Galil mitrailla les hommes de Cohen sous les genoux. Six d'entre eux s'effondrèrent sur le rocher. Le septième parvint à continuer de clopiner vers l'agent du Mossad et à agripper la balustrade pour passer par-dessus. Un méchant tir à l'aine mit un terme à ses ambitions. Dans un hurlement de douleur, l'homme bascula en arrière sur le rocher.

Énoch se dirigea vers les marches, passant sous une arche de marbre raffinée ornée de textes arabes dorés : c'était le chemin d'accès à la grotte sous le rocher que l'on appelait le puits des âmes. Il savait qu'il s'agissait

1. Créatures spectrales du monde féerique irlandais, réputées pour les cris effrayants qu'elles poussent et qui annoncent une mort imminente. (*N.d.T.*)

d'un royaume mystique où, d'après la légende, on pouvait entendre les voix des morts. Fonctionnant purement à l'adrénaline, il lui fallait se rappeler sans cesse de ne pas faire l'idiot pour ne pas devenir *lui-même* là-dessous un mort.

Il se baissa le plus possible et jeta un coup d'œil vers le pied de l'escalier. Le peu d'espace du niveau inférieur qu'il pouvait distinguer baignait dans une grande lumière. Apparemment, aucune ombre ne se déplaçait sur les tapis persans à motifs couvrant le sol. Il était aussi évident qu'il n'y avait rien qui puisse lui servir de couverture. Si un autre tueur était tapi au pied des marches, Énoch ferait une cible facile. Et il n'avait plus sa veste en Kevlar. En bas, presque à bout portant, il serait facile de lui tirer dans la tête.

Mais si Cohen avait caché une bombe dans le bâtiment, c'était dans la grotte : de là une forte explosion pourrait être suffisamment amplifiée pour abattre le rocher sacré de l'islam, ainsi que les fondations soutenant les murs du sanctuaire.

Et tous les murs s'effondrèrent...

Prenant une grande inspiration, il s'avança, arme à l'épaule, faisant de son mieux pour garder ses muscles relâchés et le doigt souple sur la détente.

Les marches de marbre étaient glacées sous ses pieds nus. Il progressa accroupi et dévala l'escalier. Aux deux tiers de la descente, il sauta carrément et partit en roulé-boulé dès que ses pieds touchèrent le sol. Tout héroïsme mis à part, il savait qu'il avait plus de chances de s'en tirer en se déplaçant par à-coups et de manière imprévisible. Il valait mieux ça que de se faire tirer dans les jambes.

Après sa culbute contrôlée, Énoch fit une dernière roulade pour s'accroupir en un mouvement parfaitement exécuté. Il appuya immédiatement sur la détente du Galil et vida un tiers du chargeur en un large balayage.

Le plus grand danger venait des ricochets. Une balle déviée vint ainsi lui frôler l'épaule gauche.

La grotte était vide. Pas la moindre trace de tireur embusqué.

Pas de bombe non plus.

Le cœur battant, Énoch expira et reprit ses esprits.

C'est alors qu'il remarqua le sobre coffrage angulaire blanc d'une caméra de sécurité fraîchement installée en hauteur sur le mur du caveau, juste en dessous de l'escalier. Et s'il n'en avait pas la certitude absolue, il aurait juré que sa lentille clignotait dans la lumière pour se resserrer sur lui.

— Merde !

91

— La rumeur prétend que vous êtes le prochain Messie, prononça une voix grave.

Stupéfaite d'être encore en vie, Charlotte ouvrit doucement les yeux.

Un type aux larges épaules avec une barbiche se tenait au-dessus d'elle. Il lui souriait.

— Amit Mizrachi, se présenta-t-il.

Il remit son arme en bandoulière et l'aida à se relever.

Étourdie, la jeune femme leva les yeux vers la colonne, juste de l'autre côté de la balustrade, près de laquelle le dernier homme de main de Cohen gisait face contre terre, étalé de tout son long, maculé de sang.

Amit essayait de voir d'où précisément coulait le sang sur le cou de la jeune femme, mais ne parvenait pas à repérer la moindre blessure.

Palpant son cou, Charlotte comprit que la longue entaille de dix bons centimètres qui s'y trouvait encore quelques secondes plus tôt avait déjà disparu.

— Merci, je ne sais pas ce que j'aurais fait si…

— On dirait bien que vous vous êtes parfaitement débrouillée sans nous, sourit Amit.

Il regardait du côté du cadavre carbonisé du rabbin.

— Nous ?

Charlotte ne voyait que des cadavres.

Un grondement de pales d'hélicoptère secoua de nouveau la coupole.

Puis le second homme se matérialisa dans l'encadrement d'une arche sur sa gauche. Quand il vit qu'Amit avait sécurisé la zone, il bascula le Galil sur son épaule et laissa échapper un sifflement.

— Tout va bien en bas.

Énoch enjamba la balustrade et s'avança sur le rocher. Un rictus de dégoût lui déforma le visage quand il découvrit ce qui était arrivé à Cohen. En dépit du grotesque de la scène, il s'approcha du corps pour l'inspecter et, plus important encore, examiner la magnifique relique scintillante qui le dominait de toute sa masse.

— Bon sang, qu'est-ce... ?

— Ne touche pas le coffre ! lui cria Amit.

Énoch recula instantanément d'un pas et leva les mains.

— Que... ?

— Désolé, répondit doucement Amit. C'est juste que... Eh bien, tu peux voir ce qui est arrivé au rabbin.

Il avait à peine eut le temps d'entrevoir le rabbin s'embraser après qu'il avait touché le couvercle de l'Arche.

— Compris.

Énoch eut un nouveau mouvement de recul. Il venait de se dire que le rabbin avait pu être victime d'une intense radiation qui l'avait consumé.

— C'est nucléaire ?

— Quelque chose comme ça, répondit Amit. Mais si tu ne la touches pas, tu n'as rien à craindre. Apparemment, cette partie de la légende de l'Arche était vraie. Je me trompe, Charlotte ?

Elle visualisa mentalement les os rayonnants à l'intérieur de l'Arche. Moïse ? Ses yeux se reposèrent sur le corps carbonisé de Cohen. Ne sachant trop quoi répondre, elle secoua la tête.

— Ah ! Il y en a une ici aussi, s'exclama Énoch. Viens voir.

Il montrait la base de la coupole où il venait de repérer une autre caméra de surveillance discrète.

Amit pencha la tête en arrière et vit la minuscule lentille de l'appareil étinceler dans la lumière.

— Eh bien, ça devrait rendre les choses un peu plus amusantes.

Si la caméra n'était pas seulement là pour la forme, les musulmans allaient s'en donner à cœur joie avec l'enregistrement.

— Une caméra en bas m'a filmé en train de mitrailler le puits des âmes, confessa Énoch. Ça ne peut rien donner de bon.

Tant Amit que Charlotte le regardèrent, étonnés.

— Sur quoi tirais-tu ? demanda Amit.

Les joues d'Énoch s'empourprèrent instantanément. Il haussa les épaules pour répondre :

— Simple précaution.

Les sourcils d'Amit s'arquèrent. *Quel prodigieux chaos !* Et les Israéliens allaient en baver pour démêler tout ça. Il retourna vers le bord du rocher et enjamba la balustrade. Là, il inspecta les murs au-dessus du déambulatoire. Immédiatement, il repéra une autre caméra qui le fixait à environ trois mètres derrière le tueur qu'il avait criblé de balles. Il grommela, agacé.

— Encore une autre ? lui cria Énoch.

— Gagné, soupira-t-il.

— Vous avez fait ce que vous aviez à faire, dit Charlotte. Si vous ne l'aviez pas arrêté…

Elle fit un geste vers les restes du rabbin.

— Imaginez-vous ce qui aurait pu arriver ? demanda-t-elle.

— Je suppose.

Amit s'appuya sur la balustrade. Il resta un moment le regard hypnotisé par l'Arche. Cohen croyait-il vraiment qu'en rapportant cette relique légendaire sur la pierre de fondation, il allait attirer le châtiment de Dieu sur les musulmans ? S'attendait-il à ce que des légions d'anges viennent libérer Sion ? Et finalement, que se serait-il vraiment passé si Cohen était parvenu à aller au bout de ses projets ? Ressentant soudainement le poids phénoménal de la mort l'accabler, un froid glacial envahit Amit.

Il savait que la tempête venait tout juste de se lever.

92

Amit et Énoch rassemblèrent les armes des deux Palestiniens morts et des six gardes de Cohen et ils les empilèrent dans un coin. Après s'être assurés que les sept hommes en robe étaient neutralisés et qu'ils ne représentaient plus une menace (grâce au tir avisé d'Énoch), ils jetèrent leurs propres armes sur le tas. Puis ils s'assirent à côté de Charlotte, bien en vue de la porte ouverte du sanctuaire.

— Mieux vaut lever les mains pour éviter qu'ils ne nous confondent avec ces crapules, suggéra l'agent du Mossad.

Ils levèrent tous les trois leurs mains bien haut.

Une minute plus tard, le robot fureteur chenillé s'approcha du seuil et s'arrêta en crissant à trois mètres de la porte. Son bras-caméra télescopique se déploya et fit un panoramique de la salle, avant de se fixer sur les trois survivants.

— Faites bonjour de la main, dit Énoch.

Il salua et exhiba rapidement un pouce levé. Puis il cria haut et fort son nom et son rang vers le micro du robot.

— Tout est nettoyé ici, ajouta-t-il.

En quelques secondes, des soldats commencèrent à s'engouffrer dans le sanctuaire, armes au poing, et se déployèrent dans le déambulatoire.

— Ne touchez pas à ce gros coffre en or là-bas ! leur cria Amit lorsqu'ils passèrent près de lui.

Charlotte expliqua aux officiers israéliens comment les hommes de Cohen recouvraient l'Arche pour éviter tout danger et comment ils la transportaient. Puis Amit la prit par le bras pour l'aider à quitter le sanctuaire.

L'archéologue était encore en proie à une vive agitation. Cette nuit avait de très loin surpassé en intensité l'excitation de n'importe quel raid à Gaza. Et avoir vu de ses yeux l'Arche d'Alliance, c'était le rêve archéologique suprême devenu réalité.

À l'extérieur, la scène semblait quelque peu confuse avec des hélicoptères posés sur la plate-forme du Dôme du Rocher et des soldats israéliens aussi loin que l'œil pouvait porter. Énoch tirait de courtes bouffées d'une cigarette qu'il avait tapée à quelqu'un entre deux phrases. Entouré d'officiers de Tsahal, il narrait avec force détails ce qui s'était passé à l'intérieur du Dôme.

Charlotte leva les yeux vers Amit.

— Pensez-vous que c'est vraiment l'Arche d'Alliance ?

La question surprit l'archéologue.

— Vous avez vu ce qui est arrivé à Cohen. Alors, oui, je pense que c'est bien l'Arche.

— Et que je sois un messie ? Que faut-il en penser ? plaisanta-t-elle.

Amit fit une pause pour réfléchir à cette question.

— Rabbi Cohen était peut-être bien un peu dingue. Mais s'il croyait que vous étiez…

Il haussa les épaules.

— Hé !

Une voix féminine venait de héler Amit.

Levant les yeux, l'archéologue fut surpris de voir Julie venir vers lui d'un pas mal assuré. Son T-shirt était noué sous sa poitrine et elle pressait un bandage fixé contre son côté gauche. Avec un grand sourire, il s'arrêta sur place.

— Qu'est-ce que ça veut dire ? fit Julie en feignant l'indignation. Je m'absente une heure et tu es déjà dans les bras d'une autre femme ? Tu n'as pas appris ta leçon ?

Amit secoua la tête.

— Tu as du culot, dit-il.

Julie jeta ses bras autour de lui et l'étreignit de toutes ses forces pendant cinq secondes.

— Mon Dieu ! j'ai été folle d'inquiétude pour toi.

— Comment as-tu... ?

— La police est arrivée avant l'ambulance. Quand je leur ai dit ce qui était arrivé, ils ont été assez gentils pour me passer leur trousse de premiers secours et m'amener ici.

— Je suis content de voir qu'il reste des hommes galants, dit Amit.

— Après tout ce que tu m'as dit sur le Temple et l'Arche, je savais qu'ils te trouveraient ici.

— Futé.

— Merci.

Amit présenta Charlotte à Julie qui, ne s'étant préoccupée que d'Amit jusque-là, n'avait pas remarqué que le cou de la femme était maculé de sang.

— Mon Dieu, Charlotte... Vous allez bien ? s'enquit-elle, inquiète.

Prenant doucement dans ses doigts le menton de l'Américaine, elle essaya de repérer la blessure.

— Est-ce votre sang ? finit-elle par demander.

— Oui, mais...

— Où êtes-vous blessée ? Il faut qu'on s'en occupe.

— En fait, je vais bien, Julie. C'est un peu compliqué. Mais merci. Et vous, comment allez-vous ?

Charlotte montrait le bandage d'un air soucieux.

— J'irai plus tard à l'hôpital. Ce n'est qu'une éraflure.

— En fait, ce ne sera peut-être pas nécessaire.

93

TROIS JOURS PLUS TARD

Comme Ghalib l'avait espéré, le Premier ministre et le président israéliens prétendirent qu'ils n'avaient aucune responsabilité dans les événements du mont du Temple. Naturellement, ils eurent de grandes difficultés à expliquer pourquoi l'armée israélienne avait assiégé le site et pourquoi un tunnel souterrain avait été secrètement creusé sous l'Haram es-Sharif par un rabbin fondamentaliste, qui était en outre un ancien membre de la Knesset. Cependant, la fusillade qui s'était produite à l'intérieur même du Dôme du Rocher se révéla beaucoup plus difficile à éluder.

— Une attaque contre le troisième site le plus sacré de l'islam ne sera pas pris à la légère, promit le représentant de Ghalib au Premier ministre.

Finalement, une limite claire avait été fixée : le point de bascule au-delà duquel les choses n'étaient plus tolérables.

Ce que les yeux de Ghalib avaient vu sur les caméras du circuit fermé qu'il avait installées dans le sanctuaire était incroyable. Il avait assisté en témoin silencieux au dévoilement de l'une des reliques les plus fondamentales du monde. La légende islamique racontait que l'Arche d'Alliance annonçait la venue du vrai Messie… et le commencement du Jugement dernier. Il avait vu la femme ouvrir le coffre. Il avait vu comment l'Arche avait si atrocement brûlé vif le rabbin en quelques secondes.

Peu après, il avait observé les soldats de Tsahal sécuriser l'édifice. L'Israélien à barbiche et la femme que Cohen avait prise en otage avaient expliqué aux militaires comment déplacer la relique en toute sécurité, pourquoi il fallait la recouvrir d'un voile bleu et de fourrures. Le système audio avait enregistré avec précision toute la conversation.

Moins d'une heure après le début du bouclage du sanctuaire par les Israéliens, la relique avait été emportée par une équipe d'hommes en combinaison bleue, sous bonne escorte. Ils l'avaient descendue sur la place du Mur occidental et l'avaient chargée sur un camion.

À l'extérieur, Ghalib avait utilisé son Caméscope numérique pour filmer cette scène aussi.

Il ne restait plus maintenant qu'à compiler tous les enregistrements sur un unique DVD, à monter le film, puis à expédier la vidéo au contact de Ghalib à la chaîne de télévision Al-Jazeera.

Bientôt, le monde entier allait pouvoir être témoin de la sauvagerie des Israéliens : le carnage, la violation et la profanation. Sans parler de l'audace effrontée de toute l'opération. Le tollé islamique serait assourdissant.

Cet épisode obligerait les nations arabes à formuler une réponse à la menace croissante que faisait peser la nation juive sur la région. Sans aucun doute, la coalition se renforcerait de jour en jour dans la mesure où tous les pays du Moyen-Orient seraient contraints de prendre une position, de choisir leur camp.

Ses yeux caramel, las, regardèrent le Dôme du Rocher. Il scintillait comme de l'or liquide dans le soleil du matin.

— *Allahu Akbar*, murmura-t-il. *Taqwa.* Crains Dieu.

— Désolé, je suis en retard, dit une voix essoufflée à la porte. Je suis venu aussi vite que j'ai pu.

Ghalib se tourna vers le Palestinien barbu qui venait d'arriver. C'était le spécialiste en informatique du Waqf, qui s'occupait des sites Internet, des télécommunications et des communiqués de presse du conseil.

Le Gardien fit signe au jeune homme d'entrer.

— Tu es pardonné, Bilaal, dit-il avec un sourire forcé. Viens. Je suis impatient d'en finir.

Tandis que Bilaal s'installait à la table de conférence et allumait son ordinateur portable, Ghalib posa à côté de lui le mini-DVD de son Caméscope et le mince disque dur amovible du système de surveillance du Dôme du Rocher.

— J'ai besoin d'avoir ces deux enregistrements sur un seul disque. Celui-là en premier, lui indiqua Ghalib. Tu peux monter ces vidéos ensemble, n'est-ce pas ?

— Je peux faire tout ce que vous voulez, l'assura-t-il.

Debout, les bras croisés, Ghalib regardait par-dessus l'épaule du technicien.

Bilaal récupéra un câble USB dans son sac et l'utilisa pour connecter le disque dur à son ordinateur portable. Puis il activa un programme de montage vidéo et accéda aux dossiers sur le disque dur de Ghalib.

— Nous allons d'abord parcourir la vidéo. Ensuite vous me direz ce que vous voulez faire.

— Souviens-toi, Bilaal. Tu ne dois parler à personne de tout ça. Tu comprends ? le mit en garde Ghalib.

L'expression sinistre du Gardien laissa une sensation de malaise au jeune homme.

— Vous avez ma parole.

Sur l'écran, neuf vidéo-clips s'affichèrent simultanément en mosaïque de trois par trois. Le technicien reconnut immédiatement les différents points de vue : des images de l'intérieur du Dôme du Rocher. Il essaya de se rappeler s'il avait déjà noté la présence de caméras dans le sanctuaire, mais rien ne lui revint en mémoire.

Bilaal lança la lecture.

Deux Palestiniens en vêtements civils arpentaient anxieusement le déambulatoire sombre du sanctuaire avec des pistolets-mitrailleurs. Ils glissaient du champ d'une caméra à celui d'une autre. Sur la piste audio, tout était silencieux à l'exception du frottement de leurs pieds nus marchant sur le tapis persan à motifs et leur lourde respiration. La caméra neuf fournissait une vue imprenable de la grotte vide sous le rocher : le puits des âmes.

Quand Bilaal étudia le minuscule insert de la date et l'horloge égrenant le temps dans le coin inférieur droit de chaque fenêtre vidéo, ses muscles se raidirent. C'était juste avant que l'ignoble fusillade qui avait eu pour théâtre le sanctuaire se déclenche, à peine trois jours plus tôt. Il avait entendu des rumeurs atterrantes sur le siège. Mais aucune ne parlait de ces hommes armés – de ces musulmans – qui se seraient trouvés à l'intérieur du sanctuaire juste avant que tout éclate.

Ghalib se pencha pour murmurer.

— Il faut qu'on détruise ces scènes. Tu comprends ?

— Je comprends, répondit l'autre en frissonnant.

— Maintenant, avance d'environ vingt minutes.

Les doigts tremblotants, Bilaal appuya sur la touche d'avance rapide.

Le compteur vidéo défila à toute allure pendant quelques secondes.

— Ah ! Là ! Arrête là !

Bilaal pressa le bouton lecture. Les deux tireurs s'interpellaient à haute voix. Ils s'accordaient pour commencer immédiatement à tirer dès que quiconque pénétrerait dans le sanctuaire. Ils s'adressaient des bénédictions l'un à l'autre tout en louant Dieu pour avoir été choisi comme martyrs. Quelques secondes plus tard, le craquement des gonds fit battre en retraite les deux hommes qui se positionnèrent avec leurs armes pointées vers les portes sud du sanctuaire.

— Maintenant, regarde, Bilaal.

Souriant, Ghalib se redressa et croisa les bras.

— Ça commence là, ajouta-t-il.

Le Gardien tapotait les images capturées par la caméra une : on voyait les portes s'ouvrir partiellement et le clair de lune s'infiltrer à travers l'ouverture.

Bilaal se pencha pour essayer de discerner les silhouettes sombres qui apparaissaient dans l'encadrement de la porte du sanctuaire, mais il ne put en distinguer clairement aucune. Soudain, quelque chose de totalement inattendu survint. Simultanément, les neuf fenêtres vidéo se couvrirent de parasites. La diffusion s'était déconnectée.

— Qu'est-ce… ?

— Qu'as-tu fait ? tonna Ghalib. Répare ça.

Bilaal se recroquevilla sur sa chaise. Ses doigts tapotaient fiévreusement le clavier. Il repartait en arrière, avançait de nouveau. Le menton pointu de Ghalib reposait presque sur son épaule. Il était si près que l'informaticien pouvait sentir l'haleine chaude du Gardien sur son cou.

Même à la quatrième tentative, on ne voyait toujours que les parasites.

— Qu'as-tu fait ? siffla Ghalib, les narines dilatées.

— Je… Je…

En proie à la plus extrême confusion, Bilaal secouait désespérément la tête et tendait ses mains vers l'écran.

— Rien. Je le jure. Ce sont les enregistrements. Ils ont juste… Ils se sont arrêtés.

— Impossible ! J'ai tout vu en direct. J'ai tout observé à travers ces caméras !

Ghalib abattit bruyamment sa paume sur la table à côté de lui.

— As-tu détruit ces fichiers vidéo ? gronda le Gardien.

Comme un fou, il enfonça son index sur le visage du technicien.

— Dis-moi que tu ne les as pas détruits, Bilaal !

Le jeune homme s'enfonça encore un peu plus dans sa chaise.

— Je n'aurais pas pu faire ça. Vous êtes resté constamment à côté de moi. Je n'aurais pas pu…

Il ne pouvait empêcher sa tête de trembler.

— Je n'ai rien détruit. Je le jure !

Au cours de l'heure suivante, Ghalib et Bilaal persévérèrent. Ils repassèrent l'enregistrement corrompu encore et encore… et encore. Le jeune homme ajusta des réglages, testa la connexion, changea les câbles, lança un diagnostic sur le disque dur. Mais chaque fois, au moment précis où les portes du sanctuaire s'ouvraient, les parasites revenaient. Pour faire bonne mesure, Bilaal refit tout le processus en utilisant un second ordinateur portable qui était sa sauvegarde, mais pour le même résultat : les parasites.

Finalement, dégoulinant de sueur et aussi pâle que du lait de chèvre, l'informaticien essaya de passer le film que Ghalib avait pris avec son propre Caméscope. Cette fois, ils furent confrontés à quelque chose de plus stupéfiant encore puisque les parasites apparurent dès le lancement de l'enregistrement. Tout le disque avait été effacé.

— Qu'as-tu fait ? explosa Ghalib. Qu'as-tu fait ?

Tout en secouant la tête lentement, Bilaal répondit calmement :

— Ce qui est arrivé à ces vidéos, je ne peux l'expliquer. Mais s'il y *avait* des images sur ces disques… maintenant, elles ont été effacées… Alors, avec tout le respect que je vous dois, je veux vous demander quelque chose, Ghalib. Peut-être la même question qu'Allah pourrait poser.

— Et quelle est-elle ? gronda Ghalib.

— Qu'avez-*vous* fait ?

94

ROME

Les couloirs stériles de la polyclinique universitaire Agostino-Gemelli rappelaient tristement le sort qui aurait pu être celui de Charlotte Hennessey. Derrière chaque porte de l'aile des soins intensifs, la mort attendait patiemment.

Savoir qu'elle avait été dotée de la capacité de changer la destinée de tant d'êtres était écrasant. Elle n'avait aucune garantie de pouvoir inverser les dommages de n'importe quelle maladie. Quoi qu'il en soit, la SLA pouvait certainement être considérée comme l'une des plus sérieuses et Charlotte avait traité celle-là à merveille. D'après les Évangiles, la liste des guérisons miraculeuses de Jésus incluait les boiteux, les infirmes, les paralysés, les lépreux, les sourds, les muets et les aveugles. Naturellement, on aurait aussi pu ajouter ses multiples exorcismes. Sans parler du top du top : la résurrection des morts. Qu'est-ce que Charlotte Hennessey était censée faire de ça ? Jusqu'à quel point le mort était-il mort ? Y avait-il une fenêtre de temps limitée pour réparer les effets de la destruction ? Quoi qu'il en soit, il était déjà trop tard pour Evan. Son corps avait été incinéré le matin même où ses ravisseurs l'avaient emmenée en Israël.

— *Permesso !*

Charlotte sursauta et se déporta immédiatement vers le mur.

— Excusez-moi.

Cinq infirmiers et médecins passèrent à toute allure en poussant une civière. Leur formation ordonnée – deux de chaque côté du brancard et un à l'arrière – lui rappela des bobeurs olympiques. Le pauvre homme étendu sur la natte, nu jusqu'à la taille, souffrait de sérieuses brûlures à la poitrine, aux bras et au visage. En état de choc, ses yeux étaient grands ouverts et ses membres se contractaient nerveusement.

L'envie irrésistible de les arrêter, d'intervenir, de poser ses mains sur le malheureux, était une torture. Retenant sa respiration, elle regarda le petit groupe d'urgentistes disparaître derrière les doubles portes mécanisées de l'unité des grands brûlés au bout du couloir.

Lorsqu'elle était tiraillée par ces émotions violentes – et c'était fréquent –, Charlotte se sentait dans la peau d'une toxico en état de manque. Comment Jésus faisait-Il face à tout cela ? se demanda-t-elle. Avait-Il été effrayé lui aussi ? Avait-Il eu des doutes quant au fait d'être digne d'un tel pouvoir ? Après tout, même si Dieu L'avait touché, Il était resté un humain. S'était-Il aussi senti seul, perdu et désorienté ? Comment Jésus choisissait-Il ceux qu'Il allait soigner ? Comment déterminait-Il le nombre de personnes qu'Il allait guérir ?

Un tel pouvoir pouvait susciter tant de réactions différentes, de la magnanimité à la misanthropie… peut-être même à la folie pure et simple. Il ne faisait aucun doute qu'elle avait besoin de conseils, de modération… de foi. Mais où était-elle censée trouver les bonnes réponses ? Ce n'était pas exactement du grain à moudre pour la psychanalyse.

La pensée lui vint alors que le meilleur endroit pour commencer, c'était ici, à Rome.

Au travail.

Une jeune femme en blouse bleu ciel arriva du bureau des infirmières. La couleur de sa tenue rappela aussi à Charlotte la robe qui couvrait l'illuminé maniaco-égocentrique qui avait été réduit en cendres au pied de l'Arche d'Alliance.

Au premier regard, l'infirmière avait eu la conviction d'avoir affaire à une compatriote et un rapide coup d'œil à son sac de voyage YMCA le lui confirma.

— Tout va bien pour vous ? demanda-t-elle dans un anglais originaire de la Nouvelle-Angleterre.

— Oui.

Charlotte inspira profondément avant d'ajouter :

— Merci.

— Désolée que vous ayez eu à voir ça, ajouta-t-elle en esquissant un mouvement des yeux vers l'unité des grands brûlés. Les cas les plus durs passent par ces portes. Il faut s'y faire.

— Vous pensez qu'il va s'en sortir ?

L'infirmière inclina la tête de côté.

— Nous devons le croire. Parfois, quand vous pensez qu'il n'y a aucun espoir… (Elle haussa les épaules et sourit.)… quelque chose survient.

Les yeux de l'infirmière se baissèrent vers le badge visiteur de Charlotte.

— Qui venez-vous voir ici ?

— Patrick Donovan.

— Ah ! dit-elle. C'est un de mes patients. Je pensais qu'il n'avait pas de famille.

— Il en a une maintenant, répondit doucement Charlotte.

— C'est vraiment gentil de votre part de lui rendre visite. Venez, sa chambre est un peu plus loin. Je vous y emmène.

Charlotte accompagna l'infirmière.

— Comment va-t-il ?

La jeune femme tourna vers elle un regard chagriné.

— Pas si bien que ça, j'en ai peur. Il a eu plusieurs traumatismes à la poitrine. S'il passe les quelques prochains jours, il aura une bonne chance de s'en sortir. C'est un vrai combattant.

Elle exhiba un sourire encourageant avant d'ajouter :

— J'ai la sensation qu'il va nous surprendre.

Soudain, elle poussa Charlotte contre le mur : une équipe de cardiologie contourna l'angle du couloir au pas de course en poussant un défibrillateur. Une autre course contre le temps et la chair. Elle pouvait sentir la mort en train de sourire.

— Vous n'allez peut-être pas aimer ce que vous allez voir, commença à expliquer l'infirmière presque en forme d'excuse. Nous l'avons branché sur un respirateur artificiel. Il a de nombreux tubes dans la gorge et la poitrine. Pour le moment, il est sous sédatifs lourds.

En entendant cela, Charlotte fut bouleversée et des larmes se mirent à couler sur ses joues.

— OK.

Elles dépassèrent les baies vitrées de deux autres chambres. À l'intérieur de la troisième, Charlotte repéra Donovan calé dans un lit. Il n'était identifiable que par son crâne chauve et ses sourcils tombants.

— Nous y sommes.

L'infirmière s'arrêta devant la porte.

— Peut-être voulez-vous dire une prière pour lui.

Elle posa une main consolatrice sur l'épaule de Charlotte.

— Je crois vraiment que ça aide, continua-t-elle. Si vous avez besoin de quelque chose ou si vous avez une question, mon nom est Maryanne.

— J'apprécie vraiment tout ce que vous avez fait. Merci.

L'infirmière retourna vers la zone des urgences.

Pendant un long moment, Charlotte resta figée à la porte. Finalement, elle se dirigea vers le lit, approcha un fauteuil et s'assit à côté du prêtre, face à la porte. Ses larmes ruisselèrent, puis après les avoir essuyées elle regarda longuement et fixement ses doigts luisants. Elle repensa au pouvoir de son nouvel ADN qui lui avait permis de guérir Joshua Cohen. La généticienne continuait de se poser une question : le génome du garçon s'était-il totalement recodé pour ressembler au sien… et à celui de Jésus ? Ce ne pouvait être aussi simple et, si tel avait été le cas, Joshua n'aurait pas dû rencontrer de problème lorsqu'il était entré en contact avec l'Arche.

Au niveau génétique, quelque chose doit être différent à l'intérieur de moi.

Mais comment une telle distinction, une telle sélection génétique, pouvait-elle s'opérer ? Le concept remettait en cause tous les principes scientifiques. L'affirmation du rabbin – à savoir qu'elle avait été choisie par Dieu – paraissait invraisemblable. Mais comment un coffre rempli de tablettes de pierre, d'un sceptre et d'os pouvait-il la distinguer des autres humains ? Certes, ce n'étaient pas des os ordinaires, au regard de leur manière de briller comme des pierres de lune. Et cette lumière incroyable sur le couvercle de l'Arche…

La Toute-Puissante lumière éternelle.

L'idée que les Égyptiens aient pu, d'une certaine manière, tomber fortuitement sur les secrets de la création et de Dieu paraissait tirée par les cheveux. Même les études génétiques modernes n'étaient pas près d'élucider ces mystères. Mais s'il y avait quelque vérité dans ce que Cohen lui avait raconté ? Que devenait l'Exode de Moïse ? L'histoire d'un dieu suprême d'une façon ou d'une autre présent dans la lumière ?

Précautionneusement, elle plaça sa paume sur l'avant-bras de Donovan et examina les tubes intraveineux clairs serpentant jusque dans sa main.

Sa peau était froide, si froide.

De son sac, elle tira une petite seringue remplie au tiers de son propre sang et en retira le bouchon protecteur. Elle jeta un coup d'œil de l'autre côté de la baie vitrée pour vérifier que personne ne la regardait. Dissimulant la seringue dans sa main, elle piqua l'aiguille dans la chambre d'injection de l'intraveineuse. Charlotte marmonna une prière silencieuse et enfonça le piston avec une pression régulière jusqu'à ce que le cylindre fût vide.

L'Américaine jeta un nouveau regard anxieux vers le couloir. Personne ne l'observait.

Elle retira la seringue, replaça le bouchon protecteur et fit disparaître le tout dans son sac.

Observant Donovan avec autant d'impatience que d'espoir, il lui était difficile d'imaginer ce qui se passait en lui au niveau génétique. Un recodage de ses gènes ? L'autoréparation de ses cellules ? Une chose était certaine : le dommage allait être réparé – oserait-elle dire *miraculeusement* ?

— Tu vas sentir quelques picotements, murmura-t-elle en lui caressant le bras.

Épilogue

Belfast

Charlotte avançait d'un pas tranquille à côté du père Donovan. Ses chaussures de marche bruissaient dans l'herbe couverte de rosée du cimetière de Milltown. La brise fraîche qui agitait quelques feuilles jaunissant sur les branches d'un chêne présageait d'une arrivée précoce de l'automne. De la pente de la colline, on découvrait un panorama spectaculaire de la ville, juste au-delà de l'autoroute A501 bordant le domaine funéraire. Un air de jazz enjoué montait du quartier de la cathédrale, où le festival de musique de Belfast en était à son deuxième jour.

Donovan concluait un appel téléphonique très important qu'il avait reçu sur son portable au moment où ils sortaient de la voiture. Un sourire aux lèvres, il glissa le téléphone dans sa poche, puis regarda Charlotte et se frotta les sourcils.

— Alors ?

Elle repoussa des mèches rousses de son visage. Son épais pull irlandais lui tenait chaud.

— La garde suisse l'a appréhendé la nuit dernière alors qu'il essayait de quitter la cité du Vatican.

— Que va-t-il lui arriver ?

— Rien de bon, ça c'est sûr. Le père Martin a falsifié des documents pour laisser rentrer ces deux hommes… Le réceptionniste a été tué, tu as été enlevée…

— Et toi, tu as été laissé pour mort.

— Ça aussi, oui, répondit-il humblement. Dans la mesure où il a été complice de tous ces forfaits…

Il secoua gravement la tête.

— Il y a des charges sérieuses contre lui, ajouta Donovan. Le *comandante* m'a dit que son procès aura lieu dans quelques semaines. On sera appelés tous les deux à témoigner, naturellement.

— Naturellement.

— Et quand retournes-tu en Israël ?

— Dans quelques jours, peut-être. Je leur ai dit que j'avais encore besoin de récupérer.

— Mais tu vas le faire ? demanda-t-il avec des yeux insistants.

Elle soupira.

— Je serais folle de refuser. À côté de ça, ils semblent avoir des problèmes pour l'ouvrir. Et quand ils ont découvert que j'avais le… « toucher magique »…

Elle haussa les épaules d'un air espiègle.

Le prêtre sourit.

— Je dois admettre que je suis assez envieux. Pouvoir étudier l'Arche d'Alliance !

Il lui était difficile de saisir toute la portée de l'histoire qu'elle lui avait racontée. Rien que l'idée qu'elle ait probablement pu toucher la relique la plus légendaire de la Bible… Il secoua la tête en signe d'incrédulité.

— C'est une incroyable opportunité, reconnut-il.

— Tu sais que j'aurai besoin d'aide. Je me suis déjà fait deux amis en Israël – un archéologue et une égyptologue. Je les ai recrutés pour le projet. Mais je pensais que si tu avais un peu de temps, tu pourrais peut-être m'accompagner… m'accorder un peu de soutien ?

Rayonnant, Donovan répondit avec passion.

— Tu penses que les Israéliens vont accepter ? Je veux dire que je suis un prêtre catholique et tout le reste.

— Telle que je vois la chose, s'ils veulent ouvrir le coffre… (elle écarta les doigts et les agita), ils n'auront pas vraiment le choix, tu ne crois pas ?

— Je suppose que tu as raison. Eh bien, alors, je suis honoré et tu peux compter sur moi.

— Je le savais.

Ils marchèrent à travers un dédale de pierres tombales et de monuments dominés par de hauts crucifix – aussi bien traditionnels que celtiques – taillés dans le marbre et le granit.

— Je ne me souviens pas de grand-chose après que j'ai heurté le sol, expliqua Donovan à Charlotte. Mais j'ai eu une vision étrange de cet endroit juste avant de perdre connaissance.

— Il est magnifique, s'exclama la jeune femme en regardant les collines qui ondulaient dans le lointain.

Mais ce n'était pas au paysage qu'il faisait allusion.

— Il y a un quart de million d'âmes enterrées sous nos pieds, dit-il. Il reste très peu de place pour les nouveaux venus. Mais heureusement, il y a quelques années, ma mère a convaincu mon père d'acquérir une concession. L'idée ne l'avait pas particulièrement enchanté, bien sûr, indiqua Donovan avec un petit sourire. Mon père célébrait la vie et ne voulait jamais parler de la mort. Pourtant je me rappelle qu'il portait des toasts aux anciens au pub en disant : « Puissiez-vous être au ciel une demi-heure avant que le Diable apprenne que vous êtes morts. »

Charlotte rit.

— C'est juste là.

Il désignait une humble pierre tombale en forme de croix.

— Tu te serais merveilleusement entendue avec mes parents, Charlotte. De braves gens au grand cœur. Maintenant regarde ici.

L'Irlandais montrait le symbole gravé sur la stèle de son père.

— Tu sais ce que représente ce signe ?

Ayant été élevée dans la religion catholique, elle avait déjà vu de nombreuses fois auparavant ce « P » et ce « X » superposés, principalement sur des chasubles de prêtres et sur les nappes d'autel. Mais sa signification lui échappait. Elle secoua négativement la tête.

— *Chi* et *rho* sont les deux premières lettres du mot grec pour « Christ » : « X » et « P ». Christ, répéta-t-il. L'« Oint » ou l'« Élu ».

Il la regarda et sourit.

Stupéfaite, Charlotte baissa les yeux sur l'herbe fraîche qui avait poussé sur l'emplacement.

— Les os de Jésus sont ici ?

Donovan sourit et hocha la tête. Il expliqua que le cercueil surdimensionné de son père contenait une petite bière « clandestine » : un ossuaire.

— C'est l'endroit le plus sûr auquel j'ai pu penser. Et maintenant, nous sommes trois à le connaître : toi, moi… et Lui.

Elle restait sans voix.

— J'ai autre chose à te montrer.

Charlotte le regarda plonger la main dans sa poche et en sortir quelques feuillets d'apparence très ancienne, scellés dans du plastique.

— Tu te souviens de notre discussion à propos de l'Évangile de Marc qui s'achevait originellement sur le tombeau vide, mais dont la fin avait été modifiée ?

Elle acquiesça.

— Voici la véritable fin, dit-il. Le seul exemplaire au monde. Arraché du premier Évangile, écrit par Joseph d'Arimathie, l'homme qui a inhumé le corps de Jésus dans l'ossuaire que tu as étudié.

Donovan avait arraché l'épilogue fâcheux du journal des secrets juste avant de réexpédier l'ossuaire à Jérusalem.

Charlotte accepta le présent.

— Pourquoi me donnes-tu ça ?

Il fit un signe de tête vers la pierre tombale et ajouta :

— Je crois qu'il t'était destiné.

Remerciements

Des remerciements tout particuliers à mon épouse, Caroline, ma fontaine d'inspiration. À l'œil vif de D. Michael Driscoll. Une fois de plus, je tire mon chapeau à Doug Grad pour ses incomparables talents éditoriaux. À mon ami et agent, Charlie Viney, pour ses encouragements indéfectibles et sa connaissance du marché éditorial. Merci à Julie Wright, Ian Chapman et tout le monde chez S&S UK. Et un grand merci à la fabuleuse équipe d'ILA – Nicky Kennedy, Sam Edenborough, Mary Esdaile, Jenny Robson et Katherine West – pour m'avoir permis de partager mes histoires dans tant de langues.

Le Secret du dixième tombeau et *Le Mystère de l'arche sacrée* contiennent de récurrentes références théologiques, scientifiques et historiques. Dès lors que je suis quelqu'un qui veut tout contrôler, j'assume l'entière responsabilité de toutes les erreurs fortuites.

De multiples exemplaires manuscrits du plus ancien Évangile connu, celui de Marc (autour de 60-70 de notre ère), s'achèvent bien sur le tombeau vide. Il est couramment estimé que la confusion et la déception que cette fin aurait apportées dans l'esprit des premiers convertis païens au christianisme ont suscité les nombreux additifs à Marc. La plupart des spécialistes affirment que Marc est la source commune – que les érudits ont pour cette raison génériquement baptisée *Quelle*[1] ou « Q » – des Évangiles synoptiques de Matthieu et Luc. Certains pensent également que Q serait composé à la fois de Marc et d'un autre Évangile non découvert à ce jour – l'« Évangile perdu ». J'ai romancé la découverte de ce dernier, ce que son texte pourrait nous dire, et je l'ai attribué à Joseph d'Arimathie – qui est, selon moi, le seul homme qui a pu obtenir l'autorisation de récupérer le corps de Jésus sur la croix.

Je suis allé au-delà de ce que permettent les paramètres actuels de la recherche génétique. Le temps nous dira si un génome plus perfectionné peut être découvert ou mis au point. Les aspects éthiques entourant ces progrès devraient se révéler des défis pour la religion et l'humanité, même si je pense profondément que la foi elle-même demeurera forte, comme elle l'a toujours été.

Les querelles religieuses et les affrontements sanglants autour du mont du Temple de Jérusalem sont effroyablement réels (et il en a été ainsi depuis la pose théorique de sa première pierre par le roi Salomon, il y a plus de trois millénaires). Dans son incarnation moderne, cette guerre âpre pour un bout de terrain stigmatise symptomatiquement la discorde entre les Israéliens et les Palestiniens à propos des questions de droits territoriaux et de souveraineté nationale. Si le mont se trouve pleinement à l'intérieur des frontières d'Israël, il est tacitement contrôlé par un organisme musulman, le Waqf. Par conséquent, si un acte terroriste y était réellement commis, il pourrait facilement déclencher la Troisième Guerre mondiale.

1. « Source » en allemand. (*N.d.T.*)

Flavius Josèphe et Philon nous offrent les récits les plus autorisés sur la communauté juive éminemment fermée des esséniens, qui résidèrent à Qumrân. L'obsession des esséniens en matière de pureté du corps et de l'âme présente des parallèles séduisants avec le ministère du Christ et l'émergence du christianisme. Ils nous ont laissé des plans ambitieux et élaborés très intrigants, qui visaient la refonte de Jérusalem en une grande cité-temple, initiative qui aurait annoncé le début de l'ère messianique sur terre. De nombreux spécialistes attribuent aux esséniens la transcription et la préservation des plus anciens exemplaires au monde de l'Ancien Testament et des textes apocryphes juifs, collectivement dénommés manuscrits de la mer Morte. La recherche de nouveaux manuscrits est toujours d'actualité.

Les théories abondent sur la destinée de l'Arche d'Alliance. La plupart soutiennent qu'un empire étranger aurait envahi Jérusalem et emporté l'Arche parmi le butin. Dans l'Antiquité, cependant, les sièges de cités lourdement fortifiées comme Jérusalem prenaient des mois – pas des heures ou des jours. Inutile donc de dire que les prêtres du temple auraient largement eu le temps de cacher l'Arche – la pièce maîtresse de la foi judaïque et la relique qui symbolise la nation israélite – avant que les combattants ennemis ne pillent le Temple. Et, une fois cachée, l'Arche vulnérable aurait certainement été clandestinement déplacée. Inévitablement, l'endroit le plus sûr aurait été le cœur d'une forteresse, derrière des murs, protégée par une armée. Reprenez le récit de Flavius Josèphe sur la cité-temple juive d'Onias dans l'Héliopolis de l'ancienne

Égypte[1], ajoutez-lui une armée autochtone… et imaginez les possibilités.

Finalement, en parcourant le champ de mines des trois religions monothéistes…, j'ai récemment rencontré un musulman très sage et très pieux qui attribuait son impressionnant optimisme à propos du destin de toutes choses à « la Puissance supérieure ». J'ai senti qu'il évitait un qualificatif plus précis pour ne pas créer de barrière entre nous. Je dois admettre que j'ai aimé son approche. Parce que, si la plupart des religions cherchent à établir une communauté fondée sur une doctrine rigide – et souvent exclusiviste –, la *foi* est un cheminement très personnel qui reflète un besoin universel présent en chacun de nous de se connecter au(x) pouvoir(s) mystérieux et indéfinissable(s), responsable(s) de notre monde

1. « Gagné par ces paroles, Ptolémée lui assigna un territoire situé à cent quatre-vingts stades de Memphis, dans le nome dit d'Héliopolis. C'est là qu'Onias bâtit une citadelle, puis éleva un temple, non point pareil à celui de Jérusalem, et ressemblant plutôt à une tour faite de grandes pierres qui s'élevait à soixante coudées. Mais l'autel fut construit à l'image de celui de la métropole et le temple orné d'objets semblables, sauf le chandelier : à la place de celui-ci, Onias fit fabriquer une lampe d'or, répandant une lumière éclatante, qu'il suspendit à une chaîne d'or. […] Dans tout cela, Onias n'obéissait pas à des sentiments louables ; il y avait en lui l'intention de rivaliser avec les Juifs de Jérusalem, car il leur en voulait de son exil – et il espérait que par la construction de ce temple il y attirerait la multitude loin de la métropole. Il y avait d'ailleurs une prophétie qui remontait à six cents ans en arrière et dont l'auteur, sous le nom d'Isaïe, annonçait la fondation de ce temple en Égypte, par la main d'un Juif. » (Flavius Josèphe, *La Guerre des Juifs*, livre VII, X, 3, trad. en français sous la dir. de Théodore Reinach, révisée et annotée par S. Reinach et J. Weill E. Leroux, Publications de la Société des études juives, 1900-1932.) (*N.d.T.*)

et de notre mortalité – en d'autres termes, quelque chose de « supérieur », de plus grand ou de plus haut que nous-mêmes. Dans mes histoires, j'explore les divers chemins sur lesquels cette quête remarquable entre toutes peut nous entraîner.

Composition : Soft Office (38)

Achevé d'imprimer par N.I.I.A.G.
en décembre 2010
pour le compte de France Loisirs, Paris

Numéro d'éditeur : 62050
Dépôt légal : août 2010
Imprimé en Italie